퍼펙트 데이즈

라파엘 몬테스 장편소설 ― 최필원 옮김

퍼
펙
트

PERFECT DAYS RAPHAEL MONTES

데
이
즈

한스미디어

어머니에게 바칩니다.

PERFECT DAYS RAPHAEL MONTES

차
례

사랑에는 늘 어느 정도 광기가 있다.

그러나 광기에도 늘 어느 정도 이성이 있다.

프리드리히 니체

1장

게르트루드는 태우가 좋아하는 유일한 사람이었다. 다른 학생들은 게르트루드 곁에서 늘 불편해했다. 실습실에 들어선 여학생들이 코를 막아 쥐었다. 남학생들은 애써 태연한 척했지만 그들의 눈빛은 전혀 다른 말을 하고 있었다. 태우는 자신이 크게 들떠 있다는 사실을 들키고 싶지 않았다. 그는 고개를 푹 숙인 채 금속 테이블로 다가갔다.

그녀가 차분한 모습으로 누워 그를 기다리고 있었다. 게르트루드.

창백한 불빛 아래서 시체는 갈색 가죽에 가까운 독특한 색조를 띠고 있다. 옆의 작은 트레이에는 심층 조사에 필요한 도구들이 놓여 있다. 끝이 구부러진 가위, 해부용 집게, 랫투스 겸자,* 그리고 메스.

"대복재정맥大伏在靜脈은 무릎 안쪽에서 볼 수 있습니다. 거기서 시

---

* rat-tooth forceps. 주로 피부를 집는 데 사용하는 수술 도구.

작해 허벅지 앞부분으로 이어지죠." 테우가 말했다. 그는 게르트루드의 상피를 뒤집어 말라버린 근육이 노출되게 했다.

클립보드에 복잡하게 메모된 내용을 들여다보던 교수가 얼굴을 찌푸렸다. 테우는 교수의 반응에 주눅 들지 않았다. 해부 실습실은 테우의 영역이었다. 여기저기 널린 들것들, 절개된 시체들, 유리병에 담긴 팔다리와 장기들. 그 모든 것이 테우에게 세상 어디서도 맛볼 수 없는 해방감을 선사했다. 그는 포름알데히드*와 장갑 낀 손에 쥔 도구들과 테이블에 누워 있는 게르트루드의 냄새가 좋았다.

게르트루드와 함께할 때면 테우의 상상력은 폭발했다. 세상은 서서히 사라져갔다. 그 자신과 게르트루드만 남겨놓은 채. 테우는 게르트루드를 처음 만난 순간 그녀에게 그 이름을 붙여줬다. 그녀의 몸에 살이 아직 멀쩡히 붙어 있었을 때. 둘은 이번 학기에 급격히 가까워졌다. 테우는 매 강의마다 게르트루드에 대해 새로운 사실을 하나씩 배워나갔다. 그녀는 항상 그를 놀라게 했다. 테우는 그녀의 몸에서 가장 흥미로운 부위인 머리에 얼굴을 가까이 댔다. 의문이 꼬리를 이었다. 이 몸뚱이의 주인은 누구였을까? 혹시 이름이 진짜 게르트루드는 아니었을까? 아니면 좀 더 단순한 이름?

그녀는 게르트루드가 되었다. 메마른 피부, 날카로운 코, 밀짚색 입술. 다른 이름은 그녀에게 어울리지 않았다. 비록 부패가 진행

---

* 메탄올이 산화해 생겨나는 기체. 이것을 물에 녹인 액체인 포르말린은 생체조직을 보관하거나 소독약 등의 용도로 사용한다.

돼 인간의 외형을 잃은 상태였지만 테우는 게르트루드의 흉측한 눈알에서 특별한 무언가를 엿보았다. 한때는 기가 막히게 아름다웠을 여인의 눈에서. 테우는 아무도 보지 않을 때 그 눈과 대화를 나누었다.

게르트루드는 육칠십 대에 사망했을 것이다. 몇 올 되지 않는 머리털과 음모가 이를 말해준다. 테우는 상세한 조사를 통해 그녀의 두개골이 골절되었음을 확인했다.

그는 게르트루드를 존경했다. 과한 장례식을 포기하고 미래를 위해 기꺼이 젊은 의사들의 실습도구를 자처한 지성인이다. 어둠 속에 영영 갇히기보단 의학 발전에 한 몸 헌신하는 게 낫잖아, 라고 그녀는 분명 생각했을 것이다. 생전 그녀의 서재는 수준 높은 문학 작품들로 채워져 있지 않았을까? 왠지 그런 생각이 든다. 젊은 시절부터 모아온 레코드판들로도. 다리 근육을 보아하니 소싯적 춤도 꽤 췄을 것 같다. 어쩌면 매일 밤 춤을 추러 다녔는지도 모른다.

시체들 대부분은 고약한 악취를 풍기는 노숙자나 걸인들이었다. 죽음만이 삶의 최종 목적지였던 사람들. 돈도 없고 교육도 받지 못했지만 그들에게는 번듯한 뼈와 근육과 장기가 있었다. 덕분에 죽어서라도 유용하게 쓰일 수 있었다.

게르트루드는 그들과 확실히 달랐다. 그 발로 거리를 떠돌고 그 손으로 구걸을 하는 모습은 상상이 되지 않는다. 누군가에게 살해당했을 가능성도 없어 보인다. 강도나 남편이 휘두른 둔기에 머리를 맞아 죽었을 리 없다. 게르트루드는 자연계의 질서를 따르지 않는 아주 특별한 이유로 죽음을 맞이했을 것이다. 누가 감히 그녀를 죽일 용기를 낼 수 있었겠는가. 바보라면 몰라도…….

문제는 세상이 바보들로 득실거린다는 사실이었다. 주위를 슥 둘러보기만 해도 금세 알 수 있다. 하얀 가운 차림의 바보, 클립보드를 든 바보, 거슬리는 고음으로 마치 게르트루드를 잘 안다는 듯 지껄여대는 바보.

"관절낭이 열려 있고, 섬유층이 뒤집혀서 대퇴골과 경골의 원위부와 근위부가 드러나 있습니다."

여학생의 설명에 테우는 터져 나오려는 웃음을 꾹 참았다. 만약 게르트루드가 저 황당한 소리를 들었다면 그녀 또한 폭소를 터뜨렸을 게 뻔하다. 게르트루드와 함께였다면 테우는 고급 와인을 나눠 마시며 온갖 것에 대해 신나게 수다를 떨었을 것이다. 같이 영화를 보며 마치 평론가라도 된 듯 영상미와 세트와 의상에 대해 평가했을 것이다. 게르트루드는 그에게 인생에 대해 몇 수 가르쳐줬을 것이고.

게르트루드에 대한 다른 학생들의 무례함이 테우를 거슬리게 했다. 언젠가 교수가 자리를 비웠을 때 방금 새된 목소리로 의학 용어를 늘어놓던 여학생이 시체의 손톱에 빨간 매니큐어를 칠하며 킥킥댄 적이 있었다. 다른 학생들은 주변에 몰려들어 그 광경을 흥미롭게 지켜봤다.

테우는 보복에 집착하는 타입이 아니지만 게르트루드가 당한 모욕에 대해서는 복수하고 싶었다. 학교 차원에서 징계를 내리도록 조치할 수도 있었지만, 그래봤자 요식 행위에 그쳐 효과라고는 요만큼도 없었을 것이다. 그는 게르트루드를 모욕한 여학생에게 포르말린을 쏟아붓는 상상을 한 적도 있다. 공포에 질린 눈으로 말라가는 자신의 피부를 지켜보는 그녀의 반응을 확인하고 싶었다. 아니, 테우가 가장 원하는 것은 그녀를 죽이는 것이었다. 그리고 작고 창백한 그녀의 손톱에 매니큐어를 바르는 것.

물론 테우는 이를 실행에 옮길 마음은 없었다. 그는 살인마가 아니니까. 괴물이 아니니까. 어릴 적 테우는 밤마다 바르르 떨리는 자신의 손을 들여다보며 머릿속 생각을 해독하려 무던히 애썼다. 마치 괴물이 된 듯한 기분이었다. 테우는 평생 그 누구도 좋아하지 않았고, 아무에게도 관심을 보이지 않았다. 누군가를 그리워해 본 적도 없었다. 그저 꾸역꾸역 살아만 왔을 뿐이었다. 사람들은 연신 그의 인생을 들락거렸고, 테우는 그들과 깊이 엮이지 않으려 매일 전쟁을 치러야 했다. 문제는 가식적으로라도 타인에게 호감이 있는 척해야 한다는 거였다. 가끔 불가피하게 애정 표현을 해야 할 때도 있었다. 시간이 지나며 테우는 자신의 연기가 자연스러울수록 사는 게 편해진다는 사실을 깨달았다.

종이 울리자 학생들이 실습실을 빠져나갔다. 이번 학년의 마지막 수업이 끝났다. 테우는 누구와도 인사를 나누지 않은 채 밖으로 나왔다. 그는 어깨너머로 회색 건물을 돌아보며 게르트루드를 떠올렸다. 두 번 다시 보지 못할 그의 친구는 다른 시체들과 함께 공동묘지에 묻히게 될 것이다. 그녀와 함께하는 특별한 순간도 오늘이 마지막이었다.

그렇게 테우는 또다시 외톨이가 되었다.

2장

잠에서 깬 테우는 기분이 썩 좋지 않았다. 그는 주방으로 들어가 어머니를 위해 커피를 만들었다. 조리대는 높고, 파트리시아의 손은 선반에 닿지 않았다. 무리해서 손을 뻗다가는 금세 진이 빠져 휠체어에 주저앉게 될 것이다. 상상조차 하고 싶지 않은 모멸적인 상황이었다.

물이 끓기를 기다리는 동안 테우는 거실을 쓸고 설거지를 했다. 삼손을 위해 신문지를 갈아주고 녀석의 밥그릇에 사료도 채워줬다. 그는 언제나처럼 어머니 침대 옆 탁자에 커피를 놓아두고 이마에 입을 맞춰 어머니를 깨웠다. 다정한 아들은 그래야 하니까.

9시. 파트리시아가 침실을 나왔다. 그녀는 천으로 된 샌들에 수수한 드레스 차림이었다. 테우는 어머니가 옷을 챙겨 입는 모습을 본 적이 없었다. 모르긴 해도 엄청나게 고된 과정일 것이다. 언젠가 어머니에게 새로 산 청바지를 입혀주겠다고 했지만 그녀는 단호히 거절했다. "이 정도도 혼자 못 하면 죽어야지." 30분 후 그녀는 드레스 차림으로 방을 나왔다. 청바지는 쓰레기통에 처박혀 있었다.

"마를리랑 같이 시장에 가기로 했어. 삼손도 데려갈 거야." 파트리시아가 귀고리를 걸며 말했다. 테우는 TV에 시선을 고정한 채 고개를 끄덕였다. 화면 속에서는 톰이 제리를 맹렬히 쫓고 있었다.

"나 어때?"

파트리시아는 화장까지 완벽히 마친 상태였다.

"시장에서 마음에 드는 남자라도 발견하신 거예요, 엄마? 솔직히 말해보세요!"

"애석하게도 아니야. 하지만 사람 운명은 어찌 될지 모르잖니. 비록 몸은 불구지만 아직 죽지 않았다고!"

테우는 '불구'라는 표현을 싫어했다. 파트리시아는 자신의 상태를 대수롭지 않게 여기려고 일부러 그 단어를 즐겨 썼다. 생각할수록 슬픈 일이다. 사고 이후 그들은 그날의 비극을 떠올리지 않으려고 무던히 애썼다. 휠체어가 일상의 일부가 돼버린 마당에 굳이 사고를 언급할 필요는 없었다.

파트리시아는 삼손의 목줄을 끌고 주방을 나왔다. 골든 리트리버가 털로 덮인 꼬리를 흔들어댔다. 녀석은 그들이 코파카바나 해변이 내려다보이는 펜트하우스에 살았던 9년 전 가족의 일원이 되었다. 지금의 투룸 아파트에서는 개를 키우는 게 만만찮았다. 테우는 언제라도 녀석을 동물보호소에 넘길 준비가 돼 있었다. 삼손은 멋진 털과 좋은 혈통을 자랑하는 녀석이었다. 보호소에 넘기면 금세 새 주인을 만날 것이다. 하지만 어머니에게는 차마 그 말을 꺼내지 못했다. 어머니에게 삼손은 또 다른 아들이나 다름없었다.

초인종이 울렸다. 파트리시아는 현관으로 향했다.

"마를리, 어서 와!"

그들의 이웃이자 파트리시아의 둘도 없는 친구인 마를리는 다소 맹한 구석이 있는 노처녀로, 난해한 모든 것의 애호가였다. 그녀는 파트리시아의 간호를 자처해 샤워를 돕고, 삼손을 산책시켜 주기도 했다. 두 사람은 수요일마다 카드놀이를 즐겼다. 테우는 솔직히 그들 관계에서 누가 더 상대에게 의존적인지 구분이 되지 않았다. 그는 마를리가 어머니에게 카드 점을 쳐줄 때마다 흥미롭게 지켜봤지만, 점괘는 대부분 현실에 조금도 근접하지 못했다.

언젠가 마를리가 테우의 점을 봐준 적이 있었다. "넌 큰 부자가 될 거야. 젊고 예쁜 여자를 만나 결혼하고 행복하게 살 거야."

테우는 그녀의 점괘를 믿지 않았다. 아무리 애를 써도 자신이 행복해하는 모습은 상상이 되지 않았다. 그는 지옥의 변방에 영원히 갇혀 살게 될 운명이었다. 행복하거나 슬픈 일이 없는 단조로운 일상에 파묻혀서. 그의 인생은 그저 소심한 감정으로 가득 찬 공동空洞에 불과했다. 하지만 그는 개의치 않았다.

"한 시간 후에 돌아올게. 이따 오후에 바비큐 파티에 가는 거 알지? 까먹지 마." 파트리시아가 말했다.

"바비큐 파티라니?"

"이리카의 딸내미 생일이거든."

"전 안 갈래요. 걘 잘 알지도 못하는데."

"또래 애들이 많이 올 거야."

"전 채식주의자라고요, 엄마."

"친구들이 자꾸 너에 대해 물어보더라고. 가면 마늘빵도 있을 거야."

테우는 가끔 어머니의 트로피가 된 듯한 기분이 들었다. 어머니는 늘 이런 식으로 자신의 신체적, 지적 결함을 만회하려 했다.

"같이 가자고 부탁하는 게 아니야. 따라오라고 명령하는 거지. 이따 같이 갈 거니까 그렇게 알고 있어." 파트리시아가 거칠게 문을 닫고 나가버렸다.

애니메이션에서 흘러나오는 음악 소리만이 정적을 일깨웠다.

마늘빵은 없었다. 석쇠 위 고기에서 떨어진 피와 기름이 밑에 깔린 숯에 닿아 튀었다. 젊은 사람들은 귀청이 터질 듯한 펑크 음악에 맞춰 춤을 춰댔다. 파트리시아는 친구들 틈에 묻혀 신나게 수다를 떠는 중이었다. 테우에게는 죄다 생소한 사람들이다. 그냥 집에서 〈톰과 제리〉나 볼 걸 그랬다.

테우는 보드카 병들로 가득 찬 쿨러에서 생수 하나를 용케 찾아냈다. 이곳에 오래 머물고 싶지 않았다. 그가 택시를 타고 먼저 돌아가면 파트리시아는 나중에 친구 차로 귀가할 것이다. 비록 마음은 불편했지만 저택의 빼어난 건축미에는 혀를 내두를 수밖에 없었다. 암벽 한복판에 파묻힌 대저택은 돌계단으로 연결된 세 곳의 거주 공간으로 이루어져 있었다. 구불구불한 계단 양옆의 비탈은 자연 식생으로 뒤덮여 있었다. 파티가 벌어지는 계단 밑 방갈로에는 수영장과 바비큐 그릴, 바닥에 고정된 나무 탁자가 갖춰져 있었다. 좁은 길을 따라 나가니 다채로운 색채를 띤 정원이 나타났다. 잘 관리된 그곳의 하얀 울타리 너머로는 숲이 펼쳐져 있었다.

"음악 소리를 피해 나온 거예요, 사람을 피해 나온 거예요?" 뒤에서 여자 목소리가 들렸다. 술기운이 묻어나는 쉰 목소리였다.

돌아보니 그보다 몇 살 어려 보이는 여자가 서 있었다. 키가 기껏해야 145센티미터쯤 되는 작은 아가씨였다. 그녀의 갈색 눈이 주변에 널린 꽃들을 차분히 훑어나갔다.

"음악." 테우가 대답했다.

두 사람 사이에 긴 침묵이 흘렀다.

다이아몬드 패턴이 수놓인 밝은 색 블라우스에 검은 스커트. 그녀는 꽤 신경 써서 차려입은 듯했다. 하지만 미녀라 부르기에는 좀 모자랐다. 이국적이라는 표현이 딱 어울렸다. 대충 손질해 쪽을 찐 담갈색 머리도 단정하지 않았고, 몇 가닥은 아예 땀에 젖은 이마에 달라붙어 있었다.

"춤추다 나온 거예요?" 테우가 물었다.

"네. 좀 쉬려고요."

여자가 살짝 미소를 짓자 덧니가 드러났다. 그녀의 부정교합이 테우에게 묘한 매력으로 와 닿았다.

"이름이 뭐죠?"

"테우. 원래는 테오도루예요. 그쪽은?"

"클라리시."

"이름이 예쁘네요."

"제발 클라리시 리스펙토르* 얘긴 꺼내지 마요. 그 작가 소설은

---

* Clarice Lispector(1925~1977). 『나에 관한 너의 이야기』 등의 작품을 쓴 브라질 소설가.

읽어본 적 없으니까. 그 여자 때문에 얼마나 괴로운지 몰라요."

태우는 그녀의 괄괄한 성격이 맘에 들었다. 하지만 애써 진지한 표정을 유지했다. 사실 그는 자신감 넘치는 여자들이 불편했다. 자신보다 우월한 여자들은 어차피 그림의 떡일 뿐이었다.

클라리시가 그에게 다가와 소시지와 고기 몇 점이 담긴 접시를 난간에 내려놓았다. 그녀는 쥐고 있던 잔으로 목을 축였다. 화려한 문신이 블라우스 소매 밖으로 살짝 비쳤다. 무슨 모양을 새긴 건지는 알아볼 수 없었다.

"왜 아무것도 안 먹고 있어요?"

"채식주의자예요."

"술도 못해요? 그거 물이죠?"

"술은 좋아하지 않아요. 약하기도 하고."

"그나마……." 그녀가 또다시 잔을 입으로 가져가며 말했다. "마실 수는 있다니 다행이네요. 그 왜 이런 말이 있잖아요. 술을 못하는 사람은 위험하다는. 당신은 괜찮다는 뜻이에요."

태우는 더 참지 못하고 웃음을 터뜨렸다.

클라리시는 접시에서 고기 한 점을 집어 입에 넣었다.

"당신은요? 지금 뭘 마시고 있죠?" 태우가 물었다.

"거미gummy예요. 보드카랑 레몬 주스 분말을 섞어 만든 칵테일. 꼭 표백제를 마시는 기분이에요."

"표백제 맛이 어떤지 알아요?"

"마셔보지 않아도 알 수 있어요." 그녀가 확신에 찬 목소리로 대답했다. 마치 절대적인 진실을 말하는 것처럼.

테우는 살짝 불편해졌다. 그럼에도 대화가 계속 이어지기를 은 근히 바랐다. 테우의 시선이 클라리시의 하얀 다리와 자주색 스트 랩 샌들로 덮인 발레리나 발로 떨어졌다. 그녀의 발톱은 전부 제 각각의 색으로 칠해져 있었다.

"왜 발톱을 그렇게 칠했어요?"

"손톱도 마찬가지예요." 클라리시가 손을 내밀어 보였다. 손가 락이 길고 가늘었다. 테우는 그토록 가녀린 손을 본 적이 없었다. 짧게 깎은 손톱들도 역시 다양한 색이었다.

"그렇군요. 근데 왜 그렇게 칠했죠?"

"튀어 보이려고요." 그녀는 지체 없이 대답하며 오른손 검지를 입으로 가져갔다.

테우는 클라리시에게 손톱 물어뜯는 습관이 있음을 알아챘다. 어쩌면 그게 부정교합의 원인이었는지도 모른다. 그녀의 앞니는 앞으로 살짝 돌출돼 있다. 치의학을 공부한 적은 없지만 테우는 게르트루드를 더 깊이 알기 위해 치아에 대한 조사를 많이 했었다.

"왜 튀어 보이려 하는 거죠?"

클라리시가 눈썹을 추켜세웠다. "세상은 너무 따분하잖아요. 우 리 부모님이 바로 그 증거죠. 우리 아빠는 엔지니어인데 허구한 날 출장만 다녀요. 상파울루, 휴스턴, 런던. 엄마는 변호사예요. 관료 주의가 집안 내력이죠. 그래서 난 다르게 살아보려는 거예요. 틀에 박힌 일상에서 벗어나 세상일엔 관심을 끊고 마음껏 퍼마시기. 신 나게 바보짓하고 나서 까먹어버리기. 손톱을 갖가지 색으로 칠하 기. 너무 늦기 전에 인생을 제대로 즐겨봐야 하지 않겠어요?"

클라리시가 직물로 짠 작은 가방에서 보그 멘톨 담배를 꺼내
한 개비를 뽑아 들었다. "불 있어요?"

"담배를 안 피워서요."

그녀가 혀를 차며 가방을 뒤적거렸다. 어느덧 해는 언덕 너머로
저물고 있었다. 테우는 난간 너머로 술에 취해 휘청대는 그림자들
을 내려다봤다. 클라리시가 라이터를 찾아 들고 손으로 바람을
막으며 불을 당겼다. 담배를 한 모금 길게 빤 후 테우 앞으로 연
기를 내뿜었다.

"먹지도 않고, 담배도 안 피우고, 술도 안 좋아하고…… 테우,
섹스는 하나요?"

테우는 박하 향이 나는 연기를 피해 옆으로 살짝 이동했다. 뭐
가 무섭다고 피하지? 저 괴짜 때문에 내가 왜 겸연쩍어해야 하지?
테우는 그녀 앞에서 연기를 하고 싶지 않았다. 담배를 뻐끔대며
아무 말이나 늘어놓는 그녀의 심드렁한 태도가 왠지 맘에 들었다.

"그냥 농담한 거예요. 긴장 풀어요."

클라리시가 테우의 어깨를 툭 쳤다.

두 사람의 몸이 처음으로 접촉한 순간이었다. 테우가 미소를 지
었다. 그녀의 손이 닿았던 어깨가 찌릿거렸다. 그는 무슨 말이라도
해야 할 것 같았다.

"무슨 일 해요?"

"뭘 하냐고요?" 그녀가 또 고기를 집어 입에 넣었다. "술도 많이
마시고, 뭐든 닥치는 대로 먹어요. 담배도 아무거나 막 피워댔었는
데 요즘은 보그 멘톨만 피워요. 계집애들 담배 말이에요. 가끔 섹스

도 하죠. 대학에선 미술사를 공부하고요. 그게 적성에 맞는지는 모르겠지만. 내가 정말 하고 싶은 건 시나리오 쓰는 거예요."

"시나리오?"

"그래요. 영화 대본 말이에요. 그러잖아도 지금 뭘 하나 쓰고 있어요. 장편 하나 분량이 될지는 모르겠는데, 아무튼 줄거리는 완성됐어요. 30쪽 정도 썼는데 아직 갈 길이 멀어요."

"나중에 한번 읽어보고 싶어요."

그는 넘쳐나는 불경함의 결과물을 눈으로 확인하고 싶었다. 그녀가 무엇에 대해, 어떻게 글을 쓰는지 궁금했다. 대부분의 소설가는 자기 이야기를 글에 담곤 하는데.

"당신이 맘에 들어 할진 모르겠어요. 여자들 이야기거든요. 절친한 독신녀 세 명이 차를 타고 모험을 찾아 떠나는 이야기예요. 로드 무비라고 할 수 있죠."

"읽어보지 않고 좋아할 순 없잖아요."

"알았어요. 보여줄게요." 그녀가 담배를 샌들 밑창에 문질러 끄고 고기 두 점을 집어 먹었다. "당신은요? 무슨 일을 하죠?"

"의대 다녀요."

"우아, 그럼 엄청 고지식하겠군요. 우리 엄마가 좋아하는 타입이에요. 엄마는 미술사로는 어디 가서 명함도 못 내민다고 하세요. 형법전을 달달 외우고 늘 법률 문서에 파묻혀 사는 게 뭐 그리 유세 떨 일이라고."

"당신 생각처럼 그리 고지식한 분야는 아니에요. 의학에도 예술이 포함돼 있거든요."

"어떤 부분에요?"

"우선 예술에 대한 정의부터 따져봐야겠죠. 난 검시관이 되고 싶어요."

"그게 무슨 예술이죠?"

"설명하자면 좀 복잡해요. 나중에 기회 되면 얘기해줄게요."

테우는 그녀와의 사이에 보이지 않는 또 다른 연결고리를 만들어보기 위해 애쓰는 중이었다.

"좋아요. 난 이만 돌아가 볼게요."

서둘러 자리를 뜨려는 클라리시의 모습에 테우는 살짝 실망했다. 어떤 이유에선지 그녀는 그에게서 벗어나려 애쓰는 것 같았다.

"안 그래도 택시를 부르려던 참인데 같이 타고 갈래요?"

"아뇨. 난 근처에 살아요."

"잠깐 휴대폰 좀 빌릴 수 있을까요? 내 건 집에 두고 왔거든요. 택시만 부르고 금방 돌려줄게요."

그녀가 가방에서 휴대폰을 꺼냈다. "자요."

테우는 전화를 걸며 클라리시를 지켜봤다. 풀어헤쳐진 머리가 허리까지 흘러내려와 있었다. 긴 머리와 자그마한 체구의 대조가 묘한 매력으로 다가왔다.

그때 투광조명* 두 개가 자동으로 켜졌다.

"응답을 안 하네요. 나가서 잡아봐야겠어요."

테우는 휴대폰을 돌려줬다.

---

* 미적 효과나 광고 효과를 위해 건물을 비추는 조명. 또는 작업장의 야간 작업을 위한 조명.

두 사람은 돌길을 따라 갈림길이 나타날 때까지 걸어 내려갔다. "나가는 길은 저쪽이에요." 테우가 손으로 가리키며 말했다.

"난 맥주 한잔 더 하고 갈게요. 사람들에게 인사도 해야 하고요. 당신은 인사할 사람 없어요?"

테우는 둘러댈 말을 찾지 못하고 솔직히 대답해버렸다. "그냥 안 하는 게 나을 것 같아요."

클라리시가 고개를 끄덕였다. 그러더니 바짝 경직된 테우의 입술에 살짝 키스하고 발을 돌려 두 계단씩 뛰어 올라갔다. 그녀의 왼손에 쥐어진 잔에서 초록색 액체가 연신 튀었다.

테우는 아찔한 기분을 느끼며 집에 도착했다. 침대 옆 탁자에서 휴대폰을 집어 들고 어머니에게 문자 메시지를 띄운 후 부재중 전화를 확인했다. 그는 마지막 수신번호를 한참 응시한 후 소파에 누워 천장을 올려다봤다. 머릿속으로 이미지들이 속속 떠오르기 시작했다. 그의 안에서 무언가가 폭발했다. 설명할 수 없고, 설명하고 싶지도 않은 무언가가. 비록 클라리시의 성姓과 사는 곳과 다니는 학교는 모르지만 휴대폰 번호는 확실히 알아냈다. 이제 두 사람은 친밀한 사이가 된 것이었다.

3장

테우는 잠에서 깨자마자 클라리시에게 전화하고 싶은 충동에 휩싸였다. 그는 이미 외워버린 번호를 눌렀다. 하지만 차마 통화 연결 버튼을 누를 수 없었다. 자기 번호를 어떻게 알았는지 물으면 뭐라고 하지? 솔직히 실토했다간 날 유치하고 한심하게 생각할 텐데.

테우는 클라리시와의 아득한 거리감이 조금도 좁혀지지 않았음을 깨달았다. 만약 아무것도 시도하지 않는다면, 그냥 휴대폰에서 그녀의 번호를 삭제해버린다면 두 번 다시 그녀를 보지 못할 터였다. 살면서 이런 특별한 인물과 운명적으로 맞닥뜨리는 경우가 어디 흔한 일인가?

삼손이 다가와 테우의 다리를 툭툭 건드렸다. 테우는 자신의 손을 신나게 핥아대는 녀석의 두툼한 털을 살살 쓰다듬더니, 잠시 후 녀석을 밀쳐냈다. 지금은 누구에게도 위로받고 싶지 않았다.

테우는 성당에 가기 위해 옷을 챙겨 입었다.

"늦었어!" 엘리베이터에서 어머니가 소리쳤다.

그는 깊은 숨을 한 번 들이쉬었다. 어머니가 다니는 모든 곳에 굳이 그가 동행할 필요는 없었다. 인내심 많은 간호사처럼 코파카바나의 인도를 따라 휠체어를 밀고 다니는 건 그의 의무가 아니었다.

"지금 가요, 엄마!" 그는 끓어오르는 반발심을 애써 진정시켰다. 침대 옆 탁자에서 지갑과 휴대폰을 집어 들고 아파트를 나섰다.

사제의 손으로 바치는 이 제사가 주님의 이름에는 찬미와 영광이 되고 저희와 온 교회에는 도움이 되게 하소서.

태우에게 일요일 미사는 매우 흥미로운 의식이었다. 지나치게 경건한 몇몇 신자의 모습에 웃음을 터뜨릴 뻔했다. 촉촉해진 눈으로 나지막이 기도문을 읊어대는 꼴이라니. 그런다고 신이 들어주나?

저희와 함께하시나이다.

초현실적으로 느껴지는 광경이다. 세속적 쾌락에 빠져 사는 방탕한 사람들. 하지만 문제가 생겼다 하면 쪼르르 성당으로 달려와 누릴 자격도 없는 구원을 청하며 기도를 해댄다.

저희 도리요, 구원의 길이옵나이다.

한때 일요일 미사가 고문처럼 여겨지던 때가 있었다. 태우는 어릴 적부터 교리를 배우러 다녔고 견진성사*까지 받았다. 독실한 파트리시아의 극성 때문이었다. 그는 오랫동안 교리에 이의를 제기할 수 없다는 현실에 불만을 품었다.

---

* 堅振聖事. 가톨릭교에서 신자들의 성장단계마다 치르는 7단계 예식(7성사) 중 두 번째 성사.

당신의 아들을 저희와 함께할 수 있게 하소서!

하지만 테우는 논쟁이 가톨릭교도의 의무가 아님을 금세 깨달았다. 신자의 의무는 무조건 받아들이고 암기하는 것뿐이었다. 아이들이 학교 시간표를 달달 외워야 하듯이. 테우는 그렇게 흘려버린 60분을 유익하게 활용하는 방법을 터득했다.

주의 성령을 보내소서!

테우는 모든 구절을 완벽히 이해하고 암기했다. 하지만 신도들은 자신들이 무슨 말을 읊어대고 있는지 신경조차 쓰지 않았다. 그냥 기계처럼 일제히 읊조리기만 했다.

십자가와 부활로 저희를 구원하신 주님, 길이 영광 받으소서.

테우는 신도들을 따라 기도문을 읊어나갔다. 이따금 어머니와 눈이 마주칠 때면 여유롭게 미소를 지어 보였다. 하지만 그의 정신은 요란한 성당에서 멀리 떨어진 곳에 팔려 있었다. 그는 오직 미사와 해부학 실습 때만 평온을 느꼈다.

주여, 저희의 제물을 받아주소서!

지금 테우의 머릿속은 온통 클라리시 생각뿐이었다. 그 외의 다른 생각은 비집고 들어올 틈이 없었다. 설교가 이어지는 내내 클라리시가 스스럼없이 다가왔던 지난밤의 일을 떠올렸다. 소시지와 고기가 담긴 접시, 그리고 도발적으로 던졌던 그녀의 질문. *테우, 섹스는 하나요?*

주님의 영혼으로 저희를 하나 되게 하소서!

기억이 사그라지자 새로운 대화와 향기와 풍미가 속속 떠오르기 시작했다. 왠지 클라리시와 함께할 시간들은 게르트루드와 함께했던 시간보다 훨씬 특별할 것 같았다.

저희가 사랑과 기쁨 속에서 살아갈 수 있도록 하소서!

문득 좋은 생각이 떠올랐다. 치밀한 계획을 통해서만 성공할 수 있는 시나리오. 테우는 벌써부터 들뜨기 시작했다.

주여, 저희에게 영원한 빛을 내리소서!

미사가 끝날 때까지 머릿속으로 그 시나리오를 세 번이나 돌려 봤다. 결과는 만족스러웠다. 클라리시에게 접근할 완벽한 방법이 준비된 것이다.

하느님, 감사합니다.

성당을 나온 파트리시아는 지난 몇 주간 보지 못한 친구와 맞닥뜨렸다. 테우는 공부해야 한다며 슬그머니 빠져나왔다. 그는 신문 가판대에서 전화카드를 구입하고 한산한 광장의 공중전화 부스로 들어갔다. 부스 안에 매춘 광고가 덕지덕지 붙어 있었다. 모델들의 눈은 검은 띠로 가려졌고, 은밀한 부위들이 적나라하게 노출돼 있었다. 노련해 보이는 입술과 뜨겁게 달아오른 그곳들. 음탕한 여자들. 클라리시는 그들과 달랐다. 적극적이지만 귀여운 구석이 있었다.

클라리시의 휴대폰에 전화를 걸었다. 두 번째 신호음이 흐르고 그녀가 응답했다.

테우는 급히 전화를 끊었다. 몇 번 심호흡을 한 후 다시 걸었다. 이번 응답은 더 빨랐다.

"안녕하세요? 실례지만 클라리시와 통화할 수 있을까요?" 테우는 상파울루 말씨를 흉내 내어 말했다.

"제가 클라리시인데요. 누구시죠?"

"안녕하세요, 클라리시. 브라질 국립 지리통계연구소입니다. 당신 이름이 우리 시스템 목록에 있어서요. 성이 어떻게 되죠?"

"마냐이스."

"고마워요. 나이는요?"

"스물네 살이에요."

그녀가 자신보다 두 살이나 많다는 사실에 테우는 흠칫 놀랐다.

"기록을 수정하는 동안 잠시 기다려주시겠어요?"

그때 부스 앞을 지나던 버스가 주차장에서 불쑥 튀어나온 차를 향해 경적을 울렸다. 테우는 황급히 송화구를 막아 쥐었다.

"기다려주셔서 감사합니다. 현재 대학생들 대상으로 설문조사를 진행 중입니다. 대학에 다니는 거 맞죠?"

"네." 그녀의 목소리에서 조바심이 묻어났다.

"어느 학교에서 무엇을 전공하고 있죠?"

"RJSU에서 미술사를 공부하고 있어요."

"리우데자네이루 주립 대학이죠?"

"RJSU가 그거 말고 뭐겠어요?"

"첫 강의는 몇 시에 시작하죠?"

"아침 7시."

"강의 프로그램이 만족스럽나요?"

"그 지옥 같은 과정을 솔직히 얘기했다간 아마 고소당할걸요."

"지금 몇 학년이죠?"

"이봐요, 내 생일이랑 우리 엄마 결혼 전 성이랑 내 팬티 색깔까지 물어볼 거예요?"

테우의 손이 찌릿찌릿 저렸다. "물론 아닙니다. 이게 마지막 질문이에요. 지금 몇 학년입니까?"

"3학년요."

"설문조사에 응해주셔서 감사합니다."

클라리시는 대꾸 없이 전화를 끊었다.

테우는 전화를 끊고 방금 뽑아낸 소중한 정보를 머릿속으로 정리했다. 그의 얼굴에 미소가 떠올랐다.

일요일 하루는 계속 이어졌다. 테우는 일요일을 좋아하지 않았다. 별로 피곤하지 않아서 남은 시간은 인터넷으로 클라리시에 대한 정보를 찾는 데 다 써버렸다. 클라리시는 미술사 대학 입시에서 당당히 일등을 차지했다. 어느 학과라도 가뿐히 들어갈 수 있는 성적이었고, 다른 입학시험에서도 수석을 차지했다. 어느 점성학 관련 블로그에 그녀가 남겨놓은 글도 찾아 꼼꼼히 읽어봤다. SNS에서 '클라리시 마냐이스'를 검색하니 흉측하게 생긴 여자의 사진이 떠올랐다. 테우가 만난 클라리시가 아니었다.

잠자리에 들기 전, 아침 이른 시간으로 알람을 맞춰두었다. 아침 7시까지 그녀의 학교에 갈 생각이었다.

검은색 벡트라*는 아벨라르가*의 화려했던 과거 유물이었다. 그

---

* Opel Vectra. 독일 자동차 업체 오펠에서 1988년부터 2008년까지 생산한 승용차.

들이 코파카바나의 펜트하우스에 살았던 시절의. 가세가 크게 기운 후에도 파트리시아는 끝내 차를 포기하지 않았다.

테우는 6시 30분에 대학교에 도착했다. 미술사 학부는 조용했다. 그는 재킷 후드를 뒤집어썼다. 봄이지만 적막한 복도는 찬바람이 스며들어 서늘했다.

"3학년 학생들은 어디서 찾을 수 있죠?"

청소부에게 묻자 모른다는 대답이 돌아왔다.

테우는 로비 의자에 앉아 앞을 지나가는 학생들을 물끄러미 바라봤다. 챙겨온 뒤렌마트*의 책을 펼쳐 들었지만 초조한 마음에 글이 눈에 들어오지 않았다. 첫 페이지를 반복해서 읽었지만 단 한 줄도 이해되지 않았다. 예쁘장한 여학생들이 속속 지나쳐 갔다. 이국적인 머리 모양, 하얀 피부, 손마다 들려 있는 노트북 컴퓨터. 하지만 어디서도 클라리시의 모습은 보이지 않았다.

9시. 테우는 학부 사무실을 찾았다. 책상을 지키고 있던 신경질적인 여직원은 학기가 끝났으니 휴가를 떠나지 않았겠느냐며 자기는 모른다고 딱딱거렸다.

그는 다시 로비로 와서 클라리시와 자신을 연결해주는 계단의 난간을 붙잡았다. 시야가 흐릿해져 코앞의 계단조차 보이지 않았다. 그는 넘어지지 않도록 조심스레 계단을 올라갔다. 포기하고 돌아가는 게 나을까? 만약 클라리시가 나에게 호감을 느꼈다면 이렇게 굳이 애쓰지 않아도 만남이 이뤄지지 않을까? 그녀는 어떻

---

* Friedrich Durrenmatt. 「물리학자들」 등의 희곡 작품을 남긴 스위스의 극작가이자 추리작가.

게든 원하는 것을 손에 넣어야 직성이 풀리는 타입 같으니.

그의 패배는 퉁방울눈을 가진 여학생에 의해 확인되었다. "3학년은 학기가 이미 끝났어요. 난 4학년이고요. 지난 학기에 3학년 애들이랑 강의 몇 개를 같이 들었죠. 4학년도 학기가 끝났는데 난 점수를 확인하러 온 거예요. 클라리시라는 이름은 처음 듣는데요."

테우는 짜증 섞인 목소리로 고맙다고 한마디 했다. 클라리시를 모른다고? 황당하군. 어떻게 다들 주변의 보물을 알아보지 못하지? 그는 학교 앞 언덕길을 터덕터덕 걸어 내려갔다.

주차장을 반쯤 남겨둔 지점에서 클라리시를 발견했다. 친구와 수다를 떨며 걸어오고 있었다. 테우는 뛰는 가슴을 간신히 진정시키고 그녀를 미행하기 시작했다. 그는 오늘의 우연을 운명으로 받아들이기로 했다. 갑자기 온몸에 기운이 솟았다. 클라리시는 친구와 함께 사무실로 들어갔다.

하늘에서는 잿빛 구름과 태양이 옥신각신하고 있었다. 클라리시는 금세 사무실을 나왔고, 친구의 말에 까르르 웃음을 터뜨렸다. 테우는 클라리시를 웃게 만든 친구가 부러웠다. 그 친구가 어떤 농담을 던졌는지 궁금했다. 게르트루드와 그녀의 침묵에 익숙한 테우는 이제 클라리시의 스타일에 적응해야 했다.

두 여학생은 언덕길을 걸어 내려갔다. 클라리시는 황록색 카디건에 울긋불긋한 줄무늬 블라우스 차림이었다. 그녀는 지하철역에 다다를 때까지 멘톨 담배를 피워댔다. 두 사람은 승차권을 이미 갖고 있었다. 테우는 부랴부랴 승차권을 구입하고 그들이 있는 플랫폼으로 내려갔다. 그는 두 사람과 같은 객차의 다른 문으로 탑승했다. 역마다 많은 승객들이 타고 내렸지만 클라리시는 주변 상황에 조금도 관심을 보이지 않았다. 오로지 친구만 쳐다보며 연신 미소를 흘렸다.

보타포구에서 내린 그들은 버스를 타고 식물원으로 향했다.

테우는 잽싸게 택시를 잡아탔다. 마치 영화 속 주인공이 된 듯한 기분이었다. "저 버스를 따라가 주세요."

미행은 라지공원까지 이어졌다. 버스에서 내린 두 사람은 계속해서 활기 넘치는 대화를 이어갔다. 테우는 택시 요금을 건네고 거스름돈도 챙기지 않은 채 그들을 쫓았다.

당장 비가 쏟아질 듯한 날씨에도 아랑곳 않고 지저분한 아이들이 공원 곳곳을 누비고 있었다. 유니폼을 입은 유모들은 벤치에 앉아 수다를 떨거나 조깅하는 남자들과 시시덕거렸다. 나이 든 커플들은 손을 잡고 산책 중이었다. 한쪽에서는 청년들이 빙 둘러앉아 즉석 소풍을 즐기고 있었다. 클라리시와 친구는 그 풍경 속에 자연스레 녹아들었다. 그들은 배낭에서 전문가급 카메라를 꺼내 들고 파란 꽃들과 임페리얼 야자나무*를 촬영했다. 사진을 찍고 있는 서로의 모습도 카메라에 담았다.

한참 후 클라리시가 카메라를 집어넣고 진주 귀고리를 꺼내 걸었다. 그녀는 연못 옆에서 19세기 아가씨들처럼 멋들어지게 포즈를 취하며 카메라를 향해 미소 지었다. 몸을 숙여 꽃향기를 맡기

* imperial palm. 일곱 개의 잎줄기가 촛대 모양으로 달려 있는 엄청나게 큰 야자나무.

도 했고, 공원 한복판에 자리한 오래된 장원#圈 앞 계단을 유유히 오르내리기도 했다. 클라리시의 눈은 마치 암사자의 눈 같았다.

클라리시와 그녀의 친구는 촬영한 사진들을 살펴보기 시작했다. 몇몇 사진을 보고 폭소를 터뜨린 클라리시가 친구에게 삭제할 사진을 몇 개 골라줬다.

테우는 그 사진들이 보고 싶었다. 매정하게 지워버린 것들도 오직 자신만을 위해 간직하고 싶었다. 그는 멀리 떨어진 나무 뒤에 숨어 눈으로 클라리시를 몰래 촬영했다. 그렇게 촬영한 이미지들은 머릿속에 잘 담아두었다.

땅거미가 내려앉자 두 친구는 사과를 하나씩 꺼내 먹었다. 테우는 그들을 미행한 지 열 시간이 훌쩍 지났다는 사실을 문득 깨달았다. 게다가 점심조차 먹지 못했다. 마침내 클라리시는 친구를 떠나보내고 멘톨 담배를 꺼내 물었다. 가파른 계단을 오른 그녀가 모퉁이 너머 교차로를 건너갔다. 발걸음이 가벼워 보였다. 그녀의 자그마한 체구는 금세 인파 속에 파묻혔다. 짧은 골목으로 들어선 그녀가 가방에서 열쇠를 꺼내 높은 돌벽에 에워싸인 집의 현관문을 열었다. 테우는 몇 분 기다렸다가 그 집의 주소를 적어뒀다.

택시를 잡아타고 자신의 차를 세워둔 대학교 주차장으로 향했다. 집에 돌아와 어머니에게 건성으로 입을 맞추고 곧장 욕실로 갔다. 샤워와 면도를 말끔히 하고 나와 향수를 뿌리고 옷장에서 신중히 고른 옷으로 갈아입었다. 넓은 어깨에 딱 맞는 초록색 폴로 셔츠.

"옷차림에 꽤 신경 썼구나. 어디 가니?" 연속극을 보고 있던 파트리시아가 광고시간을 틈타 아들에게로 관심을 돌렸다. 그녀는 자신의 무릎을 베고 엎드린 삼손의 머리를 살살 쓰다듬고 있었다.

"여자 만나러 가요. 차 가져갈게요."

다행히 이번에는 여자친구와 영화를 볼 거라는 둥 굳이 거짓말을 만들어낼 필요가 없었다. 그는 지금껏 여자를 집에 데려온 적이 없었다. 혼자서 청승맞게 유럽 영화를 보는 게 유일한 낙이었다. 여자를 만나러 간다고 하지 않는다면 어머니는 보나마나 터무니없는 상상에 사로잡힐 것이다. 아들이 동성애자라는 억측까지 할지도 모른다. 동성애자들은 섹스에만 집착하는 음란한 부류다. 테우는 게이로 사느니 차라리 은둔자로 낙인찍히는 게 낫다고 생각했다.

이제는 마음놓고 진실을 털어놓을 수 있게 됐다. 더 이상 파트리시아에게 거짓말할 필요가 없다. 자기 자신에게도 물론이고. 그는 클라리시와 영화관 맨 뒷줄에 앉아 노닥거리고 싶었다. 바비큐 파티에서 그녀는 기습적으로 그의 입술을 훔쳤다. 왜 그것으로 끝이어야 하지? 테우는 도둑맞은 그 엉큼한 키스의 인질이 되고 말았다. 그는 침략자가 아니라 침략당한 피해자였다. 그녀를 알고 싶은 만큼 그녀에게 발견되고도 싶었다. 그는 클라리시를 사랑한다. 그것은 더 이상 부정할 수 없는 사실이다. 이제는 그도 사랑을 받아야 할 때였다.

테우는 당장 클라리시를 만나볼 수 없다는 현실에 짜증이 났다. 그는 벌써 두 시간째 차에 틀어박혀 불 켜진 그녀의 침실 창을 지켜보고 있었다. 가끔 커튼 뒤로 그림자들이 움직였다.

집 앞에 세워진 빨간 코르사*가 경적을 두 번 울렸다. 잠시 후 고혹적인 검은색 드레스 차림의 클라리시가 현관문을 열고 나왔다. 차에서 내린 남자가 그녀를 맞았다. 남자는 이십 대 후반에서 삼십 대 초반으로 보였다. 커다란 직사각형 안경과 검은색 정장 때문에 다소 늙어 보였다. 클라리시는 남자의 볼에 살짝 입을 맞춘 후 차에 올랐다.

몇 분 후 그들은 라파 지구에 도착했다. 커다란 배낭을 들고 차에서 내린 남자가 클라리시의 손을 잡고 세실리아 메이렐레스 콘서트홀**로 들어갔다. 정문에 붙은 포스터에 오늘 밤의 프로그램이 소개돼 있었다. "영Young 브라질리언 심포니 오케스트라—청춘 콘서트." 드보르자크의 9번 교향곡을 연주할 예정이었다.

테우는 공연을 보고 싶지 않았다. 바이올린과 첼로로 무장한 오케스트라의 진지한 분위기는 그를 거슬리게 했다. 클라리시가 다른 남자와 입을 맞추는 걸 멀리서 구경하고 싶지도 않았다. 둘이 다정하게 손을 잡고 있는 모습만으로도 충분히 속이 쓰렸다.

하지만 고민 끝에 티켓을 구매했다. 여자들의 머리 너머로 클라리시가 보였다. 낮에 함께 다녔던 친구와 나란히 앉아 있었다. 남자는 어디에도 보이지 않았다. 콘서트가 시작되고 나서야 비로소

* Opel Corsa. 오펠에서 1982년부터 생산하는 소형차.
** Cecília Meireles Concert Hall. 리우데자네이루에 있는 세계적인 콘서트홀. 세실리아 메이렐레스는 브라질의 유명한 여성 시인이다.

직사각형 안경을 낀 남자가 오케스트라 단원임을 알게 됐다. 남자는 동료들 틈에서 붉은 빛을 띤 바이올린을 연주하고 있었다. 태우는 압도적인 적대감에 휩싸여 음악에 집중하지 못했다. 그는 앞좌석 등받이를 타고 오르는 개미를 발견하고 엄지손가락으로 짓이겨버렸다.

콘서트가 끝난 후 세 사람은 공연장 근처 술집으로 들어갔다. 그들은 피자와 맥주를 먹으며 신나게 수다를 떨었다. 클라리시는 여자치고 주량이 상당했다. 새벽 3시쯤 됐을 때 남자 혼자 술집을 나섰다. 그는 자신의 차에 올라 셔츠 자락으로 안경을 꼼꼼히 닦은 후 거칠게 문을 닫고 출발했다. 태우는 고개를 길게 빼고 어떻게 된 일인지 확인했다. 클라리시의 친구만 자리를 지키고 앉아 술을 마시며 혼잣말을 주절대고 있었다. 클라리시는 밖에서 담배를 피우는 중이었다. 야수 같은 모습으로 팔짱을 끼고 선 채 연기를 뿜어내고 있었다.

태우는 클라리시에게 다가가고 싶었다. 하지만 왠지 지금은 적절한 타이밍이 아닌 것 같았다.

클라리시는 담배꽁초를 배수로에 던지고 다시 안으로 들어왔다. 그녀는 테킬라 몇 잔을 더 시켜놓고 라임과 소금을 곁들여 단숨에 비워냈다. 몇 시간 후 두 사람은 술집을 나섰다.

그들은 어깨동무를 하고 휘청거리며 울퉁불퉁한 라파의 인도를 따라 걸었다. 클라리시는 친구에게 몸을 기댄 채 연신 웃음을 터뜨렸다. 친구는 확실히 클라리시보다 덜 취한 상태였다. 그들은 계속해서 요란하게 수다를 떨었다. 어두운 거리가 조금도 두렵지 않은 모양이었다. 태우는 천천히 차를 몰아 그들을 뒤따랐다. 헤드라이트를 꺼놓는 것도 잊지 않았다. 빈 택시 두 대가 차례로 지나쳐 갔지만 그들은 택시를 잡으려 하지 않았다.

사람이 없는 모퉁이에 멈춰 선 두 사람이 잠시 서로를 어루만지더니 격렬한 키스를 퍼붓기 시작했다. 산발이 된 머리, 벗겨진 구두. 그들은 연신 낄낄대며 키스를 이어갔다. 친구가 주근깨가 뿌려진 클라리시의 하얀 볼을 혀로 핥아댔다. 클라리시는 입을 벌리고 화려한 손톱으로 친구의 허벅지를 꾹 찔렀다. 친구는 클라리시의 목을 쪽쪽 빨았다.

태우는 눈을 가리고 싶었다. 어떻게 저럴 수 있지? 잽싸게 달려가 그들을 뜯어말리고 싶었다. 적당히들 좀 하라고!

마침내 커플은 모퉁이를 돌아 나갔다. 클라리시는 여전히 친구의 머리를 쓸어내렸다. 택시가 나타나자 친구가(태우는 그녀를 계속 '친구'라고 불러야 할지 고민스러웠다) 손을 흔들어 멈춰 세웠다. 그녀는 클라리시에게 진하게 키스한 후 차에 올라 차창 사이로 손을 흔들었다. 택시는 이내 그곳을 떴다.

클라리시는 제대로 걷지도 못했다. 그녀가 차도를 건너고 있는데 맹렬히 달려오던 차 한 대가 요란하게 경적을 울렸다. 순간적으로 정신을 차린 그녀가 인도 쪽으로 몸을 날렸다. 그리고 운전자를 향해 욕을 퍼부었다. 힘겹게 몸을 일으킨 그녀의 무릎에서 피가 배어났다. 그녀는 몇 걸음 못 가 다시 쓰러졌다. 그러더니 오래된 모퉁이 집의 어두운 문간으로 기어 들어가 널브러진 채 잠이 들었다.

태우는 그녀가 겁먹지 않도록 슬그머니 다가갔다. 그녀의 팔뚝을 붙잡고 머리를 살살 쓸어내렸다.

"응?" 클라리시가 눈을 반쯤 떴다.

"자, 나랑 같이 가요."

"네?"

"길거리에 쓰러져서 자면 어떡해요. 내가 집에 데려다줄게요."

클라리시는 묵묵히 태우의 말에 따랐다. 태우는 그녀를 부축하고 벡트라로 돌아왔다. 고개를 젖힌 채 조수석에 앉은 그녀에게서 술 냄새가 역하게 풍겼다.

"여긴 어떻게 알고 왔어요?" 클라리시가 혀 꼬인 소리로 물었다.

태우가 핑곗거리를 떠올리는 동안 클라리시는 다시 잠에 빠져들었다. 악몽을 꾸는지 눈꺼풀 밑에서 눈동자가 빠르게 움직였다. 대체 누구 꿈을 꾸고 있을까?

그녀의 집 앞에 차를 세웠다. 어느새 화요일 새벽이 밝아 있었다. 일찍 일어나 출근을 준비하는 사람들이 몇몇 보였다. 희미한 새벽빛이 신선하게 느껴졌다. 계기판 시계는 5시 30분을 알리고 있었다. 태우는 그녀의 가방에서 열쇠꾸러미를 찾아 들고 그녀를 깨웠다.

"집 열쇠가 어느 거죠?"

"그거예요."

"자, 가요. 내가 부축해줄게요."

태우가 먼저 차에서 내렸다.

"발 조심해요." 그녀의 팔뚝을 붙잡자 술 냄새에 가려졌던 진한 향수 냄새가 확 풍겼다. 돌벽 안쪽에서 개 짖는 소리가 넘어왔다. 개들이 묶여 있는지 소리가 가까워지지는 않았다. 태우는 열쇠로 현관문을 열고 들어갔다.

클라리시는 혼자서 걸을 수 없는 상태였다. 태우가 스위치를 찾아 불을 켜자 그녀의 입에서 신음이 흘러나왔다. 그녀의 머리는 산발이었고, 드레스도 심하게 구겨져 있었다. 태우는 그녀를 거실 소파에 눕혀놓았다. 넓은 거실에는 나무 식탁을 비롯한 온갖 가구가 있었고, 법률 서적이 빽빽이 꽂힌 책장과 대형 TV도 보였다.

"주방은 어느 쪽이죠?"

클라리시는 소파에 깔린 모포를 몸에 두루고 누워 눈을 감았다.

"누구시죠? 여기서 뭐 하는 거예요?"

큰 키에 날씬한 체구의 부인이 거실로 들어서며 물었다. 진홍색 가운을 걸친 그녀의 표정에서 당혹감이 묻어났다.

"전 그냥 클라리시를 도와주려고…… 상태가 좀 안 좋거든요."

부인이 소파에 앉아 클라리시의 이마에 손을 얹고 열이 있는지 확인했다. "진탕 취했군요. 대체 내 딸에게 무슨 짓을 한 거죠?"

"아무 짓도 안 했어요. 저는 술도 못하는걸요. 지나다가 우연히 길거리에 쓰러져 있는 걸 발견한 거예요. 주방은 어디 있죠?"

"주방은 왜요?"

"뭔가 단것을 먹여야 해서요."

클라리시의 어머니가 수상쩍다는 눈빛으로 그를 쳐다봤다. 그녀가 딸의 볼을 톡톡 두드렸지만 클라리시는 반응이 없었다. "상태가 심각하네요. 알코올성 혼수인 것 같아요."

"포도당을 섭취하면 나아질 거예요."

"혹시…… 의사예요?"

"의대생입니다."

"이름이 뭐죠?"

"테우."

"난 엘레나라고 해요. 이 아이 엄마예요. 이제 됐으니 가봐요. 앤 내가 챙길 테니."

엘레나가 클라리시의 팔을 잡고 부축해 일으켰다.

"제가 도와드릴게요."

"그럴 필요 없어요. 고마워요."

"저는 클라리시를 알아요."

엘레나가 걸음을 멈추고 테우를 돌아봤다. "오, 얘랑 친구예요?"

"저희는……." 테우는 적절한 표현을 찾아 머리를 굴렸다.

"제 남자친구예요, 엄마." 클라리시가 불분명한 발음으로 말했다.

테우는 자신의 귀를 의심했다.

"남자친구?" 엘레나가 물었다.

"새로 사귄 친구예요. 내일 봐, 테우. 오늘 고마웠어." 클라리시가 말했다. 테우는 클라리시가 자신의 이름을 기억하고 있다는 사실에 기분이 좋았다.

엘레나와 클라리시는 복도로 사라졌다.

집에 돌아와 침대에 누운 테우는 잠을 이루지 못했다. *제 남자친구예요, 엄마……*.

그게 무슨 뜻이지? 클라리시는 혼자 두면 안 될 사람이었다. 술을 과하게 마시고, 엽기적인 행각도 서슴지 않았다. 엽기 행각이 아니라면 거리에서 친구와 벌인 그 행동을 어떻게 설명할 수 있을까? 내가 다 지켜봤다는 걸 클라리시도 알고 있을까?

태우는 그녀의 친구에게 주도권을 빼앗겼음을 깨달았다. 친구는 클라리시가 무력한 상태에 빠져 있는 틈을 타 입술을 훔치고 실컷 조물락거렸다. 태우는 절대 꿈도 못 꿀 일이었다. 그는 좀 더 분별 있는 방법으로 클라리시를 쟁취하고 싶었다. 작은 제스처들로. 오직 자신만이 그녀를 행복하게 해줄 수 있다는 걸 조금씩 일깨워주고 싶었다.

내일 봐, 태우……

4장

테우는 휴대폰 벨소리에 놀라 잠에서 깼다. 그가 응답했을 때 전화는 이미 끊기고 난 후였다. 생소한 발신자 번호. 테우는 다시 전화벨이 울리길 기다렸다. 오후 2시. 그는 여전히 황홀한 기분에 젖어 있었다. 침실의 색조도 평소와 달리 아름답게 느껴졌다.

거실 테이블에는 어머니가 남겨놓은 메모가 있었다. 늦은 귀가의 이유를 묻는 질문, 마를리와 함께 파케타*에 다녀오겠다는 통보, 그리고 배가 고프면 냉장고에서 리코타 라자냐를 꺼내 먹으라는 당부. 테우는 배가 고프지도, 목이 마르지도, 졸리지도 않았다. 그저 클라리시가 빨리 보고 싶을 뿐이었다.

그는 샤워를 하고 집을 나섰다. 그녀를 못 보게 될 걱정은 없었다. 분명히 그녀가 자기 입으로 내일 보자고 했으니. 문득 선물을 챙겨가는 게 예의인 것 같다는 생각이 들어 마침 눈에 들어온 서점으로 들어갔다. 완벽한 책 한 권이 진열돼 있었다. 멋들어지게 장정

---

* 브라질 북동부 피아우이주(州)의 한 지역.

된 클라리시 리스펙토르의 단편소설집. 500쪽에 달하는 양장본이다. 계산을 하고 포장을 부탁했다. 화려한 색채의 포장지, 귀여운 나비 매듭, 그리고 카드.

그는 당당히 초인종을 눌렀다. 향수가 제대로 뿌려졌는지 확인하고 촉촉한 머리도 매만졌다. 깜짝 선물은 등 뒤에 감춰놓았다.

클라리시가 문을 열고 나왔다. 살랑거리는 나이트가운 차림의 그녀는 매혹적이었다. "안녕, 테우. 들어와." 그녀는 테우를 보고 불쾌해하지 않았다.

거실 바닥에 옷들이 널려 있었다. 작은 탁자에는 바퀴 달린 분홍색 쌤소나이트 여행가방 두 개가 활짝 열린 채 놓여 있었다. 클라리시는 테우가 앉을 수 있도록 소파에 놓인 속옷을 치워줬다.

"좀 어때?"

"괜찮아. 어젯밤엔 고마웠어."

그녀는 작은 여행가방에서 꺼낸 옷을 여유롭게 개키며 큰 가방으로 옮겨 담았다.

"요 근처 지나다가 인사나 할까 해서 들렀어."

"잘 왔어. 고맙다는 인사를 하고 싶었거든."

"고맙긴 뭐. 몸 상태가 나아졌다니 다행이야."

"아직도 머리가 좀 아프긴 해."

"곧 나아질 거야."

클라리시가 몸을 숙여 코트를 집어 들었다. 그녀의 무릎에 둘러진 붕대가 테우의 시선에 들어왔다.

"어디 가려고?"

"오늘 떠나. 시나리오를 마저 쓰려고. 노트북만 챙겨갈 거야. 기왕 시작한 거 끝을 봐야지."

"어디로 가는데?"

"테레조폴리스.* 정신수양과 자기성찰이 필요할 때마다 찾는 곳이야. 리우에선 시간과 돈과 에너지를 너무 허비하면서 살잖아."

"언제 돌아올 건데?"

"나도 몰라. 아마 오래 있을 거야. 아빠가 출장을 가신 후로 엄마는 나만 붙잡고 하루 종일 잔소리를 늘어놓고 있어. 거머리처럼 찰싹 달라붙어서 말이야. 단 며칠이라도 나만의 시간을 가지려면 이 방법밖에 없어. 마침 방학이니 부담도 없고. 한 석 달 있다 오지 않을까 싶어."

"크리스마스는?"

"그때까지 돌아올 수 있을지 모르겠네."

"오늘 저녁이나 같이 먹을까 했는데."

"짐이 꾸려지는 대로 떠나려고 했어. 저녁은 나중에 돌아와서 같이 먹자."

자칫하면 클라리시를 영영 놓쳐버릴 수도 있을 것 같았다.

"네 시나리오 읽어보려면 네가 돌아올 때까지 기다려야 해?"

"내 시나리오?" 그녀가 미소 지었다. "정말 읽어보고 싶어?"

"당연하지."

그녀는 잠깐 기다리라고 한 후 복도로 사라졌다.

＊ 리우데자네이루주 중부의 도시. 고원의 휴양지로 이루어져 있다.

테우는 어찌해야 할지 난감했다. 어수선한 거실 풍경이 그의 마음을 산란하게 했다. 그는 클라리시의 방을 구경하고 싶었다. 지금 당장 그녀의 인생에 대한 모든 걸 알고 싶었다. 3개월은 너무 길다.

"아직 끝난 건 아니야. 지난 며칠간 한 줄도 못 썼어. 하지만 대충 스토리를 파악할 정도는 돼."

클라리시가 스테이플러로 묶어놓은 종이 다발을 건넸다.

"퍼펙트 데이즈Perfect Days." 테우가 소리 내어 제목을 읽었다.

"내가 떠올린 제목 중에선 그게 제일 낫더라고. 기본 콘셉트는 맨 앞장에 있어. 하지만 시놉시스는 좀 더 써야 해. 스토리에 큰 구멍이 생겨서 걱정이야."

"그래도 어떤 내용인지 대충 들려줄 수 있어?"

클라리시가 눈을 가늘게 뜨고 잠시 골똘한 생각에 잠겼다. 그 모습이 숨 막힐 만큼 아름다웠다.

"로드 무비 같은 거라고 얘기했었지? 아만다, 프리실라, 카로우라는 세 친구가 있어. 아만다는 얼마 전 남자친구랑 헤어졌고, 나머지 둘은 지금껏 싱글로 살았어. 세 친구는 테레조폴리스로 여행을 떠나. 내가 지금 가려는 호텔로. 드워프레이크팜 호텔. 난방을 한 샬레,* 퐁뒤,** 그리고 페달보트를 탈 수 있는 호수가 있는 곳. 신호가 잡히지 않아 휴대폰은 쓸 수도 없어. 정말 끝내주는 곳이지."

"정말 끝내줄 것 같은데! 계속해봐."

---

* 지붕이 뾰족한 산간지방의 목조주택. 스위스에서 목동들의 오두막으로 주로 이용된다.
** 치즈에 와인, 향신료 등을 넣어 녹인 알프스의 전통요리로 빵 등을 찍어 먹는다.

"세 사람은 호텔에서 외국인을 만나게 돼. 프랑스 남자. 그와 함께 섬으로 떠나는데 그들이 들르는 곳마다 온갖 모험이 기다리고 있어. 로맨틱한 순간도 있고, 비극적인 일도 벌어져. 아무튼 그런 내용이니까 한번 읽어봐."

"재밌겠는데."

"부디 그랬으면 좋겠어. 솔직한 의견이나 제안은 언제든 환영이야. 하지만 너무 심한 비판은 삼가줘." 그녀가 웃으며 말했다.

"읽어보고 나서 소감을 들려줄게." 그가 말했다. 그리고 용기를 내어 물었다. "전화번호 알려줄 수 있어?"

클라리시가 짐을 꾸리다 말고 돌아서서 작은 탁자에 걸터앉았다. 그녀는 팔꿈치를 무릎에 얹고 그를 빤히 쳐다봤다.

"이미 알고 있잖아."

"몰라."

"토요일에 알아내지 않았어?"

"알고 있다면 뭣 하러 묻겠어?" 테우는 퉁명스러움이 묻어나지 않게 조심히 말했다.

"일요일에 나한테 전화했었잖아. 국립 지리통계연구소."

그녀에게 들려주고 싶었던 아름다운 멘트들이 순식간에 증발해버렸다.

"그게 무슨 소리야?"

"내가 그렇게 어수룩해 보여?" 그녀가 확신에 찬 목소리로 천천히 말했다. "일요일에 이상한 전화가 걸려왔어. 지리통계연구소라면서 이것저것 캐묻는데 네 목소리랑 비슷하더라고. 그날 오후에 수

신번호로 전화해봤더니 응답한 노인이 코파카바나의 공중전화래."

"그건 내가 아니었어."

"혹시나 해서 연구소에 문의해봤는데 그쪽엔 내 번호도 없고 그곳 시스템에 내가 들어 있지 않대. 내 성이나 생년월일도 모른다 하고. 일요일 날 전화 왔던 남자는 분명 그런 걸 물어봤거든. 게다가 일요일에 무작위 설문조사를 하는 곳이 세상에 어딨어? 누군가 몰래 내 개인정보를 뽑아내려 했던 게 분명해. 그래서 묻는 거야. 네가 정말 원하는 게 뭐야?"

"클라리시, 난…… 맹세코 그건 내가 아니었어. 네가 혼동한 것 같은데……."

"아니. 난 다 알고 있어. 넌 한밤중에 라파에서 날 찾아냈어. 그게 정말 우연이었다고?"

"정말 우연히 보게 됐어!"

"어디 사는지 물어보지도 않고 날 집까지 데려다줬잖아. 넌 이미 내가 사는 곳을 알고 있었던 거야."

"네가 차에서 주소를 알려줬잖아. 취해서 기억을 못 하는 것 같은데, 네가 알려주지 않았다면 내가 무슨 수로 알 수 있었겠어?"

테우는 달리 둘러댈 말이 없었다. 수치심인지, 자기혐오인지 정체를 알 수 없는 기분을 느꼈다.

"넌 날 미행했어. 내 번호는 바비큐 파티에서 알아냈고. 내 휴대폰 빌려서 네 휴대폰에다 전화했잖아." 그녀가 옷 무더기 속에서 휴대폰을 찾아 들었다. "여기 있잖아. 98-332-9090. 네 번호 맞지? 내가 지금 이 번호로 걸어볼까?"

"그럴 필요 없어."

"이미 걸어봤어. 아까 걸어봤다고. 네가 졸린 목소리로 받던데? 난 그게 너라는 걸 대번에 알았어. 일요일에 엉뚱한 핑계 대면서 내가 어느 학교 다니는지 알아냈지? 월요일엔 날 미행하면서 내가 어디 사는지 알아냈고. 어젯밤 라파에서도 넌 날 미행했어. 날 도와준 건 고맙지만 더 이상 스토킹하진 말아줘. 무섭단 말이야."

"스토킹하는 게 아니야. 난 아직도 네가 무슨 얘길 하고 있는지 모르겠다고."

그녀가 미소를 지으며 고개를 저었다. 어떻게 그의 계략을 간파했는지 조목조목 짚어나가면서도 그녀는 차분한 모습을 유지했다. 위기 상황에서도 침착함을 잃지 않는 타입 같았다.

"내 성을 알고 있다면 키스해줄게." 그녀가 말했다.

"뭐?"

"내 성을 알고 있다면 키스해주겠다고." 그녀가 장난 섞인 목소리로 말했다. "내가 성을 가르쳐준 적이 없지? 하지만 넌 운이 엄청좋으니까 내 성을 알아맞힐 수 있을지 몰라. 안 그래?"

"키스로 네가 옳다는 걸 증명하겠다고?"

"뭘 증명하겠다는 게 아니야. 그냥 네가 한 짓이 좀 비정상적이었다는 걸 일깨워주려는 거라고. 우린 서로에 대해 아는 게 거의 없잖아, 테우."

테우가 혀로 마른 입술을 훑었다. 여기서 사과를 할 수는 없다. 너무 초라해 보일 테니까. 클라리시는 그를 경멸하고 있었다.

"해명은 필요 없어. 누구나 가끔 이치에 안 맞는 행동을 하잖아.

하지만 이젠 내게서 거리를 좀 뒀췄으면 좋겠어. 이러는 건 옳지 않다고. 네가 내게 호감을 갖고 있다는 거 알아. 솔직히 나도 네게 호감이 있어. 좋은 사람 같거든. 하지만 이런 접근방식은 잘못됐어. 이건 스토킹이야. 정신병자나 할 짓이라고."

"네 말이 맞아, 클라리시. 미안해." 그는 멍한 상태로 일어섰다. 하지만 돌아가고 싶지 않았다. "정말 똑똑하구나. 그래서 너한테 끌렸는지도 몰라. 그런 상태로 겪은 일들을 다 기억하고 있다니."

클라리시는 다시 짐 꾸리는 작업으로 돌아갔다. 마치 모든 문제가 해결됐다는 듯이. "남다른 기억력을 갖고 있거든."

"그럼 네가 어머니한테 했던 말도 기억하겠네. 어머니가 내가 누군지 물으셨을 때. 그때 네가 뭐라고 대답했는지 기억해?"

"남자친구라고 했어."

그녀의 입에서 그 단어가 다시 튀어나오자 태우는 온몸에 소름이 쫙 돋았다. 이번에는 더 현실적으로 와 닿았다.

"왜 그렇게 대답했지?"

"그냥 장난삼아서. 엄마는 정말 짜증 나는 사람이거든. 내가 사귀었던 많은 남자들 중 엄마는 단 한 명도 맘에 들어 하지 않았어. 어떤 애는 마리화나를 피운다고 뭐라 하고, 또 어떤 애는 가난하다며 깔보셨지. 하지만 넌 다르게 보신 모양이야. 머리도 단정하고, 악취를 풍기지도 않고, 담배도 안 피우고. 게다가 의대생이잖아. 예의도 바르고. 무엇보다도 고주망태가 된 딸을 집으로 무사히 데려와줬으니 얼마나 고마웠겠어? 하마터면 거리에서 강간이라도 당했을지 모르는데. 엄마는 널 좋아하셔. 그래서 그렇게 대답했던 거야. 안 그러면 엄마가 실망하실까 봐."

"살다 보면 이치에 닿지 않는 행동을 할 때도 있잖아. 솔직히 내가 지금 여기서 뭘 하고 있는 건지 모르겠어, 클라리시. 한 가지 분명한 건 여기서 너랑 같이 있는 게 좋다는 거야. 네가 어제 그렇게 대답했을 때 얼마나 황홀했는지 몰라. 그 이유는 모르겠지만, 아무튼 그냥 좋았어. 지금도 그렇고. 난 네가 좋아. 네가 어머니한테 한 말이 진심이었으면 좋겠어. 단지 어머니를 실망시키지 않으려고 내뱉은 말만은 아니었길 바라."

태우가 그녀를 향해 돌아섰다. 자신의 감동적인 멘트에 만족스러워하면서.

그녀가 어깨를 으쓱였다. "나도 그랬던 적이 있었어. 누구나 마찬가지일 거야. 필요 이상으로 불안해하고, 매일 밤 잠도 이루지 못하고. 좀 황당하긴 했지만 기발한 꼼수였어. 내 휴대폰을 빌려 네 휴대폰에다 전화한 거 말이야."

"내게 기회를 줄래?"

클라리시가 미세하게 고개를 저었다. 짐을 마저 꾸린 그녀는 비워낸 여행가방을 닫고 스트레칭을 시작했다. 뻣뻣해진 목을 풀어내고 두 팔과 가슴을 활짝 폈다.

"그런다고 될 일이 아니야. 너랑 난 어울리지 않아. 그냥 친구로 지내면 안 될까? 넌 내 타입이 아니야. 너무 말쑥하다고. 너무 고지식하고. 난 모험을 좋아해. 와일드하게 살고 싶단 말이야. 넌 날 감당하지 못할 거야. 나 역시 널 견디지 못할 거고."

자립심 강한 클라리시는 결혼도 하지 않고 영원히 독신으로 살

여자였다.

"그래도 한번 노력해보고 싶어." 테우는 앞으로 한 걸음 다가서 선물을 내밀었다. "봐, 선물을 준비했어."

클라리시가 포장지를 뜯었다.

"클라리시, 그 작가 책은 못 읽어봤다고 했지? 왠지 좋아할 것 같아서 사왔어."

"고마워. 나중에 읽어볼게." 그녀가 받아 든 책을 여행가방 위에 내려놓았다.

"내 제안, 한번 생각해보겠어?"

"이미 얘기했잖아. 그냥 친구로 지내자고." 그녀의 목소리에서 짜증이 묻어나기 시작했다.

"난 네 친구가 되고 싶은 게 아니야. 난……"

"오, 그만 좀 해! 왜 날 나쁜 년으로 만드는 거지?"

"그게 아니라 난……"

"이 책 도로 가져가. 그리고 날 잊어줘. 우리가 만나지 않은 걸로 해달란 말이야. 내가 어제 한 말도 잊고. 응? 취중에 아무렇게나 내 지른 소리야. 진심이 아니었다고. 제발 더 이상 날 괴롭히지 말아 줘. 전화도 하지 말고 미행하지도 마. 선물 같은 것도 하지 말고."

"클라리시, 난……" 어느새 테우는 압도적인 모멸감에 휩싸였 다. "제발 그렇게 말하지 말아줘." 그는 조금 더 다가가 그녀의 팔 뚝에 살며시 손을 얹었다.

클라리시가 뒤로 물러났다. "내게 이래라저래라 하지 마. 어서 꺼 지기나 해! 웃는 낯으로 얘기해주면 듣는 시늉이라도 해야 하잖

아. 그렇게 여자가 궁하고 절실하면 매춘부나 찾아봐."

모욕적인 공격은 계속 이어졌다. 달달한 쉰 목소리와 제스처는 그대로였다. 하지만 그녀는 분명 다른 사람이 돼 있었다. 더 이상 클라리시가 아니었다.

테우는 앞으로 한 걸음 더 다가섰다. 어떻게든 그녀의 입을 막아야만 했다. 그가 책을 집어 들고 그녀의 머리를 세차게 내리쳤다. 클라리시 대 클라리시. 그는 책으로 그녀를 몇 번 더 내리쳤었다.

클라리시의 호리호리한 몸이 탁자 위로 축 늘어졌다. 뒤통수에서 배어난 피가 바닥에 놓인 셔츠 위로 뚝뚝 떨어졌다. 아무 무늬도 없는 책의 파스텔 색 표지는 암적색으로 물들어 있었다. 클라리시는 움직이지 않았다. 테우는 그녀의 맥을 짚어봤다. 아직 살아 있었다.

약간의 안도감이 찾아들었지만 그의 다리는 여전히 후들거렸다. 그는 누군가가 불쑥 들이닥칠지 모르는 문을 돌아봤다. 다가오는 발소리. 마구 날뛰는 상상력이 그를 마비시켰다. 문간에는 아무도 나타나지 않았다. 그는 조리 있고, 이성적이고, 어떤 상황에서도 위축되지 않는 사람이었다. 이런 난관 역시 거뜬히 수습할 수 있는 능력자였다. 미동도 없이 평화롭게 엎드려 있는 클라리시의 모습이 그의 마음을 저리게 했다.

그가 쌤소나이트 여행가방 두 개를 모두 열고 큰 가방의 옷을 작은 가방으로 옮겨 담았다. 작은 가방은 지퍼가 잘 잠기지 않을 정도로 꽉 차 터질 것만 같았다. 그는 클라리시를 큰 여행가방에 담고 안에서 숨을 쉴 수 있도록 틈을 적당히 남겨놓았다. 소파에 널브러진 옷들은 반듯하게 개어놓고, 그녀의 휴대폰은 자신의 주머니에 쑤셔 넣었다.

그는 여행가방을 현관에 끌어다놓은 후 큰 가방의 살짝 벌어진 틈을 들여다봤다. 클라리시는 평온해 보였다. 테우는 작은 탁자를 한쪽으로 밀어내고 피로 얼룩진 양탄자를 돌돌 말았다. 그리고 잠시 밖을 살폈다. 딴 데로 시선을 돌린 행인 몇이 집 앞을 지나가고 있었다. 그는 양탄자와 여행가방을 차 트렁크에 싣고 마지막으로 클라리시의 상태를 살폈다. 밀어냈던 탁자를 제자리에 돌려놓은 다음 현관문을 걸어 잠그고 차에 올랐다.

5장

테우는 뛰는 가슴을 애써 진정시켰다. 다행히 행운의 여신은 그의 편이었다. 그의 어머니는 파케타에서 아직 돌아오지 않았다. 그 틈을 타 클라리시를 집으로 끌고 들어갔다. 당분간 그녀를 방에다 숨겨놓고 수습책을 고민해볼 참이었다. 그녀의 부모는 딸이 인사도 없이 테레조폴리스의 호텔로 떠난 줄 알 것이다.

종업원용 엘리베이터를 타고 집으로 올라가자 삼손이 문간으로 나와 여행가방에 코를 대고 킁킁거렸다. 녀석은 꼬리를 미친 듯이 흔들며 요란하게 짖어댔다. 테우는 삼손을 진정시킨 다음 클라리시를 자신의 침대에 눕혀놓았다. 그녀는 구겨진 천사 같았다.

두 개의 분홍색 쌤소나이트 중 큰 가방인 애리스 스피너Aeris Spinner는 침대 밑에 들어가지 않아 옷장 선반을 비우고 그곳에 올려놓았다. 테우는 욕실로 달려가 거즈와 소독약을 챙겨왔다. 클라리시의 머리 상처를 치료하기 위해서였다. 그녀의 뒷덜미에 난 작은 상처가 그를 당혹스럽게 했다. 어쩌다 여기에 상처가 났지? 조심스레 그녀의 갈색 머리를 쓸어내렸다. 너무나도 부드러운 감촉이었다.

그녀의 발에서 불편해 보이는 플랫슈즈를 벗겨냈다. 라지공원에서 사진을 찍던 그녀의 모습이 문득 떠올렸다. 그때도 클라리시는 뒤축 없는 이 신발을 신고 냉담한 얼굴로 구석구석 누비고 다녔다. 짙은 화장에 통굽 구두를 신은 친구와는 완전 딴판이었다.

침대 끝에 걸터앉은 그는 클라리시의 숨소리에 귀 기울이며 자신의 호흡을 그녀의 호흡과 맞추려 노력했다. 유심히 지켜보면서도 그녀와의 거리는 적당히 유지했다. 변태나 사이코로 오해받을 수 있으니까. 테우는 클라리시에게 그녀의 짐작이 틀렸다는 걸 서서히 일깨워줄 참이었다. 그는 그녀를 학대할 수 없는 사람이었다. 그에게는 세상 남자들이 태생적으로 지니고 있는 동물적 본능이 없었다. 그는 그것을 자신의 장점으로 여겼다. 나 같은 남자가 많아지면 훨씬 살기 좋은 세상이 될 거야.

클라리시는 곧 깨어날 것이고, 정신이 들면 집으로 보내달라고 요구할 것이다. 씩씩거리면서 거침없이 아래층으로 내려갈 것이다. 왼손으로 상처를 감싸고 오른손으로는 보그 멘톨 담배를 쥔 채로. 그리고 그에게 욕을 해댈 것이다. 언제 또 공격을 받을지 몰라 경계하면서. 테우는 체포되고 공개적으로 비난받게 될 것이다. 언론은 그를 납치범이라고 부르겠지.

그는 기분이 썩 좋지 않았다. 자칫하다가는 악당으로 낙인찍힐 수도 있었다. 클라리시를 여행가방에 담아 집으로 데려온 것이 범죄인가? 사전에 계획한 것도 아니고, 몸값을 노리고 벌인 일도 아니었다. 이 모든 건 클라리시를 위한 조치였을 뿐이다. 욱해서 그녀의 머리를 내리친 것은 본의가 아니었다. 그 부분에 대해서는 진심으로 미안한 심정이었다. 나중에 기회가 되면 얘기해야지. 미안하다고.

하지만 클라리시가 용서해주지 않으면 어쩌지?

태우는 그녀를 보내줄 수 없다. 우선 그녀의 반응부터 확인해야 한다. 설령 경찰에 신고하지 않는다 해도 그녀는 영원히 그를 피해 다닐 게 분명하다. 그런 상황은 도저히 받아들일 수 없다. 그녀를 죽여야 한다는 생각이 태우의 뇌리를 스치고 지나갔다. 하지만 이내 그 생각을 떨쳐냈다.

그는 자기도 모르게 휘파람을 불기 시작했다. 조바심 때문일 수도, 긴장감 때문일 수도 있었다. 삼손은 계속해서 침실 문을 할퀴며 맹렬히 짖어댔다. 녀석에게 클라리시나 그녀의 여행가방 냄새를 허락해선 안 된다. 태우는 방을 나와 문을 잠근 후 삼손을 세탁실에 가두었다.

그는 욕실에 들어가 세수를 했다. 물이 조금이나마 스트레스를 씻겨내 줬다. 거울에 비친 얼굴은 의외로 봐줄 만했다. 클라리시가 내게 우아함을 옮겨준 걸까? 그의 창백한 얼굴은 호남형이라 부를 만했고, 입가에 매력적인 미소까지 머금고 있었다. 그는 약장을 뒤져 '힙놀리드'를 찾았다. 어머니가 불면증을 떨치기 위해 먹는 신경안정제였다.

파트리시아가 돌아오면 요란하게 짖어대는 삼손을 수상하게 여길 것이다. 녀석에게 힙놀리드를 먹여서 아침까지 깨지 못하도록 만들 참이다. 그때까지 클라리시를 어떻게 처리할 것인지 결정해야 한다. 테우는 삼손의 입을 강제로 벌리고 알약을 목구멍 속으로 밀어 넣었다. 10분 후 삼손은 잠에 빠져들었다.

조심조심 방문을 열어봤다. 그새 의식을 찾은 클라리시가 달려들지도 모른다. 하지만 그건 터무니없는 상상이었다. 그는 주근깨가 뿌려진 클라리시의 목을 찬찬히 훑어나갔다. 그녀는 움직임이 거의 없었다. 잠시 후 그녀의 눈이 반쯤 뜨였다. 테우는 어떻게 해야 할지 고민스러웠다. 사과를 할까? 오히려 태연한 모습을 보여야 하나? 동정적으로? 아니면 강압적으로?

클라리시가 인상을 쓰며 얼굴에 붙은 머리를 떼어낸 후 방 안 가구를 찬찬히 둘러보았다. 통증이 있는지 신음을 흘렸다. 테우는 욕실로 달려가 알약 두 개를 꺼냈다. 그것을 으스러뜨려 가루로 만든 후 물에 탔다.

"이거 마셔."

클라리시는 여전히 몸을 가누지 못했다. 언뜻 봐도 공포에 질려 있었다.

"두통약이야. 먹으면 금세 나을 거야." 테우는 최대한 짧게 말했다. 그녀에게 거짓말을 하기가 불편해서였다.

클라리시는 순순히 약을 받아 먹고 빈 잔을 침대 옆 탁자에 놓았다. 그녀의 입술이 살짝 움직였다. 그에게 묻고 싶은 게 있는 모양이었다. 몇 번의 시도 끝에 드디어 떨리는 목소리로 입을 열었다.

"대체 나한테 왜 이러는 거야?"

그녀의 목소리가 그를 짠하게 만들었다. 테우는 곧 돌아오겠다면서 거실로 나갔다. 한동안 거실을 빙빙 맴돌았다. 5분, 10분, 15

분, 20분. 방으로 돌아왔을 때 그녀는 다시 잠에 빠져든 후였다.

성인용품점은 그의 아파트에서 세 블록 떨어진 일라리우지고베이아Hilário de Gouveia와 노사세뇨라Nossa Senhora 대로 모퉁이에 있었다. 테우는 늘 그곳이 궁금했다. 일요일마다 어머니와 미사를 보러 다니는 성당 바로 옆에 공짜 스트립쇼와 포르노 영화 포스터로 도배된 가게가 버젓이 영업을 하고 있다니. 생각할수록 우스웠다. 죄악과 구원이 나란히.

테우는 후회할 줄 알면서도 망설임 없이 안으로 들어갔다. 가게 안에는 상상만으로도 욕지기 나는 상품들이 즐비했다. 이번 일만 아니었어도 이곳을 찾을 일은 없었을 것이다. 앞으로도 마찬가지일 것이고.

그는 다양한 크기와 색깔과 굵기의 진동기와 플라스틱 모조 음경이 진열된 벽을 쳐다보지 않으려고 애썼다. 죄다 무시무시해 보였다. 그는 가죽 스트랩온*과 채찍과 야한 의상들을 헤치고 걸어나갔다. 빼빼 마른 점원이 다가와 인사했다. 테우는 일부러 어수룩한 척하며 안내를 부탁했다. 점원은 페니스링,** 윤활유, 과일 향 콘돔을 차례로 보여줬다.

"초콜릿 향도 있어요, 손님." 점원이 테우의 손등에 식용 젤을 두 방울 떨어뜨리며 맛보라고 했다.

"핥아먹어 보라고요?"

---

* strap-on (dildo). 끈을 허리에 묶고 딜도 부분을 음부에 고정해서 쓰는 성행위 도구.
** 발기 강화를 위해 남자 성기에 감는 고리.

"네."

점원은 마치 가전제품 판매원처럼 젤의 장점을 상세히 소개해줬다. 테우는 기분 나쁘게 찐득거리는 젤을 혀로 핥고 싶지 않았다. 괜히 먹었다가 배탈이라도 나면 어떡해? 하지만 결국 점원의 권유를 이기지 못하고 맛을 보고야 말았다. 테우는 수갑을 보여달라고 하고 여러 모델 중 가장 견고해 보이는 것을 골랐다. 여분의 열쇠가 있었고, 안전장치 같은 건 없었다. 점원은 고객이 가학·피학성 변태성욕자일 가능성에는 조금도 관심이 없는 듯했다.

테우는 입마개가 있는지도 물어봤다.

"몇 가지 종류가 있어요. 공으로 된 재갈도 있고요, 나무로 된 것도 있어요. 오링O-ring으로 된 건 입을 강제로 벌리는 거고요. 그 왜 있잖아요. 오럴⋯⋯."

테우는 제품들에 담긴 창의성에 혀를 내둘렀다.

"입마개랑 세트인 얼굴 벨트도 있죠. 목 뒤로 버클을 채우는 거예요. 물론 패딩이 들어간 입마개도 있고요. 자, 여기. 상대 여성분을 순종적으로 만들기에 딱이죠. 패딩이 입에 물리는데요, 목구멍까지 들어가요. 이걸 차고 있으면 아무 소리도 낼 수 없죠."

"그렇군요."

"목줄도 있어요. 입마개가 달린 두꺼운 목줄요. 여자들이 아주 환장을 한답니다. 창고에 있으니까 가져와 볼게요."

"괜찮아요."

"그럼 어떤 걸로 하시겠어요?"

"마지막에 본 것들로 할게요. 얼굴 벨트 붙은 거랑 패딩 있는 거."

"수갑은요?"

"여섯 개 줘요."

뜻밖의 대답에 점원은 그를 다시 보는 듯했다.

"젤도 드릴까요?"

태우는 그것도 하나 달라고 했다. 점원이 괜히 엉뚱한 상상에 사로잡히지 않도록. 계산대로 간 그의 눈에 요상한 장치가 들어왔다. 가죽에 싸인 두 개의 막대, 그리고 그 끝마다 붙어 있는 수갑.

"저건 뭐죠?"

"팔다리를 벌려놓을 때 쓰는 거예요. 수갑을 상대의 손목과 발목에 채워서요." 점원이 그것을 가져와 건넸다. 생각보다 꽤 무거웠다. "자물쇠는 버클로 조절하면 되고요. 다용도로 쓸 수 있는 막대는 길이가 80센티미터쯤 돼요. 팔다리를 벌려놓을 때도 쓸 수 있고, 수갑들을 따로 사용할 수도 있죠. 두 막대를 이 스냅 후크에 걸면 엑스 자 모양으로도 만들 수 있어요."

"그것도 주세요."

집으로 돌아온 태우는 입마개가 달린 얼굴 벨트를 클라리시에게 채웠다. 그녀는 운동 매트에 누워 있었다. 나중에 통증으로 고생하지 않도록 태우가 나름 배려한 것이었다. 그는 클라리시를 침대 밑으로 밀어 넣고 두 발목을 침대 다리에 단단히 묶었다. 수갑이 노출되지 않도록 시트와 침대보로 잘 덮어놓는 것도 잊지 않았다. 그는 어머니에게 메모를 남겨놓고 집을 나섰다.

차를 몰고 학교로 향했다. 병리검사실로 들어가 실험용 쥐들이 담긴 우리를 챙겨 다른 학생들이 있는 연구실로 갔다. 연구실

냉장고에서 싸이욜락스 앰풀 세 개를 꺼냈다. 쥐에게 복강내 주사를 놓기 전 마취를 하는 데 쓰는, 힙놀리드보다 훨씬 고효능의 약물이었다. 테우는 앰풀들을 우리 바닥에 깔린 톱밥 속에 숨겨놓고 20분 동안 결과를 기록하는 척했다. 그 후 아무도 없는 복도로 빠져나와 앰풀들을 실험실 코트 주머니에 옮겨 담았다.

집으로 돌아오니 그새 귀가한 파트리시아가 TV를 보고 있었다. 그녀는 너무 피곤한 하루였다면서 일찍 잠자리에 들겠다고 했다.

"혹시 내 힙놀리드 못 봤니?"

테우는 약을 제자리에 돌려놓지 못한 자신을 질책했다. 클라리시한테 온 정신을 빼앗겨서 약을 자신의 침대 옆 탁자에 놓아둔 채 깜빡하고 말았다. 어머니가 직접 약을 찾아 나서기라도 하면 큰일이었다. 그의 방을 뒤지다가 침대 밑을 들여다보기라도 하면……. 어머니가 휠체어에 발이 묶인 상태라 다행이었다.

테우는 자기도 힙놀리드의 행방을 모른다고 대답했다.

파트리시아는 TV를 끄고 내일 또 마를리와 함께 파케타에 다녀올 거라고 통보했다. 그들의 이웃이 직접 그린 그림을 축제 마당에다 전시한다나. 테우는 침실 문을 걸어 잠그고 클라리시를 침대에 눕혀놓았다.

새벽 4시. 클라리시는 마침내 눈을 뜰 것처럼 보였다. 테우는 주사기를 챙겨 들고 그녀의 오른팔에서 정맥을 찾아 싸이욜락스를 주사했다. 그녀의 몸이 이내 축 늘어졌다. 잠자는 숲 속의 공주. 기발한 수습책이 떠오를 때까지 계속해서 안정제를 주사할 수밖에 없었다.

6장

테우는 화들짝 놀라 잠에서 깼다. 클라리시를 쫓아 어두운 숲을 들쑤시고 다니는 꿈을 꾸었다. 악몽 속의 이미지가 아직도 머릿속에 생생히 남아 있었다. 테우는 침대에 누운 클라리시를 빤히 쳐다보다가 맥을 짚어봤다. 클라리시는 여전히 깊은 잠에 빠져 있었다. 무시무시한 곳에서 그에게 쫓기던 모습과는 딴판이었다. 침대 시트에 그녀의 냄새가 배어 있었다. 달콤하고 황홀했다. 두 사람의 첫날 밤은 그렇게 흘러가 버렸다.

"문 좀 열어봐, 테우!" 파트리시아가 자물쇠 걸린 문손잡이를 잡고 흔들다가 노크를 했다. 그녀의 목소리에서 다급함과 피곤함이 묻어났다.

테우는 황급히 힙놀리드를 옷장에 숨기고, 클라리시를 침대 밑에 깔아놓은 운동 매트로 옮겼다. 수갑은 풀어주기로 했다. 당분간은 깨지 않을 게 분명하니까.

테우는 졸음 가득한 얼굴로 문을 살짝 열고 어머니의 이마에 입을 맞췄다.

"왜 이리 오래 걸렸어?" 어머니는 자주색 드레스 차림에 금으로 된 커다란 링 귀고리를 걸고 있었다.

"자고 있었어요."

어머니가 고개를 쭉 빼고 방 안을 들여다봤다. "문은 왜 걸어 잠 갔어? 무슨 일 있는 거야?"

"밤에 화장실 갔다 오면서 실수로 자물쇠를 건드렸나 봐요."

"실수로 자물쇠를 걸어놨다고? 그럴 수도 있나?"

"당연하죠." 테우는 방문을 뒤로하고 파트리시아의 휠체어를 거실 쪽으로 밀었다.

"아무래도 좀 이상해. 삼손도 오늘따라 움직임이 굼떠 보이고. 저 녀석이 저러는 건 처음 봐. 개 비스킷을 줘봐도 꿈쩍을 않는구나. 그냥 엎드려서 멀건 눈으로 올려다보기만 할 뿐이야."

"어디 아픈 게 아닐까요?"

"글쎄다. 혹시 그 녀석이 힙놀리드를 먹은 게 아닐까?"

삼손은 전에도 종종 그런 말썽을 일으켰다. 우편물을 물어뜯거나 샌들을 망가뜨리는 일은 다반사였다.

"설마요, 엄마! 마지막으로 먹고 어디다 뒀는지 기억 안 나세요?"

"욕실 약장 속에 넣어뒀겠지. 기억이 가물가물하구나."

"제가 한번 찾아볼게요."

"간밤에 나쁜 꿈을 꿨어. 네게 끔찍한 일이 벌어지는 꿈이었단다. 아주 섬뜩한 일이었어. 한번 깨고 나선 도저히 잠을 이룰 수가 없더라고."

"정확히 어떤 꿈이었는데요?"

"기억이 안 나."

"사실 저도 악몽을 꿨어요. 저에 대한 꿈은 아니었지만. 신경 쓰지 마세요. 꿈에 집착하는 건 어리석은 일이에요." 테우는 어머니의 염색 머리를 쓸어내리며 위로했다.

"나도 알아. 하지만 자꾸 공허함이 느껴져. 가슴 한켠이 뻥 뚫린 기분이랄까. 설명하기가 쉽지 않구나. 아무튼 지금 내 기분이 좀 그래." 그녀는 불안한 눈빛으로 아들을 쳐다봤다. "항상 행동거지를 조심해, 테우. 널 사랑하는 엄마를 위해서라도. 알았지?"

"저도 사랑해요." 테우가 말했다. 달리 할 말이 없었다.

삼손이 복도로 들어왔다. 녀석은 아직도 혼미한 상태에 빠져 있었다. 삼손이 파트리시아의 다리 옆에 웅크리고 앉아 그녀의 종아리를 핥아댔다.

"그래그래. 당연히 우리 삼손도 사랑하지." 파트리시아가 미소를 머금고 촉촉해진 눈가를 훔쳤다. "그래도 이 녀석은 집 안 곳곳을 돌아다니면서 먹는 것 외엔 특별히 일을 벌이진 않잖아."

"이상한 짓 안 할게요, 엄마."

그때 삼손이 테우의 방문으로 다가가 깨갱거렸다. 이빨을 드러내고 으르렁대기까지 했다.

"방에 뭘 숨겨둔 거 아니니?"

"아무것도 없어요."

"좀 들어가 봐도 돼?"

"절 믿으세요, 엄마."

"그래도 들어가 보고 싶어. 옆으로 좀 비켜주겠니?"

테우는 고개를 저었다.

"비키라니까. 안에 뭐가 있는지 직접 봐야겠어."

"안 돼요, 엄마."

"테우, 너랑 실랑이할 시간 없어. 대체 안에 뭘 숨겨둔 거니?"

"좋아요. 엄마가 이겼어요. 안에 여자가 있어요. 저랑 같이 밤을 보냈어요."

"여자?"

뜻밖의 대답에 어머니가 화들짝 놀랐다.

"클라리시라는 아가씨인데 최근 사귀기 시작했어요. 미리 얘기하지 못해 죄송해요."

"엄마가 한번 봐도 되겠니?"

"지금 자고 있어요."

"괜찮아. 그냥 자는 모습만 살짝 보고 나올게."

"알몸이에요, 엄마."

"그럼 네가 들어가서 시트로 잘 덮어주려무나. 아무리 봐도 넌 지금 거짓말을 하는 것 같아. 안에 아무도 없지?"

테우가 한숨을 내쉬었다. "잠깐 기다리세요."

그는 운동 매트에 누워 있는 클라리시를 조심스레 들었다. 그녀의 몸에서 병원 냄새가 풍겼다. 그녀를 침대에 눕히고 목의 상처가 보이지 않도록 머리를 한쪽으로 돌려놓았다. 몸에 누비이불을 덮어주고 수갑과 입마개를 풀어 옷장에 숨겨놓았다. 그리고 마침내 방문을 활짝 열었다.

"잠깐만 보고 나가주세요. 깨어나서 엄마가 들어와 계신 걸 보면 언짢아할 거예요."

어머니가 휘둥그레진 눈으로 고개를 끄덕이고는 침대로 바짝 다가갔다.

"여자친구가 아주 예쁘구나." 어머니가 미소를 흘리며 말했다.

태우는 기분이 좋았다. 클라리시는 세상의 모든 찬사를 한 몸에 받아 마땅하다. 그때 삼손이 들어오자 태우가 녀석을 쫓아냈다.

마침내 파트리시아가 방을 나갔다. "아까 의심한 거 미안해. 네가 저 애랑 교제 중이라니 기쁘구나. 아주 참해 보이는데."

초인종이 울리자 태우가 달려가 현관문을 열었다. 심하게 반짝거리는 드레스 차림의 마를리가 파트리시아를 부르며 서두르라고 법석을 떨었다. 태우는 어머니에게 입을 맞추며 잘 다녀오라고 인사했다. 마를리에게는 파케타에서 많이 팔고 오라고 덕담을 건넸다. 마침내 두 사람이 집을 나섰다.

삼손이 다시 맹렬히 짖어대기 시작했다. 대책 없이 개에게 계속 신경안정제를 먹일 수는 없었다. 클라리시도 마찬가지고. 그녀의 존재를 파트리시아가 알아버렸으니 더 이상 잠에 빠져 있다는 핑계를 댈 수도 없다. 갑자기 목이 메었다. 서둘러 결단을 내려야 할 때였다.

삼손은 힙놀리드 두 알이 섞인 사료를 게걸스럽게 먹어치웠다. 몇 분 후 아파트 안에 다시 정적과 평화가 찾아들었다. 태우는 그제야 조금이나마 긴장을 풀 수 있었다.

정오 즈음 갑자기 들려온 소리에 그는 흠칫 놀랐다. 클라리시의 휴대폰이 옷장 안에서 진동하고 있었다. 그녀의 벨소리는 AC/DC*의 히트곡 〈하이웨이 투 헬Highway To Hell〉의 연주 버전이었다. 화면에 발신자 이름이 떠 있었다. 엘레나. 황급히 휴대폰 전원을 끈 테우는 마음이 편치 않았다. 짧은 시간 동안 너무나 많은 실수를 저질렀다. 힙놀리드를 제자리에 갖다놓지 않았고, 클라리시의 휴대폰을 꺼두지 않았으며, 어머니에게 그녀의 존재를 들켜버렸다. 이제 파트리시아는 툭하면 클라리시와 저녁을 먹자고 할 것이고, 그녀의 가족을 만나려고 할 게 뻔하다.

테우는 뛰는 가슴을 진정시키기 위해 클라리시의 옷을 꺼내 가지런히 정리하기 시작했다. 작은 쌤소나이트에 쑤셔 박혀 있던 옷들은 전부 심하게 구겨져 있었다. 테우가 선물한 클라리시 리스펙토르의 책도 발견했다. 책과 함께 시나리오 원고 「퍼펙트 데이즈」도 있었다. 테우는 책을 탁자 서랍에 집어넣었다. 표지에 혈흔이 선명히 남아 있었다. 제목 밑 작가의 이름은 핏자국에 가려져 'ice Lispector' 부분만 제대로 읽을 수 있었다. 그는 클라리시가 이 책을 읽어주기를 바랐다. 분명 그녀가 맘에 들어 할 거라고 확신했다. 하지만 왠지 그녀는 끝내 거부할 것 같았다.

테우의 눈에 비친 클라리시는 다듬어지지 않은 다이아몬드였다. 모든 인간관계는 양보와 타협으로 유지된다. 서로 호의를 베풀며 가까워지고, 그러면서 서로에 대한 놀라운 사실을 속속 알아가게 된다. 테우도 이번 일을 통해 클라리시에 대해 몰랐던 사실을

---

* 1975년 데뷔한 오스트레일리아의 헤비메탈 그룹.

몇 가지 알게 됐다. 그녀의 즉흥적인 성격은 예쁜 외모만큼이나 매력적이었고, 그녀의 키스에서는 레몬젤리 맛이 났다. 그는 자신 또한 그녀를 기분 좋게 놀래줄 수 있다고 믿었다. 그에게는 남다른 교양과 밝은 미래가 있었다. 그는 좋은 아버지가 될 것이고(솔직히 2세에 별 관심이 없었지만 지금은 입장이 많이 바뀌었다), 좋은 남편이 될 것이다(세상 모든 여성은 여왕 대접을 받을 자격이 있다고 믿는다). 그는 미남은 아니지만 그렇다고 부담스러울 만큼 못생긴 것도 아니었다.

어쨌든 남녀관계는 미학적으로만 접근해서는 안 된다고 테우는 생각한다. 가장 중요한 것은 호양互讓의 정신이다. 서로 주거니 받거니. '공생'이라는 표현이 가장 적절할 것이다. 그는 사전에서 공생의 정의를 찾아봤다. "서로가 없이는 존재할 수 없는, 여러 방식으로 서로를 도우며 함께 살아가는 것."

테우는 회전의자에 앉아 시나리오를 읽어나갔다. 「퍼펙트 데이즈」는 많은 통찰로 향하는 문간이었다. 과연 클라리시의 내면을 얼마나 읽어낼 수 있을까? 그는 시나리오를 최대한 아껴가며 읽기로 했다. 파이의 가장 맛있는 부분을 마지막까지 아껴놓는 아이처럼. 라벨을 꼼꼼히 훑고 향을 충분히 맡아본 후에야 비로소 맛볼 수 있는 고급 와인처럼 시나리오를 음미하고 싶었다. 그는 무작위로 대사 몇 줄을 골라 읽어봤다. 캐릭터들은 꽤 무신경했다. 문장은 그녀의 말투와도 비슷했다. 짧고 굵은 문장들. 도치법을 적용한 문장은 별로 눈에 띄지 않았다.

그는 시나리오를 한쪽으로 밀어냈다. 다 읽고 나서 평범한 내용에 실망하게 될까 봐 두려웠다. 클라리시 역시 그가 만나본 다른 여자들처럼 시시하고 무능하다는 걸 깨닫게 될까 봐.

그는 다시 옷 정리로 돌아왔다. 큰 여행가방에는 카메라가 있었다. 클라리시가 라지공원에서 쓰던 것이었다. 테우는 카메라에 저장된 사진들을 자신의 컴퓨터로 옮겨놓고 하나씩 꺼내 감상했다. 활짝 웃는 클라리시의 모습이 그를 미소 짓게 했다. 이 사진들이 촬영되던 순간을 테우는 생생히 기억하고 있었다. 클라리시의 친구가 찍힌 사진은 모두 삭제해버렸다. 기름진 머리부터 헤퍼 보이는 미소까지 죄다 맘에 들지 않았다. 클라리시도 그의 배려에 고마워할 것이다. 억지로 '레즈비언 키스'를 요구한 친구를 사진으로도 보고 싶지 않을 테니까.

그는 포토샵을 열고 보관해둔 사진들 속에서 자신의 모습을 공들여 잘라나갔다. 새로운 순간을 창조하려는 것이었다. 클라리시와 함께 나무를 끌어안고 있는 장면. 그녀와 함께 유유히 정원을 거니는 장면. 그녀와 함께 나무 벤치에 앉아 있는 장면. 그는 클라리시가 자신의 무릎을 베고 누워 있는 장면까지 완벽하게 구현해냈다. 배경으로는 호수와 분수를 선택했다. 클라리시는 미소를 짓고 있었고, 그는 그녀의 머리를 살살 쓰다듬고 있었다. 테우의 얼굴에도 미소가 떠올랐다. 조작된 사진이지만 굉장히 사실적이었다. 테우는 그 이미지를 컴퓨터 배경화면으로 설정해놓았다.

다른 사진들도 골라 CD에 저장했다. 그녀가 가장 예쁘게 나온 사진만 찾으려니 쉽지 않았다. 골라낸 서른한 개 중 스물일곱 개는 그녀의 독사진이었고, 나머지는 태우가 포토샵으로 만든 것이었다. 그는 수갑도 차지 않은 채 뻗어 있는 클라리시를 남겨두고 집을 나섰다. 신뢰의 표시. 그는 세 블록 떨어진 출력소에 들러 CD를 맡겼다.

오후는 느릿느릿 흘러갔다. 네 시간 후 태우는 다시 출력소로 갔다. 앨범은 표지가 금으로 된 걸 선택했다. 클라리시의 클래식한 스타일과 잘 어울려 보였다. 프린트된 사진들은 꽤 봐줄 만했다. 앨범의 비닐 커버 안에서 환히 웃고 있는 두 사람은 진짜 연인 같았다. 사진들은 그들이 앞으로 함께하게 될 순간들을 예고하는 듯했다. 그는 가슴이 벅차올랐다. 출력소 직원과 USB를 찾는 노파에게 사진을 보여주며 자랑하고 싶었다.

지갑을 꺼내려는 순간 주머니에서 휴대폰이 진동했다. 집에서 걸려온 전화였다. 어머니인가? 벌써 파케타에서 돌아온 건가? 집에서 뭔가를 본 건가?

그는 바짝 긴장한 채 응답했다. 머릿속엔 온통 클라리시 생각뿐이었다.

파트리시아가 비명을 지르며 울부짖었다. 태우는 어머니가 늘어놓는 말을 이해할 수 없었다. 어머니에게 흥분을 가라앉히고 천천히 말해보라고 했지만 소용이 없었다. 결국 2분간 귀를 기울인 끝에 무슨 일이 일어났는지 이해했다. 삼손이 죽은 것이었다.

7장

집으로 돌아오니 삼손이 모포에 돌돌 말려 있었다. 테우는 삼손을 살살 쓰다듬으며 녀석의 차가운 코 앞에 두 손가락을 대보았다. 삼손은 숨을 쉬지 않았다. 파트리시아는 휠체어에 앉은 채 몸을 떨고 있었다. 마를리는 그 옆에서 무의미한 말을 늘어놓으며 위로하는 중이었다. 삼손은 애정에 목마른 파트리시아의 인생에서 핵심적인 역할을 해왔다.

테우도 어머니에게 위로의 말을 건네고, 식료품 저장실 뒤편에서 판지 상자를 꺼내왔다. 이사 올 때 TV를 운반하는 데 썼던 상자다. 테우는 싸늘해진 골든 리트리버를 상자에 조심스레 담았다.

"삼손을 정식으로 묻어줘야지." 파트리시아가 말했다.

테우는 안락의자에 앉아 펑펑 우는 어머니를 지켜봤다. 마치 아들을 잃은 사람 같았다. 테우는 누구를 위해서도 그토록 진심을 다해 울 자신이 없었다. 클라리시를 위해서라면 또 모를까. 그는 침울해하는 모습을 보이려고 최대한 애썼다.

"동물병원에 데려가 봐야겠어. 대체 우리 아이가 왜 죽었는지는 알아야 하잖아."

파트리시아의 비탄은 도가 지나쳤다. 세상에 널리고 널린 게 개인데. 가끔 그녀는 자신이 처한 형편을 잊을 때가 있었다. 개의 사인을 밝히는 데도 적지 않은 돈이 들 텐데. 설령 사인을 알아낸다 해도 그녀에게 좋을 건 아무것도 없었다. 테우는 자신 때문에 삼손이 죽었다고 생각하지 않았다. 하지만 삼손의 위장에서 문제의 알약이 검출될까 봐 두렵기는 했다.

앨범을 받으러 출력소에 갈 때 그는 클라리시를 침대 밑 운동 매트에 눕혀놓았었다. 바닥이 차서 매트 위에 시트를 깔아두는 것도 잊지 않았다. 방문을 여니 톡 쏘는 소변 냄새가 진동했다. 클라리시의 나이트가운이 축축이 젖어 있었다. 테우는 속이 메스꺼워졌다. 그리고 이내 자신을 질책했다. 사랑하는 이를 보고 거북함을 느끼다니. 그녀가 혼자 힘으로 화장실을 이용할 수 없다는 걸 잘 알면서.

파트리시아와 마를리의 눈을 피해 클라리시의 몸을 씻겨줄 방법은 없었다. 그들이 언제 불쑥 들이닥칠지 몰랐다. 게다가 그의 방문이 또다시 잠겨 있는 걸 알면 가뜩이나 신경이 예민해진 어머니가 어떻게 반응할지 불 보듯 뻔했다. 그는 향수를 구석구석 뿌려놓고 다시 거실로 나갔다.

"부검을 원하는 엄마 입장 이해해요. 굳이 그러겠다면 반대하지 않을게요."

파트리시아가 눈가를 훔치며 희미하게 미소를 지었다.

"하지만 돈이 꽤 들 거예요. 우리 형편엔 좀 부담스러운 게 사실이죠."

"모아둔 게 좀 있단다, 테우. 삼손이 왜 이렇게 됐는지 꼭 알아야겠어. 오늘 아침까진 멀쩡했는데."

"삼손은 열 살이 넘었어요, 엄마! 우리가 성심껏 보살펴줬잖아요. 삼손도 여기서 우리랑 행복하게 지냈고요. 너무 마음 아파하지 마세요."

"개가 내 힙놀리드를 먹은 모양이야." 파트리시아가 또다시 훌쩍였다. "내 어처구니 없는 실수 때문에 삼손이 죽은 게 아니란 걸 확인할 때까진, 그때까진 마음을 놓을 수 없을 것 같구나. 그 생각만 하면 너무 마음이 아파."

"그런 생각 마세요. 이미 벌어진 일이잖아요. 이제 우리가 할 일은 삼손을 잘 묻어주는 것뿐이에요."

"꼭 부검을 해야겠어. 정말로 나 때문에 죽었는지도 모르잖니. 마치 내 손으로 자식을 죽인 기분이야."

"힙놀리드 때문은 아닐 거예요. 삼손이 어떻게 욕실 약장에서 그걸 꺼내 먹을 수 있었겠어요? 사라진 약 상자는 분명 나중에 어딘가에서 발견될 거예요. 그때가 되면 모든 미스터리가 풀릴 테니 걱정 마세요."

"테우 말이 맞아. 너무 자책하지 마." 안락의자에 걸터앉은 마를리가 말했다. "개가 어떻게 상자를 열고 약을 꺼내 먹을 수 있겠어? 혹시 상자에 몇 알이나 남아 있었는지 기억해?"

"응. 실수로 두 번 먹는 일이 없도록 남은 개수를 기록해두거든."

테우는 어머니가 작은 수첩에 그걸 꼼꼼히 기록해왔다는 걸 알고 있었다. 우연히 찾았다며 약 상자를 불쑥 내보일 수 없는 이유였다.

"옷 좀 갈아입어야겠어. 문을 연 동물병원을 찾아봐야지."

10분 후 파트리시아는 모든 준비를 마쳤다. 그녀는 마를리와 함께 택시를 타고 가겠다며, 테우에게 할 일이 있으면 따라오지 않아도 된다고 말했다.

"부검하려면 삼손의 몸을 갈가리 찢어야 해요. 그러면 매장도 못하고 화장을 시켜야 한다고요." 테우는 마지막으로 설득해봤다.

어머니는 매장 외의 다른 방법은 전혀 고려하지 않고 있었다. 삼손이 화장터 불구덩이에서 타들어가는 모습은 상상조차 하고 싶지 않을 것이다. 하지만 파트리시아는 단호했다. 화장을 시키는 한이 있어도 부검만큼은 반드시 해야 한다며 고집을 꺾지 않았다.

테우는 힘겹게 클라리시를 안고 욕실로 들어갔다. 클라리시의 몰골을 제대로 확인한 그는 마음이 아팠다. 소변에 흠뻑 젖은 채 웅크린 모습이 꼭 정신병 환자 같았다. 어느새 욕실은 뜨거운 물이 내뿜는 김으로 가득 찼다.

그는 욕실 창을 닫고 클라리시의 얼굴에 조심스레 물을 묻혔다. 핀셋과 손톱가위로 목의 거즈를 떼어낸 다음 두 도구를 자신의 주머니에 넣었다. 날카로운 물건을 그녀 주변에 흘려두고 싶지 않았다. 그는 어머니의 플라스틱 의자에 클라리시를 앉히고 물 쪽을 향하게 돌려놓았다.

"걱정 마. 넘어지진 않을 테니까. 자, 여길 꼭 잡아." 테우는 그녀의 두 손을 벽에 붙은 막대에 얹어놓았다. "더러운 옷부터 벗고 몸을 씻어. 저기 걸어둔 옷으로 갈아입고. 수건은 여기 있어. 너무 오래 있진 마. 알았지?"

테우는 클라리시에게 수갑을 채워놓아야 할지 고민했다. 하지만 굳이 그럴 필요는 없을 것 같았다. 그녀는 제대로 서 있을 수도 없는 상태이니. 물이 그녀의 얼굴로 쏟아져 내렸다. 젖은 옷이 달라붙으며 호리호리한 몸이 윤곽을 드러냈다. 테우는 바닥 매트가 젖지 않도록 샤워 부스의 문을 닫고 클라리시만 남겨둔 채 욕실을 나왔다.

테우는 타일 바닥에 떨어지는 물줄기 소리를 들으며 거실에 앉아 있었다. 한참 후 물소리가 뚝 멎더니 샤워 부스의 문이 스르르 열렸다. 그는 5분 정도 더 기다렸다가 욕실로 들어갔다. 클라리시는 그가 챙겨준 노란 꽃무늬 드레스를 입고 바닥에 앉아 있었다. 오래도록 샤워를 해서인지 따뜻한 살갗에서 향긋한 냄새가 풍겼다. 테우는 그녀의 머리를 말려줬다. 클라리시의 왼쪽 어깨에는 문신이 새겨져 있었다. 세 개의 작은 별. 초록, 파랑, 자주색. 처음 만났을 때 블라우스 소매 아래로 살짝 비쳤던 것들이다. 얇은 드레스 어깨끈 밑으로 보이는 별들은 어린아이가 대충 그려놓은 것처럼 조잡해 보였다. 테우는 미소를 지으며 클라리시에게 손을 내밀었다. 그녀가 그의 손목을 힘껏 움켜잡았다. 무슨 할 말이 있는 듯했다. 그녀는 한동안 테우를 노려봤다. 샤워하면서 울었나?

테우는 클라리시를 침대로 데려가 눕혔다. 그녀의 얼굴을 살살 어루만지며 몸 상태가 괜찮은지 물었다.

바짝 마른 클라리시의 입술 사이로 알아들을 수 없는 말이 흘러나왔다.

테우는 주방에서 사과와 작은 칼을 가져왔다. 사과를 깎아 건네며 목에 걸릴 수 있으니 천천히 꼭꼭 씹어 먹으라고 당부했다. 클라리시는 어제부터 아무것도 먹지 않았다. 테우는 자신 때문에 그녀가 시들어가는 것을 원치 않았다. 서로의 건강을 성심껏 챙겨주는 것이야말로 바람직한 관계를 유지하는 비결이다. 클라리시는 반으로 자른 사과를 입술로만 무성의하게 오물거렸다. 침이 턱과 목을 타고 흘러내렸다. 테우는 그녀의 턱을 닦아주며 제대로 좀 먹으라고 말했다. 그는 필요하다면 영원히 클라리시의 종이 될 각오가 되어 있었다. 자신의 도움을 필요로 하는 그녀를 보고 있으니 흐뭇한 마음이 들었다. 그는 허기를 달래기 위해 사과의 나머지 반을 먹었다.

문득 라지공원의 풍경이 떠올랐다. 화려한 색채의 초목, 산들바람을 맞으며 소풍을 즐기는 사람들. 테우는 그런 행복이 영원히 지속되기를 바라며 클라리시의 모습을 지켜봤다. 사과를 먹던 그녀가 입을 열고 더 달라고 하자 기분이 더 좋았다.

"집에 가고 싶어." 마침내 그녀가 단호한 투로 말했다.

"일단 나랑 얘기부터 해."

"보내줘."

"널 여기 계속 붙잡아두진 않을 거야. 불안해할 거 없어."

클라리시는 흥분해 있었다. 격하게 몸부림치며 고래고래 소리를 질렀다. 테우는 혐오감을 느꼈다. 그녀를 제압하려면 완력을 쓸 수밖에 없었다. 그는 그녀의 손목을 움켜잡고 미리 준비해놓은 싸이욜락스를 그녀의 팔뚝에 잽싸게 주사했다. 이번에는 왼팔을 선택했다. 지난번 주사를 놓은 오른팔에 자주색 멍 자국이 아직 선명했기 때문이었다.

축 늘어진 채 회전의자에 앉은 테우는 한껏 치솟았던 짜증을 삭여나갔다. 그는 옷장에서 클라리시의 휴대폰을 꺼내와 전원을 켜봤다. 네 개의 메시지가 화면에 떠올랐다. 첫 번째 메시지는 라우라가 보낸 것이었다. 술에 취한 클라리시에게 못된 짓을 했던 그 여자애 같았다. 전송시간은 화요일 오후. 라우라는 '어젯밤 고마웠다'는 말을 전하면서 '끝내주는'과 '황홀한' 따위의 형용사를 남발했다. 그 일에 대해 혼란스럽다면 언제든 연락하라는 당부도 잊지 않았다. 그리고 애타게 답 문자를 기다린다면서 무수한 키스와 무례한 부사로 메시지를 맺었다. 테우는 라우라의 메시지를 삭제했다.

다음은 부재중 전화가 있었음을 알리는 안내 메시지였다. 클라리시의 어머니인 엘레나로부터 네 통, 브레누로부터 세 통, 라우라로부터 세 통. 테우는 브레누의 정체가 궁금했다. 브레누의 이름 옆에는 우디 앨런 감독의 젊은 시절 사진이 붙어 있었다. 테우는 클라리시의 대화 기록을 쭉 살펴보다가 세 번째 메시지를 확인했다. 오늘 아침 브레누가 전송한 것이었다. 브레누는 질투심에 사로잡혀 못난 모습을 보였다며 사과했고, 아직 당신을 사랑하고 있으니 연락해달라고 애원했다. 그는 클라리시를 '내 사랑' 또는 '나의 소나타'라고 부르고 있었고, 사랑한다는 말로 메시지를 맺었다.

테우는 한 번 더 꼼꼼히 읽어봤다. *나의 소나타.* 브레누가 클라리시를 부르는 역겨운 표현과 툭하면 튀어나오는 '사랑해'라는 동사가 테우에게 배신감을 일으켰다. 자기가 뭔데 클라리시를 '나의……'라고 부르지? 클라리시가 자기 소유라도 된다는 건가?

테우는 일 년치가 넘는 브레누와의 대화 기록을 미련 없이 지워버렸다. 그리고 그에게 간결하고 무례한 대꾸를 전송한 다음 그의 연락처를 삭제했다.

너랑 얘기하고 싶지 않아. 난 널 사랑하지 않아.
우린 끝났어. 난 이미 마음을 정리했다고. 제발 날 잊어줘.

어느새 자정이 지나 있었다. 현관문에 열쇠 꽂히는 소리가 들리자 테우는 어머니를 맞으러 나갔다. 파트리시아는 눈이 퉁퉁 부어 있었고 무릎에 티슈 상자가 놓여 있었다. 아직도 죄책감을 떨쳐내지 못한 모양이었다.

"결과가 나오려면 이십 일쯤 기다려야 한다는구나. 들어가서 좀 쉬어야겠다." 어머니가 말했다.

테우는 클라리시의 휴대폰에서 마지막 메시지를 열어봤다. 엘레나가 보낸 것이었다.

전화했더니 네 휴대폰이 서비스 지역을 벗어났다고 하더구나. 테레조폴리스에 간다고? 무사히 도착한 거야? 궁금하니 기회 되면 전화 좀 주렴. 아빠가 안부 전해달래. 몸조심하고. – 엄마

P. S. 혹시 거실 양탄자가 어디 있는지 아니?

테우는 소파에 누워 클라리시의 휴대폰을 빤히 들여다봤다. 머릿속이 핑핑 돌았다. 사라진 양탄자에 대한 그럴듯한 해명이 필요했다. 클라리시와 엘레나의 대화를 몇 번 반복해 읽어봤다. 클라리시는 어머니를 그냥 이름으로만 부르고 있었다. 테우는 답 문자 몇 개를 작성해봤지만 전부 맘에 들지 않았다. 클라리시가 즐겨 쓰는 표현을 알아보기 위해 시나리오를 몇 장 훑어봤다. 몇 분 후 마침내 완벽하지는 않지만 적당히 봐줄 만한 메시지를 완성해냈다. 그는 '전송' 버튼을 눌렀다.

엘레나, 지금 새로 사귄 남자친구랑 테레조폴리스에 있어요. 도착하자마자 시나리오 작업에 들어갔어요. 알다시피 호텔에선 휴대폰을 쓸 수 없잖아요. 지금은 시내에 나와 있어요. 남자친구가 저녁을 먹자면서 아주 멋진 곳으로 저를 데려왔거든요. 통화하기엔 좀 늦은 것 같네요. 아빠에게도 안부 전해주세요. 양탄자는 제가 가져왔는데, 설명하자면 좀 복잡해요. 나중에 말씀드릴게요. 아무 걱정 마세요. 저는 행복하게 잘 지내고 있어요. 사랑해요. – 클라리시

조수석에서 클라리시가 미소를 짓는다. 테우는 손 하나 까딱할

필요 없다. 클라리시가 그에게 키스를 퍼붓는다. 한 번 더, 또 한 번 더. 테우는 핸들을 잡고 있어서 마음껏 애정 표현을 할 수 없다. 계기판 밑으로 고속도로가 사라지고, 양옆으로 나무들이 속속 지나쳐 간다. 클라리시는 그의 볼을 쪽쪽 빨아댄다. 그는 황홀한 기분에 휩싸인다. 그녀의 덧니가 그의 피부를 살살 긁는다. 테우는 그녀를 '아기 쥐'라고 부른다. 그녀도 애정이 깃든 그 별명을 재미있어한다.

두 사람은 이제 많은 친구들과(몇몇은 이름조차 모른다) 함께 테이블에 둘러앉아 있다. 테우는 사람들에게 클라리시와의 첫 만남에 대해 들려준다. 바비큐 파티에서의 첫 키스. 그녀의 전화번호를 따기 위해 썼던 술책(다들 기발하다며 재밌어한다). 그녀의 마음을 얻기 위한 숱한 노력들. 도도한 그녀의 저항. 그녀에게 선물한 클라리시 리스펙토르의 소설(클라리시 리스펙토르?! 그들이 일제히 웃음을 터뜨린다). 두 사람은 모두가 지켜보는 가운데 입을 맞춘다. 여전히 서로 사랑하고 있다는 걸 증명해 보이기 위해서.

가슴이 벅차오른 테우는 눈을 반쯤 떴다. 일어나고 싶지 않았다. 움직일 때마다 황홀한 꿈으로부터 멀어지기 때문이었다. 블라인드로 새어 들어온 빛줄기가 그의 옆에 잠들어 있는 클라리시의 얼굴에 뿌려졌다. 테우는 그녀의 머리를 살살 쓸어내렸다. 몸을 숙여 그녀의 호흡과 마른 아랫입술 위로 살짝 삐져나온 작은 치아를 유심히 관찰했다. *아기 쥐.* 묘하게 친밀함이 묻어나는 별명이다. 그는 큰 소리로 몇 번 더 불러봤다. *아기 쥐, 아기 쥐, 아기 쥐.*

나의 아기 쥐.

더블베드에 누운 태우의 머릿속에 기발한 아이디어가 떠올랐다. 아침 8시 30분. 그는 생기 넘치는 모습으로 일어나 샤워를 했다. 편한 옷을 찾아 걸친 다음 옷장 선반에서 여행가방을 꺼내 여벌 옷 몇 벌과 속옷, 양말, 신발을 챙겨 넣었다. 세면도구 가방에 필요한 의료용품을 담고, 클라리시와 함께 볼 영화도 몇 편 골랐다. 〈12명의 성난 사람들〉〈비밀의 눈동자〉〈미스 리틀 선샤인〉. 〈미저리〉도 챙겨갈까 하다가 그만두었다. 지나친 폭력은 가끔 그를 지치게 했다.

책상에서 검은색 가죽으로 된 왕진가방을 찾아냈다. 비밀번호 자물쇠가 달린 가방으로, 대학교 입학 선물로 파트리시아에게 받은 것이다. 태우는 자신이 아끼는 이 가방에 클라리시의 시나리오와 피로 얼룩진 책, 싸이올락스 앰풀들을 조심스레 담았다. 마지막으로 큰 여행가방에 클라리시를 넣었다. 유연한 그녀의 몸은 작은 여행용 칫솔처럼 쉽게 접혔다.

그는 종업원용 엘리베이터를 타고 주차장으로 내려가 쌤소나이트 두 개를 차 트렁크에 실었다. 다시 집으로 올라와 어머니에게 아침인사를 했다. 침대에 일어나 앉은 그녀는 신용카드 사용내역을 훑던 중이었다.

"클라리시랑 통화했어요. 오늘 테레조폴리스로 떠난다면서 같이 가자고 하더라고요. 그래서 며칠 다녀오려고요."

파트리시아가 고개를 들어 아들을 쳐다봤다. 그녀는 진이 빠진 듯 구부정한 자세로 앉아 있었다.

"근데 어머니 혼자 집에 두고 갈 순 없어요. 더군다나 삼손 때문에 힘들어하시는데."

"마를리가 있으니 괜찮아. 내 걱정일랑 마라." 태우가 예상한 대답이었다. "클라리시를 정말 좋아하는 모양이구나. 그렇지?"

"네."

"그럼 가봐. 가끔 집에 전화하는 거 잊지 말고."

"거기선 휴대폰이 안 터져요. 틈틈이 시내로 나갈 테니까 그때 전화할게요. 벡트라 가져가도 돼요?"

"물론이지. 혹시 모르니까 호텔 이름 적어놓고 가. 냉장고 문에 붙여놓으면 돼."

"고마워요, 엄마."

태우가 어머니를 꼭 끌어안았다. 그는 클라리시와 약속한 시간까지 여유가 조금 있다면서 TV 앞에 앉았다. 어머니가 방을 나가자 태우는 서랍장에서 아버지의 오래된 권총을 찾아 세면도구 가방에 쑤셔 넣었다. 그는 자신감에 차 있었다. 함께 테레조폴리스에 머물며 시간을 보내다 보면 클라리시도 분명 마음을 열 거라 믿었다. 두 사람은 그곳에서 말 그대로 '퍼펙트 데이즈'를 만끽하게 될 것이다.

퍼펙트 데이즈

—

각본 : 클라리시 마냐이스

개요

영화는 고속도로를 달리는 차(둥그스름한 보닛과 트렁크가

이름 알아볼 것

있는 고급 구형 차) 안에서 시작된다. 시간은 밤. 안에서 무언가를 피우고 있는 듯 열린 차창으로 자욱한 연기가 새어 나온다. 곧이어 세 친구가 등장한다. 모두 기분 좋게 취한 상태다. 얼마나 격하게 웃어댔는지 눈물까지 흘리고 있다.

학교 친구 리타랑 닮음

운전대를 잡은 아만다(빨강머리, 빼빼 마른 체구, 주근깨로 덮인 얼굴)는 침울해 보인다. 하지만 내색하지 않고 친구들과 좋은 시간을 보내려 노력한다. 관객들은 그들의 대화를 통해 아만다가 얼마 전 오래 사귄 남자친구와 헤어졌음을 알게 된다. 조수석에 앉은 프리실라(갈색 단발머리, 통통한 체구, 두꺼운 테 안경, 떡 벌어진 어깨)는 그런 얼간이는 잊으라면서 아만다를 위로한다. 뒷좌석의 카로우(짧은 갈색 머리, 배구선수처럼 큰 키)는 ~~엄청~~ 취한 채 마리화나를 뻐끔거리고 있다. 세 친구는 드워프 레이크팜 호텔에 도착한다.

줄리랑 닮음

영화에서 실제 상호를 써도 되나?

카로우는 중병(백혈병)을 앓고 있으며, 자신이 곧 죽을 운명

임을 알고 있다(관객들은 나중에 알게 된다). 첫날 밤, 그들은 호숫가에서 수다를 떤다. 카로우는 두 친구에게 편지(만약 자기가 죽더라도 개의치 말고 여정을 계속 이어가라고 썼다)를 각각 건네며 나중에 뜯어보라고 당부한다. 카로우가 잠자리에 들고 두 친구만 남자 프리실라는 아만다에게 그동안 숨겨온 엄청난 비밀을 털어놓는다. 사실 '난 너를' 너무 사랑해왔다는 것. 충격에 휩싸인 아만다는 혼자 숲 속으로 들어간다. 프리실라도 당혹스러워하며 아만다를 찾으려는 듯 밖으로 나갔다가 호수 쪽으로 넘어지고 만다(사고로 물에 빠진 건지, 자살을 시도한 건지 관객들이 알지 못하도록 모호하게 처리할 것).

숲을 걷던 아만다는 나무 아래 앉아 생각에 잠겨 있는 한 남자를 발견한다. 아만다가 그 남자에게 말을 걸고, 두 사람의 대화를 통해 관객들은 남자가 프랑스인이라는 사실을 알게 된다. 그들은 로맨틱한 분위기에서 긴 대화를 이어간다(프랑스 남자는 억센 악센트를 지녔다).

<!-- handwritten margin note: 뱅상 -->

다음 날 아침 아만다는 친구들에게 프랑스 남자를 소개한다. 프리실라는 남자를 탐탁잖게 여긴다. 여기서 등장하는 짧은 장면. 호수에서 페달보트를 타는 세 친구. 운동장에서 축구도 하고, 밤에는 카드 게임을 한다. 프랑스 남자는 항상 그들과 함께 있다.

어느 날 밤 프랑스 남자는 아만다에게 일랴그란지섬에 갈 거라면서 동행해줄 것을 제안한다. 아만다는 친구들에게 같이 가자고 설득한다. 다음 날 그들은 섬을 향해 출발한다. 가던

<!-- handwritten margin note: 이 장면의 디테일을 다시 정리할 것 -->

중 차 타이어에 펑크가 난다. 프랑스 남자는 웃통을 벗어젖힌 채(금발에 근육질 몸매. 프랑스의 제임스 딘?) 타이어를 갈아 끼운다. 이 장면에선 대사가 별로 없다. 모든 것은 배우들의 얼굴에 적혀 있다. 자신의 암담한 운명을 아는 카로우는 침울해 보인다. 아만다는 사랑에 빠진 모습이고, 프리실라는 질투로 이글거리고 있다. 프랑스 남자는 여전히 베일에 싸여 있다(그가 누구인지, 무엇을 원하는지는 일찍 밝히고 싶지 않다. 관객들이 최대한 오랫동안 이 낯선 남자를 불편해해야 한다).

네 사람은 모텔에서 하룻밤을 묵는다. 카로우와 프리실라가 한 방을, 아만다와 프랑스 남자가 한 방을 쓰는데, 여기서 ~~두 개의~~ 분할 스크린이 등장한다. 카로우와 프리실라의 방 분위기는 무겁고 칙칙하다. 반면, 또 다른 방에서는 아만다와 남자가 서로 엉겨 붙어 격렬한 키스(두 사람의 첫 키스)를 하고 있다. 그리고 둘은 침대에 나란히 누워 잠이 든다.

이 부분에 대사 추가해 살을 붙일 것

다음 날 그들은 일랴그란지섬으로 계속 이동한다. 텐트를 빌려 해변에서 야영을 하기도 하며 그렇게 며칠이 흐른다. 프리실라는 여전히 남자를 수상쩍어한다. 한 장면에서 남자와 아만다가 바다에 나가 노는 동안 그녀는 직접 조사(남자의 가방에서 신분을 밝혀줄 문서 같은 걸 찾아본다)에 나서기까지 한다. *프리실라* 남자는 자신의 짐을 뒤지고 있는 카로우를 발견하고 화가 나서 먼저 떠나겠다고 하고, 아만다는 그를 따라 함께 파라치*

---

* Paraty. 리우데자네이루에 있는 세계적인 관광도시이자 항구도시.

로 향한다. 사실 그들은 함께 도망을 친 것이다.

밤이 찾아온다. 일랴그란지섬에 도착한 카로우와 프리실라는 아만다가 자신들을 버리고 떠난 사실을 놓고 심각한 대화를 나눈다. 다음 날 아침 프리실라는 죽어 있는 카로우를 발견한다. 프리실라는 당부받은 대로 그제야 편지를 꺼내 뜯어보고, 카로우의 시신을 바다에 빠뜨린다(편지에 그렇게 해달라는 유언이 적혀 있다). 그때부터 프리실라는 인생을 다르게 보기 시작한다. 관객들은 프리실라가 정신적으로 큰 충격을 받았음에도 흔들리지 않는다는 것을 확인하게 된다.

~~파라치에 도착한~~ 아만다~~와 그~~ 프랑스 남자에게로 컷. 그들은 거리를 어슬렁거리며 예쁜 가게와 관광 명소들을 찾아다닌다. 아만다는 점심을 먹으며 남자의 과거에 대해 묻지만, 남자는 이내 화제를 돌려버린다. 그는 이따 저녁에 멋진 곳에서 식사하자고 제안하며 그때 모든 걸 이야기해주겠다고 약속한다. 아만다는 그의 제안을 받아들인다. 저녁이 되어 아만다는 먼저 레스토랑에 도착해 남자를 기다리지만, 남자는 끝내 나타나지 않는다. 레스토랑 영업이 끝날 때까지 기다리다가 호텔로 돌아온 아만다는 프랑스 남자가 짐을 꾸려 떠나버렸다는 사실을 알게 된다.

아만다는 슬퍼하며 친구들이 있는 일랴그란지섬으로 간다. 하지만 친구들은 보이지 않는다(아만다는 카로우가 죽었다는 사실을 모른다). 홀로 남겨진 아만다는 펑펑 울며 먼 바다를 바라본다. 그녀는 자신이 친구들에게 얼마나 못되게 굴었는지 깨달으며 영영 두 친구를 보지 않기로 결심한다(너무 창피해서).
관객들은 다시 프리실라를 만나게 된다. 아름다운 여자친구
가 생긴 프리실라는 무척 행복해 보인다. 반면 아만다는 무척
비참해 보인다.

컷. 한 여자가 시트 밑에 누워 잠들어 있다. 카메라가 서서히
그녀의 얼굴로 접근하면서 관객들은 그녀가 카로우라는 걸
알게 된다. 카로우는 알람시계 소리에 놀라 잠에서 깬다. 방금
전까지 꿈속을 허우적거렸던 모양이다. 그녀 옆에는 미리 꾸려
놓은 여행가방이 놓여 있다. 이 부분에서 관객들은 궁금해할
것이다. "과연 그들은 이번 여행에서 완벽한 나날을 만끽하게
될 것인가?"

8장

 테우는 기분이 좋았다. 매우 들뜬 상태였다. 그는 카에타누 벨로주[*]의 CD를 틀었다. 그의 시선이 잠들어 있는 클라리시를 훑어나갔다. 그녀의 입에서 배어난 침이 턱을 타고 흘러내리고 있었다. 테우는 애정 어린 손길로 침을 닦아줬다. 다시 주차장으로 내려온 그는 아무도 없는 틈을 타 클라리시를 조수석에 태우고, 그녀의 손과 발에 수갑을 채웠다. 밖에서 수갑이 보이는지도 꼼꼼히 체크했다. 선팅한 유리창 덕분에 눈을 부릅뜨고 들여다보지 않는 한 수갑을 확인하는 건 불가능하다.

 그는 시속 90킬로미터를 유지하며 고속도로를 달렸다. 세하두스오르강스산맥에 접어들어서는 속도를 적당히 낮췄다. 숲과 산으로 에워싸인 테레조폴리스는 해발 800미터가 넘는 고지대였다. 수평선 너머로 데두지데우스[**]가 보였다. 하늘을 가리키는 검지손

---

[*] Caetano Veloso(1942~). 음악인이자 사회운동가로도 활동하는 브라질의 '국민가수'.
[**] Dedo de Deus. '신의 손가락'이라는 뜻으로 세하두스오르강스산맥에 있는 큰 바위 이름이다.

가락 모양으로 거대하게 솟아 있는 암석이다. 테우는 출발하기 전 인터넷으로 드워프레이크팜 호텔을 조사해봤다. 웹사이트에는 객실과 주변의 레저 공간, 무성한 초목 등의 사진이 여럿 올라와 있었다. 호텔은 도시로 통하는 분기점에서 몇 킬로미터 떨어져 있었다. 테우는 호텔이 외진 곳에 있다는 사실이 맘에 들었다. 그에게는 클라리시와 단둘이 아늑하게 지낼 곳이 필요했다.

클라리시는 감기 환자처럼 호흡이 깊어져 있었고, 여전히 무의식 상태였다. 어깨까지 흘러내린 갈색 머리는 얼굴과 가슴을 완전히 덮었다. 그녀는 서서히 의식을 회복했다. 카에타누는 기타 독주에 맞춰 〈소뉴스Sonhos〉*를 부르고 있었다. 테우는 그 곡을 특히 좋아했다. *모든 게 다 게임이에요. 점점 커져가더니 나를 삼켜버렸어요. 그리고 나는 당신 것이 돼버렸죠.* 테우는 클라리시를 돌아보며 미소를 지었다. 멍한 기운을 떨쳐내지 못한 그녀는 창밖으로 스쳐 지나가는 차들과 초목에 둘러싸인 가파른 내리막길을 바라보고 있었다. 표지판은 인페르누 동굴로 그들을 안내했다.

클라리시는 몇 분간 침묵을 지켰다. 마침내 그녀가 고개를 돌리자 테우는 그녀의 옆모습을 흘끔 쳐다봤다. 그녀는 눈을 뜨고 있었지만 겁먹은 표정은 아니었다.

"담배가 필요해." 그녀가 탁한 목소리로 말했다.

테우는 그녀의 온순한 태도가 만족스러웠다. 클라리시의 두 손은 좌석 뒤로 묶여 있었다. 테우는 글러브박스에서 멘톨 담배를

---

* 'sonho'는 꿈, 몽상이라는 뜻.

꺼내 그녀의 입에 물리고 불을 붙여줬다. 그리고 연기가 빠져나가 도록 창문을 살짝 내렸다.

클라리시는 눈을 감고 담배를 빨았다. 테우는 그녀가 담배를 떨어뜨리지 않도록 신경 썼다. 도로에서 눈을 떼지 않은 채 운전 을 하면서 그녀의 입에 담배를 물렸다가 빼 들었다.

"지금 몸 상태에서 담배는 독이야. 폐가 충혈된 상태거든."

그녀는 개의치 않는다는 반응이었다. 연신 콜록대고 헛기침을 하면서도 계속해서 담배를 빨았다. 테우는 그녀가 담배를 끊기를 바랐다. 그러나 담배를 빠는 클라리시는 무척이나 만족스러운 표 정이었다.

"나한테 하고 싶은 말 없어?" 테우가 물었다.

CD가 처음으로 돌아왔다. 클라리시가 담배를 다 피우자 테우 가 꽁초를 차창 밖으로 던졌다. 그녀의 기침은 멎지 않았다.

"나한테 왜 이러는 거야?" 마침내 그녀가 물었다.

테우는 도로변 표지판을 가리켰다. 세하두스오르강스 국립공 원. 이제 몇 킬로미터만 더 가면 목적지에 도달한다.

"우리가 어디로 가고 있는지 모르겠어?"

"나한테 왜 이러는 거냐고 물었잖아."

"테레조폴리스로 가는 길이야. 걱정 마. 네 노트북은 챙겨왔으 니까."

"내 노트북?"

"응. 시나리오 작업에 필요한 모든 걸 챙겨왔어. 나중에 보면 알 겠지만 빠뜨리고 온 건 없어."

"대체 나한테 무슨 짓을 하려는 거야? 이렇게 수갑까지 채워놓고. 어지러워⋯⋯ 오늘이 무슨 요일인지도⋯⋯ 모르겠어."

"겁먹을 거 없어. 어지러운 건 미안하게 됐어. 내가 약을 좀 과하게 썼나 봐."

"좀 과하게? 대체 그게 무슨⋯⋯?"

"목소리 낮춰." 테우가 음악을 끄고 차분하게 말했다.

"이건 납치야. 그날 우리 집 둘러보고 내가 부잣집 딸인 것 같으니까, 그래서 날 이렇게⋯⋯."

"전혀 그렇지 않아."

자신은 그런 좀스러운 사람이 아니라고 항변하고 싶었지만 테우는 꾹 참았다. 클라리시는 일부러 그를 자극하고 있었다. 그런 몸 상태에서도 그녀는 여전히 도발적이었다.

"그게 아니면 뭐지?"

"네가 테레조폴리스에서 한동안 지낼 거라고 했잖아. 그래서 거기로 널 데려다주는 거야. 가서 함께 지내려고."

"너랑 같이 있고 싶지 않아."

"오, 너무 그러지 마, 클라리시. 생각만큼 그리 나쁘진 않을 거야. 내가 좋은 말벗이 돼줄게. 약속해."

그녀가 움찔했다. 마치 머릿속에서 날카로운 통증이 느껴지기라도 한 듯이. "대체 네가 원하는 게 뭐야?"

"네가 나에 대해 깊이 알아줬으면 좋겠어. 난 지금 우리 둘 모두를 위해 이러는 거라고." 테우는 다시 음악을 틀었다. 카에타누 벨로주의 노래는 그가 하려는 말의 완벽한 배경음악이 돼줬다. "내가 널 찾아 나서지 않았다면 모든 건 바비큐 파티에서 끝나버렸을 거야. 우리가 영영 다시 못 볼 뻔했다고. 상상만으로도 끔찍하잖아."

"난……."

"네 시나리오를 읽고 있어. 호텔에 도착해서 마저 읽어볼 거야. 그동안 넌 시나리오를 계속 써나가면 되겠지. 생각만 해도 멋지지 않아?"

"난 혼자 있고 싶어."

"오, 클라리시, 그런 말 말라니까!"

"혼자 있고 싶다고!"

"떼쓴다고 되는 일이 아니야. 그런 수법은 어릴 때나 먹힌다고. 아무 걱정 마. 너만의 공간을 충분히 내줄 테니까. 우린 예술과 문학에 대해 신나게 수다를 떨 거야."

"난 두려워, 테우."

"우린 둘 다 성인이잖아. 통하는 게 많은 사람끼리 함께 시간을 보내자는 건데 뭐가 문제야?"

차창 밖 풍경에서 도시생활의 흔적이 속속 모습을 드러내기 시작했다. 주차된 차들, 꽃집, 델리 샵.

그들은 비포장 도로로 빠져나왔다.

"거의 다 왔어. 그러니까 이제부터 얌전히 굴어야 해."

클라리시가 고개를 끄덕였다. 하지만 테우는 미덥지가 않아 글러브박스에서 주사기를 꺼냈다. 클라리시가 몸을 꼬며 수갑에서 벗어나려고 몸부림쳤지만 아무 소용 없었다. 테우는 갓길에 차를 멈추고 그녀의 팔뚝에서 정맥을 찾아 진정제를 주사했다. 스피커에서 〈케이샤Queixa〉가 흐르고 있었다. *사랑은 너무 연약해요. 당신은 그걸 받아 멀리 던져버리죠. 잠에서 깨지 않았어야 했어요. 당신은 무릎을 꿇지만 기도조차 하지 않아요.* 그는 대화와 음악, 모든 것이 완벽한 이 상황이 영원히 지속될 수 없다는 사실이 못마땅했다.

호텔에 도착한 태우는 멋진 휴가가 될 거라는 확신이 들었다. 온갖 종류의 나무와 꽃(이국적인 파랑, 노랑, 그리고 클라리시가 좋아할 보랏빛 꽃), 정문에서 작은 오두막까지 이어진 자갈길. 오두막에는 '접수처'라는 간판이 붙어 있었다.

카운터 너머에서 난쟁이 둘이 체스를 두고 있었다. 태우가 들어서자 문에 달린 금속 장식물이 짤랑거렸다. 놀란 두 난쟁이는 게임을 멈췄다. 보기 드문 광경에 태우는 터져 나오려는 웃음을 간신히 참았다. 둘 중 연장자로 보이는 남자가 일어나 그를 맞았다. 드워프레이크팜* 호텔의 주인이 진짜로 난쟁이들일 줄이야!

태우는 클라리시 마냐이스라는 이름으로 예약했다고 말했다.

"오늘은 목요일이잖아요. 클라리시 마냐이스 씨는 화요일에 체크인하기로 돼 있었는데." 난쟁이가 코끝에 걸쳐진 안경을 내리고 태우를 빤히 쳐다봤다. 컴퓨터로 예약 내용을 확인해볼 필요도 없는 모양이었다.

"알아요. 사정이 생겨서 오늘에야 간신히 출발했어요. 설마 예약이 다 차버린 건 아니겠죠?" 태우가 걱정 섞인 목소리로 물었다.

---

* Dwarf Lake Farm. 여기서 'dwarf'는 '난쟁이'라는 뜻이다.

"클라리시 마냐이스 씨는 이곳 단골이에요. 주로 혼자서 오죠." 다른 난쟁이가 말했다.

"전 클라리시 남자친군데 클라리시는 지금 차에서 자고 있어요. 오는 길에 멀미로 고생했거든요. 신분증이 필요한가요?"

태우는 지갑을 열고 신용카드를 찾아보는 척했다. 자신이 라지 공원에서 그녀와 함께 찍은 사진을 난쟁이가 똑똑히 볼 수 있도록.

"괜찮아요. 호수 바로 옆 오두막이에요."

"알았어요."

"책상이 있으니까 편하게 작업할 수 있을 겁니다. 이곳 오두막들 중 가장 외진 곳이에요. 클라리시가 조용한 곳을 좋아하거든요." 난쟁이가 자랑스레 말했다.

태우는 클라리시를 언급하는 난쟁이의 애정 어린 목소리가 맘에 들지 않았다. 서둘러 자리를 뜨고 싶었다.

난쟁이가 열쇠를 카운터에 놓았다. "오두막은 번호 대신 각각의 이름으로 불립니다. 클라리시의 오두막은 '졸림이Sleepy'예요. 위치는 클라리시가 알 겁니다."

태우는 고개를 끄덕였다. 열쇠를 집어 든 그는 마치 동화 속에 들어온 듯한 기분을 느끼며 차로 걸어갔다.

졸림이 오두막 옆에 차를 세웠다. 거의 보이지 않는 가랑비가 떨어지고 있었다. 문 앞에는 빨간 모자를 쓴 땅속 요정* 석상이 서

* 옛이야기에 나오는 자연계의 요정들 중 하나인 '땅의 요정'을 말하며, 영어로 'gnome'라고 한다.

있었다. 널찍한 졸림이 오두막에는 호수가 내다보이는 창문이 두 개 있었다. 잔잔한 호수 위로 노란 페달보트 세 척이 보였다. 초목으로 에워싸인 이 오두막은 다른 오두막들과 멀리 떨어져 있었다. 태우는 클라리시를 안고 안으로 들어갔다. 그녀의 머리가 문설주에 부딪히지 않도록 조심조심했다. 그녀를 눕히고 나서 바닥에 단단히 고정된 더블베드의 다리를 유심히 살펴봤다. 그보다 더 완벽할 수는 없었다. 그는 벽장에서 시트와 담요를 꺼내 침대에 깔았다. 니스가 칠해진 나무 냄새가 풍겼다.

오두막은 소박했고 시골 풍경 그림들로 꾸며져 있었다. 욕실문 옆 벽에 난쟁이가 언급한 책상이 붙어 있었다. 태우는 클라리시의 노트북 컴퓨터를 책상 위에 놓았다. 예상대로 와이파이 신호는 잡히지 않았다. 그는 깜빡하기 전에 전화 코드부터 뽑고 그것을 욕실 열쇠와 함께 벽장 맨 위 선반에 숨겨놓았다.

다시 차로 가서 여행가방들을 오두막으로 옮겼다. 다만 양탄자는 트렁크에 남겨놓았다. 샤워를 하고 나온 그는 클라리시의 옷과 어울리도록 옅은 색 셔츠로 갈아입었다. 그러고는 책상 앞 안락의자에 축 늘어진 채 앉아 「퍼펙트 데이즈」를 이어서 읽어 내렸다. 가끔씩 펜으로 메모도 하면서. 그는 개요부터가 엉성하고 형편없다고 생각했다. 내용 자체는 나쁘지 않았지만 그는 기어이 몇 가지 제안을 내놓기로 했다.

태우는 다시 접수처로 가서 음식을 주문했다. 클라리시의 상태는 여전히 좋지 않았지만, 배가 너무 고파서 참을 수 없었다. 그는 수제 딸기잼과 살구잼, 비스킷, 그리고 튀긴 식빵 조각을 곁들인 감자 수프를 챙겨왔다.

클라리시의 시나리오는 한쪽으로 치워놓고 아말리아 카스텔라르Amália Castelar의 고전 추리소설 『트로피컬 크라임Tropical Crimes』을 펼쳐 들었다. 클라리시가 깨어날 때까지 그는 독서를 멈추지 않았다.

"진정제는 더 이상 쓰지 마. 부탁이야." 클라리시가 잠긴 목소리로 말했다.

테우는 말없이 고개를 끄덕이고 책을 내려놓았다. 그리고 침대 옆 탁자에 놓인 쟁반을 가리키며 말했다.

"배가 많이 고플 텐데. 뭐라도 먹어야 기력이 돌아오지."

그는 플라스틱 접시에 비스킷을 꺼내놓고 조그만 잼 주걱을 찻숟가락으로 바꿔주었다.

일어나 앉은 클라리시의 다리는 담요 밑에 감춰져 있었다. 그녀가 수프 그릇을 집어 들고 테우 앞으로 내밀었다.

"네가 먼저 먹어봐."

"고맙지만 난 배가 고프지 않아."

"그냥 한 스푼만 먹어."

"대체 무슨 생각을 하는 거지, 클라리시? 내가 수프에 무슨 약이라도 탔다는 거야?"

"널 믿을 수 없어."

"계속 이런 식으로 나오면 우리 둘 다 힘들어질 거야." 테우는 안락의자를 침대 앞으로 끌고 갔다. "난 너랑 싸우고 싶지 않아. 맹세코 수프에 아무것도 타지 않았어."

클라리시가 스푼을 입으로 가져갔다가 이내 내려놓았다. "널 믿을 수 없어! 믿을 수가 없다고!" 그녀가 그릇을 집어 들고 냅다 벽에 던졌다.

"목소리 낮춰. 아무리 소리 질러도 밖에선 들리지 않아. 이런다고 너한테 득이 될 게 없다고." 태우가 짜증 섞인 목소리로 말했다.

그는 벌떡 일어나 욕실로 가서 화장지를 뜯어왔다. 화장지로 깨진 그릇 조각과 식빵 조각을 쓸어 담은 후 걸레로 걸쭉한 베이지색 수프를 훔쳐냈다.

"음식을 마다하다니. 이럴 줄은 몰랐어. 최소한의 상식은 있을 줄 알았는데, 이리도 무례하게 굴다니. 오히려 내가 널 못 믿겠어."

그는 일부러 화가 난 척했다. 사실 그는 이 상황을 은근히 즐기는 중이었다. 연인이 싸우는 건 지극히 정상적인 일 아닌가. 분명 오래가지 않아 화해하게 될 테고.

"날 믿으라고 한 적 없어." 클라리시가 말했다.

"안타깝네."

태우는 다시 안락의자로 돌아갔다. 책상 위의 노트북을 한쪽으로 밀어내고 작은 쌤소나이트를 올려놓았다.

"또 한 번 큰소리 냈다간 입마개를 씌워놓을 줄 알아."

그가 여행가방에서 입마개를 꺼냈다. 그 바로 옆, 옷 밑에는 팔다리를 벌려놓는 막대들이 감춰져 있었다. 하지만 굳이 그것까지 꺼내 보여주진 않았다. 클라리시에게 겁을 주고 싶지는 않았다.

"진정제는 가급적 쓰지 않도록 해볼게. 너도 그걸 원한다면 날 믿어줘야 해. 자, 비스킷 좀 먹어봐."

태우는 그녀가 상황 파악을 제대로 해주길 바랐다. 더 이상 반항하지 않고 순순히 그의 말에 따라주길 바랐다.

클라리시가 비스킷을 집어 들고 살구잼을 발랐다. "내가 널 깊이 알아줬으면 좋겠다고 했지? 내가 왜 그래야 하는데? 우린 사귀는 사이도 아니잖아." 그녀가 비스킷을 씹으며 말했다.

"맞아. 아직은 아니지. 하지만 나중에 어떻게 될지 모르잖아. 그날 파티에서 처음 만났을 때 네가 아무 이유 없이 내게 키스한 거라고 생각하지 않아. 지금 와서 그때의 감정을 부정해봤자 소용없어. 아마 지금의 정신 상태론 상황 판단이 잘 안 될 거야. 아무튼 이번 여행은 우리 둘 모두에게 좋은 기회가 될 테니 두고 보라고."

"날 여기 가둬놓고 5분에 한 번씩 주사를 찔러대면 내가 널 좋아하게 될 거라고 생각해?"

"넌 내게 선택의 여지를 주지 않았잖아. 이거 말곤 방법이 없었다고."

"이렇게 수갑 채워놓고 약물로 제압하면 너에 대한 두려움만 커질 뿐이야. 네가 또 무슨 짓을 벌일지 두렵다고!"

클라리시의 눈가가 촉촉이 젖어들었다. 테우는 그것이 능청스러운 연기라는 것을 알고 있었다.

그녀가 먹다 만 비스킷을 접시에 내려놓았다. "내가 널 믿어주길 바란다면 너도 날 믿어줘야 해." 그녀가 말했다. "한 가지 약속할게. 네가 왜 이런 짓을 벌였는지 알 것 같지만 이번 일은 없었던 걸로 해줄게. 당연히 경찰과 부모님한테도 말하지 않을 거고."

"그런 말 마. 불쾌하니까."

"날 믿어줘. 너한텐 아무 일도 없을 거야. 그리고 우린 그냥 친구로 지내면 되잖아. 조금씩 서로를 알아가면 돼. 내가 도와줄게. 같이 여기저기 다니면서 많은 대화를 나눠보자. 내 친구들도 소개해줄게. 그럼 정말 좋을 것 같지 않아?" 그녀는 잔뜩 긴장한 모습이었지만 목소리에선 확신이 묻어났다.

"이번 여행이 우리 관계에 대한 네 생각을 바꿔놓을 거야. 그러니까 더 이상 함부로 굴지 말아줘."

"만약 네가 원하는 결과를 얻지 못하면 어떻게 할 거야? 날 죽이기라도 할 거야?"

"난 살인마가 아니야."

"그럼 뭔데?"

"네가 노력했는데도 나랑 같은 감정이 느껴지지 않는다면 널 보내줄게. 난 그저 우리가 함께 행복해질 수 있다는 걸 네게 보여주고 싶을 뿐이야. 넌 매몰차게도 그럴 기회를 주지 않았잖아. 내가 널…… 해치려 한 것도 아닌데, 클라리시."

"그럼 지금 이건 뭔데? 가족들이 내 걱정에 시름시름 앓고 있을 거라고!"

"너희 어머니는 네가 나랑 같이 있다는 걸 알고 계셔. 문자를 보내셨길래 내가 실례를 무릅쓰고 답을 해드렸지. 너랑 나랑 테레조폴리스에 잘 도착했고, 넌 시나리오에 집중하고 있다고."

"난……."

"이래도 내게 악의가 있다고 할 거야? 난 널 해치지 않아. 네가 죽으면 그 책임을 내가 고스란히 떠안게 될 텐데 뭣 하러 그런 짓을 하겠어?" 테우는 반박할 수 없는 자신의 말이 만족스러웠고,

반박의 여지가 없다는 건 자신의 말이 옳다는 증거라 믿었다.

"우리 엄마한테 뭐라고 보냈는지 보여줘."

테우는 여행가방에서 그녀의 휴대폰을 꺼내 내밀었다. 보낸 문자를 확인한 클라리시는 코웃음을 치며 말했다.

"너는 이게 행복하게 잘 지내고 있는 거라고 생각해?"

"너무 심각하게 받아들이지 마, 나의 아기 쥐. 그냥 안심시켜드리려고 둘러댄 말일 뿐이야."

클라리시는 오후 내내 무수한 질문을 해댔다. 자신이 며칠간 붙잡혀 있었는지, 어떻게 이곳까지 오게 됐는지 궁금해했다. 또 자신은 샤워를 한 기억이 있다며 혹시 그의 집에서 한 것인지 물었다. 어머니의 문자 메시지에서 언급된 양탄자에 대해서도 알고 싶어 했다. 테우는 모든 질문에 솔직하게 대답했다.

그들은 수갑에 대해서도 합의를 봤다. 테우는 그녀가 얌전히만 있어준다면 방에 그녀 혼자 남겨질 때와 잠자리에 들 때만 수갑을 채우겠다고 약속했다. 그들은 더블베드에 나란히 누워 자기로 했다. 클라리시는 샤워할 때나 그가 부득이 외출해야 하는 예외적인 경우에 얼굴 벨트에 붙은 입마개를 하게 될 것이다. 무척 굴욕적인 상황이 되겠지만 다른 대안이 없었다. 특히 그녀가 욕실에 갈 때는 반드시 입마개를 씌워야 한다. 변기 바로 위에 오두막 뒤편을 향한 작은 창문이 나 있었기 때문이었다.

땅거미가 내려앉자 테우는 클라리시에게 외출해야 하니 옷을 챙겨 입으라고 했다. 클라리시는 예쁘장한 금빛 드레스에 데님 재킷을 선택했다. 그녀가 욕실에 가 있는 동안 테우는 권총을 허리 밴드에 꽂아 넣고 셔츠로 덮어 감췄다. 그리고 주사기와 싸이올락스 앰풀이 담긴 왕진가방을 챙겨 들었다.

두 사람은 차를 몰고 도시 변두리로 향했다. 잠시 후 테우는 비탈진 길에 차를 세우고 휴대폰 신호를 확인했다. 그는 먼저 자신의 집으로 전화를 걸었다. 응답이 없자 마를리의 번호를 눌렀다. 굼뜨게 응답한 파트리시아의 친구는 둘이서 함께 영화를 보는 중이라고 했다. 테우는 어머니를 바꿔달라고 했다.

통화는 짧게 끝났다. 눈을 감은 클라리시는 좌석에 등을 붙인 채 잠자코 있었다. 전화를 끊기 전 테우는 또다시 호텔에서는 신호가 잡히지 않아 휴대폰을 쓸 수 없다는 사실을 상기시켰다. 그리고 정확히 언제쯤 돌아갈지 모르겠다고 하고, 사랑한다는 말을 끝으로 전화를 끊었다. 그는 클라리시에게 자신이 좋은 가정 출신임을 보여주고 싶었다.

이번에는 클라리시에게 휴대폰을 건네며 집에 연락하라고 했다.

"우리 집에?"

"그래. 문자 메시지만으론 어머니가 안심하지 못할 거야. 내가 방금 한 대로만 해. 여기서 나랑 같이 좋은 시간 보내고 있다고 말씀드리라고. 호텔에선 휴대폰 신호가 잡히지 않는다는 것도 꼭 알려드려야 해. 바깥세상과의 소통은 최대한 줄이고 싶으니 앞으론 주로 문자 메시지로만 연락할 거라고도. 혹시 모르니 스피커를 켜둘 거야."

그녀가 알겠다고 한 후 집으로 전화를 걸었다.

"이상한 짓 하면 안 돼. 난 평화로운 밤을 보내고 싶어." 테우가 허리에서 권총을 뽑아 들고 자신의 무릎에 내려놓았다. 클라리시는 못 본 척 고개를 돌렸다. 그녀의 두 손이 바르르 떨리기 시작했다.

엘레나는 금세 응답했다. "여보세요? 누구시죠?" 어머니 목소리가 흘러나오자 클라리시가 멈칫했다.

순간 테우는 휴대폰을 낚아채고 통화를 종료시켰다. "지금 뭐 하는 거야!"

"난……." 그녀의 눈이 벌게져 있었다. 테우에게는 그 모습조차 예뻐 보였다. 아까 보였던 거짓 눈물과는 확실히 달랐다. 진짜 눈물이 그녀를 진짜 사람처럼 만들어주었다. 친밀감이 충분하지 않은 상태에서는 상대 앞에서 눈물을 보이기가 힘든 법이다.

"진정해, 나의 아기 쥐. 어떻게든 어머니와 통화를 해야 한다고." 클라리시는 티슈로 얼굴을 훔쳤다.

"자, 다시 한 번 걸어봐. 좀 더 노력해보라고."

클라리시는 깊은 숨을 들이쉬고 권총을 응시했다.

"이건 걱정 마. 시키는 대로만 하면 절대 쓸 일 없을 테니까."

그가 다시 휴대폰을 넘겼다. 스피커폰 소리가 차 안을 울렸다. 이번에도 엘레나는 금세 응답했다.

"클라리시예요. 별일 없죠?"

"오, 너로구나! 이건 기적이 틀림없어."

"테우가 자기 엄마한테 연락드리고 나서 저한테도 전화하라고 하더라고요."

"오! 드디어 널 사람으로 만들어줄 임자가 나타났구나! 테레조폴리스는 어떠니?"

"좋아요. 지금 테우랑 같이 있어요. 테우가…… 안부 전해달래요."

"내 안부도 전해다오. 난 걔가 맘에 들더라. 저번 남자친구보다 훨씬 나아."

"이번 여행은…… 좀 다르네요. 아빠는 어떠세요?"

"아직도 출장 중이지 뭐. 나중에 돌아오면 테우를 초대해 같이 저녁 먹자꾸나. 테우에 대해 좀 더 알고 싶어."

"언제쯤 집에 돌아갈지 아직 모르겠어요. 오래 머물진 않을 것 같은데." 그녀의 눈에 또다시 눈물이 고였다. 하지만 이번에는 눈꺼풀 밖으로 넘치지 않았다. "크리스마스 때쯤 돌아갈게요."

테우는 클라리시를 안심시키려 애썼다. 그는 손짓으로 호텔에선 휴대폰 신호가 잡히지 않는다는 걸 언급하라고 지시했다.

"자주 연락드리진 못할 것 같아요. 필요할 땐 문자로 할게요."

"알았다. 참, 그런데 거실 양탄자는 대체 어떻게 된 거니?"

클라리시가 테우를 쳐다봤다. 그녀는 손톱을 물어뜯고 있었다.

"별일 아니에요. 그냥…… 제가……." 그녀가 창밖으로 손톱 조각을 뱉었다. "떠날 채비를 하면서 뭘 좀 쏟았거든요. 테우가 세탁소에 맡기자고 해서 챙겨왔어요."

"그 테우라는 녀석이 점점 더 맘에 드는걸. 제발 걔가 널 확 바꿔 놨으면 좋겠구나. 지난번 그 남자애였다면 지저분한 양탄자를 그냥 두고 갔을 텐데."

두 사람은 성의 없는 인사를 나누고 통화를 마쳤다.

클라리시와 테우는 15분을 달려 호텔로 돌아왔다. 테우는 정문을 열기 위해 차에서 내렸다. 그는 젖은 잔디 냄새와 한밤의 귀뚜라미 소리를 특히 좋아했다. 마침내 오두막에 도착하자 테우는 차에서 내려 클라리시를 위해 조수석 문을 열어줬다.

클라리시는 욕실에서 주황색 잠옷으로 갈아입었다. 침대에 누운 그녀는 눈을 감고 잠이 든 척했다. 테우는 히터를 켰다. 아까 들어올 때 보니 접수처 안에 조명이 하나 켜져 있었다. 깜빡이는 불빛이 카운터에서 컴퓨터를 두드리고 있는 자그만 누군가의 그림자를 커튼에 드리웠다. 테우는 난쟁이 가족이 신중한 사람들이라는 것에 마음이 놓였다.

그는 클라리시의 팔다리에 수갑을 채워놓고 램프 불빛 아래서 그녀를 유심히 관찰했다. 창백한 피부가 눈처럼 새하얗다.

9장

    호텔은 푸짐한 아침 메뉴를 제공했다. 식탁 위에 주스, 요구르트, 커피, 과일, 시리얼, 케이크가 뷔페식으로 다양하게 놓여 있었다. 갓 구운 빵 냄새가 실내를 감쌌고, 커다란 창문 밖으로 호수가 내다보였다. 앞치마를 두른 난쟁이가 뜨거운 요리를 내고 있었다. 스크램블드에그와 얇게 썬 소시지. 테우는 카푸치노와 귀리 통밀 빵 토스트 몇 장을 챙겨 들고 나무들을 향해 놓인 구석 식탁으로 갔다.

    만약 클라리시가 비명을 지르더라도 이곳에선 절대 들리지 않을 것이다.

    테우는 허겁지겁 토스트를 먹어치웠다. 졸림이 오두막은 비탈진 땅 끝에 자리해 있었지만 클라리시 혼자 남겨졌다는 사실이 계속 그를 불안하게 했다. 그는 크루아상과 코코아를 챙겨 오두막으로 돌아왔다. 빼두었던 전화 코드를 연결한 그는 클라리시에게 아침을 먹기 전 우선 접수처에 전화 한 통 하라고 당부했다. 클라리시는 이 호텔 단골이었다. 그런 그녀가 간단한 인사조차 하지 않는다면 난쟁이들이 이상하게 여길 것이다.

클라리시는 굴리베르라는 이름의 난쟁이 주인과 10분 넘게 통화했다. 그녀는 시나리오 작업에 몰두하고 있으며, 이곳에 머무는 동안 누구에게도 방해받고 싶지 않다고 말했다. 테우는 그녀의 연기에 만족했다. 권총을 내보이지도 않았는데 이렇게 잘해낼 줄이야. 테우는 클라리시의 능청스러운 연기를 칭찬한 후 그녀가 조용히 식사할 수 있도록 내버려두었다.

테우가 한창 추리소설을 읽고 있는데 그녀가 갑자기 속이 메스껍다며 그를 불렀다.

"몸을 뒤로 젖히고 고개를 들어봐. 곧 괜찮아질 거야."

클라리시는 고개를 끄덕였다. 그리고 코코아를 두 모금 홀짝이더니 이내 켁켁거렸다. 그녀는 상체를 앞으로 숙이고 기침을 몇 번 하다가 결국 시트 위에 토하고 말았다. 초콜릿, 크루아상. 그녀는 토사물에 젖은 잠옷을 보고 잠시 동안 꼼짝을 않더니 갑자기 울음을 터뜨렸다.

테우는 그녀의 팔뚝을 붙잡고 욕실로 이끌었다. 변기 뒤편 파이프에 수갑을 채워놓고 그녀가 세면대에서 얼굴을 씻을 수 있게 해줬다. 오두막 안이 역한 냄새로 진동했다. 테우는 밖으로 나가 징검돌을 따라 걷기 시작했다. 마침 객실 청소부처럼 차려입은 여자 난쟁이가 그의 눈에 들어왔다. 난쟁이의 짧은 두 팔에는 베갯잇이 한 아름 안겨 있었다.

"안녕하세요? 저는 졸림이 오두막에 묵고 있는데 새 침구와 수건이 필요해서요." 테우가 말을 걸었다. 자기가 묵는 오두막을 졸림이라고 불러야 하는 자신을 한심스러워하면서.

"네, 행복이Happy 오두막 청소가 막 끝났으니까 곧 그쪽으로 갈게요."

"그러실 것까진 없고, 제 여자친구가……."

"클라리시."

"네, 클라리시가 지금 시나리오 작업으로 신경이 예민해져 있거든요. 예술하는 사람들이 좀 그렇잖아요. 조용히 작업하러 온 거라서요. 저한테 직접 챙겨달라고 신신당부하더라고요. 작가의 남자친구로 사는 게 이토록 고달플 줄은 몰랐네요!"

난쟁이는 별로 개의치 않는다는 표정으로 태우를 접수처 뒤편 물품 보관실로 이끌었다. 라벤더 향이 풍기는 좁은 방은 각종 직물류가 담긴 선반과 바구니로 가득했다. 한쪽 구석에서는 세탁기가 윙윙대며 돌아가고 있었다.

"새 수건을 가져갈 땐 사용한 수건을 꼭 반납하셔야 해요." 난쟁이는 작은 사다리에 올라가 새 수건과 시트를 꺼냈다. "여기 있어요."

태우는 고맙다고 인사한 후 난쟁이를 위해 맨 위 선반에서 검은 비닐봉지를 꺼내줬다.

"난 이제 쓰레기를 치우러 가요. 내가 없더라도 사용한 수건은 바구니에 넣고 선반에서 새 걸로 꺼내가면 돼요. 문은 항상 열려 있으니까."

"네, 제가 괜히 귀찮게 해드렸네요."

"귀찮긴요."

밖으로 나온 그들은 한담을 나누며 나란히 걸었다. 테우는 일부러 난쟁이와 발을 맞춰 걸으며 혼자 재밌어했다. 두 사람은 행복이와 졸림이 오두막 사이 갈림길에서 멈춰 섰다.

"고맙습니다." 테우가 말했다.

"클라리시한테 안부 전해줘요. 멋진 시나리오 기대하고 있다고요. 난 그 아가씨가 참 좋더라고요."

그 후 며칠간 테우와 클라리시는 쳇바퀴 돌듯 똑같은 나날을 보냈다. 테우는 아침마다 그녀보다 일찍 일어나 인적 없는 호수 주변을 뛰었다. 8시가 되면 드워프레이크팜 호텔이 활기를 띠기 시작했다. 땅을 파헤치며 노는 아이들, 페달보트를 타려고 기다리는 연인들. 테우는 클라리시의 아침을 챙겨 오두막으로 돌아갔다. 그는 매끼 다른 메뉴를 선택했다. 그녀가 음식에 질리지 않도록. 우유, 푸딩, 치즈, 흑빵, 수제 파파야 콩포트,* 수제 호박 콩포트.

클라리시가 아침을 먹는 동안 테우는 침대 시트를 새것으로 갈고, 수건을 가지런히 걸어놓았다. 실내 청소는 클라리시가 맡기로 돼 있었다. 테우는 그녀를 공주 모시듯 할 마음이 없었다. 여자들은 가사 노동을 할 때가 가장 여자다우니까.

두 사람은 점심때까지 대화를 이어갔다. 하루 중 가장 즐거운 시간이었다. 문제는 그 시간이 너무 빨리 흘러가 버린다는 것이었다. 그들은 그렇게 조금씩 서로에 대해 깊이 알아갔다. 테우는 시

---

* compote. 과일을 설탕에 졸였다가 차갑게 식힌 것으로 과일 잼과 비슷하다.

계꽃 열매 무스*를 좋아하고, 클라리시는 초콜릿 퍼지**를 좋아한다고 했다. 테우는 정치에 관심이 없는 반면 클라리시는 좌파였다. 테우는 코엔 형제***를 좋아하고, 클라리시는 미하엘 하네케****와 우디 앨런 감독을 좋아한다. 테우는 오로지 윌슨 시모날, 필리페 카토, 카에타노 벨로조, 조르지 벵 조르 같은 브라질 가수의 음악만 듣지만, 클라리시는 뭐든 가리지 않고 들으며 특히 미국의 팝과 영국의 록을 좋아한다. 그들의 유일한 공통점은 외동이라는 것뿐이었다.

테우는 미처 몰랐던 클라리시의 성격 특성을 조금씩 알게 되었다. 자신이 좋아하는 주제로 대화가 진행될 때면 그녀는 사학자만큼이나 꼼꼼해졌다. 날짜, 시간, 이름, 성姓까지 모르는 게 없었다. 미래에 대해 얘기할 때면 그녀의 눈은 예외 없이 가늘어졌다. 마치 커다란 화면에 자신의 프로젝트와 꿈을 투영하려는 듯이. 테우는 클라리시의 그런 반응을 지켜보는 게 좋았다. 그래서 늘 대화가 길게 늘어지게끔 유도했다.

클라리시도 그에 대해 많은 걸 알고 싶어 했다. 테우는 부담 없이 모든 걸 털어놓았다. 의대생의 삶과 장래 희망에 대해서도 상세히 들려줬다.

그는 게르트루드도 언급했다. "내 가장 친한 친구야."

---

* mousse. 크림에 거품을 일으켜서 설탕과 향료를 넣고 차게 식힌 디저트 요리.
** fudge. 설탕, 버터, 초콜릿으로 만든 말랑말랑한 캔디류인데 끈적이거나 달라붙지 않는다.
*** Coen brothers. 미국의 독립영화를 대표하는 형제 영화감독. 대표작 〈파고(Fargo)〉가 있다.
**** Michael Haneke. 〈하얀 리본〉 〈피아니스트〉 등으로 유명한 오스트리아 영화감독.

"어디서 처음 만났는데?"

"아주 색다른 곳에서. 해부학 강의실."

테우는 게르트루드와 함께했던 재미있는 일화들을 줄줄이 늘어놓았다. 클라리시는 그가 나이 든 여자와 절친한 사이라는 걸 무척 흥미로워하며 나중에 게르트루드를 만나보고 싶다고 했다. 테우는 기회를 만들어보겠다며 미소를 지었고, 게르트루드도 그녀를 만나고 싶어 할 거라고 덧붙였다. 그 거짓말이 그의 마음 한켠을 불편하게 했다. 굳이 게르트루드가 시체라는 사실을 고백해 이 좋은 분위기를 깨뜨리고 싶지 않았다.

이따금 그들은 시간의 흐름을 인지하지 못하고 오후 3시가 넘어서야 비로소 점심을 먹기도 했다. 테우는 식당에서 음식을 챙겨와 그녀와 책상에서 함께 식사를 했다. 클라리시는 붉은 색 고기를 좋아했다. 테우는 늘 고기를 잘게 잘라서 가져왔다. 클라리시는 파스타와 치즈가 많이 들어간 소스도 좋아했다. 테우는 많은 양의 샐러드와 더불어 지금껏 먹어본 것 중 가히 최고라 할 만한 가지 라자냐로 배를 든든히 채웠다. 나중에는 식당으로 가서 주방장을 칭찬하기까지 했다. 예상대로 주방장 역시 난쟁이였다.

클라리시는 오후 내내 시나리오 집필에 매달렸다. 그녀의 손가락은 쉴 새 없이 키보드를 누비고 다녔다. 그러지 않으면 떠오른 아이디어를 놓치게 될까 봐 두려운 모양이었다. 테우는 침대에 앉아 책을 읽는 척하며 그녀를 지켜봤다. 그녀의 작업은 테우마저 들뜨게 했다. 새로운 세상이 창조되는 시간. 캐릭터들, 액션들, 결말들. 테우는 다양한 가능성이 존재하는 상황을 좋아했다.

가끔 클라리시는 자신이 쓴 내용을 큰 소리로 읽어보고 싶다면서 그에게 자리를 피해달라고 부탁하기도 했다. 테우는 예술가들의 기행과 미신에 대해 잘 알고 있었다. 그렇게 쫓겨난 그는 주변의 작은 숲을 거닐며 앵무새를 구경하거나 접수처에서 난쟁이들과 수다를 떨며 시간을 보냈다. 클라리시에 대한 의심을 사지 않기 위해 그는 늘 둘러댈 말을 준비해뒀다. *마치 집에 온 듯 아늑한 기분이 느껴진대요. 시나리오에 집필 후기 넣을 때 이 호텔도 언급하겠다나요.* 그리고 적절한 타이밍에 자연스레 화제를 돌렸다. 덕분에 그는 호텔에 오두막이 일곱 채 있으며 작은 방도 몇 개 갖춰져 있다는 걸 알게 됐다. 또 호수는 인공적인 게 아니며, 수심이 무려 15미터가 넘고 헤엄치기엔 좋지 않다는 사실도 알게 됐다. 언젠가 한 아이가 물에 빠져 익사할 뻔했다나.

테우는 클라리시에게 신문과 TV를 허락하지 않았다. TV 리모컨에서 건전지를 아예 빼놓았다. 그녀가 바깥세상에 대해 알게 되면 시나리오 집필에 집중하지 못할 거라는 우려 때문이었다. 또한 현실로부터 충분히 떨어져 지내야 오로지 그만을 바라볼 거라는 생각 때문이었다. 대중을 현혹시키는 막장 연속극이나 선정적이고 폭력적인 뉴스는 두 사람의 관계에 걸림돌만 될 뿐이었다.

저녁이면 그들은 수프를 먹으며 그가 챙겨온 영화를 봤다. 클라리시는 〈미스 리틀 선샤인〉을 특히 좋아했다. 이 영화가 시나리오 집필에 많은 영감을 줬다며 테우의 안목에 찬사를 보냈다.

잠자리에 들기 전 클라리시는 날마다 그날 쓴 원고를 손질했다. 그러는 동안 테우는 침대에 앉아 책을 읽었다. 추리소설을 다 읽어버린 그는 클라리시 리스펙토르의 단편집으로 넘어갔다. 표지의 혈흔은 끝내 지워내지 못했다. 하는 수 없이 접수처에서 챙겨온 공작용 종이와 접착테이프로 그 부분을 가려놓았다.

클라리시는 샤워를 하고 나와 테우 옆에 몸을 눕혔다. 그들은 졸음 가득한 얼굴로 대화를 잠깐 나눴다. 테우는 수갑으로 그녀를 침대에 묶어놓고 불을 껐다. 스위치는 문 바로 옆에 있었다. 테우는 침대 옆 탁자를 멀리 치워놓았다. 한밤중에 깬 클라리시가 탁자 위 스탠드를 집어 들고 그의 머리를 세차게 내리치는 악몽을 꿨기 때문이었다.

"선물 사왔어." 테우가 쇼핑백을 보이며 말했다.

그는 치약을 사러 나갔다가 파트리시아와 엘레나에게 차례로 전화를 걸고 왔다. 오랫동안 클라리시의 연락이 없어 답답했는지 엘레나는 그의 전화를 받고 무척 반가워했다.

테우는 클라리시를 일으키고 수갑과 입마개를 풀어줬다. 그리고 시내에서 사온 드레스를 건넸다. 강렬한 색깔에 촉감이 부드러운 드레스였다. 가게 쇼윈도에서 발견했는데 좀 비싸긴 했지만 이 드레스를 걸친 클라리시를 꼭 보고 싶었다.

화요일. 그들이 함께 지낸 지 일주일이 되었다. 밖에는 폭우가 쏟아지고 있었다. 욕실에 들어간 클라리시가 드레스로 갈아입고 나왔다. 새 옷을 걸친 그녀는 지쳐 보였지만 아름다웠다. 세상에 선물 싫어하는 여자는 없다. 하지만 클라리시는 고맙다고 성의 없이 한마디 던졌을 뿐이었다. 테우는 살짝 짜증이 났다.

"너랑 단둘이 지낼 수 있어서 얼마나 행복한지 몰라. 너도 그렇지?"

클라리시는 대답이 없었다.

"네가 이러는 거 보고 싶지 않아, 나의 아기 쥐." 테우가 그녀의 손을 잡아 줘었다. "네 불만이 하늘을 찌르고 있다는 거 알아. 하지만 솔직히 지난 며칠간은 나쁘지 않았잖아. 안 그래?"

클라리시는 힘겹게 입을 열고 간신히 대답했다.

"문제는 네가 아니야."

테우에게서 떨어져 나온 그녀는 욕실로 들어가 문을 반쯤 닫고 다시 잠옷으로 갈아입었다. 테우는 묻고 싶은 게 있었지만 꾹 눌러 삼켰다.

클라리시는 침대로 돌아와 화장솜으로 검은 아이라이너를 지웠다. 외출할 수 없는데도 그녀는 아침마다 정성껏 화장을 했다. 솜을 움켜쥔 그녀가 한숨을 내쉬고 테우를 향해 말했다.

"여긴 나만의 휴가지야. 세상으로부터 도망치고 싶을 때마다 찾는 비밀 은신처라고. 나만의 작은 세상에 숨어 살 수 있는 곳. 너한테 나쁜 감정이 있어서 하는 말이 아니야. 단지 네가 나랑 같이 여기 머무르는 게 별로 좋은 아이디어 같진 않아서 그래."

테우는 브레누를 원망했다. 클라리시의 역겨운 전 남친. 아직도 클라리시의 마음속 한켠에는 브레누가 자리해 있는 것 같았다. 굳이 그녀의 입을 통해 확인하지 않아도 짐작할 수 있었다.

"정말 멋진 한 주였어, 테우. 하지만 시나리오를 제대로 쓰려면 나 혼자여야만 한다고."

"제발 고집부리지 마. 난 널 위해 뭐든 다 해줄 수 있지만 그건 논외라는 거 알잖아." 테우는 같은 말을 반복해야 하는 상황에 화가 났다.

그들은 한동안 침묵을 지켰다. 클라리시가 흐느끼기 시작했다.

"클라리시, 선물에 대한 답례로 내 부탁 하나만 들어줘. 네가 며칠만 더 두고 봐줬으면 좋겠어. 아무 생각 말고 집필에만 집중해 달라고. 나에 대해 선불리 판단하지 말고 당분간 지금처럼 같이 지내보는 거야. 내가 곁에서 잘 챙겨줄게."

클라리시는 눈을 감고 화장솜으로 눈물을 훔쳤다. 그리고 욕실로 들어가 립스틱을 지우고 매무새를 가다듬었다.

토요일 오후, 테우는 남에게 실수를 하고 당황하는 클라리시의 모습을 처음으로 보았다. 그들은 오두막에서 〈12명의 성난 사람들〉을 보던 중이었다. 클라리시는 어머니가 좋아할 만한 영화라면서 테우에게 언제 처음 이 영화를 봤는지 물었다.

"아버지가 가장 좋아했던 영화였어." 테우가 말했다.

클라리시는 미소를 지으며 욕실로 향했다.

"그러고 보니 아버지 얘긴 좀처럼 하지 않네, 테우?" 그녀가 말하더니 곧 덧붙였다. "미안, 난 그냥……." 자신이 부적절한 말을 뱉었다고 여긴 모양이었다.

테우는 고개를 저으며 졸음 가득한 그녀의 얼굴을 빤히 쳐다봤다. 그녀는 존 레논의 흑백사진이 찍힌 헐렁한 티셔츠 차림으로 첫

솔을 쥔 채 욕실 문간에 서 있었다. 테우는 이제 경계를 늦추고 그녀에게 아버지에 대해 털어놓을 때가 되었음을 깨달았다.

"아버지는 돌아가셨어. 교통사고로. 그 사고로 어머니는 하반신 마비가 되었지."

대화를 하던 중 파트리시아의 상태에 대해서도 자세히 설명해 줬다. 하지만 그들은 불편한 주제에 오래 머무르지 않았다.

"6년 전에 있었던 일이야. 그때 아버지는 대법원 판사였고, 우린 바다가 내려다보이는 코파카바나의 펜트하우스에 살았지. 부모님은 사교 모임에 열심이었어. 늘 상류층 파티에 초대받았고, 요트 여행도 자주 다니셨지. 내 성은 아벨라르 기마라이스야. 들어본 적 있니?" 그녀는 아무 반응도 보이지 않았다. "그 사고는 모든 신문에 대서특필됐어. 두 분이 남쪽으로 여행 갔다가 아버지의 파제로*를 타고 돌아오던 길이었지. 내가 갖고 온 벡트라는 어머니 차야."

"너도 그때 같이 있었어?"

"아니. 난 학교 때문에 집에 있었어."

테우는 잠시 머뭇거렸다. 그는 지금껏 그 사고에 대해서 누구하고도 얘기해본 적이 없었다. 파트리시아와도, 게르트루드와도.

"당시 경찰은 조직범죄에 연루된 비리 법관들을 수사 중이었어. 엄청 많은 사람이 수사 대상에 올랐었지. 변호사, 판사, 검사……."

"당연히 그중엔 대법원 판사도 있었을 거고."

"검사가 우리 아버지한테 연락을 해왔어. 그들의 책략이 발각됐

★ 일본의 미쓰비시 자동차 업체에서 출시한 대형 SUV.

다고 말이야. 많은 법관들이 줄줄이 체포됐고, 다들 패닉에 빠져 있었어. 우리 아버지는 그 스캔들에 연루된 거물들 중 한 명이었고. 정확히 어떻게 된 일인지 아는 사람은 없어. 그 연락을 받았을 때 아버지는 운전 중이었거든. 아마 산투스 인근에서였을 거야. 어머니는 조수석에 타고 계셨고. 뉴스에선 아버지가 연락을 받고 갑작스런 충격으로 차를 제어하지 못한 거라고 했어. 결국 차는 옹벽을 들이받고 언덕 밑으로 굴러 떨어졌지. 아버지는 그때 즉사하셨고."

"맙소사. 난…… 네가 상심이 컸겠네. 어머니가 어떻게 된 일인지 얘기 안 해주셨어?"

"여쭤보지도 않았어. 이미 엄청난 고통을 받으셨잖아. 어쨌든 난 내가 아는 버전에 만족해. 난 아버지를 잘 알았어. 아주 냉정하고 이성적인 분이었지. 늘 자신감에 차 있었고. 아버지의 비리에 대해 알고 있었다는 건 아니야. 단지 그런 상황에서 아버지가 어떻게 반응하셨을지 짐작이 된다는 얘기지. 그런 의혹을 받고 체포 직전에 몰리게 되었으니 그 심정이 어땠을지는……."

테우는 자신이 아버지와 닮은 구석이 많다고 생각했다.

"남자가 부끄러워지면, 그리고 그렇게 자신의 흠이 만천하에 드러나게 되면, 사실 취할 수 있는 선택지가 별로 없어. 자살만이 유일한 탈출구라고."

10장

"시나리오 어땠어?"

두 사람은 침대에 올라 잘 준비를 하고 있었다. 테우는 일요일
에 미완성 시나리오를 읽어봤지만 어떠한 의견도 내놓지 않았다.
그는 클라리시가 먼저 소감을 물어봐 주기를 바랐다. 클라리시는
남의 평가에 쉽게 휘둘리는 타입이었다. 도도하고 자립심 강한 그
녀에게 그런 면이 있다는 건 무척 흥미로운 사실이었다.

솔직한 평가와 거짓 칭찬 사이에서 고민하던 테우는 완곡한 표
현에 의지해보기로 했다.

"맘에 들어. 하지만 문제가 좀 보이던데? 개요를 조금 손보는
게 좋을 것 같아. 시나리오 자체는 별 무리가 없고. 개요만 좀 더
다듬으면 될 거야."

클라리시는 최대한 상세히 평가해달라고 했다. 테우는 연속성
문제와 약간의 논리적 모순을 지적했다. 하지만 타이어 교체 장면
의 극적인 분위기는 기가 막히다며 추켜세웠다.

"엔딩은 어때? 아직 쓰진 않았지만 개요대로 밀어붙일까 해."

"모든 게 꿈이었다는 결말?"

"노골적으로 못박진 않고 그냥 넌지시 암시만 할 거야. 카로우는 실제로 죽지 않아. 여행가방은 카로우가 어딘가로 떠날 거라는 걸 암시하지. 나머지는 관객들이 알아서 추론해야 해."

"난 그런 열린 결말이 좋긴 한데, 이 작품에선 그렇게 처리하는 게 최선인지 잘 모르겠어."

"열린 결말에 너무 집착할 거 없어. 그보다는 표현 수단에 더 집중해야 한다고. 영화는 현실이 아니잖아. 현실을 묘사할 뿐이지. 그러니 뉘앙스에 초점을 맞춰야 해. 한 장면에선 캐릭터들이 죽지만 또 다른 장면에선 그런 일이 없었다는 걸 확인하게 되잖아. 그저 그들의 바람일 뿐이라는 인상을 주는 것만으로도……."

"알아. 하지만 이 작품엔 적합하지 않은 것 같아."

"넌 너무 논리를 따지는 경향이 있어. 미하엘 하네케 감독 작품 중에 캐릭터가 필름을 되감아 자신이 원하는 대로 스토리가 흘러가게끔 만드는 영화가 있어. 그 인물이 스토리를 마음대로 지배한다고. 정말 끝내주지 않아?"

"좋아. 그러니까 굳이 메타언어를 쓰겠다 이거지?"

"꼭 그렇게 할 거야. 더 이상 토 달지 말아줘." 클라리시가 테우의 볼에 살짝 입을 맞추고 담요 아래서 몸을 웅크렸다. "잘 자."

그의 얼굴에 미소가 떠올랐다. 클라리시가 자신을 설득하려 애쓰고 있다는 사실에 행복했다. 시나리오가 어떻게 되든 그건 조금도 중요하지 않았다.

수요일, 클라리시는 아침 인사를 나누기도 전에 담배부터 달라고 했다. 테우는 안락의자에 앉아 『소보타의 인체 해부학』*을 읽고 있었다. 비가 추적추적 내리는 아침이었다. 오두막에 틀어박혀 여유를 부리기에 딱 좋은 날씨였다. 조깅을 건너뛴 테우는 아침식사 시간을 기다리는 중이었다. 클라리시가 다시 담배를 요구했다.

"어제 준 게 마지막이었어."

"담배가 없으면 짜증 난다고."

"보그 멘톨. 다음에 시내 나가면 꼭 사올게, 나의 아기 쥐."

테우는 다시 책으로 시선을 돌렸다. 클라리시가 상황을 장악하도록 내버려둘 수는 없었다. 언젠가 그는 남녀관계에 대한 연구 자료를 본 적이 있는데, 여자들은 너무 쉽고 고분고분한 남자에게 매력을 느끼지 못한다고 나와 있었다. 대부분의 여자들은 적당히 신비롭고 자립적인 남자를 선호한다나. 테우는 클라리시 앞에서 비굴한 모습을 보이지 않으려 애쓰는 중이었다.

몇 분 후 클라리시가 물었다.

"왜 자꾸 날 아기 쥐라고 부르는 거야?"

"그냥 내가 지은 별명이야. 네 덧니 때문에."

"덧니?"

"너무 귀여워. 기분 나쁘게 생각하지 마."

"전혀."

테우는 그녀가 개의치 않으리란 걸 알았다. 별명과 관련해 그녀

---

* Sobotta Atlas of Human Anatomy. 해부학자 요하네스 소보타가 남긴 해부학의 걸작.

에게 직접적으로 묻고 싶은 게 있었지만 그는 돌려 묻기로 했다.

"혹시 다른 별명 있어?"

클라리시는 눈을 감았다. 다시 잠에 빠져들려는 듯했다. 테우는 그녀의 전 남자친구가 문자 메시지에서 칭했던 '나의 소나타'에 대해 그녀가 속 시원히 설명해주기를 바랐다. 이렇게 된 이상 언젠가는 그가 먼저 브레누에 대해 언급할 수밖에 없었다. 그들은 2주째 함께 지내고 있었지만 지금껏 한 번도 브레누의 이름이 대화 중 튀어나온 적이 없었다.

테우는 어제 시내에 나갔을 때 거의 30분이나 파트리시아와 통화했다. 그의 어머니는 초조하게 삼손의 부검 결과를 기다리는 중이었다. 엘레나와의 통화는 짧게 끝났다. 그녀는 연락해줘서 고맙다며 다음에는 딸의 목소리를 꼭 듣고 싶다고 했다.

테우는 압박감을 느끼고 있었다. 클라리시와의 재결합을 위한 브레누의 끈질긴 노력(브레누는 그녀에게 무려 여덟 건의 문자를 보냈다), 라우라의 문자들…… 테우는 클라리시가 이성애자인지 동성애자인지 궁금했다. 생각할수록 머릿속은 점점 더 복잡해졌다.

클라리시는 차츰 집에 있는 듯 편안한 모습을 보이고 있었다. 농담도 곧잘 했고, 다양한 주제에 대한 의견과 시나리오에 대한 아이디어도 쉴 새 없이 쏟아냈다. 테우는 그녀의 생기 넘치는 제스처가 특히 좋았다. 단 몇 초 만에 머리를 능숙하게 묶어내는 모습하며, 밉지 않은 거만한 태도 하며, 혀를 앞니에 갖다 붙인 채 웃음을 터뜨리는 표정까지.

그런데도 여전히 찜찜한 기분을 떨쳐낼 수 없었다. 그래서 그 답을 듣고 싶은 마음이 더 간절했다. 테우는 그걸 묻기 위해 연습까지 여러 번 했었다. *대체 '소나타'라는 별명은 어떻게 해서 생겨난 거야?* 하지만 그녀가 순순히 답하지 않으리란 걸 그는 알고 있었다.

"다른 별명도 있어?" 그가 다시 물었다.

"응." 그녀는 세수하러 욕실로 들어갔다.

"뭔데?"

"유치원 땐 '단추 코Narizinho'라고 불렸어. 그 왜 몬테이루 로바투* 캐릭터 있지? 『모니카의 친구들』**에 나오는 마갈리 같다는 얘기도 들었고. 내가 수박을 엄청 좋아하거든. 그게 전부인 것 같은데."

그때 요란한 종소리가 울렸다. 아침식사를 알리는 종이었다. 테우는 대화를 이어갈 의욕을 잃었다. 재킷을 걸친 그는 금방 다녀오겠다며 클라리시에게 수갑을 채우고 입마개를 하라고 지시했다.

"얼굴 벨트 있는 거랑 패딩 있는 것 중에 골라."

클라리시는 아무 소리도 내지 않을 테니 입마개는 필요 없다고 했다. 어차피 침대에 묶여 있으니 어떠한 수작도 부릴 수 없다면서. 하지만 테우는 단호했다. 그녀에게 입마개를 씌운 그는 벨트에 자물쇠를 채우기 전 무엇이 먹고 싶은지 물었다. 그녀는 잔뜩 화가 나 있었다.

"담배나 사와."

---

* Monteiro Lobato. 브라질에서 가장 영향력 있는 작가 중 한 명. 소설가이자 출판인, 기자, 예술비평가로 활약했다. 재미있고 교육적인 아동문학으로 유명하다.
** *Turma da mônica*. 마우리시우 드소자(Mauricio de Sousa)가 지은 브라질 최고의 '국민만화'.

어느새 비가 멎었다. 서둘러 오두막으로 돌아갈 이유가 없어진 테우는 호텔 주변을 슬슬 거닐었다. 벤치가 모두 젖어 앉을 데가 없었다. 클라리시의 기분이 좋지 않을 때는 자리를 피하는 게 상책이었다. 테우는 그녀가 조울증을 앓고 있을지도 모른다고 생각했다. 병으로 인해 그런 것이라고.

그럼에도 불구하고 그는 만족스러웠다. 테우는 어릴 적부터 늘 위화감을 느끼며 살았다. 실없이 웃기나 하고 지적 야망이나 고상한 사고가 없는 사람들과 부대끼며 사는 게 무척 불편했다. 크리스마스라는 이유로 한껏 들뜨고, 생일에 옛 친구들을 초대하고, 8개월 아기가 마침내 "아빠!"라고 부를 줄 알게 됐다는 걸 이웃에게 자랑하는 사람들, 그런 삶이 지극히 자연스러운 일이라는 사실에 테우는 큰 충격을 받았다.

그는 연속극에서 그려지는 정상 상태의 개념에 혐오감을 느꼈다. '정상 상태'에 적응하는 건 쉬운 일이 아니었다. 현실은 조금의 양보도 없었다. 자기 확신에 찬 채 살아가고 있던 그에게 클라리시가 나타난 것은 기적이나 마찬가지였다. 덕분에 그는 자신이 만들어낸 세상의 벽을 허물고 나올 수 있었다. 그녀가 길을 잃고 방황하는 그를 붙잡아준 것이었다. 테우는 여전히 인류를 낮춰보고 있었다. 하지만 이제는 하등한 그들에게 초탈한 연민을 느낄 수 있게 되었다. 이 모든 건 '사랑' 덕분이었다.

목요일. 테우는 감사한 마음에 젖어 테레조폴리스 시내로 나갔다. 그는 수갑 때문에 상해버린 클라리시의 손목 피부에 바를 보습제를 샀다. 생리가 터진 그녀를 위해 탐폰도 잊지 않았다. 파트리시아에게 전화했더니 이번에도 그녀는 같은 불평을 줄줄이 늘어놓았다. 여전히 심적 고통에 시달리느라 클라리시에 대해 물어볼 정신도 없는 모양이었다. 태우도 굳이 클라리시를 언급하지 않은 채 서둘러 전화를 끊었다.

클라리시의 휴대폰을 꺼내 전원을 켜보았다. 브레누의 문자 두 건이 도착해 있었다. 불과 몇 시간 전에 작성된 그의 문자에서 절박함이 묻어났다.

더는 견딜 수가 없어. 너무 보고 싶어. 너의 냉정함에 마음이 아파. 왜 갑자기 이러는 거니? 왜 나를 외면하는 거지? 우리 둘에게 기회를 한 번 더 줘보자. 처음부터 다시 시작해보자고. 넌 영원한 나의 소나타야. – 널 사랑하는 우디가

태우는 충격적인 내용의 문자를 삭제하려다 말고 답 문자를 작성해 띄웠다.

날 잊어줘. 더 이상 너랑 함께하고 싶지 않아.

'꺼져버려, 브레누!'라고 덧붙일까 하다가 참았다. 내용이 길어지면 그만큼 그에 대한 미련이 남아 있다는 뜻으로 오해할 수 있을 테니. 브레누의 끊임없는 괴롭힘 때문에 태우는 진이 빠졌다. 그래서 엘레나에게는 연락하지 못했다.

상점가에서 진열된 목걸이와 반지들에 순간 홀려버린 그는 보

석가게로 들어가 클라리시를 위한 특별 선물을 골라봤다. 쇼윈도의 진주 목걸이가 맘에 들었지만 너무 비쌌다. 그는 점원에게 다른 것들을 보여달라고 했다.

하나의 아이디어는 이내 또 다른 아이디어로 그를 이끌었다. 그는 단순하면서도 의미 있는 무언가를 사려고 들어온 것이었다. 하지만 점원이 저렴한 것들을 보여주자 그의 머릿속에 또 다른 아이디어가 문득 떠올랐다.

"혹시 약혼반지도 있나요?"

밤이 찾아들었다. 어둠 속에서 매미들이 요란하게 울어댔다. 반쯤 열린 창으로 젖은 흙 냄새가 스며들었고, 산들바람에 커튼이 살랑였다. 클라리시가 욕실을 나오며 담배를 사왔는지 물었다.

"가봤는데 없더라고." 테우는 거짓으로 둘러댔다.

그는 사실 보그 멘톨을 두 갑 샀지만 호텔로 돌아오는 길에 클라리시가 담배를 끊게 만들어야겠다는 결심을 하게 됐다. 그래서 클라리시에게 담배를 내놓는 간격을 조금씩 늘려가기로 했다. 점진적으로 끊게 만들기. 처음에는 온갖 핑계를 대며 담배를 내놓지 않을 작정이었다. 금단 증상이 시작되면 여러 고충이 따르겠지만 결국은 성공에 이를 것이다.

클라리시는 불평 없이 고개만 가로저었다. 체념한 그녀는 어제처럼 조급해하는 대신 침울한 모습을 보였다.

테우는 같이 산책을 하자고 제안했다. 서늘했지만 아름다운 밤이었다. 새벽 1시. 다른 손님들은 모두 잠들어 있었다. 클라리시는 검은 드레스 위로 재킷을 걸치고 목도리를 둘렀다. 그들은 손을 잡고 조심스레 호숫가 비탈을 내려갔다. 클라리시는 고개를 푹 숙이고 있었지만 울적해 보이진 않았다. 머릿속이 좀 산란한 모양이었다. 그녀는 그의 허리에 꽂혀 있는 권총을 보고도 시큰둥했다.

그들은 금속 벤치에 자리를 잡고 앉았다. 낮에는 아이들이 이곳에 모여 신나게 뛰놀았다. 거위들에게 먹이도 주고 비탈에서 미끄럼도 타면서. 하얀 투광조명이 호수의 검은 수면 위로 그들의 그림자를 드리웠다. 두 사람은 한동안 말없이 앉아 상쾌한 공기를 들이마셨다.

클라리시가 미소를 지으며 그의 어깨에 머리를 기댔다.

"어젠 짜증 내서 미안해. 기분이 좀 이상했어."

"기분이?"

"패닉에 빠지게 될 줄 알았는데 놀랍게도 기분이 그리 나쁘진 않더라고."

태우는 그녀의 얼굴을 볼 수 없었다. 하지만 어떤 표정이 떠올라 있을지 짐작이 됐다. 감긴 눈, 다물린 입. 목소리 톤만으로도 그녀가 망설이고 있다는 걸 알 수 있었다.

"다행이네."

"도무지 이해가 되질 않아. 잔뜩 겁에 질려 있어야 할 것 같은데. 안 그래?" 그녀가 고개를 들고 그의 손을 꼭 움켜쥐었다. "그 이유를 모르겠어. 너랑 있으니…… 왠지 마음이 놓이는 것 같아. 네가 날 함부로 대하지 않을 거라는 걸 아니까."

태우는 지금껏 그녀를 합리적으로 대해왔다. 세상에 짝사랑을 경험해보지 않은 사람이 있을까? 누구나 자신의 사랑이 특별하다는 걸 상대에게 증명하려 애쓰지 않던가? 그는 단지 누구나 살면서 한 번쯤 겪게 되는, 지극히 자연스러운 경험을 하고 있을 뿐이었다. 그는 클라리시에게 접근해 그녀가 확실한 거절의 답변을 내놓기 전까지 자신을 어필할 기회를 만들었다. 대담하고 용감하게. 이제 그 노력의 보상을 거둘 때가 온 것이었다.

테우는 클라리시에게 반지를 꺼내 보여줬다. 작은 상자 안에서 순금 반지가 반짝거렸다.

"나랑 결혼해줄래?"

그녀가 두 손을 입으로 가져갔다.

"사랑해, 클라리시."

이내 테우에게 후회가 찾아들었다. 여자에게 사랑한다고 말하는 건 현명한 행동이 아니었다. 그녀가 겁을 먹고 달아날 수도 있으니까. 테우는 지금껏 클라리시에 대한 자신의 감정을 억제해왔다. 그녀와 대화를 나눌 때도 이성적이거나 역설적인 톤을 유지하려 애썼다. 그런데 방금은 당황스러울 만큼 진실되게 자신의 감정을 털어놓고 말았다.

"진지하게 한번 생각해봐."

클라리시는 충격에 휩싸인 모습이었다.

여자 입장에서는 생에 둘도 없는 중요한 순간이라는 걸 테우도 이해하고 있었다.

"그래." 마침내 클라리시가 대답했다.

그녀가 조심스레 몸을 기울이고 그에게 살며시 입을 맞췄다. 테우는 그녀를 꼭 끌어안고 머리를 살살 쓸어내렸다. 그 어떤 말도 필요 없는 순간이었다. 두 사람의 입술은 침묵 속에서 서로를 깊이 이해하고 있었다.

한 시간 후 오두막으로 돌아왔다. 테우는 아직까지도 클라리시의 손길에 잔뜩 취한 상태였다. 그는 문을 걸어 잠그고 열쇠는 주머니에 넣었다. 클라리시는 곧장 욕실로 들어갔다.

"거기서 기다려." 그녀가 머리를 샤워 캡 안으로 쑤셔 넣고 세면대 앞에서 화장을 지우며 말했다.

테우는 초조한 마음으로 침대에 걸터앉았다. 신발을 벗고 나서 권총을 침대 옆 탁자 서랍에 집어넣었다. 잠옷으로 갈아입는 건 왠지 적절한 행동으로 보이지 않았다. 그는 클라리시의 리드를 기다릴 생각이었다.

"오, 테우, 내 반지!" 클라리시가 화들짝 놀라며 젖은 얼굴을 번쩍 들었다. "반지가…… 물속에 떨어졌어!"

욕실로 달려간 테우는 수챗구멍을 들여다봤지만 반지는 보이지 않았다. 쪼그려 앉아 세면대 밑 파이프를 살펴보던 그는 갑자기 뒤에서 들려온 발소리에 흠칫 놀랐다. 클라리시가 현관문에 달라붙어 손잡이를 필사적으로 흔들고 있었다. 테우는 그녀에게 다가갔다.

"물러나!" 클라리시가 문에 몸을 기댄 채 소리쳤다. 손에 권총이 들려 있었다. "열쇠 어딨지?"

테우가 뒤로 주춤 물러났다. 침대 옆 탁자의 서랍이 열려 있었다.

"어리석게 굴지 마, 클라리시. 그거 내려놓으라고."

"죽여버릴 거야, 이 개자식! 열쇠 내놓지 않으면 널 죽여버릴 거라고!"

테우는 허탈해졌다. 저 자그마한 몸에 이토록 어마어마한 원한과 불신이 꽁꽁 숨어 있었을 줄이야.

"꼭 이래야만 해, 클라리시? 지난 몇 주 동안 너무 좋았잖아! 네 시나리오에 대해서도 신나게 토론했고, 영화도 같이 봤고…… 정말 좋았……."

"나한텐 끔찍했어! 내 시나리오에 네 조언 따윈 필요도 없고! 넌 정말 역겨운 놈이야! 빨리 열쇠나 넘겨!"

클라리시는 눈이 휘둥그레졌고, 다리는 살짝 구부러졌으며, 두 손은 덜덜 떨리고 있었다. 샤워 캡을 뒤집어쓴 모습이 섬뜩하게 와닿았다. 그녀의 얼굴 가득 증오와 공포가 끓고 있었다.

"열쇠를 내줄 순 없어, 클라리시."

"한 걸음만 더 다가오면 쏠 거야. 물러나. 저쪽으로 가라고!"

"지금 장난하는 거지? 우리가 지금껏 함께해온 황홀한 순간들은 다 어쩌고!"

"이거 돌려줄 테니까 꺼져!" 클라리시가 재킷 주머니에서 반지를 꺼내 그의 얼굴에 던졌다. "열쇠 어딨냐니까!"

"절대 내줄 수 없다니까. 원한다면 날 쏴."

"쏠 거야. 내가 못 할 것 같아, 이 개자식아?"

권총을 쥐고 있으면서도 그녀는 공포에 사로잡혀 있었다.

"이게 네 마지막 기회야."

"쏘라니까. 내가 죽어 마땅하다고 생각되면 방아쇠를 당겨. 지금껏 널 위해 모든 걸 바쳐왔는데."

"날 자극하지 마."

"이 고비만 잘 넘기면 돼, 클라리시. 이것도 금방 지나갈 거야." 테우가 그녀 앞으로 두 손을 내밀며 말했다.

"입 닥쳐! 뒤로 물러나."

"나를 한번 믿어봐."

"싫어!"

"난 널 해치지 않을 거야."

"헛소리 집어치워! 어서 열쇠나 내놓으라고! 난 여길 벗어나고 싶어. 집으로 돌아가고 싶단 말이야."

테우는 살며시 미소를 지었다.

"미안하지만 그건 곤란해."

"열쇠 내놔. 총으로 네 머리를 날려버리기 전에."

"넌 그럴 배짱 없어." 테우가 두 손을 든 채 조심스레 앞으로 발을 내디뎠다.

클라리시가 방아쇠를 당겼다. 한 번, 두 번, 세 번, 네 번, 다섯 번. 탄창은 무심하게 360도 회전을 마쳤다.

테우는 불안과 분노가 섞인 표정으로 다가가 그녀의 뺨을 후려쳤다.

"절대 널 해치지 않겠다고 했잖아! 정말로 내가 장전된 총을 지니고 다니는 줄 알았어?"

그는 또 한 번 그녀의 뺨을 올려붙였다.

침대로 쓰러진 클라리시가 눈을 질끈 감았다. 그녀는 몸을 숨기려는 듯 이불 밑으로 기어 들어가려 했다. 그녀의 입가는 자줏빛으로 물들어가고 있었다. 테우는 또다시 진정제를 주사해야 할지 고민했다. 그래야 마땅한 상황이었지만, 그는 주사기를 챙겨오려다 말고 쎔소나이트 가방을 열었다. 그 안에서 팔다리를 벌리는 데 쓰는 막대를 꺼냈다. 그녀는 훌쩍이며 용서해달라고 애원했다. 그는 묵묵히 클라리시에게 입마개를 채워나갔다. 그녀의 머리채를 우악스럽게 잡고 팔과 다리를 막대 끝에 묶어놓았다. 모든 자물쇠와 버클과 벨크로가 채워지자 그녀를 욕실로 끌고 가 차가운 바닥에 눕혔다. 불은 켜진 채로 두었다. 클라리시는 그렇게 십자가에 매달린 모습으로 욕실에서 밤을 보내게 될 것이다. 자신의 어리석음을 뼈저리게 반성하면서.

11장

동이 트자 태우는 욕실로 들어갔다. 클라리시를 부축해 침대로
데려와 눕혔다. 그녀의 몸은 빳빳하게 굳어 있었다. 태우가 마사지
를 해주겠다고 했지만 클라리시는 아무 반응이 없었다. 그는 수박
몇 조각이 담긴 접시를 책상에 놓아두었다.

"안 먹을 거야?"

태우의 물음에 그녀는 심술궂은 아이처럼 입을 꼭 다문 채 고개
를 돌려버렸다.

태우는 클라리시의 발에서 신발을 벗겨내고 마사지를 시작했
다. 그녀의 몸에 손을 댈 때마다 따끔거림이 느껴졌다. 태우는 그
런 자신의 감각이 신기했다. 아직 화가 풀리지 않은 그는 미소를
지을 수 없었다. 만약 총이 장전된 상태였다면 태우는 지금쯤 시
체가 되었을 것이다. 클라리시는 제정신이 아닌 게 분명했다. 그는
클라리시의 나약함에 크게 실망했고 또 경멸을 느꼈다.

"아무 말도 안 할 거야?" 태우가 물었다.

그 후 며칠간 클라리시는 먹지도, 입을 열지도 않았다. 오로지

물만 받아 마실 뿐이었다. 게다가 그에게 고맙다는 말조차 하지 않았다. 오후 내내 노트북을 펼쳐놓고 시나리오만 써나갔다.

테우는 클라리시만의 공간을 충분히 보장해줬다. 그는 클라리시가 오래 버티지 못할 거라고 확신했다. 세상의 모든 연인들이 그렇듯 그들 또한 머지않아 화해하게 될 거라 믿었다.

그는 침대에 누워 안락의자에 앉아 있는 클라리시를 지켜봤다. 구부정한 어깨, 뼈만 남은 앙상한 팔, 생기가 보이지 않는 심드렁한 눈빛. 테우는 더 이상 견딜 수가 없었다. 최선을 다해 비위를 맞춰줬는데도 그녀는 여전히 냉담했다. 테우가 어떤 화제를 입에 올리든 대꾸 없이 경멸의 눈빛으로 그를 노려볼 뿐이었다. 그의 모든 애정 표현은 철저히 거부당했다. 그녀가 단식 투쟁을 벌이고 있다는 사실 또한 테우의 우려를 자아냈다.

일요일 저녁, 마침내 클라리시가 긴 침묵을 깼다. 이불을 덮고 누워 잠을 청하던 그녀가 갑자기 입을 열었다. "난 네가 불쌍해, 테우."

그 말이 테우를 언짢게 했다. 내가 옳다는 걸 아직도 모르나? 그는 대화가 끊기지 않도록 대꾸했다.

"나도 네가 불쌍해, 클라리시."

그녀는 잠이 든 척했지만 눈꺼풀은 가볍게 떨리고 있었다.

"널 죽을 만큼 사랑하는 사람이 바로 옆에 있는데 거들떠보지도 않다니."

그제야 클라리시가 눈을 뜨고 테우를 노려봤다. "정말 날 사랑해?"

"물론."

"그건 사랑이 아니라 금세 지나갈 열병일 뿐이야. 병이라고. 집
착. 사랑이 절대 아니야."

"난 감정을 분류학적으로 구분 짓지 않아, 클라리시."

그녀는 고개를 젓고 나서 다시 긴 침묵에 들어갔다.

"시내에 가서 빌어먹을 담배나 사와." 클라리시가 안락의자에 앉
아서 말했다.

목요일. 클라리시는 일주일째 담배를 피우지 못했다. 그래서인
지 날이 갈수록 점점 더 무례해졌다. 테우는 그냥 무시하기로 했
다. 그는 금연의 후유증에 대해 잘 알고 있었고, 며칠 전 접수처에
서 이쑤시개도 몇 개 챙겨다 주었다.

"담배를 끊고 처음 며칠간은 이쑤시개를 씹으면 효과가 있대.
입에 다른 뭔가를 물고 있는 게 중요하대."

클라리시는 처음에 이쑤시개를 바닥에 팽개치더니 나중에는 그의
조언을 받아들였다. 덕분에 금단 증상이 조금씩 나아지던 차였다.

"가서 담배 좀 사오라고." 클라리시가 다시 말했다.

"오늘은 안 나갈 건데."

테우는 옷을 잘 개어 여행가방에 차곡차곡 쌓아나가는 중이었
다. 그가 클라리시의 휴대폰을 집어 들자 그녀가 물었다.

"나한테 온 메시지 없어?"

"응."

"휴대폰 좀 줘봐."

"메시지 온 거 없다니까."

"내가 직접 확인하고 싶어서 그래. 내가 원하는 건 뭐든 해주겠다면서?"

"제발 억지 부리지 좀 마. 메시지 온 거 없다고 했잖아. 내가 그렇다면 그런 줄 알아. 그 누구한테서도 아무것도 오지 않았다고! 이제 나 좀 그만 괴롭혀!"

"넌 날 죄수 취급하고 있어. 내게 엄청 잘해주는 척하고 있지만 난 우리에 갇힌 짐승이나 다름없다고."

"넌 지금 단단히 오해하고 있는 거야."

"브레누." 그녀가 말했다. 태우는 마치 시체 주변을 맴돌던 독수리가 공격을 결심하고 갑자기 달려든 것 같은 기분을 느꼈다. "브레누가 누군지 너도 알지? 내 남자친구 말이야."

"전 남자친구."

"내 남자친구야. 너무 보고 싶어."

"걔랑 싸운 걸로 알고 있는데?"

"상관없어. 싸우고 나선 늘 화해하니까."

"이번엔 상황이 좀 다른 것 같던데?" 태우가 모호하게 손을 내저었다. "브레누가 문자를 보내왔어. 더 이상 너랑 엮이고 싶지 않대."

"거짓말 마, 태우."

"거짓말 아니야. 아직도 그 내용을 똑똑히 기억하고 있다고. 진작 얘기했어야 했는데, 미안해. 네가 보면 언짢아할까 봐 삭제해버렸어."

"널 믿을 수 없어."

"우리가 여기 온 지도 3주가 지났어. 하지만 그 녀석은 아직까지 코빼기도 보이지 않고 있잖아, 클라리시. 정말로 너랑 엮이고 싶어 하지 않는 거라고."

그녀는 충격을 받은 듯했다.

"게다가 걔는 아주 모욕적인 말까지 늘어놨어. 그걸 보고 내가 얼마나 놀랐는지 알아?" 테우는 눈을 가늘게 뜨고 기억을 더듬는 척했다. "더 이상 너와 함께하는 게 행복하지 않다고 했어. 널 잡년이라고 부르기까지 했다니까."

"거짓말!"

단호했던 그녀의 목소리가 흔들리기 시작했다.

"그 잡년이라는 표현이 굉장히 거슬리더라고. 그것도 서너 번이나 널 그렇게 불렀어."

클라리시는 울음을 터뜨렸다. 테우는 의기양양했다. 대화 기록을 삭제하기 전 그는 브레누가 그녀의 외향적인 성격에 힘들어했다는 걸 확인할 수 있었다.

"거짓말! 넌 입만 열면 거짓말이야. 처음부터 그랬다고!" 클라리시가 축 늘어진 채 안락의자에 앉아 말했다. 무릎 사이에 파묻은 그녀의 머리는 흐느낄 때마다 위아래로 실룩거렸다. 등으로 드러난 척추뼈가 살갗 밑에서 뱀처럼 꿈틀거렸다. 클라리시는 단 며칠 만에 체중이 5킬로그램 정도 줄어 뼈대만 남았지만 여전히 아름다웠다. 만약 테우가 그림을 그릴 줄 알았다면 바로 이 순간을 놓치지 않고 그녀의 초상화를 그려놓았을 것이다. 그는 카메라를 가져올까 하다가 클라리시가 불쾌해할 수 있다는 생각에 그만두었다.

바로 그때 클라리시가 몸을 날려 테우를 공격했다. 그를 맹렬히 할퀴었고, 깨물려고 했고, 베개를 들어 그의 얼굴을 후려쳤다. 테우는 그녀의 손목을 움켜쥐고 신속히 수갑을 채웠다. 속에서 강하게 화가 끓어올랐다. 클라리시는 생각보다 상스러운 여자였다. 그는 미니바에서 싸이율락스를 꺼내와 할딱대며 저항하는 그녀에게 주사했다.

테우는 시간이 가는 걸 가맣게 잊고 말았다. 클라리시의 손목이 벌겋게 달아 있었다. 잿빛 피부 곳곳이 자주색 얼룩과 긁힌 상처로 덮여 있었다. 테우는 그녀에게 보습제를 발라주었다. 깊은 잠에 빠져든 그녀는 평화로워 보였다. 머리 위로 수갑을 차고 있는 그녀의 자태가 꽤 관능적으로 와 닿았다. 잠옷 사이로 하얀 허벅지도 살짝 드러나 있었다. 테우는 저도 모르게 불순한 생각이 떠오르자 욕실로 달려가 샤워를 했다.

자정이 넘은 시간, 노크 소리가 들렸다. 세 번의 빠른 노크. 테우는 침대에서 내려와 클라리시를 내려다봤다. 그녀는 아직도 곤히 잠들어 있었다. 옆 창문의 커튼을 살짝 들춰봤다. 달이 검은 구름에 덮여 하늘이 새까맸다. 호숫가 가로등 빛에 방문객의 윤곽이 희미하게 드러났다. 난쟁이는 아니었다.

테우는 여행가방에서 권총을 꺼냈다. 탄약을 챙겨오지 않은 게 후회됐다. 노크는 끊이지 않았다.

"누구세요?"

대답이 없었다.

"누구시죠?"

테우는 허리에 권총을 꽂아 넣고 문을 열었다. 세실리아 메이렐레스 콘서트홀에서 봤던 키 큰 남자. 그는 직사각형 테 안경을 꼈고, 청바지에 초록색 폴로셔츠와 가죽 재킷 차림이었다.

"여긴 무슨 일이죠?"

"당신 뭐야?" 브레누가 얼뜬 표정으로 테우를 뜯어봤다.

"당신이 한밤중에 내 방에 처들어온 거잖아!"

"클라리시랑 할 얘기가 있어. 여기 있지?"

"지금이 몇 신 줄 알아?"

"당장 클라리시를 봐야겠어. 걔가 매번 이 오두막에 머문다는 걸 알고 있어."

테우는 당최 무슨 말인지 모르겠다고 둘러댈까 하다가 마음을 바꿨다. 비굴하거나 순종적인 태도는 보이고 싶지 않았다. "지금 자고 있어. 대체 여긴 어떻게 알고 온 거야?"

"그건 중요하지 않아."

"이젠 내가 클라리시 남자친구야. 당신은 이제 클라리시한테서 관심 끊어줘. 우린 이미 사랑하는 사이가 됐으니까. 당장 꺼져."

브레누는 술 냄새를 풍기며 고개를 저었다. 힘이 잔뜩 들어간 그의 눈은 당장이라도 튀어나올 것 같았다.

"여기서 소란 피우고 싶지 않아. 그냥 얼굴만 볼 수 있게 해줘. 부탁이야." 브레누가 말했다.

"할 얘긴 문자로 다 했잖아!"

"그걸 봤어?"

"클라리시가 보여줬어. 어떻게 해야 당신을 단념시킬 수 있을지 모르겠다며 괴로워했다고."

"제발. 대체 어떻게 된 일인지 궁금해 미치겠어. 아무리 연락해도 답이 없고. 답답해 죽을 것 같단 말이야." 잔뜩 취한 브레누가 침울한 목소리로 말했다. "우리 사이가 끝났다는 걸 클라리시한테 직접 듣고 싶어. 그렇게만 해준다면 조용히 물러갈게."

테우는 후줄그레한 클라리시의 전 남자친구를 측은하게 쳐다봤다. 어떻게 이런 놈을 골라 사귄 거지?

"네가 클라리시의 새 남자친구라는 거 알아. 그리고……."

"얘기했잖아. 자고 있다고."

"클라리시는 일찍 잠자리에 드는 애가 아니야. 그사이 갑자기 습관이 바뀌었을 리 없어."

브레누는 많이 차분해진 모습이었다. 그의 시선이 테우의 목에 난 상처에 고정됐다. 클라리시가 할퀸 흔적이었다.

"클라리시를 보기 전엔 절대 못 돌아가."

"꺼져!" 테우가 빽 소리치며 문을 닫았다.

브레누는 거칠게 문을 밀고 안으로 들어왔다. 어스레함 속에서 침대에 누운 클라리시를 찾아내고 그쪽으로 달려갔다. "미안해, 내 사랑." 브레누가 말했다. 이내 수갑을 발견한 그가 어리둥절한 얼굴로 테우를 돌아봤다. 순간 테우가 권총 개머리판으로 브레누의 머리를 내리쳤다. 브레누의 얼굴에서 떨어진 안경이 침대 밑으로 굴러 들어갔다. 테우는 계속해서 브레누의 머리와 목을 힘껏 내리찍었다.

브레누가 휘청거리며 물러났다. 발을 헛디뎌 넘어질 뻔하더니 필사적으로 반격했다. 태우는 불시의 일격을 당하고 바닥에 나가떨어졌다. 소란 속에서 클라리시는 평온한 모습으로 누워 있었다.

태우는 브레누의 다리를 걷어차며 얼굴로 연신 날아드는 주먹을 피했다. 어느 순간 브레누의 머리채를 움켜잡고 그의 머리를 침대 프레임에 힘껏 찍었다. 브레누의 머리에서 배어난 피가 귀를 타고 뚝뚝 흘러내렸다. 그의 몸이 뒤틀렸다. 의식을 잃어가는 중이었다. 태우는 멈추지 않고 계속해서 브레누의 머리를 내리찍었다. 마침내 브레누의 몸이 축 늘어지고, 피로 범벅이 된 머리가 둔탁한 소리를 내며 바닥에 떨어졌다.

태우는 손가락 하나 까딱할 힘도 없었다. 그는 미동도 않는 브레누의 육중한 몸을 내려다봤다. 박살난 이마 아래의 흐리멍덩한 눈이 크게 뜨여 있었다. 정말 죽었나?

그는 잠시 망설이다가 주사기와 싸이욜락스 앰풀을 가져왔다. 왠지 손을 대면 브레누가 벌떡 일어날 것만 같았다. 태우는 확인을 위해 발로 브레누를 톡톡 건드려봤다. 무반응. 태우는 바쁜 간호사처럼 민첩한 손놀림으로 브레누의 축 늘어진 팔뚝에 싸이욜락스를 주사했다. 한 번 더. 또 한 번 더. 마지막으로 한 번 더.

적정 투여량의 네 배. 브레누가 아직 살아 있을 가능성은 없었다.

태우는 초조하게 방 안을 빙빙 맴돌았다. 사람을 죽였다. 피로 붉게 물든 시체는 아직도 끔찍한 모습으로 누워 있었다. 질투에 사로잡힌 클라리시의 전 남자친구이자 바이올리니스트였다는 사실 외에 테우가 브레누에 대해 아는 건 아무것도 없었다. 그는 브레누의 바지 주머니를 뒤져보았다. 전원 꺼진 낡은 휴대폰. 열쇠 세 개가 끼워진 열쇠고리. 재킷 주머니에선 지갑이 나왔다. 현금 110헤알*과 신용카드 두 장, 그리고 기한이 지난 운전면허증이 들어 있었다. 면허증은 그가 스물여섯 살임을 알려줬다. 리우데자네이루를 출발해 테레조폴리스로 가는 버스 승차권도 지갑에 있었다. 이 녀석이 클라리시를 찾아 떠났다는 걸 누가 알고 있을까? 호텔 투숙객 중에 녀석을 본 사람은 없을까? 한가하게 그런 걸 추측해볼 시간은 없었다. 서둘러 시체를 처리해야 했다. 바닥에 피가 흥건했다. 자칫하면 시트에까지 번질 수 있었다. 클라리시도 몇 시간 후면 깨어날 것이다.

테우는 오두막을 나가 차 트렁크에서 양탄자를 꺼내왔다. 달랑 티셔츠 차림이었지만 밤의 냉기도 개의치 않았다. 양탄자를 오두막 바닥에 펼치고 브레누의 시체를 올린 후 돌돌 말았다. 바닥에 묻은 피도 깨끗이 닦았다. 그는 시체를 양탄자째로 호수에 던져버릴까 생각했다. 그런 시체 처리 방법이 나오는 추리소설을 읽어본 적이 있었다. 그런데 그랬다가는 부패과정에서 가스가 방출되며 시체가 수면으로 떠오를 수 있다. 묵직한 돌덩이들을 같이 넣는다면 괜찮겠지만 어쨌든 위험부담이 컸다. 숲 속에 묻어버릴 수도 있겠지만 그 방법 또한 쉽지 않았다. 일단 구덩이를 파는 작업이 만만찮을뿐더러 그 소리에 다른 투숙객들이 깰지도 모른다.

* '헤알(real)'은 브라질의 화폐 단위. 1헤알은 약 300원에 해당한다.

마침내 태우는 결정을 내렸다. 오두막을 나온 그는 물품 보관실로 향했다. 밤길을 걸어가는 그의 두 발이 빠르게 움직였다. 물품 보관실 문을 조심히 열고 조명 스위치를 찾아 켰다. 맨 위 선반에서 검은 비닐 쓰레기봉투를 챙겨 들고는 식당 바로 옆 주방으로 이동했다. 다행히 자물쇠는 걸려 있지 않았다. 그는 주방에서 긴 톱니 모양 칼을 뽑아 들고 나왔다. 오두막으로 돌아가는데 운 좋게도 수줍이Bashful 오두막 밖 화단에서 전지가위를 발견했다. 태우는 전지가위도 챙겨 들었다.

장갑을 끼고 작업에 착수했다. 우선 브레누의 옷부터 갈가리 찢어버렸다. 알몸이 된 시체를 살피던 태우는 클라리시가 어째서 이토록 작은 물건에 미련을 가져왔는지 궁금했다. 그는 구겨진 옷을 쓰레기봉투에 담고 브레누의 안경과 소지품은 왕진가방에 넣었다. 처음으로 다뤄보는 신선한 시체 앞에서 태우는 기대감으로 잔뜩 부풀었다.

칼날이 목의 피부를 파고들자 브레누의 몸이 흔들렸다. 태우는 아직 온기가 남은 피부를 수직으로 갈라나갔다. 그는 마치 게르트루드와 해부의 즐거움이 기다리고 있는 학교 실습실로 돌아온 기분이었다. 시체의 각 부위를 자를 때마다 머릿속으로 교과서 속 삽화들이 속속 떠올랐다.

흉강*은 위치상 쪼그려 앉아 작업해야 했다. 태우는 늑연골을

---

* 심장, 허파 등이 있는 가슴안.

찾아 전지가위로 자르기 시작했다. 다음은 흉골을 끄집어내고 안에 감춰졌던 장기들을 들여다봤다. 심장은 아직도 기운 없이 수축을 거듭하고 있었다.

테우는 조금씩 진정이 됐다. 금속성의 피 냄새가 그를 기분 좋게 흥분시켰다. 그는 계산된 신중한 움직임으로 시체의 다른 쪽으로 걸음을 옮겼다. 마치 댄서가 리허설을 하듯이. 그의 몸에선 땀이 비 오듯 흐르고 있었다. 그는 팔뚝으로 이마를 훔치면서 클라리시를 돌아봤다. 곧 깨어난다면 전 남자친구가 시체가 되어 뻗어 있는 걸 보려 할까? 그녀는 그러지 않을 것이다. 브레누를 향한 클라리시의 사랑은 어디까지나 육체적인 것에 불과했다. 이 끔찍한 광경을 보게 된다면 더 이상 사랑이나 연민 따위 느끼지 못할 것이다. 역겨움에 넌더리만 낼 뿐.

그는 다시 쪼그려 앉아 횡격막 끝부분을 가르고 노란 지방으로 덮인 내장을 끄집어냈다. 미끄러진 칼날이 장갑을 뚫고 들어와 그의 오른손 엄지를 찔렀다. 빌어먹을! 절개된 창자에서 체액이 뚝뚝 떨어지고 있었다. 테우는 황급히 손을 씻고 손가락에 붕대를 감았다.

테우는 클라리시에게 다가가 그녀의 얼굴을 살살 어루만졌다. 그는 한껏 들뜬 상태였다. 클라리시를 깨우고 싶었다. 그녀에게 참혹한 꼴을 한 브레누를 꼭 보여주고 싶었다. 시체에 불과할 뿐인 녀석의 모습을. "일어나봐, 클라리시." 테우가 속삭였다. 그는 그녀의 귓불을 살짝 깨물어주고 싶었지만 꾹 참았다. 더 이상 불필요하게 위험을 무릅쓰는 일은 없어야 했다.

그는 새 장갑을 끼고 다시 시체 훼손 작업으로 돌아갔다. 관절을 끊어내자 사타구니 부분에서 다리가 분리되는 독특한 소리가 났다. 폭. 올리브 병 뚜껑을 따는 소리가 떠올랐다. 그는 무릎 부분을 잘라 다리를 두 토막 냈다. 어깨에서 떨어져 나온 팔은 팔꿈치 부분을 잘라 토막 냈다. 폭. 폭.

두 시간이 훌쩍 흘러갔다. 지극히 기초적인 도구 몇 개로 이런 작업을 해보기는 처음이었다. 몸에서 머리를 분리하는 최악의 단계를 코앞에 두고 허리가 욱신거렸다. 태우는 목 아랫부분을 톱질하기 시작했다. 근육이 뜯기면서 질긴 인대가 드러났다. 칼날이 무뎌져서 작업 속도가 더뎠다. 태우는 흉곽을 짓누른 채 톱질을 이어갔다. 마침내 반대쪽으로 돌려놓은 머리가 몸에서 떨어져나갔다.

브레누의 얼굴은 피범벅이었다. 쩍 벌어진 새까만 입안으로 혀도 보이지 않았다. 태우는 부릅뜨여 있는 그의 눈을 감겨놓았다. 태우는 전문 의료진이지 도살업자가 아니었다. 양탄자가 몹시 지저분해졌다. 그는 양탄자를 돌돌 말아 베갯잇으로 꽉 묶었다. 그리고 브레누의 시체 토막들을 두 겹의 쓰레기봉지에 담았다. 정원에서 주워온 돌덩이 몇 개도 함께 넣었다.

문틈으로 어둠에 묻힌 밖을 살폈다. 호수에 최소한 두 번은 다녀와야 했다. 한 번 왕복하는 데 3분은 걸릴 것이다. 다행히 다른 오두막들에서는 이쪽이 보이지 않았다. 그는 시체가 든 봉지들을 들고 나가 최대한 조용히 호수에 빠뜨렸다. 오두막으로 돌아와 남은 봉지와 양탄자도 같은 방법으로 처리했다. 해부에 사용한 도구들은 공들여 씻은 후 제자리에 갖다놓았다.

안락의자에 늘어진 채 앉아 한동안 숨을 고르던 그는 욕실로 들어갔다. 뜨거운 물 속에서 30분간 허리를 마사지했다. 욕조를 나와 거울로 얼굴을 살피니 오른쪽 볼이 퉁퉁 부어 있었다. 그는 가구에 들러붙은 톡 쏘는 악취를 없애기 위해 방 구석구석 향수를 뿌렸다.

그는 몽롱한 상태로 호숫가 금속 벤치에 주저앉았다. 브레누는 죽었다. 이제는 자신이 클라리시를 독차지할 수 있다. 전부 사실이지만 왠지 실감이 나지 않았다. 이게 어떤 의미인지 알 수는 없었지만 한 가지는 분명했다. 그에게는 무척 잘된 일이라는 것.

테우는 눈앞의 호수면을 찬찬히 훑어나갔다. 금요일 새벽이 밝아올 때까지 몇 시간 동안 그렇게 앉아 골똘한 생각에 잠겼다. 손가락 마디를 딱딱 꺾어나가는 그의 얼굴에 엷은 미소가 드리워졌다. 다시 잠자리로 돌아갈 시간이었다. 끝내 잠을 이루지는 못하겠지만.

12장

페달보트가 요란하게 첨벙거렸다. 아버지와 아들이 연신 웃음을 터뜨리며 열심히 페달을 밟고 있었다. 그들은 챙겨온 빵조각을 거위들에게 던져주기도 하고, 물이 얼마나 차가운지 보려는 듯 손을 물에 담가보기도 했다. 테우는 묵묵히 그들을 지켜봤다.

해가 뜨기 직전에 그는 오두막으로 돌아갔다. 부어오른 그의 윗입술 오른쪽 볼에 옅은 자주색 멍 자국이 있었다. 그는 얼음으로 찜질을 하고, 진통제도 먹고, 입술에 연고도 발랐다. 그런 다음 클라리시 리스펙토르 단편집을 챙겨 들고 다시 벤치로 나왔다. 책은 그의 무릎에 얌전히 놓여 있었다.

사람들이 브레누가 사라졌다는 걸 알아차리기까지 과연 얼마나 걸릴까? 수사에 나선 경찰이 클라리시를 찾아보지는 않을까? 브레누가 집을 나서거나 테레조폴리스행 버스에 오르는 걸 본 사람이 있을까? 그런 건 자신이 통제할 수 있는 문제가 아닌 만큼 테우는 불안했다. 그는 복잡해진 머릿속을 깨끗이 비워내려고 애썼다.

책의 마지막 페이지를 펼쳐 들었다. 「너그러운 신Forgiving God」이라는 단편이었다. 주인공의 초기 정신 상태는 처음 클라리시를 만났을 때의 테우와 비슷했다. 들뜸과 차분함. 처음 느껴보는 애정과 호감. 소설은 죽은 적갈색 쥐를 본 주인공이 신에 대한 은유로 볼 수 있는 자연의 잔인함에 직면해 서서히 무너져 내리는 과정을 묘사했다. 결국 주인공은 자신이 나아갈 길에 죽은 쥐를 놓아둔 신에게 등을 돌리고 만다.

그제야 테우는 깨달았다. 브레누의 죽음에 대한 책임은 자신에게 있지 않았다. 신이 자신 앞에 클라리시의 전 남자친구를 끌어다 놓은 것이다. 브레누는 테우가 넘어야 할 장애물이었다. 제거해야 할 대상. 이번 일로 심란해할 필요가 없다. 혼란해진 테우의 정신 상태는 원인이 아닌 결과에서 비롯된 것이다. 그래서 신경이 날카로워진 것이다. 모든 걸 알게 되면 클라리시는 나를 어떻게 생각할까?

테우는 정오가 다 돼서야 오두막으로 돌아왔다. 클라리시는 깨어 있었다. 테우가 입마개를 풀어주자 그녀가 물었다.

"얼굴이 왜 그래?"

"아침에 산책하다가 다쳤어. 네가 잠들어 있을 때."

"요즘은 하루 종일 잠만 자는 것 같아."

테우는 클라리시의 노트북을 켜고 아침식사를 챙겨오지 못해 미안하다고 말했다. 그는 자신의 말을 곧이 받아들이는 그녀를 이상하게 쳐다봤다. 정말로 내 말을 믿는 건가? 그는 방 안을 찬찬히 둘러봤다. 달라 보이는 건 없었다. 적어도 테우의 눈에는 그랬다.

"날짜를 알고 싶어." 클라리시가 말했다. 그녀는 두 손을 올려 우아한 동작으로 자신의 머리를 쓸어내렸다.

"날짜?"

"얼마나 더 이렇게 지내야 하느냐고."

"그건 나도 몰라, 클라리시."

"이제 곧 크리스마스야." 그녀의 눈이 가늘어졌다. "그때까지 돌아가지 않으면 엄마가 이상하게 생각하실 거야."

"날짜는 묻지 마."

"크리스마스이브에 맞춰 돌아가야 한다고."

"크리스마스는 고작 3주밖에 남지 않았어."

"그래, 3주."

"나한테 말할 땐 크리스마스에 맞춰 돌아올 수 있을지 모른다고 했었잖아."

클라리시가 태우의 옆으로 바짝 다가와 슬그머니 그의 팔짱을 꼈다. 블라우스로 덮인 가슴이 태우의 티셔츠에 스쳤다.

"제발." 그녀가 말했다.

침대에 오른 클라리시가 태우의 어깨를 마사지하기 시작했다. 그녀에게서 향긋한 냄새가 났다. 태우는 하마터면 자신이 무슨 짓을 했는지 깜빡 잊을 뻔했다.

"맙소사, 태우, 긴장 좀 풀어." 클라리시는 계속해서 뻣뻣해진 그의 어깨를 마사지했다. "전 남친도 이랬는데. 한시도 긴장을 풀지 못했어."

순간 태우가 움찔했다.

"네가 한 얘기를 곰곰이 곱씹어봤어. 네 말이 맞는 것 같아. 브레누하곤 이제 완전히 끝났어. 난 더 이상 브레누를 사랑하지 않아. 다만 새 출발이 두려울 뿐이지."

"네가 그런 결론에 이르렀다니 기뻐."

"브레누는 나 몰래 바람을 피웠을 거야. 전에도 바이올린 제자들하고 부적절한 관계가 있었거든. 내게 조금이라도 애정이 남아 있었다면 진작 나를 찾으러 왔겠지. 하지만 보다시피 끝내 나타나지 않았잖아. 안 그래? 코빼기도 보이지 않았다고."

클라리시가 얼굴을 바짝 들이밀고 테우를 응시했다. 그녀의 입가에 떠오른 게 미소 맞나? 테우는 그녀가 모든 걸 알고 있을 거라 확신했다. 다 알면서 모르는 척 시치미 떼는 게 틀림없었다. 클라리시는 지금 그의 정신 상태를 살피는 것이었다.

"잠깐 나갔다 올게." 테우가 말했다.

"왜 그래?"

테우는 그녀에게 수갑과 입마개를 다시 채웠다. 그의 다리에서 쥐가 나기 시작했다. 그는 시내에 다녀오겠다며 문을 쾅 닫았다.

테우는 시내에 가고 싶지 않았다. 금요일인 데다 죽을 만큼 피곤했다. 클라리시의 목소리가 그를 숨 막히게 했다. 호텔이 그를 숨 막히게 했다. 페달보트를 타기 위해 줄을 선 연인들이 그를 숨 막히게 했다. 그나마 시내 나들이가 유일한 탈출구였다.

시내로 나온 그는 점심을 먹고 쇼핑을 조금 했다. 카페에서는 구아버guava 주스를 마시며 벽에 걸린 TV로 오후 뉴스를 시청했다. 브레누 실종사건에 대한 보도는 없었다. 그제야 뛰는 가슴이 진정되었다. 클라리시는 침대에 갇힌 포로였다. 수갑을 풀지 않고는 절대 현관문에 이를 수가 없다. 브레누는 호수 바닥에 가라앉아 있다. 그 녀석은 영향력 있는 집안 출신이 아닌 모양이었다. 만약 그의 가족이 실종 신고를 한다면 경찰은 테우와 클라리시가 집으로 돌아가기 전에 본격적으로 수사를 펼칠 것이다.

테우는 다채로운 색채의 정원 근처에 자리를 잡고 앉아 눈을 감았다. 갑자기 누군가와 대화를 하고 싶었다. 클라리시가 아닌 누군가와. 그는 어머니에게 전화를 걸었다.

"잠깐만. 이 레시피 좀 마저 받아 적고." 어머니가 말했다.

휴대폰 너머에서 남자 목소리가 들렸다. ⋯⋯*사과식초 두 컵, 크림 두 컵, 초록 사과 두 개, 그리고*⋯⋯ 30초 후 텔레비전이 꺼졌다.

"테우, 거기서 잘 지내고 있는 거니?"

"네. 엄마는요?"

"부검 결과가 나왔어. 위에서 내 약을 삼킨 흔적이 나왔다는구나. 삼손은 힙놀리드 과다복용으로 죽은 거야."

"오⋯⋯." 테우는 갑자기 기분이 더러워졌다. "너무 자책하진 마세요. 녀석이 그 약을 상자째로 삼켜버릴 줄 누가 알았겠어요?"

"그게 아냐. 삼손이 약을 먹은 게 아니라 누군가가 먹인 거라고."

"뭐라고요?"

"누군가가 삼손에게 힙놀리드를 먹였단 말이야. 자기가 찾아서 먹은 게 아니라."

"누가 그런 짓을 했을까요?"

"머릿속에 떠오르는 사람이 딱 한 명 있긴 해."

테우는 전화를 끊어버리고 싶은 충동을 억누르고 휴대폰을 더 힘껏 귀에 붙였다.

"클라리시. 최근에 집에 온 사람은 그 애뿐이잖니."

"클라리시가요? 설마 걔가 그랬을라고요."

"나도 처음엔 설마 했어. 하지만 달리 설명할 길이 없잖니."

파트리시아는 지난 며칠간 머리를 꽤 굴려댄 모양이었다.

"마를리는요?" 테우가 물었다.

"마를리? 마를리가 왜 삼손한테 그런 짓을 해? 내가 녀석을 얼마나 끔찍이 아끼는지 누구보다 잘 아는데!"

"우리 집 열쇠를 가지고 있잖아요. 엄마가 힙놀리드를 복용한다는 것도 알고 있고요."

"하지만 마를리가 그래야 할 이유가 없잖아."

"그건 클라리시도 마찬가지예요. 제가 계속 붙어 다녔는걸요."

"머릿속이 너무 혼란스러워."

순간 테우는 어머니가 자신을 의심하고 있다는 걸 깨달았다. 하지만 앞으로 계속 아들에게 의지하며 살아야 하는 입장에서 노골적으로 혐의를 제기하기는 쉽지 않을 것이다.

"클라리시는 확실히 아니에요." 테우가 말했다.

"넌 언제쯤 돌아올 거니? 그 애랑 얘길 좀 해봐야겠다. 내 직관력이 남다르다는 거 알지? 한번 만나서 어떤 애인지 알아봐야겠어."

파트리시아는 자신의 뇌리를 스치는 모든 황당한 생각이 옳다는 걸 증명하기 위해 늘 애썼다. 마를리는 그런 파트리시아가 아주 '특별한' 캐릭터라고 입버릇처럼 말했다.

"이 문제로 클라리시랑 얼굴 붉히지 마세요."

"그런 일은 없을 거야. 요령껏 잘할 수 있어. 하지만 아무리 생각해도 네 상대론 정말 아닌 것 같구나."

"제 상대로 딱이에요, 엄마."

"네가 훌쩍 떠나버리기 전에 내가 꿨다는 악몽 기억하지?" 파트리시아가 기어 들어가는 목소리로 말했다. "그거랑 똑같은 꿈을 이번 주에만 벌써 세 번을 꿨어. 똑같은 악몽을 말이야."

"다 엄마의 상상력이 빚어낸 거예요."

"너무 무서워, 테우. 누군가 삼손을 죽이려 했다니. 꿈속에서 너도 약을 먹고 죽더라고. 너무 끔찍해!"

테우는 기분이 상한 척하며 서둘러 전화를 끊었다. 통화는 그의 기분을 한층 더 더럽게 만들어놓았다. 이번에는 클라리시의 목소리나 오두막이 아니라 세상 전체가 그를 숨막히게 만들었다.

그날 밤 테우는 모처럼 숙면을 하고 아침 일찍 개운한 기분으로 일어났다. 아침을 먹기 전 접수처에서 난쟁이들과 대화를 나누었다. 그들은 그저께 밤에 수상한 것을 보거나 들은 일이 없다고 입을 모았다. 테우는 호숫가로 나가봤다. 그의 시선이 까만 수면에 고정되었다. 당장이라도 무언가가 물 위로 불쑥 떠오를까 봐 겁이 났다. 팔뚝, 간. 다행히 그런 불상사는 벌어지지 않았다.

그는 클라리시의 아침을 챙겨 오두막으로 돌아왔다.

"어젯밤 코 많이 골던데." 클라리시가 크루아상을 한입 베어 물며 말했다.

"미안."

"듣기 싫었다는 게 아니고. 너 되게 피곤해 보이더라."

"그래, 많이 피곤했어." 테우는 여행가방을 열고 셔츠를 정리하기 시작했다.

"넌 탄생 별자리가 뭐야, 테우?"

"난 그런 것에 관심 없어."

"별자리가 뭐냐니까?"

"내 생일은 9월이야. 22일."

"그럼 처녀자리네. 간신히 걸쳐졌어. 넌 척 봐도 전형적인 처녀자리야."

"전형적?"

"합리적이고 완강하고 꼼꼼하잖아."

테우는 자신의 성격 특성이 별자리에 좌우된다는 걸 믿지 않았다. 하지만 클라리시의 말에 굳이 반박하지 않았다. 그는 클라리시가 점성술에 대한 자신의 의견을 올려놓은 사이트를 떠올렸다. 그녀는 그런 것에 꽤 집착하는 듯했다.

"태어난 시간은?"

"잊어버렸어."

"그걸 알아야 달 별자리와 상승궁*을 따져볼 수 있어."

---

* 점성술에서는 출생 순간의 태양, 달의 위치에 따라 '태양 별자리' '달 별자리'를 정하며, 출생 순간 동쪽 지평선으로 떠오르는 별자리를 '상승궁(上昇宮)'이라 한다. 우리가 흔히 말하는 탄생 별자리는 태양 별자리를 말한다.

"넌 별자리가 뭔데?" 테우는 자신이 화제로 오르는 게 불편했다.

"난 교과서적인 양자리야."

"그게 어떤 건데?"

"충동적이고 독립적이고 솔직하지. 가끔 너무 솔직해서 탈일 때도 있고. 괴팍한 것도 사실이지만 내 다른 흠들은 비밀로 담아놓을래." 클라리시가 환히 웃으며 말했다. 그녀는 노트북을 한쪽으로 밀어냈다. "좀 더 자야겠어. 코 고는 소리 때문에 잠 설쳤거든."

테우는 그녀가 자는 동안 노트북을 열고 시나리오를 읽어봤다. 그간 많은 진척이 있었다. 수정한 부분도 속속 짚어낼 수 있었다. 자신의 조언을 반영해 곳곳을 수정했다는 사실을 확인하고 그는 무척 흐뭇해했다. 이제 클라리시는 그의 도움 없이는 단 한 줄도 쓸 수 없게 된 것이었다. 테우는 불안했던 마음이 조금씩 누그러지면서 기분이 한결 나아졌다. 집중력이 흐트러진 그는 콧노래를 부르며 손가락으로 침대 프레임을 경쾌하게 두드렸다.

사진 앨범을 훑어보고 있는데 클라리시가 깨어났다. 뭘 하고 있느냐는 그녀의 물음에 테우는 황급히 앨범을 닫으려다 말았다. 클라리시는 그 앨범의 존재를 모르고 있었다. 테우는 그녀가 앨범 속 사진들을 보면 어떻게 반응할지 궁금했다. 잠시 고민하던 그는 자신이 공들여 만든 작품들을 공개하기로 결정했다. 어차피 불쾌하거나 천박한 사진들도 아니었으니. 오히려 아름다운 감정이 가득 담긴 사진들이었다. 애정, 우정, 그리고 사랑.

"우리 엄마가 보면 좋아하겠다." 클라리시는 사진 속 자신의 모습이 신기한 모양이었다. "보나마나 거실 탁자에 놓아두실걸. 엄마 결혼 앨범 옆에."

어머니를 언급할 때마다 클라리시의 목소리는 비난조로 바뀌었다. 태우는 그들 모녀의 심상치 않은 관계를 깊이 알고 싶었다. 태우는 비록 어머니를 사랑하진 않지만 늘 공손하게 굴었고 그녀를 성심껏 대했다. 가끔은 어머니의 차가운 입술에 모닝 키스를 하다가 어머니가 이미 세상을 떠났음을 깨닫는 상황을 상상하곤 했다. 자신에게 생명을 선물한, 축 늘어지고 닳아 해진 어머니의 몸 뚱이. 정말 어머니를 떠나보내면 어떤 감정이 찾아들지, 또 자신이 어떤 감정을 느껴야 하는지 궁금했다. 펑펑 울며 나사 풀린 모습을 사람들에게 드러내야 하나?

하지만 어머니가 살든 죽든 달라지는 건 별로 없었다. 매달 받는 용돈이 좀 아쉽기는 하겠지만. 그리고…… 딱히 먹을 게 없을 때 어머니가 뚝딱 만들어 저녁상에 올려주는 치즈 오믈렛도 그렇고. 그리고…… 그게 전부다. 어머니와 아들을 이어주는 연결고리, 오믈렛과 용돈. 뭐, 이 정도면 양호한 편이잖아. 클라리시와 엘레나의 관계를 한번 보라고.

"어머니를 좋아해, 클라리시?"

"그건 왜 물어?" 그녀가 앨범을 내려놓았다.

"네가 어머니에 대해 얘기할 때 묘한 분위기가 느껴졌어."

"예전엔 정말 스스럼 없이 지냈어. 근데 시간이 우릴 이 지경으로 만들어버렸지."

"시간?"

"시간, 친구들, 엄마의 사고방식." 클라리시는 손가락으로 앨범의 비닐 페이지를 살살 문질렀다. 불편한 기색을 감추려고 애쓰는 중이었다. "엄마는 노동자 계층 출신이야. 그래서 아주 편협한 시각을 갖고 있어. 작가들은 죄다 게으르고, 흡연자들은 죄다 범죄자고, 동성애자들은 역겹고, 늘 그런 식이야. 나랑은 코드가 맞지 않아."

라우라를 언급하기 딱 좋은 타이밍이었다. 하지만 테우는 그 말을 어떻게 꺼내야 할지 몰랐다.

"그래서 서로 멀어지게 된 거야?"

"엄마는 날 보살피는 척하고, 난 엄마가 필요한 척하면서 살고 있어. 엄마는 지금…… 죄책감에 사로잡혀 있거든."

"왜?"

"날 포기하셨으니까." 그녀의 목소리에서 고통이 묻어났다. "엄마는 내가 완벽한 딸이 될 수 없다는 걸 진작 깨달으셨어. 내가 공무원이 되기를 간절히 바라셨거든. 결혼해서 아이도 쑥쑥 낳고. 아무튼 당신 뜻대로 안 될 것 같으니까 그냥 포기해버렸어. 아예 딸로 여기지도 않으셨다니까."

테우는 엘레나에게 했던 약속을 떠올렸다. 클라리시를 잘 설득해 집에 전화를 걸도록 하겠다는 약속. 하지만 클라리시의 얘기를 들으니 엘레나는 딸이 며칠간 연락이 없어도 개의치 않을 것 같았다. 그보다 큰 문제는 엘레나가 브레누의 실종에 대해 언급할 가능성이었다.

"그건 엄마 탓이 아니야. 남달리 세상 물정에 밝은 내 탓이지. 내

상승궁은 궁수자리에 있어. 누구도 날 통제할 수 없다는 뜻이야. 난 그 누구의 소유도 아니고, 앞으로도 계속 그럴 거라고."

테우는 미소를 지었다. 하지만 그는 클라리시가 무언가를 암시하고 있다는 인상을 강하게 받았다. 순간 그의 머릿속이 온갖 좋고 나쁜 생각들로 복잡해졌다. 그리고 잠시 후 가혹한 깨달음이 찾아들었다. 자신은 클라리시를 영영 곁에 붙잡아둘 수밖에 없는 운명이라는 것.

13장

화요일은 시작부터 삐걱거렸다. 슬럼프에 빠진 클라리시는 모든 책임을 담배를 피우지 못한 데 뒤집어씌웠다. 그녀는 캐릭터들이 일랴그란지섬에 도착하는 장면에 발이 묶여 있었다. 더 이상은 써지지 않는다며 불평을 늘어놓았다.

"젠장, 다섯 살 때 가본 곳인데 기억이 하나도 안 나."

테우는 작가들이 과거 체험을 바탕으로 글을 쓴다는 걸 알고 있었다. 그가 작가가 될 수 없는 이유였다. 코파카바나에서 미치광이 여자와 행복하게 살아가는 의사. 이것이 그가 쓸 수 있는 이야기의 전부였다.

"슬럼프는 금세 지나갈 거야." 그가 말했다.

컴퓨터 화면을 뚫어져라 들여다보는 게 지겨워진 클라리시가 침대로 올라와 테우 옆에 누웠다. 그녀는 나이트가운 차림이었다. 테우가 그녀의 집으로 찾아갔을 때 걸치고 있던 옷. 클라리시는 지금 너저분한 모습이었다. 손질하지 않은 머리, 떨어져 나가고 물어뜯긴 손톱, 화장하지 않은 맨 얼굴, 그리고 눈 밑의 다크서클까지.

눈썹은 안으로 자라 있었고, 오랫동안 제모하지 않은 다리는 새로 돋아난 털들로 까칠했다. 그런데도 여전히 아름다웠다. 세상의 그 무엇도 클라리시를 못나 보이게 만들 수 없었다.

"테우, 카드 게임이나 할까? 당분간 딴 데 정신을 팔아야겠어."

테우는 그러자고 했다. 그는 클라리시를 포로처럼 다루고 싶지 않았다. 어제는 함께 〈미스 리틀 선샤인〉을 다시 봤고, 밤이 되자 클라리시가 그에게 백개먼*을 가르쳐달라고 졸랐다. 목가적인 테레조폴리스에 온 후로 모처럼 누려본 재밌고 황홀한 밤이었다.

테우는 그녀에게 입마개와 수갑을 채워놓고 카드를 구하러 접수처로 갔다. 난쟁이들 중 가장 나이 많은 굴리베르가 통화를 하며 그에게 잠시 기다리라고 손짓했다. 테우는 굴리베르가 맘에 들었다. 그는 말수가 적고 살짝 진지한 구석도 있었고 매사에 신중했다. 굴리베르는 테우에게 눈길을 주지 않았다. 지렁이처럼 꿈틀대는 자신의 조그만 손가락들만 뚫어지게 응시하며 통화했다.

굴리베르의 통화를 엿듣던 테우는 깜짝 놀랐다. "물론 이해합니다, 엘레나. 조만간 꼭 다시 찾아주세요. 최근에는 클라리시만 오던데 사모님도 또 오셔서 쉬다 가세요." 수화기에 대고 대꾸하던 굴리베르가 킥킥 웃었다. "따님이 방해하지 말라고 해서 오두막에 가보기도 좀 그런데, 마침 따님 남자친구가 지금 제 앞에 있네요. 잠시만 기다리세요."

굴리베르가 왼손으로 송화구를 막아 쥐고 테우를 돌아봤다.

---

* backgammon. 두 사람이 하는 서양식 주사위 놀이.

"클라리시 어머님이 따님과 통화하고 싶으시대요. 오두막 전화로 연결하려고 했는데 계속 통화 중이더라고요. 그래서 직접 클라리시에게 다녀오려고 했었죠."

"나한테 바꿔줘 봐요."

테우는 한쪽 구석에 마련된 전화 부스로 향했다.

"따님과 통화하고 싶으시다는데요?" 난쟁이가 말했지만 테우는 못 들은 척했다. 접문을 닫고 들어간 그가 의자에 앉아 수화기를 집어 들었다.

"클라리시를 바꿔주게." 엘레나의 단호한 목소리에서 짜증이 묻어났다.

"지금 오두막에 틀어박혀서 작업 중입니다. 그동안 어떻게 지내셨어요?"

"속이 좀 상했어. 가서 우리 딸을 불러오게."

"클라리시 성격 잘 아시잖아요. 무슨 일로도 방해하지 말라고 했어요. 저도 방에서 쫓겨났는걸요." 테우는 분위기 전환을 위해 웃음을 터뜨렸다.

"그 애랑 할 얘기가 있어. 정말 별일 없는 건가?"

"오늘 아침엔 좀 심각했어요. 시나리오 한 부분에서 막혀버렸다나요. 하지만 저희는 재밌게 잘 지내고 있습니다."

"끔찍한 일이 벌어졌네."

테우는 움찔하며 수화기를 꼭 쥐었다.

"브레누가 사라졌어." 그녀가 말했다.

"브레누?"

"클라리시 남자친구였어. 클라리시가 얘기한 적 없는가?"

"오, 네, 바이올리니스트 말씀이죠?"

"목요일부터 보이지 않는데."

"그게 무슨 말씀이죠?"

"경찰이 방금 다녀갔어. 클라리시랑 얘기 좀 해보고 싶대."

"클라리시하고요?"

"브레누랑 가까웠던 사람들을 일일이 찾아다니는 모양이야."

엘레나의 공허한 목소리에서 쓸쓸함이 느껴졌다. 경찰의 방문에 많이 당황한 모양이었다.

테우는 방어적이거나 겁먹은 톤이 나오지 않도록 애썼다. "클라리시는 한 달쯤 전에 브레누랑 헤어졌다고 하던데요. 안타까운 일이지만 클라리시한텐 당분간 알리지 않는 게 좋겠어요. 적어도 「퍼펙트 데이즈」가 완성될 때까지는요." 그는 왼손으로 주먹을 쥐고 부스 안의 선반을 톡톡 두드리기 시작했다. "괜히 알렸다간 저희 관계에도 영향을 줄 수 있고, 클라리시가 그 친구 생각으로 심란해하는 건 제가 싫어요."

"경찰이 만나보고 싶다는데. 의지가 아주 강해 보였어."

"아무래도 크리스마스 이후에 얘기하는 게 좋겠어요. 새해가 돼서야 돌아갈 수 있을 것 같거든요."

"크리스마스 전에는 돌아오게. 너무 늦어지면 내가 직접 테레조폴리스로 갈 수도 있고."

"그러실 필요 없어요. 저희는 무탈하게 잘 지내고 있습니다. 이런 일로 클라리시를 방해하고 싶지 않아요. 브레누 그 친구는 조만간 무사히 나타날 거예요."

"경찰이 클라리시 휴대폰에 전화해볼 거라던데. 어쩌면 자네한 테 연락이 갈지도 모르겠어. 경찰에 자네 번호도 알려줬거든."

'대체 왜 그러셨어요?'라는 말이 떠올랐지만 그의 입에서는 전혀 다른 대꾸가 흘러나왔다. "알겠습니다. 연락 기다리고 있을게요."

"혹시 브레누 실종에 대해 뭐 짚이는 일 없는가?"

"저희는 지금껏 아무것도 몰랐어요."

"난 그냥……." 엘레나가 흐느끼기 시작했다. "실종 전 브레누가 마지막으로 본 사람이 나였던 것 같아."

태우는 다리가 후들거렸다. 앉아 있지 않았다면 바닥에 픽 고꾸 라졌을 것이다. 그는 유리창 밖으로 굴리베르를 바라봤다. 난쟁이 는 태연하게 컴퓨터 키보드를 두드리고 있었다. 통화 내용을 엿듣 는 것 같지는 않았다.

"목요일 밤에 브레누가 찾아왔었네. 클라리시를 만나게 해달라 면서 아주 끈질기게 졸라대더군. 흥분해서 제정신이 아닌 것 같더 라고. 그래서 클라리시가 자네랑 테레조폴리스에 함께 있다고 알 려줬지. 그랬더니 미친 사람처럼 뛰쳐나가더라고. 무슨 일이 있어 도 클라리시를 꼭 만나봐야 한다면서. 그리고 그 직후 실종됐네. 그래서 난……." 엘레나가 기어 들어가는 목소리로 말했다. "거기 서 무슨 일이 있었구나 짐작했네."

"전혀요."

"정말인가?"

태우는 살짝 불쾌했다. "대체 무슨 생각을 하시는 거죠? 그날 밤 브레누가 테레조폴리스에 왔고, 우리가 브레누를 죽였다고 생각하세요?"

"말도 안 돼! 난 두 사람이 불쑥 나타난 브레누를 쫓아버렸을 거라고만 생각했는데. 어쩌면 브레누는 자살했는지도 모르겠네. 여기 왔을 때도 정신이 반쯤 나간 것처럼 보였거든."

"아까 말씀드린 대로 저는 클라리시와 계속 붙어 다녔어요. 제 얘기를 믿으세요. 브레누는 여기 오지 않았습니다. 목요일에도, 금요일에도. 저는 그 녀석이 어떻게 생겼는지도 모른다고요."

"정말로 자살한 게 아닐까?"

"사람 속은 알 수가 없죠."

"사실 난 브레누가 탐탁잖았네. 근데 지금은 너무 두려워, 테우."

"지금 가장 중요한 일은 클라리시를 보호하는 거예요. 당분간 클라리시한텐 비밀로 해두는 게 좋겠어요. 한껏 들떠서 시나리오에 매달려 있거든요. 클라리시한테 시간을 좀 주고 싶어요. 브레누는 어딘가에 숨어 있는지도 모르잖아요. 머리 식히러 홀쩍 떠났을 수도 있고. 복잡한 마음 정리하려고요."

"그래, 왠지 그랬을 것 같네."

"합리적으로 생각해봐요, 우리. 게다가 지금 이 상황에서 클라리시가 뭘 어떻게 도울 수 있겠어요? 오히려 충격받아서 집필을 중단해버릴지도 몰라요. 모두에게 최악의 상황이 되는 거라고요." 그는 잠시 망설이다가 용기를 내 물었다. "브레누가 클라리시를 만나러 왔었다고 경찰에 알려주셨어요?"

"아니. 어떻게 된 일인지 확인하기 전까진 아무 말 하지 않으려고. 난 좋은 일로도 경찰과 엮이는 걸 좋아하지 않거든."

"부디 골치 아픈 일 없었으면 좋겠네요." 테우가 공손히 말했다.

"하루 속히 해결돼야 할 텐데 말이죠." 잠시 무거운 침묵이 흘렀다. "저는 따님 덕분에 너무 행복해요. 명랑한 클라리시 성격이 저까지 명랑하게 만들어주네요. 작업에 몰두하느라 담배도 많이 줄었어요."

"담배를 끊었다고?"

"끊었다기보단 피하고 있다는 게 정확한 표현이겠네요." 테우가 마치 비밀을 털어놓듯 말했다. "물론 저도 옆에서 조금씩 거들고 있고요."

"잘됐네."

"클라리시는 시나리오를 마칠 때까지 돌아가지 않을 것 같아요. 하루 종일 방에 틀어박혀 글만 쓴다니까요."

"그렇구나. 아무래도 내가 그쪽으로 가는 게 낫겠어." 엘레나가 느리고 심각한 톤으로 말했다.

그들은 무성의하게 인사를 나눈 후 전화를 끊었다.

테우는 엘레나와 나눈 대화를 찬찬히 곱씹어봤다. 그녀의 말에 담긴 뉘앙스를 다각도로 해석해보려 애썼다. 전화를 끊기 전 엘레나는 그에게 완전히 설득된 듯한 태도를 보였다. 그의 말에 잠자코 동의하는 듯한 태도. 하지만 엘레나가 언제라도 호텔에 나타날 수 있다는 사실이 테우를 두렵게 했다. 만약 실제로 그런 일이 벌어지면 딸과의 통화를 기를 쓰고 막았던 그는 무척 곤란해질 것이다. 그땐 어쩌지?

테우는 접수처에서 챙겨온 카드 한 벌을 침대에 놓아두고 클라리시의 입마개를 벗겨줬다.

"왜 이리 오래 걸렸어?" 그녀가 물었다.

"너희 어머니한테서 호텔로 전화가 왔었어."

"우리 엄마가? 왜?"

"네 안부를 궁금해하셨어. 우리가 언제 돌아오는지 물어보셔서 아직은 모르겠다고 대답했어."

테우는 샤워 좀 해야겠다며 욕실로 들어갔다. 턱수염을 다듬고 얼굴의 반창고를 새것으로 교체했다. 턱수염은 목에 난 상처를 감추려고 일부러 기른 것이었다. 이제 목에는 희미한 선들만 남아 있었다. 통증은 사라졌지만 멍 자국은 아직까지 선명했다.

샤워를 하려는데 현관문을 두드리는 소리가 들렸다. 그는 타월을 두르고 튀어나가 클라리시에게 조용히 있으라고 지시했다. 엘레나가 이토록 빨리 찾아올 리 없다는 걸 알면서도 그는 거의 공황에 빠져버렸다. 혹시 아까 이 근처에서 전화를 걸었던 걸까? 그는 문 밖에 클라리시의 어머니가 서 있을 거라고 확신했다. 창가로 다가가 커튼을 살짝 들춰봤다.

굴리베르가 창문 안으로 테우를 들여다보며 미소를 지었다.

"오두막 전화를 살펴보러 왔어요."

테우는 고개를 끄덕인 후 클라리시에게 달려갔다. 그녀를 침대에 앉히고 수갑을 푼 다음 그녀의 무릎에 노트북을 올려놓았다.

"이상한 짓 하지 마." 테우가 말했다. 그는 싸이욜락스 주사를 준비했다. 그걸 본 클라리시가 움찔했다. 테우는 주사기를 등 뒤에 감추고 현관으로 다가가 문을 열었다.

"서둘러주세요." 테우가 난쟁이에게 말했다.

굴리베르가 심상치 않은 눈빛으로 오두막 안을 빠르게 훑었다. 그는 미소를 흘리며 클라리시에게 다가가 그녀의 볼에 살짝 입을 맞췄다.

"이제야 위대한 작가를 만나보게 됐군요!" 그는 잠시 클라리시를 빤히 응시했다. 마치 그녀가 눈짓으로 무슨 신호라도 보내주기를 기다리는 듯이.

클라리시는 말없이 미소만 지었다. 테우는 가까운 곳에서 그들을 지켜봤다. 조금이라도 이상한 낌새가 포착되면 즉시 난쟁이에게 약물을 주사할 생각이었다. 테우는 그가 전화선 확인을 핑계로 오두막을 살피러 왔다는 걸 알고 있었다. 굴리베르는 그를 수상하게 여기고 있는 게 분명했다.

"플러그가 보이질 않네요. 누군가가 빼버린 것 같은데요." 굴리베르가 전화기를 살펴보며 말했다.

테우는 난쟁이를 흠씬 두들겨주고 싶은 충동을 애써 억누르고 유유히 미소를 지었다. 그는 자신에게 걷어차인 굴리베르가 먼발치 정원으로 날아가 땅속 요정 석상들 틈에 쏙 껴버리는 상상을 떠올렸다.

"누군가가요?"

"보나마나 객실 청소부가 그랬겠죠." 그가 비꼬는 듯한 목소리로 말했다.

테우는 인상을 쓰며 그에게 나가달라고 요구했다. "전화기는 우리가 체크아웃하고 나서 고치면 되잖아요. 어차피 여기 머무르는 동안은 필요 없으니까."

굴리베르는 마지못해 오두막을 나갔다. 테우는 거칠게 문을 닫고 벽에 몸을 기댔다. 두 손으로 머리를 감싸 쥐고 뛰는 가슴을 진정시켰다.

"많이 놀란 것 같네. 그렇지?" 클라리시가 말했다.

"조용히 해!"

그는 침묵이 흐르는 틈을 타 한숨을 돌렸다. 잠시 후 그녀가 불쑥 물었다. "여길 떠나는 게 어때?"

"뭐라고?"

"이렇게 된 마당에 무슨 수로 여기서 더 지낼 수 있겠어? 이젠 여길 떠날 때가 된 거라고. 오늘 밤은 모텔에서 묵고 일랴그란지와 파라치로 향하는 건 어때? 내 캐릭터들이 그랬던 것처럼 말이야. 시나리오 작업에도 도움이 될 것 같아."

기가 막힌 아이디어였다. 그 생각이 클라리시의 머릿속에서 나왔다는 사실이 테우는 놀라웠다. 그러잖아도 테우 역시 이곳을 빨리 벗어나고 싶었다. 언제부터인가 이곳 공기에서 말로 표현할 수 없는 답답함이 느껴졌다. 난쟁이들과 엘레나와 브레누에 대해서도 잊고 싶었다. 오로지 클라리시와 자신만 생각하고 싶었다. 한때 그랬던 것처럼 다시 완벽한 커플로 돌아가고 싶었다.

"네 생각은 어때?" 그녀가 물었다.

"글쎄."

하지만 발목을 잡는 문제가 하나 있었다. 방금 전화선 문제로 얼굴을 붉혔는데 지금 바로 그들이 떠나버리면 굴리베르가 어떻게 생각할까? 아까 그냥 참았어야 했는데. 하지만 후회하지 않기로 했다. 언젠가는 결국 떠나야 할 운명이니까. 굴리베르의 의심은 그 자신의 키만큼이나 의미가 없었다.

두 사람은 몇 시간에 걸쳐 짐을 꾸렸다. 클라리시가 샤워를 하는 동안 테우는 미니바에서 싸이욜락스 앰풀을 꺼내 주사기와 함께 세면도구 가방에 넣었다.

그는 접수처로 가서 체크아웃한 다음 굴리베르와 함께 오두막으로 돌아와 그들이 미니바에서 아무것도 꺼내 먹지 않았음을 확인시켰다. 수갑과 입마개가 채워진 클라리시는 차 안에서 기다리고 있었다.

호텔을 나섰을 때는 이미 황혼녘이었다. 밤 8시쯤 됐을 때 클라리시가 도로변 모텔을 발견하고 저곳에서 하룻밤 묵어 가자고 했다. 건물에는 '원더랜드 모텔'이라는 네온사인이 번쩍이고 있었다.

14장

조명은 어둑했다. 벽과 천장에 붙은 거울들이 서로를 비추며 무한수열의 패턴을 만들어냈다. 더블베드에는 세제와 담배 냄새가 풍기는 하얀 시트가 깔려 있었다. 침대 옆 탁자에는 무선 전화기와 25인치 텔레비전 리모컨이 놓여 있었다.

"나쁘지 않은데. 부디 깨끗하게 세탁됐기를." 클라리시가 시트를 반듯하게 펴며 말했다.

그녀를 따라 들어간 테우는 문 옆 의자들 위에 여행가방을 올려놓았다. 욕실에 들어가 베이지색 변기가 제대로 작동하는지, 욕조 수도꼭지에선 물이 잘 나오는지 꼼꼼히 확인했다. 샤워커튼은 분홍색 딸기 무늬가 있는 비닐로 되어 있었다. 그에게는 전혀 어울리지 않는 곳이었다.

클라리시는 목이 깊게 파이고 소매에 작은 나비 모양 매듭이 달려 있는 드레스 차림이었다. 침대에 누운 그녀가 테우를 쳐다보며 미소 지었다.

"수건이 없어." 테우는 그녀의 시선을 피하며 말했다.

그는 프런트에 전화를 걸까 하다가 직접 가서 알리기로 했다. 어떤 이유에서인지 클라리시와 방을 함께 쓰는 게 불편해졌다. 그녀를 피하는 건가, 아니면 나 자신을 피하는 건가? 하지만 지금은 그런 걸 따질 때가 아니었다. 태우는 그녀에게 수갑을 채우고 방을 나왔다.

"오, 이런! 오, 맙소사! 이러다 늦겠어!" 태우가 접수처로 들어섰을 때 프런트 직원은 통화 중이었다. 직원이 근심 어린 얼굴로 손목시계를 들여다보다가 전화를 끊었다. "뭐 필요한 거 있어요?"

"수건."

"미안해요! 갖다놓는다는 걸 깜빡했네요. 교대할 직원이 아직 도착하지 않아서 말이죠."

"괜찮아요."

태우는 문 옆에 세워진 조각상을 쳐다봤다. 긴 창을 손에 쥔 전사. 모텔에 도착했을 때 태우는 주차장에 차를 대고 뒤편 엘리베이터를 통해 접수처로 들어왔다. 실내는 중세 분위기를 풍겼다. 페인트로 대충 칠해놓은 벽은 돌을 쌓아 만든 것 같았다. 두 개의 낮은 탑은 모텔의 건축학적 야심을 새삼 확인시켜줬다. 성처럼 보이고 싶었겠지만 결과물은 처참했다.

직원이 수건을 가져오자 태우가 물었다.

"방에서 와이파이가 되나요?"

"아뇨."

"알았어요."

각각의 객실 문 위쪽에 빨간 조명이 달려 있었다. 테우는 그 용도를 대번에 알아챘다. 불이 켜져 있으면 안에 사람이 묵고 있다는 뜻이다. 하지만 어느 방에서도 커플의 신음은 흘러나오지 않았다.

수건을 챙겨 돌아왔을 때 클라리시는 텔레비전을 보고 있었다. 화면 속에선 두 남자와 한 여자가 조리대 위에서 무척 불편해 보이는 자세로 섹스를 하고 있었다.

테우는 클라리시의 손목에서 수갑을 풀어주고 그녀의 노트북을 침대로 가져왔다.

"포르노 좋아해, 테우?"

테우는 시선을 멀리 돌려버렸다. 그녀와 섹스에 대한 이야기를 나누고 싶지 않았다. 그는 여행가방에서 아무 책이나 골라 들었다.

"난 좋아하는데. 언젠가 잡지에서 봤는데 여자들은 대부분 자위 행위를 하지 않는대. 놀랍지 않아? 그걸 수치스럽게 여기기 때문이라나." 그녀는 침대에 편한 자세로 앉아 텔레비전을 껐다. "너도 가끔 할 때마다 수치심 느껴?"

"그만해."

"지극히 자연스러운 일인데 뭐."

"난……."

"저번에 네가 욕실에 들어가서 30분 동안 나오지 않았던 적 있지? 네가 안에서 뭘 했을지 대충 짐작이 돼."

클라리시가 야릇한 눈빛으로 그를 쳐다봤다. 테우는 그녀와 적당한 거리를 유지하고 있었다. 그는 얼른 불편한 대화를 끝내고 덜 어색한 화제로 돌아가고 싶었다. 그는 필요하다고 느껴질 때면 자위행위를 하지만, 하면서 특정 상대를 떠올리지는 않는다. 상대에게 무례한 짓이기 때문이었다. 알몸으로 딱딱해진 물건을 조몰락거리고 있노라면 마치 통제 불능의 짐승이 된 것만 같았다.

"여자친구 사귀어본 적 있지?" 클라리시가 물었다.

"지금 책 보는 중이야."

"그냥 가볍게 대화나 나누자는 것뿐이라고. 여자친구가 있었던 게 뭐 그리 대단한 비밀인가?"

테우의 시선은 책에서 떨어지지 않았다. "있었어. 딱 한 번."

"이름이 뭐였는데?"

"레치시아."

"얼마나 만났어?"

"오래가진 않았어."

"얼마나?"

"몇 달."

그건 거짓말이 아니었다. 오래전 테우는 레치시아와 사귀었다. 당시 그는 열다섯 살이었고, 급우들 모두가 오로지 여자와, 여자들 엉덩이, 키스에만 관심이 있었던 시절이었다. 테우도 그들 그룹에 당당히 끼고 싶었다. 상파울루에 사는 레치시아는 통통한 체구의 괴짜였다. 한번 달라붙으면 거머리처럼 떨어질 줄 몰랐다. 당시에는 그런 게 흠으로 여겨지지 않았다. 그들은 인터넷에서 만나 영화와 음악과 여러 일상적인 주제에 대해 수다를 떨었다. 레치시아는 테우가 특별하다고, 적어도 남들보다는 훨씬 똑똑하다고 여겼다. 물론 테우는 하늘에 붕 뜬 기분이었다.

하지만 오래지 않아 태우는 그녀가 자신에게 집착하고 있다는 걸 느꼈다. 그는 레치시아의 환상에 계속 불을 지펴나갔다. 괜한 심술이 아니라 누군가를 좋아하고 싶은 욕구 때문이었다. 누군가를 좋아하는 척 연기하고 싶은 욕구. 그에게는 재밌는 놀이였다.

그들의 교제는 다섯 달 동안 지속되었다. 레치시아는 매일 그의 휴대폰으로 메시지를 보내며 어디서 어떻게 지내고 있는지, 지금 무슨 생각을 하고 있는지 꼬치꼬치 캐물었다. 비록 신체 접촉은 없었지만(그들은 오프라인에서 만난 적이 없었다) 그녀는 태우의 인생을 탈취하려 무던히 애썼다. 태우와 비밀을 나누며 서로 조언도 해줄 수 있는, 그런 친밀한 관계로 발전하기를 바랐다. 그의 온라인 걸프렌드, 그 이상이 되고 싶어 했다. 여자들은 늘 그런 식이었다. 그 사태에 대해 태우는 지극히 자연스럽게 반응했다. 조용히 뒤로 물러나기. 그는 메시지를 무시하고, 짧은 단어로만 답하고, 일찍 자야 한다고 거짓말을 늘어놓았다. 두 사람이 궤도에서 완전히 탈선할 때까지.

"왜 헤어졌어?" 클라리시가 물었다.

"문제가 많았거든."

"네가 바람피운 게 아니고?"

"난 그런 짓 안 해."

"남자들은 늘 그런 식이잖아."

그가 씩씩대며 고개를 저었다. "난 그런 남자 아냐, 클라리시." 그는 다시 책으로 시선을 돌려버렸다.

클라리시가 욕실을 나와 침대로 걸어갔다. 알몸의 그녀는 머리에 하얀 수건을 두르고 있었다. 그녀의 벗은 몸이 이미 산란해진 테우를 당황하게 만들었다. 전에는 늘 욕실에서 옷을 걸치고 나왔는데. 테우는 애써 태연한 척했다.

그녀가 수화기를 들고 테우에게 내밀었다.

"와인 좀 주문해줄래?"

몇 분 후 얼음 버킷에 담긴 와인이 방으로 배달됐다. 병따개와 플라스틱 잔 두 개도 딸려왔다. 테우가 와인을 따랐다. 클라리시는 허리에 손을 얹은 채 온화한 눈빛으로 그 모습을 지켜봤다.

"혹시 딱지는 뗐니?" 그녀가 물었다.

두 사람은 건배를 했다. 와인을 한 모금 넘긴 클라리시의 입술로 와인 한 방울이 탈출해 턱을 타고 내려와 두 갈래로 나뉘더니 잘 익은 오렌지 같은 그녀의 가슴 위로 툭툭 떨어졌다.

테우는 대답하지 않았다. 머릿속으로 간신히 떠올릴 뿐이었다. 분홍색 유두.

"나한테 매력을 느낀다면 오늘 밤 너랑 몸을 섞을 용의가 있어." 클라리시가 말했다. 그녀는 가슴에 떨어진 와인을 손끝으로 훔치더니 그 손가락을 입으로 쪽쪽 빨았다.

테우는 고개를 저었다.

"이러지 마. 이건 내가 원하는 게 아니야."

"이게 뭐 어때서? 연인이 섹스하는 게 이상해?"

"난……."

클라리시가 그의 입술에 검지손가락을 갖다 댔다. 손가락이 그녀의 침으로 촉촉했다. 테우는 눈을 깜빡이며 눈앞의 이미지를 완벽히 암기해두려 애썼다. 클라리시는 완벽했다. 조심스레 이를 훑어나가는 혀, 새하얀 피부에서 평소보다 훨씬 도드라져 보이는 별 모양 문신.

"안 마실 거야?"

"마시고 있어." 테우는 와인을 벌컥벌컥 들이켜고 깊은 숨을 들이쉬었다. 향긋한 실내 공기가 폐 안을 가득 채웠다.

"네가 아직 딱지 못 뗐다는 거 알아." 그녀가 그의 무릎에 앉으며 말했다. 그들은 또다시 건배했다. "하지만 걱정 마. 내가 다 가르쳐줄 테니까."

"난 경험이……."

그녀가 몸을 기울이고 그의 입술에 키스했다. 그렇게 몇 초간 입을 맞춘 후 그의 아랫입술을 오물거리기 시작했다. 얼떨떨해진 테우는 뒤로 물러났다. 입이 따끔거렸다. 그녀의 가느다란 허리 아래 볼기뼈가 불쑥 튀어나와 있었다. 테우는 수건을 북북 찢어버리고 그녀를 침대에 메다꽂은 후 맹렬히 덮치고 싶었다. 어느새 그의 시선은 개울처럼 주름진 그녀의 음부에 고정됐다.

마치 그의 머릿속을 꿰뚫어보았다는 듯 클라리시가 머리에 두른 수건을 던져버리고 테우의 몸에 올라앉았다. 그녀는 두 손으로 그의 잠옷 셔츠를 머리 위로 벗겨냈다. 호흡이 가빠진 테우는 신음을 토하며 몸을 바르르 떨었다. 그는 그녀의 향긋하고 부드러운 가슴에 두 손을 얹었다. 클라리시는 손을 뻗어 침대 옆 탁자에 놓인 수갑을 집어 들었다. 그녀는 차가운 금속을 테우의 넓은 가슴에 얹어놓았다. 그리고 손톱으로 그의 몸을 살살 할퀴었다. 한쪽으로 고개를 기울여 그의 목에 촉촉한 키스를 퍼부었다. 이어서 혀로 젖꼭지를 자극하며 그의 오른쪽 손목에 수갑을 채웠다. 그녀는 최면에 빠진 태우를 지켜보며 미소를 지었다. 그의 왼쪽 손목에도 수갑을 채우려는 순간 태우가 그녀를 저지했다.

"그건 안 돼."

그는 탁자에서 열쇠를 집어 들고 수갑을 풀었다.

풀어낸 수갑을 클라리시에게 휙 던졌다. "너한테 채워. 다른 한쪽은 침대 기둥에 채우고."

"네가 오해한 모양인데……."

"시키는 대로 해."

태우는 안락의자에 앉아, 흐느적거리는 그녀의 움직임을 관찰했다. 클라리시가 스스로 수갑을 차기까지는 몇 분이 걸렸다. 수갑 사이의 사슬이 짧아 기둥에 걸어놓는 게 쉽지 않았다.

"이젠 어쩔 거야?" 그녀가 관능적인 목소리로 물었다.

태우는 아직도 흥분이 가라앉지 않았다. 그녀와의 스킨십은 형언할 수 없을 만큼 황홀했다. 그는 자리에서 일어나 방 안을 초조하게 맴돌았다. 클라리시는 무언가를 호소하고 있었지만 태우는 듣지 않으려 했다. 그녀가 꿈틀대며 다리를 벌렸다. 유혹적이고도 위험한 이미지였다. 하지만 태우는 끝내 눈길도 주지 않고 모텔을 나와버렸다. 그는 바람을 쐬고 싶었다. 차분하게 머릿속을 정리하고 싶었다.

15장

테우는 감자칩을 씹으며 싸구려 위스키를 한 잔 더 주문했다. 튀김 기름 냄새로 가득한 술집 분위기는 그의 정신 상태와 크게 다르지 않았다. 한 술꾼이 수중의 동전을 탈탈 털어 카샤사[*]를 주문하고 있었고, 주크박스에서는 하이문두 파그네르[**]의 노래가 흘러나오고 있었다.

클라리시의 유혹은 그를 산란하게 만들었다. 그녀가 내보인 음란한 이미지에 그의 마음 한켠이 아렸다. 보통의 남자라면 본능적으로 그녀를 덮쳤을 것이다. 테우는 고결한 자신의 처신에 뿌듯해하면서도 한편으로는 바보가 된 듯한 기분을 떨쳐내지 못했다.

마치 그의 이마에 숫총각이라고 적혀 있기라도 한 듯 그녀는 말했다. *네가 아직 딱지 못 뗐다는 거 알아.* 그 한마디가 테우의 가슴에 상처로 남았다. 남자를 밝히는 클라리시에게 나는 과연 무엇을 해줄 수 있을까? 그녀는 자신의 거침없는 유혹에 그가 어떻게 반응할지 진작 알고 있었다. 그녀는 원초적으로 똑똑하고 영악했다.

---

[*] 사탕수수나 당밀을 발효해 만든 브라질 전통주.
[**] Raimundo Fagner. 1968년 데뷔한 브라질 가수.

테우는 포로였다. 행복을 눈앞에 두고도 보이지 않는 벽에 막혀 좌절하고 있었다. 클라리시가 알몸으로 침대에 누워 있는 걸 보고도 냅다 달려들어 그녀를 취하지 않았다. 그녀에게는 그가 영영 접근할 수 없는 부분이 있었다. 구속돼버린 건 클라리시가 아니라 바로 테우 자신이었다.

그는 위스키를 단숨에 비워내고 카샤사를 주문했다. 작은 잔으로 나온 럼주도 세 잔이나 비웠다. 주머니에서 휴대폰이 진동했다. 화면에 엘레나의 이름이 떠 있었다. 그는 휴대폰을 테이블에 내려놓고 음성사서함으로 넘어가기를 기다렸다. 나비 한 마리가 푸드덕거리며 지나갔다. 전구 주변을 맴돌던 나비는 갈색 점들이 뿌려진 자그마한 노란 날개를 열심히 놀리며 공중제비를 해 보였다.

그는 다섯 번째 잔까지 깨끗이 비워냈다. 술이 목구멍을 타고 미끄러지는 게 느껴졌다. 기운찬 나비의 몸짓을 보고 있자니 속이 메스꺼웠다. 배 속의 감자칩을 기름투성이 접시 위로 고스란히 토해낼 것만 같았다. 아니면 나비 위로. 노란색과 갈색이 어우러진 화려한 날개가 단숨에 칙칙하게 바뀌어버리게. 토사물 색깔로.

테우는 빈 잔을 쥐고 때를 기다렸다. 잠시 후 나비가 되돌아오자 잔을 잽싸게 놀려 놈을 가두는 데 성공했다. 함정에 갇힌 나비는 필사적으로 날갯짓을 했다. 테우는 잔을 테이블에 조심스레 엎어놓았다. 나비가 빠져나갈 구멍은 없었다. 졸지에 포로가 돼버린 스물두 살의 그가 현재 처한 상황처럼.

그는 또다시 위스키를 주문했다. 클라리시는 이해하지 못했지만 그는 그녀와 함께 있다는 것만으로도 충분히 만족스러웠다.

그녀와의 스킨십, 키스, 섹스는 필요치 않았다. 그는 단지 그녀를 자신의 것으로 만들고 싶었을 뿐이었다. 탁자 위 앨범처럼.

그는 공황에 빠진 나비를 흐뭇하게 지켜봤다. 자신의 처지를 이해하는 상대가 생겼다는 사실이 적잖은 위안을 줬다. 나비는 자유를 뺏긴 현실을 못 견뎌 했다. 〈사랑의 거품Bubbles of love〉 멜로디에 홀려 잔에 갇히게 될 줄은 미처 몰랐을 것이다. 날갯짓은 점점 맹렬해졌다. 태우는 그것을 답으로 받아들였다. 클라리시는 그에게 붙잡혀 있었지만 엄밀히 따지면 그렇지 않았다. 수갑, 입마개, 싸이욜락스는 이제 무용지물이 돼버렸다. 그녀를 깜짝 놀라게 할 무언가가 필요하다. 그녀가 도발적인 말과 뜻밖의 표정과 애무로 그를 놀라게 한 것처럼. 그녀에게 확실한 타격을 안겨줘야만 한다. 과연 그럴 수 있을까?

잔을 들자 나비가 푸드덕 날아올라 또다시 공중제비 묘기를 선보였다. 노란색과 갈색. 나비는 갑자기 맞닥뜨린 자유에 순간적으로 당황한 듯했다. 하지만 금세 적응하고 그의 곁으로 돌아왔다. 나비를 지켜보며 태우는 문득 깨달았다. 놀라움과 고마움은 서로 밀접한 관계라는 것. 나비는 그를 좋아했고, 그도 나비를 좋아했다. 갑자기 그는 전에 없던 용기로 한껏 부풀어올랐다.

나비는 태우의 손이 미치지 않은 높은 곳으로 날아올랐다. 그는 나비가 다시 돌아오기를 기다렸다. 하지만 배은망덕한 나비는 그를 피해 사방을 들쑤시고 다녔다. 한참 후 나비가 근처 테이블에 사뿐히 내려앉았다. 태우는 주먹으로 가차 없이 놈을 내리찍었다.

테우는 모텔방으로 돌아왔다. 요정 같은 클라리시의 검은 윤곽이 그를 맞았다. 머리 위로 들린 두 팔, 꼬인 다리, 한쪽으로 떨어진 고개. 무척 불편해 보이는 자세로 그녀는 잠에 빠져 있었다. 테우는 살며시 다가가 클라리시의 배를 살살 어루만졌다. 부드러운 살갗, 귀엽게 뿌려진 주근깨. 테우가 그녀의 몸을 끌어당겼다. 그녀의 몸이 뒤로 젖혀지자 더 바짝 끌어당겨 달라붙었다. 고르던 클라리시의 호흡이 갑자기 가빠졌다. 테우는 그녀의 머리채를 살짝 잡아당기며 코를 킁킁거렸다. 욕정에 굴복해버리고 말았다. 그녀의 완벽한 겨드랑이가 그를 흥분시켰다.

"테우, 취했구나……."

그는 클라리시의 뺨을 냅다 올려붙였다. 고통을 주려는 게 아니라 입을 닫고 있으라는 뜻에서. 방금 뱉은 말을 취소하라는 뜻에서. 그는 여행가방에서 패딩이 달린 입마개를 꺼내 클라리시에게 씌웠다. 그녀의 손은 아직도 수갑에 묶인 상태였다. 다리와 배. 그녀가 꼼지락거릴 때마다 금속이 요란하게 달가당거렸다. 테우는 셔츠와 바지를 차례로 벗어 바닥에 내던졌다. 인간다움, 음탕함, 파렴치함. 기분이 확 좋아졌다.

테우는 고개를 떨어뜨리고 뜨거운 혀로 클라리시의 음부를 핥기 시작했다. 복부와 허벅지에도 침을 잔뜩 발라놓았다. 그는 살점을 뜯어내려는 듯 그녀의 몸 곳곳을 세게 깨물었다. 섹스는 적당한 통증을 수반한다. 그는 많은 영화를 통해 그걸 알게 됐다. 그는 자신의 코와 입과 눈을 그녀의 몸에 열심히 문질러댔다. 탐구하고, 후 불고, 들이쉬고, 찌르고. 그의 손이 클라리시의 허리와 유두와 입술을 차례로 더듬어나갔다. 그의 롤리타, 그녀의 모든 것은 작고 연약했다.

술기운이 오른 그는 자신의 팬티를 내렸다. 음모 틈에서 발기된 음경이 솟구쳐 올랐다. 미리 깔끔히 손질해두지 못한 게 아쉬웠지만 이렇게 된 이상 그냥 밀고 나갈 수밖에 없었다. 클라리시의 몸에 올라탄 그는 그녀의 두 다리를 우악스럽게 벌렸다. 그녀는 경련하듯 움찔거렸다. 혈관이 확장됐는지 그녀의 피부가 벌겠다. 침대 기둥에서는 수갑이 연신 덜거덕거렸다. 두 사람이 처음으로 하나가 된 순간이었다.

땀으로 범벅이 된 그들은 서로 엉겨 붙어 몸을 뒤틀어댔다. 거칠게 움직이는 그들의 몸이 연신 침대 기둥을 들이받았다. 클라리시의 입마개가 털로 덮인 테우의 가슴을 긁었다. 클라리시는 피스톤처럼 격렬하게 움직였다. 테우는 숨을 할딱이면서도 멈추지 않았다. 그는 그녀를 압도했고, 능욕했으며, 깜짝 놀라게 했다.

테우는 끙 하고 앓는 소리를 내며 사정한 후 침대에 벌러덩 드러누웠다. 그는 클라리시의 입마개와 수갑을 차례로 풀어주고 입술에 키스했다. 그녀는 고개를 떨구고 욱신거리는 손목을 주물렀다. 그녀의 시선은 문 쪽을 향해 있었다. 잠시 후 그녀가 울음을 터뜨리더니 돌연 주먹으로 매트리스를 치기 시작했다. 팔다리도 미친 듯이 버둥거렸다.

뜻밖의 반응에 테우는 흠칫 놀랐다. 얌전히 좀 있으라고 지시했지만 그녀는 듣지 않았다. 마치 간질 발작을 하는 것 같았다. 그는 욕실에서 대충 씻고 나와 가방에서 주사기를 꺼내 들었다.

16장

차는 고속도로를 빠르게 질주해나갔다. 벅찬 희열에 찬 태우는 계속해서 속도를 높였다. 조수석의 클라리시는 깊은 잠에 빠져 있었다. 입마개와 수갑은 굳이 채워놓지 않았다. 모텔을 나서기 전 그는 여행가방을 트렁크에 싣고 약혼반지를 그녀의 손가락에 도로 끼워놓았다. 그녀는 아름다운 예비신부 같았다.

그는 눈을 비비며 술기운을 씻어내려 했다. 아직 알딸딸했지만 새로 얻은 자부심에 메스꺼움을 느낄 정신이 아니었다. 처음에는 그녀 앞에서 옷을 벗는 것조차 수치스러웠지만 서서히 배짱이 생기면서 대담하게 밀어붙일 수 있었다. 클라리시는 조금씩 그에게 마음을 열었다. 그녀는 그를 좋아했다. 하긴 그럴 수밖에 없었다. 그녀에게는 다른 남자가 없으니. 태우는 사랑과 관심으로 그녀를 극진히 챙겨줬다. 그 대가로 미묘하게나마 애정을 돌려받는 것은 지극히 당연한 일이었다. 게다가 그 애정은 점점 커져갈 것이다. 그는 확신했다. 히피족 페미니스트조차 결국 진짜 남자 앞에서는 굴복하고 말잖아.

섹스 이후 그들에게는 큰 변화가 있었다. 클라리시와 몸을 섞기 전(그가 상상했던 섹스는 그 어떤 여자에게도 불쾌한 경험이었을 것이다) 그는 어떻게든 그녀를 만족시키려 무던히 애를 썼었다. 공포와 희열이 뒤섞인 그녀의 표정은 그의 정복의 증거였다. 클라리시는 이제 완전 딴사람이 됐다. 술도 많이 줄었고, 담배도 끊었으며, 시나리오도 확실히 세련돼졌다. 두 사람이 함께 진화한 것이었다. 지금 그들은 대단히 환상적인 일을 벌이고 있었다. 거침없이 짐을 꾸려 시나리오 속 여행 일정에 따라 움직이는 것. 그들은 시나리오를 자기들만의 현실로 만들어가는 중이었다.

그는 클라리시의 두 손에 입을 맞췄다. 그녀의 창백한 손가락은 차가웠고, 매니큐어는 다 지워진 상태였다. 테우는 가는 길에 기회를 봐서 매니큐어를 사주기로 했다. 카에타누 벨로주에게 경의를 표하는 의미로 짙은 색을 골라볼 생각이었다. 지금 라디오에서는 카에타누가 부른 〈암호랑이Tigresa〉가 흐르고 있었다. 클라리시에게 잘 어울리는 곡이었다.

양옆으로 산과 목초지가 펼쳐진 고속도로는 막힘이 없었다. 하지만 리우데자네이루에서 얼마 떨어지지 않은 이타구아이에 다다르자 차가 조금씩 밀리기 시작했다. 주황색 교통안전 칼라콘들이 차선을 줄여놓은 것이었다. 어디서 길을 막고 공사 중인가? 그는 한시라도 빨리 일랴그란지섬에 닿고 싶어 몸이 달았다. 갑작스럽게 바뀐 도로 상황에 짜증이 났다. 20킬로미터를 더 나아가고 나서야 비로소 길이 막힌 이유를 알게 됐다. 고속도로 순찰대 검문소에서 제복 조끼 차림의 경찰들이 교통을 통제하고 있었다.

테우는 클라리시를 돌아봤다. 그녀는 꽉 끼는 청바지에 밝은 노란색 블라우스 차림이었다. 여전히 아름다웠지만 많이 피곤해 보였다. 그는 그녀의 두 손을 끌어와 자신의 허벅지 사이에 쑤셔 넣었다. 수갑 자국을 감추기 위해서였다. 그녀의 입가에 난 희미한 상처만으로는 입마개를 떠올릴 가능성이 없어 보였다.

그는 속도를 줄이고 왼쪽 차선으로 들어섰다. 경찰 바리케이드 주변에는 교통안전 칼라콘과 경찰들이 널려 있었다. 긴장한 운전자들은 경찰에게 내보일 신분증을 찾느라 분주했다. 어떤 이유에서인지 그 광경이 테우를 안심시켰다. 그는 무사히 통과할 수 있을 거라 자신했다. 마침내 그의 차례가 되자 경찰이 가까이 오라고 손짓했다.

테우는 전력으로 달려 바리케이드를 통과하고 싶은 충동을 애써 누르고 경찰에게 다가가 차창을 내렸다.

"어디로 가시는 길입니까?" 경찰이 물었다.

"일랴그란지."

테우 앞에는 다섯 대의 차가 붙잡혀 있었다. 운전자 몇몇은 임시 파출소로 이송되는 중이었다.

"무슨 일 있나요?" 테우가 물었다.

"면허증과 차량등록증을 보여주십시오."

어색한 미소를 머금은 테우는 손을 떨지 않으려고 애쓰며 지갑을 꺼냈다.

"휴가 가시는 길입니까?"

경찰의 시선이 차 안을 훑기 시작했다. 경찰은 잠시 클라리시를 빤히 쳐다보다가 등록증으로 관심을 돌렸다.

"네. 약혼녀와 캠핑 여행 중입니다."

태우는 점점 초조해졌다. 경찰이 다시 클라리시를 흘끔거렸다.

"약을 먹고 간신히 잠들었어요. 멀미가 심하거든요." 태우가 말했다.

"트렁크 안을 확인해봐도 되겠습니까?"

"물론이죠."

차에서 내린 태우는 다리가 후들거렸다. 그는 보닛에 살짝 몸을 기대고 정확히 언제 클라리시에게 싸이욜락스를 주사했는지 기억을 더듬어보았다. 네 시간 전? 다섯 시간? 그녀는 언제라도 깨어날 수 있었다. 특히 지금처럼 수상한 소리가 날 때는 그럴 가능성이 컸다.

경찰은 무성의하게 트렁크 안을 훑어봤다. 그 모습에 태우는 안도했다. 그에게는 총기 소지 면허가 없었다. 성인용품점에서 구입한 온갖 도구에 대한 그럴듯한 핑곗거리도 없었다. 그는 분홍색 샘소나이트 두 개를 보면 경찰이 자신들을 일라그란지섬으로 휴가를 떠나는 평범한 연인이라고 여겨줄 거라 믿었다.

"짐이 많군요. 거기서 얼마나 머물 계획입니까?"

"여자들이 어떤지 아시잖아요. 항상 오버해서 짐을 꾸린다는 거. 거기선 오래 머물지 않을 거예요. 크리스마스에 맞춰 집으로 돌아가야 하거든요."

"글러브박스엔 뭐가 들어 있습니까?"

갑자기 진지해진 경찰의 목소리가 태우를 불안하게 했다. 글러브박스에 넣어둔 세면도구 가방에는 싸이욜락스 앰풀과 주사기가 있었다. 그는 경찰을 앞질러 가서 조수석 문을 열고 클라리시 앞으로 몸을 들이밀었다. 세면도구 가방을 꺼내 경찰에게 들어 보이자 경찰은 건성으로 가방을 쳐다봤다. 그리고 곧 뒷좌석의 왕진 가방으로 시선을 돌렸다.

"저 가방도 보여주시겠습니까?"

태우는 왕진가방 자물쇠를 풀고 나서 셔츠 소매로 이마를 훔쳤다. 그는 순간적으로 자신이 브레누를 죽였으며, 어디에 시체를 유기했는지 낱낱이 자백하고 싶은 충동에 휩싸였다.

경찰이 가방을 뒤적이다가 브레누의 안경을 집어 들었다.

"선생님 안경입니까?"

경찰은 이미 브레누의 최근 사진을 전국에 뿌려놓았는지 모른다. 그렇다면 안경이 결정적인 단서가 될 수 있다. 진작 버렸어야 했는데.

"제 약혼녀가 쓰는 겁니다."

"그럼 이건?" 경찰이 물었다. 다행히 운전면허증 사진 속 브레누는 안경을 쓰고 있지 않았다.

"친굽니다."

"브레누 산타나 카바우칸치." 경찰의 입에서 브레누의 이름이 튀어나온 순간 태우는 감옥에 갇힌 자신의 모습을 떠올리고 말았다. 법정에서 격노한 클라리시가 그를 가리키며 고함을 치는 모습도 뇌리를 스쳤다. *이제 수갑은 누가 차고 있지?*

"브레누가 저희 집에 지갑을 두고 갔거든요. 일랴그란지에서 만나 돌려줄 겁니다." 테우가 말했다. 여기서 이렇게 체포되는 건가? 아니야. 나를 범인으로 확신하기엔 아직 일러.

"잠깐 따라오시죠." 경찰이 검문소를 가리키며 말했다. "약혼녀 분은 그냥 차에 계셔도 됩니다."

경찰을 따라가는 테우는 마치 사형수가 된 기분이었다. 하늘에선 12월의 태양이 이글거리고 있었지만 그의 눈에는 모든 게 우중충한 잿빛으로 보일 뿐이었다. 그는 지금 이 순간순간을 꼼꼼히 기억해두고 싶었다. 자신이 자유의 몸으로 누리는 마지막 순간이 될지도 모르기에. 이 순간 이후에는 콘크리트와 철창에 갇혀 썩어갈 운명이기에. 설령 정당방위였다고 진실을 털어놓는다 해도 얼간이 배심원들은 그에게 유죄 판결을 내릴 게 분명했다. 세상이 그의 뜻대로 돌아갈 리 없으니까.

테우는 의자에 앉은 채 몸을 꼬아댔다. 그는 죄 지은 사람처럼 땀을 비 오듯 쏟아내고 있었다. 경찰은 그에게 잠시 기다리라고 했다. 테우는 경찰의 의도를 알았다. 보나마나 경찰은 왕진가방에서 나온 안경이 경찰들에게 배포된 사진 속 안경과 일치하는지, 실종자의 이름이 브레누 산타나 카바우칸치는 아닌지 확인해보려는 것이다. 더 이상 빠져나갈 구멍이 없었다. 경찰은 그에게서 클라리시를 앗아가 버릴 것이다. 어쩌면 클라리시는 법정에서 그를 옹호하는 증언을 해줄지도 모른다. *테우는 나에게 잘해줬어요.*

경찰은 손에 뭔지 모를 물건을 들고 돌아왔다. 그는 의자에 앉아 한동안 테우를 빤히 쳐다봤다. 마치 어떻게 말문을 열어야 할지 난감해하는 것처럼.

"좀 뜬금없는 질문이긴 합니다만, 아, 걱정하실 건 없습니다." 경찰이 한숨을 내쉬고 미소를 지었다. "면허증과 등록증엔 아무 문제 없습니다, 아벨라르 기마라이스 씨. 하지만 최근에 술을 드신 적이 있는 것 같은데, 맞습니까?"

"네."

"음주 측정기를 가져왔습니다." 경찰이 심박동기처럼 생긴 물건을 들어 보였다. "규정에 따라 음주 측정을 해야 하지만 굳이 이렇게까지 해야 하는지 의문이 드는군요." 경찰이 치아를 드러내고 더 환하게 미소 지었다. "제 말이 무슨 뜻인지 짐작하셨겠죠? 저희는 지금 이 고속도로로 이동 중인 마약 밀수범을 찾는 중입니다. 고작 맥주 한 모금 하고 핸들을 잡은 선량한 시민은 저희의 표적이 아닙니다." 경찰이 면허증과 등록증을 돌려줬다. "하지만 이 문제를 확실하게 묻고 넘어가려면 그러니까, 불필요한 요식 체계에 발목 잡히지 않으려면 조금이라도 성의를 보여주셔야 할 겁니다."

"수중에 돈이 좀 있습니다." 테우의 얼굴에 화색이 돌았다. 마침 테레조폴리스를 떠나면서 현금인출기에 들러 찾아놓은 돈이 있었다. 이 상황을 벗어날 수만 있다면 수중의 돈을 전부 내놓을 용의가 있었다. 어느새 그는 자신감을 되찾은 상태였다. "얼마면 되겠습니까?"

"삼백."

"알겠습니다." 그는 교실에서 쪽지를 건네는 아이처럼 조심스레 돈을 넘겼다. "이제 가봐도 되겠습니까?"

"깨끗이 해결됐습니다." 경찰이 말했다.

테우는 차에 올랐다. 경찰이 "안전운전하십시오"라고 인사했지만 그는 못 들은 척했다. 경찰이 정말로 브레누의 이름과 안경과 운전면허증 사진에 대해 까맣게 잊어줄지 의문이었다.

그는 망가라치바 부두 근처의 지붕 있는 주차장에 벡트라를 세웠다. 앞으로 한 달 남짓 안심하고 지낼 수 있다는 생각이 고속도로 순찰대와 맞닥뜨리며 치솟았던 스트레스를 말끔히 날려줬다.

그는 주차장 직원에게 일랴그란지섬으로 가는 여객선에 대해 물었다. 직원은 아쉽게도 오늘 마지막 배는 이미 떠났지만, 한 시간 후 출발하는 스쿠너*가 있다고 귀띔해줬다. 테우는 남은 시간을 이용해 현금인출기에서 돈을 조금 뽑았다. 그 돈으로 클라리시에게 선물할 매니큐어를 샀다. 가장 비싼 것으로. 부디 그것이 돈값을 해주기를 바라면서. 신문도 몇 가지 골고루 샀다. 일반 신문에도, 타블로이드 신문에도 브레누 소식은 없었다. 가판대 주인에게 어제 자 신문이 남았는지 물었지만 안타깝게도 없다고 했다. 테우는 스쿠너가 출발하기 10분쯤 전에 차로 돌아왔다.

하늘은 여전히 구름 한 점 없이 맑았다. 강렬한 햇볕이 사람들의 머리를 그을리고 있었다. 테우는 뒷좌석의 쌤소나이트를 열고 능숙한 손놀림으로 클라리시를 그 안에 담았다. 그는 카트를 끌고 다니는 소년을 불러 돈을 쥐여주고 항구로 짐을 옮겨달라고

---

* schooner. 돛대가 두 개 이상인 소형 돛단배.

했다. 소년은 말도 많고 호기심도 많았다.

"분홍색 가방이네요. 사모님 가방인가요?"

"사모님은 내일 오신단다. 짐은 내가 먼저 챙겨왔고." 테우가 짜증 섞인 목소리로 대답했다.

마침내 스쿠너에 오른 그는 사람들 눈에 잘 띄지 않는 공간부터 찾아봤다. 배 안이 관광객들로 북적거렸다. 가까운 곳에서 아이들이 요란하게 술래잡기를 하고 있었다. 배가 출발하자 마을은 반짝거리는 작은 점들로 바뀌었고, 오래지 않아 푸른 하늘이 푸른 바다와 한 몸이 되었다. 배가 요동칠 때마다 속이 울렁거렸다.

골똘한 생각에 잠겨 있는데 문득 클라리시가 뇌리를 스쳤다. 혹시 뱃멀미로 괴로워하고 있진 않을까? 황급히 쎔소나이트 지퍼를 조금 더 내렸다. 그의 손에는 주사기가 쥐여 있었다. 언제 여행가방이 꿈틀대기 시작할지 모르니 만반의 준비를 해둬야 했다. 클라리시의 휴대폰을 켜보니 배터리가 거의 바닥난 상태였다. 그새 새 메시지가 여럿 들어와 있었다. 브레누는 숱하게 전화를 걸고 문자 메시지를 보내왔었다. 목요일에 전송한 마지막 메시지에서 그는 테레조폴리스로 떠날 계획을 알리고 있었다.

엘레나는 딸에게 당장 전화하라는 메시지를 세 개나 남겨놓았다. 부재중 전화가 적지 않다는 사실 또한 그를 불안하게 했다. 그와 마지막으로 통화한 후로 엘레나는 무려 스물두 차례나 전화했었다. 정체불명의 부재중 전화는 열한 통이었다. 테우는 자신의 휴대폰도 확인해봤다. 엘레나로부터 열두 번, 정체 모를 발신자로부터 열 번의 부재중 전화가 왔었다. 그는 희열이 온몸으로 퍼지는 걸 느꼈다.

테우는 충동적으로 왕진가방을 열고 브레누의 휴대폰을 바다에 던져버렸다. 휴대폰이 물속으로 사라지는 걸 지켜보고 나서야 비로소 안도할 수 있었다. 브레누의 운전면허증과 신용카드들도 차례로 던져버렸다. 전부 가라앉은 걸 확인하고는 빈 지갑을 던졌다. 쌓였던 체증이 싹 내려간 기분이었다.

마지막으로 브레누의 안경을 던지려다 멈칫했다. 그의 시선이 한동안 안경에 머물렀다. 안경은 토막 난 시체와 자신을 이어주는 마지막 연결고리이자 증거였다. 또한 전리품이기도 했다. 고민 끝에 테우는 안경을 도로 왕진가방에 집어넣었다.

17장

아브랑 비치에 도착한 그들을 맞아준 이는 늙고 주름진 노파였다. 노파는 굳이 테우의 가방을 들어주겠다고 나섰다. 주변의 호텔들도 추천해줬고, 가이드가 인솔하는 보트투어도 소개해줬다. "여기서 모케카*를 제일 잘하는 식당으로 안내해드릴까?" 노파가 새된 목소리로 덧붙였다.

하지만 테우에게 필요한 건 텐트뿐이었다.

"어디서 묵을 건데?"

"글쎄요. 조용하게 글 쓸 곳이 필요해요. 집중할 수 있는 곳요."

"캠프장은 어때요?"

"사람 없는 해변은 없나요?"

노파가 굳은 표정으로 테우를 응시했다. 그녀에게서 소금과 오드콜로뉴** 냄새가 풍겼다. "지정된 곳이 아니면 야영을 할 수 없어

---

*   브라질의 전통 해산물 요리.
** 보통의 향수보다 향분이 적고 묽은 알코올성 향수. 실내 방향제나 의류용 향수로 이용한다.

요." 노파가 대본을 읽듯 말했다.

"비용을 추가로 지불할게요." 테우는 고속도로 순찰대 경찰을 떠올리며 속으로 킥킥댔다. 과연 '뇌물이 먹히는 수요일'은 계속될 것인가?

노파는 엿듣는 사람이 있는지 확인하는 듯 주위를 슥 살폈다.

"네버네버 비치에 작은 민박집이 있는데, 아주 외진 곳이라 좀 불편할진 몰라도 그럭저럭 머물 만해요."

"그런 불편은 상관없어요. 정말 외진 곳인가요?"

"정말 아무것도 없는 곳이에요. 모래와 맑은 물밖에는. 집 뒤론 숲과 산이 있고. 가끔 하이커들이 나타날 뿐 아무도 얼씬하지 않아요."

"한 달 정도 머무를까 합니다. 비용이 얼마나 들까요?"

노파는 웅얼거리는 목소리로 터무니없는 액수를 불렀다. 그러더니 미소를 살짝 머금으며 덧붙였다. "절반은 삼림 관리원들에게 전달될 거예요. 그들이 외부인의 접근을 막아주거든."

계좌에서 상당한 액수를 인출해야 했다. 앞으로 몇 달간은 허리띠를 졸라매야 할 것이다. 하지만 클라리시를 생각하면 망설일 수 없었다.

"가기 전에 슈퍼마켓에서 필요한 것 좀 사요."

"그게 좋겠네요."

"현금인출기에 들르는 것도 잊지 말고. 선불이거든." 노파가 얼굴을 붉히며 말했다.

한 시간에 걸쳐 현금을 찾고 식료품 등을 구입한 테우는 드러 그스토어로 향했다. 그는 공예품 코너에서 보석 목걸이를 샀다. 클라리시에게 줄 크리스마스 선물이었다. 신문 가판대에도 들렀지만 어제 자 신문은 구할 수 없었다. 그는 잔잔한 음악이 흐르는 카페에 앉아 곤두선 신경을 잠재우는 데 좋다는 패션프루트* 주스를 주문했다. 초조하거나 불안한 상태가 전혀 아니었지만, 다른 손님들이 호기심에 찬 눈으로 그를 쳐다봤다. 그는 커다란 분홍색 쌤소나이트 때문일 거라 짐작했다.

30분 후 부두에서 노파를 만나기로 했다. 그는 어머니와 엘레나에게 엽서를 띄울까 하다가 전화로 대신하기로 했다. 먼저 집으로 전화를 걸었다.

"지금 일랴그란지섬에 와 있어요."

파트리시아는 깜짝 놀라며 언제 돌아오는지 물었다.

"한 달 동안 지낼 곳을 빌렸어요. 클라리시가 쓰고 있는 시나리오의 배경이 여기거든요." 나중에 파라치로 이동할 계획이라는 말은 하지 않았다. "1월 초에 돌아가게 될 거예요."

"내년에?"

"네."

"너 없이 맞는 첫 크리스마스가 되겠구나."

"전 이제 성인이라고요, 엄마."

---

* passion fruit. 시계꽃과의 열대과일. 탁구공 크기의 열매가 자주색으로 익으며, 그 안에 젤라틴 상태의 과육과 많은 씨가 들어 있다.

"엄마는 점점 늙어가고 있고."

"그런 말씀 마세요."

"크리스마스 트리를 세워놨단다. 다행히 올해는 장식 공을 많이 깨뜨리지 않았어." 파트리시아가 향수에 젖은 듯 말하고 어색하게 웃었다. 테우는 아무 대꾸도 하지 않았다. "저번에 통화할 때 내가 괜한 소릴 했던 것 같아. 미안하다, 테우. 함부로 네 여자친구를 의심하는 게 아니었는데. 그 애랑은 잘 지내고 있지?"

"네."

"그 애 집에선 너무 오래 떠나 있다고 걱정하지 않니?"

"클라리시 어머니도 속상해하고 계세요. 크리스마스에 맞춰 돌아올 줄 아셨대요. 하지만 이곳에서 함께 보내는 시간은 '우리' 관계를 돈독히 하는 데 무척 중요하거든요." 복수형 표현은 그를 분별 있는 사람처럼 보이게 했다.

"나중에 또 전화할 거지?"

"못 할지도 몰라요. 여기 해변에선 신호가 안 잡히거든요."

"너무 보고 싶다, 테우."

어머니의 침울한 목소리가 그의 마음을 무겁게 했다. 테우도 어머니에게 보고 싶다고 말했다. 그들은 서로에게 크리스마스와 새해 첫날을 잘 보내라고 당부한 후 전화를 끊었다.

삼손에 대한 언급 없이 무난히 통화를 마친 그는 용기를 내어 엘레나에게 전화했다.

"여보세요?"

엘레나의 무뚝뚝한 목소리가 테우의 마음에 거슬렸다. 그는 남은 주스를 마저 들이켜고 점원에게 한 잔 더 달라고 손짓했다.

"테우예요."

"통화하고 싶어서 어제부터 계속 전화했단다."

"방금 부재중 전화를 확인했거든요. 그리고……."

"왜 거짓말을 했지?" 엘레나가 그의 말을 뚝 끊었다.

"네?" 그는 무조건 모르쇠로 일관할 생각이었다.

"왜 거짓말을 했냐고. 목요일에 브레누가 거기 갔었잖아. 누굴 바보로 아는 건가?"

뭘 근거로 단언하는 거지? 테우는 어리둥절해서 주문한 주스가 온 것도 알지 못했다.

"자네가 호텔을 떠나자마자 굴리베르가 전화해서 알려줬어. 경찰이 자넬 쫓고 있다는 거 아냐? 계속 그렇게 도망쳐 다니기만 할 텐가?"

"도망쳐 다니다뇨?"

"굴리베르한테 다 들었다니까."

"뭘요?"

테우는 잽싸게 머리를 굴렸다. 그날 밤 난쟁이가 호텔에서 브레누를 봤다고 하면 그럴듯한 핑계를 대고 빠져나가야 했다.

"전화 좀 고치려고 자네 방에 들어갔다가 수모를 당했다고 하더군. 자네랑 클라리시가 도망치듯 떠난 것도 이상하다고 했고."

"일일이 해명하고 싶진 않아요." 테우는 엘레나만큼이나 퉁명스러운 톤으로 받아쳤다. "클라리시가 어머님께 연락하지 않겠답니다. 간섭이 너무 심하다면서요. 클라리시는 지금 옆에 없으니까 궁금한 게 있으면 저한테 다 물어보세요."

"진실을 말해줘."

"브레누는 호텔에 온 적이 없습니다. 굴리베르가 거기서 그 녀석을 봤답니까?"

"아니, 그런 말은 안 했고." 그녀가 마른침을 삼키고 대답했다.

태우는 그녀가 그냥 엄포를 놓으려는 의도는 아닌지 궁금했다.

"그런데 어떻게 제가 거짓말을 했다고 비난하실 수 있죠?"

"난……." 바짝 긴장한 엘레나의 목소리가 우스꽝스럽게 들렸다. "무슨 일이 벌어지고 있는지 솔직히 말해주게. 왜 도망치듯 호텔을 떠난 거지?"

"도망친 게 아니라니까요. 클라리시는 이번 시나리오에 모든 걸 걸었어요. 이번 작업이 따님한테 얼마나 중요한 일인지 어머님은 모르실 겁니다."

"모르긴, 내 딸인데."

"스토리 일부가 일랴그란지섬을 배경으로 하고 있어요. 근데 클라리시는 어릴 적에만 한 번 와봐서 기억이 안 난다고 하더라고요."

"지금 일랴그란지에 있는 건가?"

"네, 방금 도착했어요. 이곳 해변에서 한 달 정도 머물 거예요. 이상한 짓 하고 다니는 거 아니니까 걱정 마십시오."

"크리스마스에 맞춰 내 딸 좀 보내줘."

태우가 긴 한숨을 내쉬었다. "그건 따님과 의논해보세요. 어머님께 연락 좀 하라고 제가 계속 얘기하긴 하는데, 클라리시는 작업 마칠 때까진 누구하고도 통화하지 않겠답니다. 굴리베르가 염탐

하러 불쑥 찾아왔을 때 따님이 얼마나 불쾌해했는지 아세요? 그 일로 화가 나서 호텔을 떠난 거라고요. 아무튼 클라리시가 도통 말을 듣지 않으니 당분간 통화는 못 하실 거예요."

"브레누가 실종됐다는 건 들려줬나?"

"그런 소식은 알리지 않을 거라고 말씀드렸잖아요." 테우는 자신의 스토리에서 단 한 곳의 빈틈도 찾지 못했다. "그 친구, 아직도 나타나지 않았답니까?"

"그래. 그리고 아까 경찰한테서 전화가 왔었어. 아직도 자네랑 클라리시한테 연락이 닿지 않는다고 하더라고."

"테레조폴리스에선 휴대폰 신호가 잡히지 않았어요. 이곳 해변도 마찬가지고요. 저희가 돌아가서 연락하겠다고 전해주세요."

"경찰이 통신사에다 브레누의 통화기록을 요청해놨대."

"그래서요?"

"경찰이 브레누와 클라리시가 통화한 내역을 다 확인해볼 거야."

"그러라고 하세요. 나중에 시내로 나가게 되면 제가 클라리시 몰래 연락드릴게요. 어머님이 따님을 얼마나 걱정하고 계신지 저도 잘 압니다."

"고마워, 테우." 엘레나는 그제야 안도하는 것 같았다. "나중에 기회 봐서 클라리시한테 살짝 귀띔해줘. 브레누가 실종됐다고. 너무 오랫동안 비밀로 하는 건 좋지 않아."

"그 친구, 조만간 세상에 모습을 드러낼 겁니다. 괜히 얘기해서 클라리시를 언짢게 만들고 싶진 않아요."

"부디 자네 말대로 됐으면 좋겠네. 경찰은 브레누의 신용카드 사용 내역도 알아보고 있어. 곧 행방이 밝혀지겠지."

"네, 꼭 그렇게 될 겁니다."

테우는 전화를 끊고 노파를 만나기 위해 카페를 나섰다.

부두 한쪽에서 빨강 파랑 줄무늬가 새겨진 보트가 물살에 들썩이고 있었다. 보트 측면에 '팅커벨'이란 이름이 적혀 있었다.

"여기선 다들 날 팅커벨이라고 부르거든. 본명이 워낙 요상해서⋯⋯." 노파가 보트 앞에 걸린 종을 딸랑거리며 말했다.

테우는 갑판 밑에 짐을 싣고, 클라리시가 담긴 쌤소나이트만 밖으로 빼놓았다. 그는 뱃머리 난간에 기대서서 생각에 잠겼다. 이런 저런 상황에 대해, 그리고 그것이 불러올 결과들에 대해.

마침내 보트가 해안에서 떨어져 나왔다. 칙칙대는 엔진에서 디젤유와 생선 냄새가 풍겼다. 산들바람이 테우의 얼굴을 기분 좋게 간질였다. 긴장을 풀어보려 했지만 불안감은 쉬이 가시지 않았다. 그는 브레누의 지갑에 무엇이 있었는지 기억을 더듬어봤다. 110헤알, 신용카드 두 장, 문서⋯⋯ 신용카드 영수증은 보지 못했다. 브레누가 현금으로 테레조폴리스행 버스 승차권을 구입했을 가능성이 높았다. 물론 신용카드를 사용했을 가능성도 약간은 있었다. 하지만 사람들 대부분은 신용카드 영수증을 받자마자 쓰레기통에 버리지 않던가. 테우도 늘 그러듯이.

18장

클라리시는 저물녘이 돼서야 깨어났다. 그녀는 넋이 나간 모습으로 이곳이 어디인지, 어떻게 왔는지 물었다. 테우는 지난 몇 시간 동안 벌어진 일을 자랑스레 들려줬다. 검문소로 불려갔던 일까지 언급하면서도 엘레나와 통화한 사실은 빼놓았다. 엘레나와의 통화는 아직도 그를 불편하게 했다.

클라리시는 이제 주방 의자에 앉아 있었다. 두 다리를 꼬아 테이블에 얹었고, 시선은 창밖 바위 끝의 검은 윤곽에 멎어 있었다. 이따금 먼발치로 보트가 지나칠 때마다 네버네버 비치의 하얀 모래 위로 유령 같은 나무 그림자가 드리워졌다. 테우는 조리대에서 견과류를 넣은 타이^{Thai} 스타일 드레싱을 샐러드에 끼얹는 중이었다. 장작을 때서 사용하는 오븐에서는 리코타 치즈를 넣은 크레이프가 구워지고 있었다. 테우가 가장 좋아하는 음식이었다. 클라리시를 등지고 선 그는 어떻게든 대화가 끊기지 않도록 애썼다.

"여기 어떤 것 같아?"

사실 그는 섹스에 대한 클라리시의 의향이 궁금했다. 하지만 차마 용기가 나지 않았다. 그는 어젯밤 일 때문에 문제가 복잡해졌다는 걸 알고 있었다.

"모기들이 날 산 채로 죽이지 말았으면 좋겠어." 그녀가 자신의 목을 찰싹 때리며 말했다. "아무래도 난 공해와 지긋지긋한 교통 소음 체질인가 봐."

그들은 침묵 속에서 저녁을 먹었다. 문에 걸어둔 경유 램프가 유일한 조명이 돼줬다. 클라리시는 리코타 크레이프를 더 가져다 먹었다. 그런데 그걸 스푼으로 먹어야 한다는 사실에 무척 짜증스러워했다. 테우는 이곳에 도착하자마자 칼과 포크부터 낡은 소파 밑에 숨겨놓았다.

이곳에는 방이 두 개 있었고, 그는 모든 짐을 큰 방에 쌓아두었다. 클라리시는 불평하지 않았다. 오히려 그와 또다시 한 침대를 쓰게 되어 기뻐하는 눈치였다. 외진 곳이라 장점도 있었다. 아무거나 집히는 대로 걸치고 다녀도 되었고, 테우는 샤워할 때 클라리시에게 수갑과 입마개를 채워놓지 않아도 되었다. 비록 얼음장처럼 차가운 물밖에 나오지 않는다는 단점은 있었지만. 처음에 클라리시는 수온을 확인하고 발작이라도 일으키듯 비명을 질러댔다.

클라리시에게 허용되는 자유는 조금씩 늘어났다. 물론 그가 바비큐 파티에서 처음 봤던 명랑한 아가씨의 모습은 아직 기대할 수 없었다. 하지만 희생 없이 지속되는 관계는 세상에 없었다. 이제 그들은 서로의 것이 돼버렸다. 테우는 영영 그녀를 놓아주지 않을 것이다. 더 이상 그녀 없이는 살 수도, 죽을 수도 없었다.

뜨거운 나날이 이어졌다. 테우는 피곤했지만 기분은 나쁘지 않았다. 매일 아침 그는 클라리시와 비스킷을 싸 들고 산책을 나섰다. 10분 동안 낑낑대며 오른 바위산 정상에서 수평선과 뒤편 비탈의 큰 바위들을 내려다보곤 했다. 먼발치로는 엷은 안개로 뒤덮인 평원이 바라다보였다. 테우는 세상으로부터 멀리 떨어져서 까맣게 잊힌 자신의 상황에 만족했다.

선선한 날이면 그들은 모래로 덮인 길을 따라 숲 속을 거닐었다. 초목이 심하게 우거져서 깊이 들어갈 순 없었다. 자칫하면 길을 잃을 수 있었다. 땀으로 범벅이 된 채 해변으로 돌아오면 녹초가 된 몸을 바닷물에 담그거나 접는 의자에 늘어진 채 앉아 휴식을 취했다. 클라리시는 이따금 알몸으로 물에 뛰어들었다. 테우는 그것을 유혹의 제스처로 여겼지만 그녀의 초대에 선뜻 응하지 않았다. 차분히 때를 기다리는 것이 훨씬 더 흥분되는 일이었다.

점심은 주로 조리한 채소와 쌀, 콩으로 때웠다. 클라리시가 고기를 원하면 테우는 서툰 실력으로 물고기를 잡으러 나섰다. 허브와 함께 물고기를 구우면 온 집 안이 향긋하고 톡 쏘는 냄새로 진동했다. 테우는 어렸을 때 요리에 재능이 있는 것 같다며 어머니에게 칭찬을 듣곤 했다. 실제로 그는 요리를 잘했다. 클라리시는 그가 척척 만들어내는 음식을 뭐든 맛있게 먹었고, 자기가 먹어본 최고의 요리라는 극찬도 자주 해줬다.

"여기서 빠진 건 차가운 맥주뿐이야." 그녀는 게걸스럽게 먹으며 이런 농담을 던지기도 했다.

클라리시는 술 생각이 간절했다. 난잡하게 놀던 시절도 그리워했다. 하지만 더 이상 담배는 찾지 않았다. 금연에 성공한 후로 전에 없던 영감이 속속 찾아들기 시작했다. 그런데 전기가 들어오지 않아 늘 못마땅해했다.

"노트북을 쓸 수가 없잖아."

"기왕 이렇게 된 거 좀 쉬는 게 어때? 남은 부분은 나중에 돌아가서 쓰고."

클라리시는 못내 불만스러워했지만 그렇다고 당장 떠나고 싶어하는 눈치는 아니었다. 그녀는 언제쯤이면 돌아갈 수 있는지 단한 번도 묻지 않았다. 태우에게 고분고분한 태도를 보이기 위해 무던히 애쓰는 중이었다. 이전처럼 무례하거나 유혹적이거나 음흉하게 굴면 자신에게 좋을 게 없다는 걸 아는 듯했다.

태우를 모욕하는 일도 거의 없었다. 이따금 사소한 일로 그의 심기를 살짝살짝 건드릴 뿐이었다. 그의 지능과 합리성을 얕보는 듯한 농담을 던진다든지 뭐 그렇게. 그럴 때마다 태우는 그냥 미소만 지을 뿐이었다. 그녀의 공격에 대한 최고의 방어는 미소였다.

"매사에 너무 심각하게 굴 거 없잖아." 클라리시가 말했다.

"넌 너무 진실돼서 문제야." 태우가 받아쳤다.

발작적이어서 종잡을 수 없는 유혹, 깊이 없는 대화, 분노에 찬 공격과 곧바로 이어지는 사과. 이제 태우는 그런 것에 익숙해졌다. 가끔은 자신이 아직도 클라리시를 사랑하고 있는 게 맞는지 의문스러울 때도 있었다. 어쩌면 그녀 말대로 금세 지나가 버릴 열병일 뿐인지도 몰랐다. 한순간 화르르 타올랐다가 이내 꺼져버리는 불꽃. 하긴 내가 사랑에 대해 뭘 알겠어?

그는 터무니없는 생각을 잽싸게 뇌리에서 떨쳐냈다. 두 사람 사이에서 벌어지고 있는 일은 훨씬 단순하고 아름다운 것이었다. 그리고 그들은 이제 새롭고 성숙한 단계에 접어들었다. 그들의 사랑에는 흔들림이 없었다. 더 이상 깜짝 놀랄 일은 없겠지만 그렇다고 해서 서로에게 애틋한 감정이 식어버린 건 아니었다. 오히려 시간이 흐를수록 테우는 그녀에게서 자신의 모습을 점점 더 뚜렷이 볼 수 있었다. 한때 클라리시의 사고과정은 혼란스럽고 감정적이었다. 하지만 지금은 체계적이고 더 깊은 의미를 띠게 됐다. 시나리오 작가로서의 눈먼 자신감은 어느새 깊은 자기 인식으로 바뀌었다. 비록 고통스럽기는 하겠지만 이것이야말로 공정하고 진정으로 예술적인 길이었다. 오후가 되면 그들은 예술의 의미에 대해, 그리고 진실을 밝히는 데 있어 예술의 역할에 대해 진지하게 토론했다. 클라리시는 예술의 유일한 역할은 감상하는 이들을 즐겁게 해주는 것뿐이라고 주장했다.

　매일 저녁 그들은 함께 일몰을 감상했다. 테우는 그 황홀한 순간을 사진으로 남기고 싶었지만 렌즈가 일몰의 정수를 제대로 담아내지 못해 좌절했다. 나중에 집으로 돌아가면 이번 여행에서 찍은 사진들로 또 다른 앨범을 만들 생각이었다. 그리고 훗날 아이들에게 앨범을 보여주며 두 사람이 어떻게 커플이 되었는지 자세히 들려줄 생각이었다.

　밤이 되면 접의자에 나란히 앉아 바다를 바라봤다. 테우는 가까운 곳에 랜턴을 걸어두었다. 두 사람은 침묵 속에서 별이 쏟아지는 밤하늘을 올려다봤다. 테우는 바람이 모래를 흐트러뜨리고 자연이 주문을 읊어대는 밤의 이 순간을 좋아했다. 그렇게 2주가 훌쩍 흘러갔다. 테우는 더 이상 근심하지 않았다. 브레누와 파트리시아와 엘레나를 까맣게 잊어버렸다. 그 누구도 자신의 덜미를 잡지 못할 거라 확신했다.

"나 너무 행복해, 클라리시." 어느 날 그가 고백했다.

클라리시는 의자에서 몸을 뒤로 젖힌 채 눈을 감고 하늘을 향해 있었다. 두 팔은 양옆으로 내리고 몸을 축 늘어뜨리고 있었다.

몇 분 후 그녀가 입을 열었다. "브레누는 죽었어." 그녀는 눈을 뜨고 테우를 돌아봤다.

"뭐?"

"브레누는 분명 죽었어."

클라리시는 단어 몇 개만으로 그에게 공포와 수치심을 한 아름 안겨줬다. 순간 테우는 그녀를 냅다 후려치고 싶었다. 충동적으로 한 손을 번쩍 들었다가 이내 내렸다.

"내 마음속에서 죽었다는 뜻이야. 이제 난 널 마음껏 좋아해도 된다고."

클라리시가 일어나 그의 입술에 키스했다. 그리고 천천히 돌아서서 민박집을 향해 걸음을 옮겼다.

목요일, 테우는 하루 종일 말을 아꼈다. 그는 클라리시가 정확히 어디까지 알고 있는지 궁금했다. 그녀가 정말로 무언가를 알고 있을지 모른다는 사실이 두려웠다. 테우는 브레누가 죽고 난 후 몇 시간 동안 벌어진 일을 되짚어보았다. 하지만 팽팽한 긴장감 때문에 머릿속 이미지들이 자꾸만 흐릿해졌다. 브레누의 시체를 토막 내 쓰레기봉지에 쑤셔 담는 모습을 혹시라도 클라리시가 지켜봤다면?

그때 그녀가 깨어 있었을 가능성이 그의 머릿속을 산란하게 했다. 내가 정말 클라리시를 내 것으로 만들어가고 있기는 한 건가? 클라리시의 마음속에서 엄청난 분노가 소리 없이 끓어오르고 있지는 않을까?

샤워를 마치고 나온 클라리시는 쉴 새 없이 재잘거렸다. 어쩐 일인지 그녀는 아침부터 논란이 많은 주제들에 대해 토론하려 들었다. 사형제도와 낙태에 대한 입장을 묻기도 했다. 그가 아무 말이 없자 그녀는 대답을 재촉했다. 테우는 어떻게든 대꾸해야만 했다.

"진지하게 생각해본 적이 없어."

"그래도 의견은 있을 거 아냐. 안 그래?"

"사형제도는 반대해."

그녀가 미소를 지었다. "나도 마찬가지야. 그럼 낙태는?"

"글쎄. 워낙 복잡한 문제라서 말이지."

테우는 이해가 부족한 주제에 대해 대화하는 걸 불편해했다. 비전문가들이 주제넘게 인문과학을 논하는 건 어리석은 일이다. 언젠가 집에서 파트리시아와 마를리가 부패 정치인들의 처벌 수위를 놓고 옥신각신하는 걸 엿들은 적이 있었다. ("당연히 교수형으로 다스려야지!" 마를리가 말했다.) 그들은 무뇌증 태아를 매정하게 지워버린 임신부에 대해서도 의견을 나눴다. ("아무리 그래도 신의 창조물인데." 파트리시아가 말했다.)

"동성 결혼은?" 클라리시가 테우에게 다가와 앉아 그의 무릎에 두 손을 얹으며 물었다.

테우는 그녀를 빤히 쳐다봤다. 대화가 엉뚱한 곳으로 흘러가면 어쩌나 걱정이 되었다. 그는 라우라에 대해 얘기하고 싶지 않았다. 동성애에 대한 자신의 솔직한 입장도 들려줄 마음이 없었다. 그래서 화제를 돌리려 했다.

"산책이나 다녀올까?"

"먼저 대답부터 해. 네가 어떤 사람인지 제대로 알고 싶어. 동성 결혼을 지지하는 입장이야?"

"그래. 하지만 직접 보면 좀 불편하긴 해."

"불편하다고? 두 여자가 키스하는 걸 보고 흥분하는 남자들은 많은데?"

"난 그렇지 않아."

넌 여자와 키스해본 적 있어? 테우는 묻고 싶었다.

"흠, 그 말 믿어도 돼?" 그녀가 장난기 섞인 목소리로 물었다.

테우는 말없이 미소만 지어 보였다. 섣불리 대꾸했다가는 싸움으로 번질 수 있었다. 그는 자리에서 일어나 버뮤다 바지*를 걸치고 카메라를 챙겼다.

서늘하지만 화창한 날이었다. 산책하는 동안 클라리시는 불편한 화제를 입에 올리지 않았다. 아니, 아예 입을 열지 않았다. 그녀는 빈 병을 발로 차기도 하고 휘파람을 불기도 했다.

---

* Bermuda shorts. 무릎 바로 위까지 오는 긴 반바지.

빈터에 다다르자 태우가 그녀에게 옷을 벗으라고 했다.

"사진을 찍고 싶어. 우리만의 앨범에 간직해둘 거야."

뜻밖의 주문에 클라리시는 흠칫 놀라면서도 거부하지 않았다. 그녀는 주황색 상의와 데님 반바지, 레이스 팬티를 차례로 벗었다. 운동화를 벗고 나서는 맨발로 개미 몇 마리를 지그시 짓이겼다.

"포즈를 잡을까?"

"그냥 자연스럽게 움직여."

클라리시는 훨씬 건강해진 모습이었다. 창백했던 피부도 보기 좋게 그을렸고, 허리까지 내려오는 긴 생머리도 어느새 자연스럽게 물결져 있었다. 미소를 머금은 얼굴은 발그레했다. 태우는 사진을 몇 장 찍고 나서 그녀에게 다가갔다. 그녀는 눈을 감은 채 커다란 나무에 기대서 있었다.

태우는 그녀를 마주하고 양옆으로 두 손을 뻗어 나무를 짚었다.

"키스해줘."

그의 침울한 목소리에 클라리시가 다시 미소 지었다.

"오늘 좀 이상한데."

"어제 네가 브레누 얘기 꺼냈을 때 기분이 안 좋았어."

"오, 태우, 걘 신경 쓰지 마."

"내가 신경 쓰는 게 싫으면 그 녀석 얘길 아예 하지 마."

"난 더 이상 걔한테 관심 없어. 내가 얘기했잖아. 내 마음속에선 이미 죽어서 묻혔다고."

"그런 얘기도 말라니까."

태우는 그녀에게 모든 걸 털어놓고 싶었다. 그는 말장난에 소질이 없었다. 내 불편한 마음을 설명하면 클라리시는 어떻게 반응할까?

"대체 왜 이러는 거야? 나랑은 비밀 없이 지내면 안 돼?"

"난 비밀 같은 거 없어. 단지 네 전 남친에 대해 얘기하고 싶지 않을 뿐이야."

"그래서 이제 안 하잖아. 난 남자가 질투하는 거 너무 싫어. 브레누도⋯⋯." 그녀가 돌연 말을 멈추고 사과했다.

테우는 더 이상 대화를 이어가고 싶지 않았다.

"사실 난 온갖 감정이 뒤섞인 우물이나 다름없어." 그녀가 눈을 가늘게 뜨고 말했다. "네가 정서적으로 불안한 상태라는 거 알아." 그녀는 테우를 꼭 끌어안고 그의 귀에 잠긴 목소리로 속삭였다. "내 안의 깊은 우물에선 많은 사람들이 허우적대고 있어. 이걸 어떻게 설명하면 좋을지 모르겠지만, 그 우물에서 네가 불쑥 떠오르고 난 후로 브레누는 완전히 잠겨버렸어. 그러니까 이제 브레누에 대해선 신경 쓰지 마. 이미 바닥에 가라앉았단 말이야. 넌 아직도 쌩쌩히 헤엄치고 있고."

그녀가 그의 입술에 가볍게 키스했다.

"너랑 이렇게 지내는 게 좋아, 테우. 제발 이 오붓한 분위기를 망치지 말아줘."

19장

토요일, 크리스마스이브. 바다에서 헤엄을 치던 태우의 눈에 보트 한 척이 모습을 드러냈다. 보트는 수평선에서 해안을 향해 빠르게 다가오고 있었다. 클라리시는 해변에 앉아 리스펙토르 단편집을 읽고 있었다. 아득히 들려오는 모터 소리에 그녀가 고개를 들었다. 태우가 황급히 달려와 그녀를 민박집으로 이끌었다. 그는 수갑으로 그녀를 침대에 묶어놓고 열쇠를 감췄다.

다시 밖으로 나오자 보트에서 노파가 내렸다.

"어서 오세요!" 태우가 말했다.

노파는 화장이 너무 진했다. 빨간 립스틱, 갈색 얼굴을 뒤덮은 파우더, 눈 주위로 번진 아이라이너. 노파의 시선이 물가에 나란히 놓인 의자 두 개로 향했다.

"누구랑 같이 있나 봐?"

"아닙니다. 여긴 무슨 일이죠?"

"별일 없는지 살펴보려고." 노파의 시선은 두 개의 의자에서 떨어지지 않았다.

"의자 하나는 다리를 올려놓으려고 내놨어요." 테우가 말했다. 하지만 자신이 생각해도 황당하게 들리는 해명이었다. 다급히 민박집으로 향하는 클라리시의 모습은 보트에서도 보였을 텐데.

"크리스마스이브인데 시내엔 안 나가? 살 것도 있을 테고, 집에 연락도 해야 할 테고."

"신경 써주셔서 고맙습니다."

테우는 붉은 색 고기가 먹고 싶다고 조르는 클라리시를 위해 소고기 등심을 사오고 싶었다. 성탄 만찬을 위한 재료도 몇 가지 필요했다. 화이트소스와 칠레산 올리브를 곁들인 탈리아리니*를 만들고 싶었다.

"몸 좀 말리고 올게요. 옷도 갈아입어야 하고요."

노파는 반짝이는 작은 눈으로 테우를 빤히 쳐다보며 고개를 끄덕였다. 노파의 얼굴은 천박해 보였다. 커다란 광대뼈, 두꺼운 눈썹, 통통한 딸기 같은 코. 등이 살짝 굽은 탓에 그녀의 자세는 위협적으로 느껴졌다.

"나도 같이 좀 들어가려고……." 노파가 미소를 흘리며 말했다.

"그러실 필요 없습니다. 보트에서 기다려주세요. 오래 걸리지 않을 거예요." 노파의 호기심에 짜증이 난 테우는 머릿속으로 토막 난 그녀의 시체를 쓰레기봉지에 담는 자신의 모습을 떠올렸다.

민박집으로 향하던 그가 뒤에서 들려오는 발소리를 듣고 획 돌아섰다. "빌어먹을 보트에서 기다리란 말입니다! 부탁이에요!"

---

* tagliarini. 납작하고 가늘게 만든 국수로 파스타의 일종이다.

노파가 움찔하며 물러섰다. 얼마나 당황했는지 방어하듯 두 손을 번쩍 들어 보였다. "아, 그러지 뭐……."

노파가 발을 돌려 걷기 시작했다. 그녀의 다리는 심하게 후들거렸다. 공포에 질려서인지, 단지 나이 탓인지 모르겠지만.

태우는 신경이 바짝 곤두선 채 옷을 갈아입었다. 틈틈이 창밖을 내다보며 노파가 주변을 얼씬거리진 않는지 확인하는 것도 잊지 않았다. 클라리시에게 입마개를 착용하라고 하자 그녀가 말했다.

"그럴 필요까진 없잖아. 난 아무 소리도 안 낼 거야."

"제발. 시키는 대로 해."

"신뢰가 중요……."

"차고 있으라니까!"

그는 지갑과 휴대폰 등을 챙겼다. 뭐 빠뜨린 거 없나? 그는 소파 밑에서 꺼낸 칼을 청바지 허리 밴드에 꽂아 넣었다.

침대에 두 손이 묶인 클라리시는 연신 입을 놀렸다. "보트가 나타났을 때도 소리 지르지 않았잖아. 어떤 늙은 여자가 배에서 내린 걸 봤어. 난 당장 비명을 질러댈 수도 있었다고. 밖에서 똑똑히 들리도록."

"어리석게 굴지 마."

"내가 소리치지 않은 이유는 그럴 마음이 없었기 때문이야. 태우, 날 행복하게 해주겠다며? 그럼 이 기회를 놓치지 마."

"행복하게 해주겠다는 약속은 꼭 지킬 거야."

"그럼 입마개는 포기해. 여긴 멀고 외진 곳이잖아. 내가 고래고래

소리를 질러댈 이유도 없고. 그날 밤 이후로……." 그녀가 말을 멈추고 얼굴을 붉혔다.

클라리시가 먼저 '그날 밤' 얘기를 끄집어냈다는 사실에 그는 기분이 좋았지만 애써 무덤덤한 척했다. "좋아. 입마개는 그만둘게."

"고마워, 자기야!" 그녀가 미소를 지었다.

그 말에 태우가 바짝 얼어붙었다. 클라리시가 그를 '자기야'라고 부른 건 이번이 처음이었다. 그는 '그날 밤'에 대해 얘기하고 싶었지만 서두르라고 외쳐대는 노파의 독촉에 그만두었다.

그는 공중에 붕 뜬 것 같은 기분으로 집을 나섰다. 한껏 들뜬 기분을 잡쳐놓은 오지랖 넓고 눈치 없는 노파가 증오스러웠다.

"집에 누가 같이 있는 것 같은데, 아닌가?" 노파가 불쑥 물었다.

그들은 해안에서 점점 멀어져갔다. 노파는 필요 이상으로 빠르게 보트를 몰았다. 왜 이렇게 조바심을 치는지 태우는 궁금했다.

"무슨 말씀인지 잘 모르겠는데요."

노파는 아무 반응이 없었다. 여전히 태우를 등진 채였고, 두 손은 핸들에 얌전히 얹혀 있었다. "아까 해변에 도착했을 때 누군가 집으로 달려가는 걸 봤거든."

"잘못 보신 거예요."

"나한텐 변명할 필요 없어. 그냥 거짓말만 하지 않으면 돼."

"제대로 보신 것 같네요."

"당연하지." 노파가 고개를 돌리고 음탕한 눈빛으로 그를 쳐다봤다. "걱정 마. 뭐라 하지 않을 테니까. 나한테 돈 두둑이 챙겨줬잖아. 이번엔 그냥 모른 척할게."

그들은 서로 바짝 붙어 있었다. 태우는 노파의 눈빛이 무척 거슬렸다. 그는 선미 의자에 앉아 꼼지락거렸다. 노파는 그가 어떤 여자와 함께 머물고 있다는 걸 알고 있다. 보나마나 노파는 그녀가 누구이며 어떻게 섬으로 들어갔는지 궁금해할 게 뻔했다. 그뿐 아니라 왜 그 사실을 숨기려 했는지 알고 싶어 할 것이었다.

태우는 떨리는 손으로 허리에 꽂힌 칼을 꼭 움켜쥐었다. 아무 생각 없이 본능에 따른 행동이었다. 그는 소리 없이 노파에게 다가갔다. 두 사람은 바다 한복판에 있었다. 해안은 분홍빛을 띤 얼룩으로만 보였다. 불안감이 사라지고 자신감이 솟아올랐다. 목정맥*만 끊어놓으면 된다. 시체는 바다로 던져버리면 된다. 단 일 분이면 껄끄러운 방해물을 깨끗이 제거할 수 있다. 혼자 보트를 몰고 돌아가는 게 쉽지는 않겠지만 불가능한 건 아니었다.

뱃바닥 널이 태우의 체중에 눌려 삐걱거렸다. 태우는 그 소리에 놀라 움찔했지만 노파는 돌아보지 않았다. 소리를 듣지 못한 듯했다. 태우는 조금 더 가까이 다가갈 구실을 만들려고 노파에게 말을 걸기로 했다. 그때 그의 머릿속으로 눈앞 바다의 방대함을 압도하는 엄청난 수의 질문이 일제히 떠올랐다.

그중 가장 기본적인 질문을 택했다. 그런데 대답을 듣는 순간 가슴이 철렁 내려앉았다. 진이 쫙 빠졌다. 그는 쥐고 있던 칼을 바다에 떨어뜨리고 선미 의자로 돌아갔다. 다른 대답을 들었다면 그는 두 번째 살인을 저질렀을 것이다. 하지만 정체를 알 수 없는 묘

---

* 목에 있는 정맥으로 머리와 얼굴의 혈액을 모아 심장으로 보내는 역할을 한다.

한 기운이 그의 발목을 붙잡았다. 그는 시내에 나가 필요한 것들을 구입했다. 그 누구에게도 전화는 걸지 않았다. 몇 시간 후 민박집으로 돌아온 그는 보트에서의 일을 떠올리며 가슴을 쓸어내렸다.

보트에서 테우는 물었다. *"팅커벨, 본명이 뭐예요?"*

이가 없는 노파는 환히 웃으며 대답했다. "게르트루드."

크리스마스 날 아침, 밤새도록 너무나 생생한 악몽에 시달린 테우는 개운치 않은 기분으로 눈을 떴다. 물론 악몽의 주인공은 게르트루드였다. 그의 수면을 절대 방해하지 않는 정중한 게르트루드가 아니라 무시무시한 또 다른 게르트루드. 꿈속에서 클라리시는 그를 지켜보며 연신 낄낄댔다. 클라리시의 목소리 크기와 톤을 떠올려봤다. 하지만 이내 그렇게 웃는 클라리시는 지금껏 한 번도 본 적이 없다는 걸 깨달았다. 테우는 다시 눈을 감고 기억의 조각들을 논리적 순서로 정리해봤다.

그는 함정에 빠진 것이었다. 이 모든 것은 그를 엿 먹이려는 거대한 계략이었다. 그리고 모두가 그 배후에 있었다. 고속도로 순찰대 경찰은 브레누의 사진을 통해 무슨 일이 벌어졌는지 짐작하고 본부에 보고했을 것이다. 경찰 본부는 본명이 절대 게르트루드일 리 없는 노파를 보내 일랴그란지섬에서 그를 구슬려 외진 해변의 민박집으로 이끌도록 시켰을 것이다. 엘레나가 계속 전화를 건 이유는 클라리시의 생사 여부를 확인하기 위해서였다. 그런데 왜 경찰은 아직까지 이곳을 덮치지 않는 거지? 놀랍게도 모든 조각이 완벽히 맞아떨어지잖아! 노파가 불쑥 나타난 것도 경찰이 섬에 들어와 클라리시를 안심시킬 수 있도록 그를 시내로 내보내기 위한 수작이었다. 시내에서 보낸 시간은 길지 않았다. 하지만 누군가 섬에 잠깐 다녀가기에는 충분한 시간이었다. 최근 들어 고분고분해진 클라리시의 태도가 그 증거였다.

테우는 고개를 세차게 저었다. 아무리 그래도 이건 말이 안 되잖아! 클라리시는 그저 내게 조금씩 정을 붙여가고 있는 것뿐이라고! 대체 이런 황당한 생각은 어디서 나오는 거지? 생각할수록 터무니없는 시나리오에 그는 웃음을 터뜨렸다. 꿈속에서 클라리시가 그랬던 것처럼. 그는 머리를 식힐 겸 바다로 나갔다. 오랫동안 헤엄을 쳤고, 물속에 잠겨 한동안 숨을 참아보기도 했다. 숨을 참아내는 짧은 순간들이 예민해진 신경을 진정시켜줬다. 하지만 이 모든 게 함정일 가능성이 오후 내내 그를 괴롭혔다.

밤은 서늘하고 아늑했다. 테우는 특별 요리를 만들고 이탈리아 와인도 냈다. 클라리시는 냄새부터 기가 막히다며 극찬을 했다. 테우는 정장 셔츠를 걸쳤고 과하다 싶을 만큼 향수를 뿌렸다. 클라리시는 감청색 드레스 차림이었다. 드레스는 테우의 눈에 살짝 촌스러워 보였다. 귀에는 반원 모양의 진주 귀고리가 걸려 있었다.

두 사람은 별다른 대화 없이 와인 한 병을 깨끗이 비웠다. 클라리시 혼자서 4분의 3을 해치웠다. 그들은 해변에 나가 남은 한 병을 마저 마시기로 했다. 클라리시는 추울까 봐 빨간 후드재킷을 걸치고 나왔다. 그녀는 뒤편 바위에 올라가고 싶어 했지만 그러기에는 바람이 너무 셌다.

"신을 믿어?" 클라리시가 물었다. 적당히 취한 그녀는 두 팔을 의자 양옆으로 늘어뜨리고 앉아 있었다. 오른손에는 와인 잔이 위태롭게 쥐어 있었고, 두 다리는 쭉 뻗은 채 발끝으로 젖은 모래를 파헤치는 중이었다.

"글쎄."

"난 좀 더 성의 있는 대답을 기대했는데."

테우는 긴장이 많이 풀려 있었다. 간밤의 악몽은 까맣게 잊은 지 오래였다. "세상의 이치를 이해하고 인간의 한계를 받아들이려면 전능한 존재를 믿어야 하지 않을까?" 테우가 말했다.

"그 전능한 존재가 뭐라고 생각해?"

"과학. 내게 신은 필요 없어. 비록 성당엔 꼬박꼬박 나가지만."

"나도 신은 믿지 않아."

그녀가 하늘에 반항하듯 고개를 홱 치켜들었다. 그리고 자신의 잔에 와인을 따른 후 모래 속에 와인 병을 꽂았다.

"난 인간이 무無의 상태에서 왔다고 믿고 싶어." 테우가 말했다.

"그럼 네 위엔 누가 있지? 누가 네게 한계를 내려줬지?"

"내게 한계를 안겨준 건 우리 어머니야. 그리고…… 너도."

테우는 클라리시의 질문에서 묻어나는 비난의 톤을 똑똑히 감지했다. 또 그녀가 자기 입에서 어머니란 단어를 끄집어내게 만든 것도 거슬렸다. 그는 잔에 남은 와인을 단숨에 비웠다. 클라리시가 와인 병을 향해 손을 뻗었지만 그는 됐다고 말했다.

"지난 며칠간 좀 우울해 보이던데. 네가 이러는 게 싫어." 그녀가 그의 팔을 살살 어루만지며 말했다.

태우는 민박집으로 들어가 크리스마스 선물로 산 목걸이를 가져오고 싶었지만 그대로 앉아 있었다. 그녀의 황홀한 손길을 포기할 순 없었다. 그는 문득 자신의 오늘 밤 계획이 유치한 것 같다는 생각이 들었다.

"너한테 사과하고 싶어, 클라리시…… 내가 너한테 한 짓들에 대해서."

"나한테 아무 짓도 안 했는데?"

"안 하긴. 했어. 나도 안다고." 태우는 자신이 벌인 짓을 후회하지는 않았다. 하지만 보트에서 그에게 노파에 대한 살의를 품게 만들었던 욕구는 어느새 긍정적인 뭔가로 바뀌어버린 상태였다. 그는 자신이 조금 심했다는 걸 인정했다. "어제 널 믿어주지 않았던 것도 사과할게. 네게 입마개를 씌우려 하다니. 내가 어리석었어."

"괜찮아."

"가끔 내 머리가 홱 돌아버릴 때가 있어. 하지만…… 그러지 않으면 널 영영 잃게 될까 봐 두려워. 난…… 너 없인 못 살아."

클라리시가 미소를 지었다. 그녀의 유혹적인 입술이 와인으로 가맣게 물들어 있었다. "멋진 크리스마스를 선물해줘서 고마워. 우리 좀 걸을까?" 그녀가 그의 손을 살며시 잡으며 말했다.

두 사람은 민박집에서 점점 멀어져갔다. 랜턴 불빛이 그들의 앞길을 희미하게 비췄다. 클라리시는 그에게 몇 살 때까지 산타클로스의 존재를 믿었는지 물었다. 자기 집에선 어릴 적 크리스마스를 어떻게 보냈는지도 얘기해줬다. 그녀는 술이 좀 들어가면 말이 많아졌다.

　태우는 성의 없이 대꾸했다. 자신에게 무슨 일이 벌어지고 있는
지 이해할 수 없었다. 생각할수록 어처구니없었다. 지금까지 그는
그답지 않게 폭력을 앞세워 그녀를 탐해왔다. 하지만 지금 그는
실의에 빠져 방황하고 있었다. 꼭 바보가 된 기분이었다. 손에 들
린 랜턴이 천근만근 무겁게 느껴졌다.

　"자, 이리 줘봐. 이제부턴 내가 들게." 클라리시가 말했다. 그녀는
랜턴을 오른손에 바꿔 들고 왼팔로 그의 허리를 감쌌다.

　태우는 이제 보호하는 입장이 아니라 보호받는 입장이 되었다.
왜 이렇게 된 걸까? 브레누의 죽음? 엘레나의 의심? 상상이 더해져
서인지 나무들의 그림자가 가공할 만큼 커 보이고, 잎들의 중얼거
림은 요상하게 들렸다. 그들은 뒤틀린 나뭇가지와 질펀대는 땅을
피해 부지런히 걸음을 옮겼다. 하늘에는 보름달이 걸려 있었다.

　그때 태우의 머리에 엄청난 충격이 가해졌다. 다리가 픽 풀렸다.
눈부신 불빛이 또다시 휘둘러졌다. 흙을 문 태우의 입에서 신음이
흘러나왔다. 빨간 후드와 불빛이 그의 눈에 들어왔다. 그리고 클
라리시의 모습도. 그녀가 랜턴을 높이 쳐들었다가 태우의 머리로
힘껏 내리쳤다.

　태우는 외마디 비명을 질렀다. 클라리시는 힘겹게 몸을 일으키
려는 그를 연신 랜턴으로 내리쳤었다. 금속이 태우의 얼굴을 찢어
놓았다. 볼을 타고 피가 흘러내렸다. 그는 제발 멈춰달라고 애원
했다. 하지만 폭행은 계속 이어졌다. 몸에서 기운이 빠져나가면서
어둠이 찾아들었다.

20장

통증은 안으로부터 비롯되었다. 머리가 깨질 듯 욱신거려 생각을 한다는 게 불가능했다. 테우는 말도 할 수 없었고, 볼 수도 없었으며, 움직일 수도 없었다. 온몸이 심하게 저렸다. 그나마 다행이었다. 마비가 된 건 아니라는 뜻이니까. 그는 칠흑 같은 어둠 속에 갇혀 있었다.

그리고 빛이 나타났다. 순간 부동 상태로 인한 좌절감과, 머릿속 블랙박스에서 빠져나온 살인적인 욱신거림으로부터 탈출하고 싶은 욕구가 충돌했다. 불빛은 밖에서 스며든 것이었다. 테우는 눈을 몇 번 깜빡이다가 힘겹게 눈꺼풀을 열었다. 하지만 아무것도 보이지 않았다. 머릿속에서 또다시 날카로운 통증이 느껴지자 그가 움찔했다. 선들이 조금씩 형태를 갖춰나갔고, 그 안은 이내 여러 색들로 채워졌다. 살짝 열린 커튼이 그의 눈에 들어왔다. 한 줄기 햇빛이 하얀 천장에 뿌려졌다.

그는 침대에 누워 있었다. 주변 가구들이 열이 가해진 밀랍처럼 녹아내렸다. 콧속이 화끈거렸다. 몸 어딘가로 따끔거리는 느낌이 전해지며 숨이 턱 막혔다. 외마디 비명은 후두에 갇혀버렸다. 무언가가 입안으로 쑤셔 넣어졌다. 가죽 맛이 났는데, 느낌이 영 이상했다. 뱉어내려 애써봤지만 소용이 없었다. 얼굴에 찰싹 달라붙은 뭔가가 그의 입을 강제로 벌려놓았다. 그의 얼굴은 따끔거렸다가 간지럽기를 반복했다. 냉기가 엄습했다.

테우의 감각들은 통증을 상대로 흥정 중이었다. 손목과 발목은 금속 물체로 구속돼 있었고, 땀과 흙으로 범벅이 된 몸 밑에는 울퉁불퉁한 매트리스가 깔려 있었다. 그는 기억을 더듬어봤다. 눈부신 랜턴 불빛. 어둠 속 그림자. 증오로 똘똘 뭉친 여자. 빨간 재킷 차림의 클라리시. 클라리시는 어디 있지? 그때 문이 열리고 클라리시가 모습을 드러냈다. 방금 전 그의 눈앞에 아른거렸던 이미지가 아니라 현실 속의 진짜 클라리시였다. 빨갛고 검은. 오, 맙소사! 그녀가 다가와 그의 옆에 걸터앉았다.

클라리시의 차가운 손이 테우의 이마에 얹혔다. 귀에 '땀'이란 단어가 들어왔다. 잘못 들은 것은 아니었다. 클라리시가 뭐라고 얘기하고 있었다. 그는 열렸다 닫혔다 하는 그녀의 입술을 올려다봤다. 꼭 음소거 상태의 텔레비전을 보는 기분이었다. 그는 복잡해진 머릿속을 비워보려 애썼다.

"미안. 이런 일에 익숙지 않아서 말이야." 그녀가 말했다.

극심한 통증이 다시 찾아들었다. 그의 머릿속에선 요란한 소음이 진동했다.

주삿바늘이 그의 팔뚝을 파고들었다. 팔에는 고무줄이 살짝 감겨 있었다. 클라리시가 거칠게 주삿바늘을 뽑아냈다.

"정맥 찾는 걸 한 번에 성공한 적이 없어." 그녀가 미소를 흘리며 말했다.

테우는 비명을 지르고 싶었다. 머릿속이 핑핑 돌고 눈꺼풀도 무거웠다. 유령 같은 클라리시가 일어나 그의 볼을 살살 어루만졌다. "잘 자, 나의 아기 쥐."

테우는 밤이 다 돼서야 의식을 회복했다. 깜짝 놀라 눈을 뜬 그가 한동안 숨을 할딱거렸다. 호흡할 때마다 흉곽에 압력이 느껴졌다. 마치 익사 직전에 놓인 듯한 기분이었다. 온몸이 감전된 듯 찌릿찌릿했고 무의식적 신경반응이 꼬리를 물고 이어졌다. 허리가 연신 앞으로 씰룩였고, 다리가 덜덜 떨렸으며, 복부에선 경련이 일었다. 그에게는 물과 음식과 화장실이 필요했다. 방광이 폭발 직전이었다. 침대에서 오줌을 지리지 않은 건 기적이었다.

팔을 움직여보려 했지만 꿈쩍도 하지 않았다. 수갑이 채워진 손목이 여전히 나무로 된 침대 기둥에 묶여 있었다. 한 손이 머리 위로 들려 어깨에 압력을 더하고 있었다. 견갑골에서 날카로운 통증이 전해졌다. 수갑은 이미 감각을 상실한 두 팔을 뒤로 단단히 붙잡아두고 있었다. 움직일 수 있는 공간은 10센티미터 정도에 불과했다. 매트리스에서 미끄러져 내려온 그의 몸은 최대한으로 잡아당겨진 상태였다. 손끝에서부터 목 밑 부분까지 얼얼하지 않은 데가 없었다.

팔꿈치에는 피딱지가 들러붙어 있었다. 테우는 상처를 확인하려고 두 팔을 비틀어봤다. 크리스마스이브에 걸쳤던 정장 셔츠는 갈

가리 찢겼고, 그 안으로 왼쪽 젖꼭지가 들여다보였다. 그는 좀 더 편한 자세를 찾아 몸을 뒤척였다. 뒤통수를 침대 머리판에 붙이고 두 다리를 힘껏 밀어 몸을 위로 끌어올려 봤다. 하지만 중력은 결코 호락호락하지 않았다. 다리가 풀리면서 엉덩이가 다시 밑으로 떨어졌다. 순간 척추에서 우두둑 소리가 났다.

작은 침실은 예상외로 답답했다. 창문은 작은 파랑새들이 잔뜩 그려진 커튼으로 가려진 채 닫혀 있었다. 노란 매트리스는 발포고무 소재였고, 침대 머리판이 문에다 은근히 거슬리는 그림자를 드리우고 있었다. 침대 옆 탁자에 놓인 고령토로 빚은 테리어 개가 측은한 표정으로 그를 쳐다보고 있었다. 창턱 밑에는 처음 보는 외바퀴 손수레가 세워져 있었다. 하지만 그것에 굳이 주목할 필요는 없었다. 싸구려 커튼도 처음 보는 것이기는 마찬가지니까. 눈에 들어오는 모든 것이 크고 가깝게 느껴졌다.

브레누의 안경이 담긴 왕진가방은 서랍장 위, 그의 시선이 간신히 닿는 곳에 놓여 있었다. 비밀번호 자물쇠는 누군가가 열심히 닦아놓은 듯 반짝였다. 클라리시가 가방을 열어보려 했을지도 모른다는 생각에 등골이 서늘했다.

테우는 뛰는 가슴을 애써 진정시켰다. 클라리시는 받은 만큼 고스란히 돌려주려 하고 있었다. 그녀의 집요한 자기기만이 결국 잘 나가던 그들 관계를 망쳐놓았다. 한편으로는 혼란에 빠진 그녀의 입장이 이해되기도 했다. 하지만 어쨌든 이 상황을 신속히 바로잡고 싶었다. 물론 그녀는 너그럽게 용서해주겠지.

잠시 후 클라리시가 오른손에 물을 들고 돌아왔다. 하얀 작업

복 차림의 그녀는 왠지 울적해 보였다. 눈을 내리뜬 채 고개를 떨구고 입도 꼭 다물고 있었다. 마치 악마에게 홀리기라도 한 듯 심각한 표정이었다. 침대로 다가온 그녀의 몸이 앞뒤로 살짝 흔들렸다.

"클라리시, 제발 무슨 말이라도 좀 해봐." 태우가 먼저 침묵을 깼다. 순간 그는 자신이 너 이상 입마개를 하고 있지 않다는 걸 깨달았다. 그의 쉰 목소리에서 활력이 느껴졌다. "대답해봐. 무슨 문제라도 있어?"

"마셔." 그녀가 잔을 앞으로 내밀었다.

태우는 팔을 움직여봤지만 수갑은 그를 놓아주지 않았다. 체인을 힘껏 당기자 살갗이 수갑에 쓸려 벗어졌다. 그는 침을 한 번 삼켰다. 입안이 바짝 말라 갈증 말고는 어떤 느낌도 없었다.

"조금만 더 가까이 와줘."

그제야 클라리시가 고개를 들고 씩 웃었다. 하지만 좀처럼 움직이지 않았다.

"게을러터져서는. 어서 마시라니까."

"이 상태론 안 돼."

클라리시가 물잔을 잠시 내려다보다가 다시 그에게로 시선을 돌렸다. 그녀의 눈은 꼭 블랙홀 같았다.

"이런, 미안해!" 클라리시의 목소리는 거슬릴 만큼 부드러웠다. 여전히 미소를 머금은 그녀가 고개를 한쪽으로 기울였다. "사실 나도 목이 마르거든."

그녀는 태우가 지켜보는 가운데 물잔을 단숨에 비워냈다.

"나한테 복수하려는 거야?" 테우가 물었다. 얼굴이 다시 따끔거리고 간지러워졌다.

"자기, 배 많이 고프지?"

그녀는 대답도 듣지 않고 방을 나가더니 바나나 한 다발과 긴 칼을 들고 돌아왔다.

"지금 뭐 하는 거야?"

그녀는 침대에 앉아 바나나 하나를 떼어내 천천히 껍질을 벗겼다. 두 사람은 서로 바짝 붙어 있었다. 과하게 달콤한 향수 냄새가 풍겼다. 테우는 클라리시를 만지고 싶었지만 두려웠다.

"집을 싹 치워놨어. 사방이 죽은 벌레와 먼지로 뒤덮여 있더라고! 여자가 침대에 꽁꽁 묶여 지냈으니 당연한 거 아니겠어? 참, 소파 밑에서 칼도 여러 개 나오더라?"

클라리시는 크고 묵직한 칼로 어설프게 바나나를 자르고 한 조각을 테우의 입술에 놓아줬다. 오랫동안 굶주린 테우는 너무나 고통스러웠다. 그는 천천히 바나나를 씹으며 그녀에게 할 말을 떠올려봤다.

"왜 날 계속 묶어놓고 있지?"

"이러니까 너무 좋잖아!"

"대체 날 어쩔 셈이야?"

"오, 그런 어려운 질문은 삼가줘!" 그녀는 욕실에서 바퀴벌레를 맞닥뜨린 소녀처럼 새된 소리로 말했다. 그리고 바나나 한 조각을 또 테우의 입에 쑤셔 넣었다. "앞으로 널 옮기는 데 쓸 거야." 그녀가 손수레를 가리켰다.

그제야 태우는 손수레 바퀴에 흙이 잔뜩 묻어 있다는 걸 알았다.

"이게 없었으면 널 옮겨오지 못했을 거야. 보기보다 꽤 무겁더라고. 너도 네가 무겁다는 거 알아?"

"장난 그만 쳐. 진지하게 얘기해보자고."

"다이어트 좀 해야겠어. 체중이 얼마나 되지? 90킬로그램?"

"제발 그러지 마, 클라리시. 이게 복수라면……."

"복수?" 그녀가 씩 웃었다. 위선적인 그 표정이 그를 더 불안하게 했다. "그게 무슨 소리지? 자기야, 난 그저 내 감정을 솔직히 표현하고 있을 뿐이야."

"내가 한 모든 일은 다 널 위한 거였어. 널 행복하게 해주려고 그랬던 거란 말이야."

"눈물겹게 고마워."

"클라리시, 넌 이런 사람이 아니잖아." 그는 일부러 그녀의 이름을 넣어 말했다. 친밀감을 끌어들이려는 심리 전략이었다. "분노는 악감정만 쌓이게 할 뿐이야."

"걱정 마. 악감정 따윈 없으니까. 하루 종일 청소했더니 기분이 상쾌해졌어." 그녀의 시선이 방 안을 찬찬히 훑어나갔다. 잠시 후 그녀는 무언가 할 일을 깜빡 잊었던 사람처럼 벌떡 일어났다. "아주 흥미로운 것들을 많이 찾았어."

클라리시가 쌩하니 방을 나갔다. 태우는 열린 문틈으로 식탁과 금속 싱크대를 내다봤다. 개수통에 설거지를 기다리는 접시들이 수북이 쌓여 있었다. 대체 시간이 얼마나 흘렀기에 저토록 수북이 쌓여 있지? 대청소를 했다면서 저건 다 뭐지?

"그동안 생각을 좀 해봤어." 다시 돌아온 클라리시가 말했다. 그녀는 손에 쥔 세면도구 가방을 침대에 내려놓았다. 테우는 속이 메스꺼웠다. 그는 서랍장 위 왕진가방을 흘끔 쳐다봤다가 이내 클라리시의 손으로 시선을 돌렸다. 그녀는 패키지에서 꺼낸 새 주사기에 바늘을 끼우고 있었다.

"제발 진정제는 쓰지 말아줘."

그녀는 무심하게 고개를 살짝 끄덕였다. 그녀의 무례한 태도에 테우는 화가 치솟았다.

"그걸 쓰면 감염될 수 있다고!"

"그럴 일은 없을 거야, 자기야."

테우는 말문이 막혔다. 그가 무슨 말을 늘어놓든 비논리적으로 들릴 게 뻔했다. 클라리시의 모습은 공포영화에나 나올 법한 사악한 간호사 같았다. 머리 위로 두 손이 묶인 채 누워 있는 테우는 겁이 덜컥 났다. 방광은 당장이라도 터져버릴 것 같았다.

"바나나 더 먹을래?" 클라리시가 싸이욜락스 앰풀을 그의 눈앞에서 세차게 흔들었다.

테우는 여전히 배가 고팠지만 내색하지 않았다.

"날 더 이상 실망시키지 마. 제발 진정제는 쓰지 말아줘."

클라리시가 바짝 다가와 앉아 그의 눈을 빤히 들여다봤다. 그녀의 눈빛은 그에게 전에 없던 기분을 느끼게 했다. 그녀는 브레누의 죽음에 대해 알고 있는 듯했다. 그 일이 그의 책임이라는 것도.

"지난 며칠간 많은 생각을 해봤어." 그녀가 주삿바늘을 앰풀에 꽂고 약을 빨아들였다. 테우가 챙겨온 세 개의 앰풀 중 두 번째였다. "우리가 나눈 대화들도 곱씹어봤고. 나한테 접근하려고 네가 꾸며낸 수작들…… 넌 내게 수갑을 채우고, 그것도 모자라 입마개까지……"

"클라리시, 그건 미안해."

"내 말 아직 안 끝났어." 그녀는 울음을 터뜨리기 직전이었다. "그동안 벌어진 일들에 대해 많이 생각해봤어, 테우. 네 입장을 이해하려고 무던히 애써봤다고. 황당하게 들리겠지만 넌 내가 너랑 사랑에 빠지길 원했던 거야. 네가 날 사랑하는 것처럼 내가 널 사랑해주길 바랐던 거라고." 그녀가 테우의 팔뚝에 고무줄을 두르고 알코올 솜으로 팔꿈치 안쪽을 문질렀다. "우리 이야긴 이렇게 끝나선 안 돼. 넌 그럴 자격이 없어. 너한텐 그럴 자격이 없단 말이야." 그녀가 차가운 손가락으로 정맥을 찾으며 말했다.

테우는 어리둥절했다.

"넌 나한테 네 입장을 충분히 드러냈어." 그녀가 촉촉해진 눈가를 훔치며 말했다. "나한테 뭔가 특별한 감정을 느꼈던 거지? 자, 이젠 내 차례야. 나도 너한테 특별한 감정을 느끼고 있어. 이제부터 내 입장을 설명해줄게."

그녀가 턱으로 문을 가리켰다. 그리고 살이 팽팽히 당겨진 테우의 팔뚝에 바늘을 꽂은 후 주사기 플런저를 꾹 눌렀다.

"푹 자둬."

21장

　태우는 화들짝 놀라며 정신을 차렸다. 식은땀으로 흥건했던 몸에 찬물이 끼얹어진 것이었다. 뜻밖의 충격에 그는 몸을 바르르 떨며 비명을 질렀다. 머리가 또다시 심하게 욱신거렸다. 화창한 날이었다. 드리워진 커튼 덕분에 방 안은 적당히 어스레했다. 천장 가까이로 용케 스며든 햇살 몇 줄기가 그의 머리에 뿌려졌다. 통증이 조금 가라앉자 비로소 문간에 선 클라리시의 모습이 눈에 들어왔다. 그녀가 빈 양동이를 흔들어 보이며 웃음을 터뜨렸다.

　"이런, 많이 놀랐어?"

　그녀는 이내 진지한 표정으로 고개를 저었다. 한때 태우를 황홀케 했던 제스처가 이제는 그녀의 괴팍함만을 확인시켜줄 뿐이었다.

　클라리시가 새로 물을 받아와 가느다란 팔로 위태롭게 양동이를 들고 서 있었다. 태우를 가지고 노는 게 마냥 즐거운 모양이었다. 그녀는 양동이에서 젖은 스펀지를 집어 들고 태우의 다리를 문질러 닦기 시작했다. 거친 스펀지에 상처 딱지가 벗겨지면서 또다시 피가 배어났다. 태우는 더 이상 참을 수 없었다. 다리를 움직여보려 했지만 소용이 없었다.

"겁쟁이처럼 왜 이래? 네 꼴이 어떤지 직접 봐." 클라리시가 신경질적으로 말했다. 마치 엄마가 아이를 꾸짖는 듯했다.

그녀가 벽에서 거울을 떼어왔다. 테우는 거울에 비친 자신의 모습을 보고 흠칫 놀랐다. 자신조차도 알아볼 수 없는 몰골이었다. 얼굴은 퉁퉁 부었고, 곪아버린 상처 곳곳에 누런 고름이 차 있었다. 마치 유리 파편으로 난자당한 것 같았다. 수염으로 덮인 오른쪽 볼은 자주색 공처럼 부풀어 있었다. 악취도 폴폴 풍겼다. 어떻게 이 지경이 되도록 날 방치할 수 있지?

클라리시는 얼굴을 살짝 붉히며 미소를 지었다.

"뭐가 우스워?"

"오늘 아침에 아주 기분 좋게 잠에서 깼어."

그녀는 그의 뒤통수 쪽으로 왼손을 뻗었다. 오른손에는 면도기가 쥐여 있었다. 무뎌진 칼날에 녹이 잔뜩 슬어 있었다. 클라리시에게 턱을 잡힌 테우는 고개를 숙일 수 없었다. 그녀는 테우의 볼을 물로 적셔놓고 청소용 세제를 목과 입 주변에 골고루 발랐다. 그런 다음 목정맥 쪽으로 칼을 가져가 조심스레 수염을 밀기 시작했다.

테우는 클라리시가 자신을 죽이려 한다고 생각했다. 부디 그래 주기를 바랐다. 고통 없이 갈 수 있게 한 번에 확실히 그어주기를. 골치 아픈 모든 문제에서 영영 해방될 수 있도록. 그의 어머니와 그녀의 장애, 엘레나와 그녀의 절망, 클라리시와 그녀의 터무니없는 복수. 그 모든 게 한 방에 정리될 것이다. 테우는 순교자로 죽어야만 했다. 모두가 그의 죽음을 안타까워하도록 말이다.

"날 죽여."

그 말에 클라리시가 멈칫했다. 그녀는 길게 한숨을 내쉬며 칼날로 그의 피부를 지그시 눌렀다.

"난 너랑 달라." 그녀는 계속해서 성심껏 면도를 해나갔다. 한참 후 면도가 끝나자 그녀는 더러운 시트 끝자락으로 얼굴의 물기를 닦아줬다. 시트에서 지린내가 났다.

태우는 기분이 이상했다. 불쾌하고 혐오스러운 뭔가가 어느새 몸의 일부가 돼버렸다.

"샤워 좀 하게 해줘."

"넌 그냥 이러고 있는 게 훨씬 나아."

클라리시는 그의 얼굴에 연고를 바르고 세면도구 가방에서 찾은 반창고를 붙여줬다. 태우가 그녀에게 고통 없이 연고를 바르는 방법을 일러줬지만 그녀는 무시해버렸다. 그녀가 거울을 도로 벽에 걸어놓고 주방에서 의자를 끌어와 앉았다. 두 다리는 침대에 얹어놓고 주머니에서 보그 담배를 꺼냈다.

"네 짐을 뒤적이다가 이런 보물을 발견했지 뭐야!"

클라리시는 랜턴 속 불꽃으로 담배에 불을 붙였다. 입안 가득 연기를 머금은 그녀는 만족스러운 표정으로 눈을 감았다. 그러더니 짓궂은 아이처럼 그의 얼굴에 대고 담배 연기를 길게 뿜어냈다.

"나한테 할 말이 있을 것 같은데."

"수갑부터 좀 풀어줘."

"그럴 수 없다는 거 알잖아."

"장난 그만하고 어서 풀어줘. 게임은 끝났다고."

"난 좀 더 즐기고 싶은데."

편안한 모습의 클라리시는 틈틈이 손톱을 썹어대며 신나게 담배를 피웠다. 테우는 그녀를 위해 자신이 했던 모든 일을 떠올렸다. 그리고 그 대가로 떠안게 된 배신에 치를 떨며 분노했다. 잠시 눈을 굴려대던 그는 서랍장 위에 있던 왕진가방이 사라졌다는 걸 깨달았다. 순간 불안감이 엄습했다. 자욱한 연기에서 풍기는 박하향이 불안을 분노로 바꿔놓았다. 그는 자신의 수모를 그녀에게 고스란히 돌려주고 싶었다.

"건방진 년! 악마 같은 년!"

클라리시가 씩 웃으며 빈정거리듯 담배를 힘껏 빨았다.

"미안하지만 난 이 즐거움을 포기할 수 없거든?"

"당장 수갑 풀어!"

"계속 짜증 나게 하면 사지 분리기를 가져올 거야, 아기 쥐."

테우는 가슴이 철렁 내려앉았다. 십자가에 몸이 묶인 자신의 모습이 떠올랐다. "미안해……."

"한 모금 빨고 싶어?"

"나 담배 안 피우는 거 알잖아."

"그냥 한 모금인데 어때?"

"계속 이렇게 날 자극해댈 거야?"

클라리시의 얼굴이 갑자기 어두워졌다. 폭풍 직전의 하늘을 보는 듯했다. 하지만 그녀는 이내 환히 웃어 보였다. "자극? 너 되게 웃긴다, 테우. 자극이라니!"

클라리시가 숨 넘어갈 듯 웃기 시작했다. 앙상한 몸이 씰룩였고, 벌게진 눈이 촉촉이 젖어들었다. 피우던 담배는 손가락 사이에서 연기를 피어올렸다. 한참 후 간신히 웃음을 그친 그녀가 멍한 눈으로 그를 쳐다봤다.

"이 악마 같은 년은 네가 살려달라고 울고 불고 할 때까지 계속해서 널 자극할 거야." 그녀가 야릇한 표정으로 말하더니 담뱃불을 태우의 젖꼭지에 댔다. 살이 타들어가자 태우의 입에서 비명이 터져 나왔다. "휴대폰 신호가 안 잡히는 걸 행운으로 알아. 그 할망구가 돌아오면 널 경찰에 넘겨버릴 거야. 강간범이 감옥에 가면 어떻게 되는지 알지?"

클라리시가 침대 머리판에서 벨트 달린 입마개를 가져와 그에게 씌웠다. 태우는 격렬한 분노에 휩싸였다. 강간범이라고? 할 수만 있다면 그녀를 당장 죽여버리고 싶었다. 그녀를 토막 내 바다에 내다 버리고 싶었다. 인정사정없이. 후회는커녕 희열을 느끼면서.

클라리시는 오후 내내 방에 들어오지 않았다. 태우는 문틈으로 빗자루와 양동이를 들고 분주히 오가는 그녀를 지켜봤다. 주부 모드에 돌입한 그녀의 모습을 보자 살짝 안심이 됐다. 하지만 그의 암담한 사정은 조금도 나아지지 않았다. 흉측히 망가진 얼굴, 침대에 꽁꽁 묶인 몸, 가슴에 입은 화상, 그리고 여전히 얼굴을 짓이겨대고 있는 입마개까지.

클라리시의 뻣뻣한 태도는 조금도 누그러지지 않았다. 오전에 격렬한 언쟁을 벌인 후 태우는 그녀에게 사과하며 수갑을 풀어달라고 애원했다. 팔꿈치와 손가락은 감각을 잃은 지 오래였다.

어떻게 하면 클라리시의 마음을 돌려놓을 수 있을까? 테우는 머리를 굴렸다. 어쩌면 클라리시 스스로 현명한 판단을 내려줄지도 모른다. 어느 순간 그녀가 불쑥 들어와 순순히 수갑을 풀어줄 거라고 테우는 믿고 싶었다. 그녀는 자신이 무언가에 홀렸던 것 같다면서 진심으로 사과하며 키스해줄 것이다. 익살맞은 욕을 내뱉으며 꽁꽁 얼어붙은 분위기를 녹이려 애쓸 것이다.

친밀감은 경멸을 낳기 마련이었다. 테우는 자신이 처한 상황을 그렇게 이해하기로 했다. 그녀가 이러는 건 악의 때문이 아니라 단지 꾹꾹 눌러온 분노가 폭발했기 때문이라고. 남녀관계에 있어 분노는 최악의 감정이었다. 그는 어떻게든 그녀 안의 분노를 삭여주고 싶었다.

그는 나중에 클라리시와 아이를 갖게 되면 어떤 이름을 붙여줄지 고민해봤다(아들이면 단치, 딸이면 코라). 파트리시아가 손주를 보고 얼마나 기뻐할지, 그 아이들이 커서 무엇이 될지도 상상해봤다(어머니처럼 예술적일까, 아버지처럼 꼼꼼하고 체계적일까?).

클라리시에게 크게 상처받은 상황에서 그런 상상을 한다는 게 조금 이상하기는 했다. 하지만 테우는 그 두 감정을 확실하게 분리할 줄 알았다. 클라리시도 어디까지나 여자였다. 호호 웃다가 어느 순간 갑자기 눈물을 터뜨리는. 그가 참고 이해하는 수밖에 없었다. 게르트루드와는 어떠한 충돌도 없었지만 사랑 또한 느껴본 적이 없었다. 오직 클라리시만이 학교와 집과 연구실밖에 모르고 살았던 그의 눈을 번쩍 뜨이게 했다. 테우는 또다시 틀에 박힌 일상으로 돌아가고 싶지 않았다. 할 수만 있다면 영원히 클라리시와 함께 이 여정을 이어가고 싶었다. 클라리시가 끝내 마음의 문을 열어주지 않는다 해도 상관없다. 사랑할 상대가 없는 것보다 짝사랑이라도 할 수 있는 게 백배 나으니까.

늦은 오후, 문 너머에서 노트북을 힘차게 두들겨대는 소리가 들렸다. 어쩌면 눈앞의 시나리오 집필 과정에서 그가 결정적인 역할을 했다는 사실이 클라리시에게 복수가 부당하다는 걸 깨닫게 해줄지도 모른다. 테우는 그녀가 마음속 분노를 작품에 고스란히 쏟아붓고 있다는 사실에 기뻤다.

어스름 녘 문 너머에서 삐삐 소리가 들렸다. 노트북 배터리가 다 됐다는 신호였다. 이곳에서는 충전할 방법이 없었다. 노트북 닫는 소리, 클라리시가 옆방으로 향하는 발소리, 싱크대 물소리가 차례로 들렸다. 잠시 정적이 흐른 후 그녀가 문간에 모습을 드러냈다. 테우는 필사적으로 신음하며 입마개를 풀어달라고 호소했다.

"입마개가 싫으면 조용히 있어." 그녀가 버클을 풀어주며 말했다. "어때? 직접 해보니까 불편하지?"

"화장실이 급해."

클라리시는 몸에 딱 맞는 파란 드레스 차림이었다. 그녀의 몸매는 눈부시게 아름다웠다. 테우는 자신이 그 사실을 한 번도 언급한 적이 없다는 걸 깨달았다. 여자들은 칭찬에 약한데. 하지만 이런 상황에서 그런 칭찬이 먹힐지는 의문이었다.

"제발 화장실 좀 갔다 오게 해줘." 그가 다시 말했다.

클라리시는 지친 얼굴로 그를 쳐다봤다.

"그 할망구가 돌아올 때까진 절대 풀어줄 수 없어. 미안."

"아무래도 우리가 첫 단추를 잘못 채웠던 모양이야. 그래도 조금씩 나아지던 중이었는데. 네가 복수하려는 거 알아. 하지만……."

"복수가 아니라고 했잖아."

"좋아. 복수가 아니라고 쳐. 네가 왜 이러는지 십분 이해해. 하지만 조금만 더 깊이 생각해봐. 내 말도 좀 들어보고. 대체 언제까지 이럴 참이야? 난 인간이라고. 인간에겐 기본적으로 필요한 것들이 있잖아."

클라리시의 얼굴이 딱딱하게 굳더니 아랫입술이 씰룩거렸다.

"내가 널 포로 취급하고 있다는 얘기야?"

"이게 포로가 아니면 뭔데?"

"그때 너랑 대화하고 나서 네가 옳다는 결론을 내렸어." 그녀가 말했다. 얼굴에 머금은 미소가 그녀의 얼굴을 더욱 위협적으로 보이게 했다. "널 죽이는 게 맞는 것 같아."

태우가 마른침을 꿀꺽 삼켰다.

"사실 오후 내내 그 생각만 했어. 네 시체를 내다 버리기에 적합한 장소들도 떠올려봤고."

그녀가 서랍에서 종이 한 장과 펜을 꺼냈다.

"뭐 잊은 게 없는지 다시 짚어봐야겠어." 클라리시가 펜으로 종이를 톡톡 두드리며 말했다. "첫째, 태우를 죽인다. 최대한 천천히 고통스럽게 죽이는 게 좋겠지? 칼로 목을 긋는 건 좀 아닌 것 같아. 총을 쓰는 것도 그렇고. 어차피 탄약도 없잖아. 익사는 어떨까?"

"어리석게 굴지 마."

"싫어? 그럼 지워야겠네." 그녀가 줄을 그어 그 내용을 지웠다.

"산 채로 매장하는 건 어때? 난 마음에 드는데. 근데 구덩이를 파는 일이 쉽지 않을 거야. 오늘은 그런 거 하고 싶지도 않고. 내일이면 또 모를까."

"정말 날 죽일 거야?"

"둘째, 할망구한테 해명하기. 그 할망구, 어때 보여? 좀 둔해야할 텐데. 혹시 모르니 완벽한 핑곗거리를 준비해야 하나?"

"그만해."

"그냥 진실을 털어놓을까도 생각해봤어. 하지만 왠지 이해 못 할 것 같더라고. 셋째와 넷째도 마찬가지고. 어머니와 경찰에게 해명하기. 네가 실종되면 찾으러 올 사람이 있을까? 너희 엄마는 사이코 아들이 죽었다며 오히려 기뻐하지 않을까? 네가 만든 우리 앨범 있잖아. 미치지 않고서야 어떻게 그런 걸 만들 생각을 할 수 있지?"

그녀는 테우의 대꾸를 기다리다가 고개를 저었다.

"다섯째, 테우랑 같이 할 것들. 내가 생각해도 정말 기발한 것 같아." 그녀가 미소를 흘리며 혀끝으로 앞니를 훑었다. "네가 진짜로 미쳤는지 확인해볼 거야."

"난 협조 않겠어."

클라리시의 얼굴에 미소 대신 불쾌한 표정이 떠올랐다. 그녀는 문을 나가 앨범과 묵직해 보이는 토분을 들고 돌아왔다. 토분을 서랍장 위에 놓고 앨범에서 사진 몇 장을 꺼내더니 테우의 얼굴에 우악스럽게 짓이겼다.

"다 거짓이잖아. 얼간이의 판타지 월드. 이걸 어떻게 하는 게 좋을까?"

공포에 빠진 테우는 실실 웃고 있는 클라리시를 쳐다봤다. 그녀는 온화한 눈빛으로 그를 응시하고 있었다. 바짝 붙은 두 사람의 몸이 이따금 맞닿았다. 그토록 아름다웠던 감정이 어쩌다 이리도 야비하고 사악하게 변했을까? 테우는 펑펑 울고 싶었지만 눈물샘이 바짝 말라버린 상태였다. 그는 말없이 클라리시를 지켜봤다. 그녀는 두 사람이 함께 찍은 사진들을 꺼내 토분에 넣고 주머니에서 라이터를 꺼냈다.

불꽃이 옮겨 붙자 사진들이 뒤틀리고 오그라들었다. 몇 초 만에 까맣게 타버린 이미지들은 기름기 섞인 유독한 연기 속에서 사라져갔다. 탁탁 튀는 불꽃을 지켜보던 클라리시는 박수를 치며 좋아했다. 미녀가 야수로 돌변하는 순간이었다. 그녀는 나머지 사진들도 속속 토분에 던져 넣었다. 비눗방울을 불듯 불꽃에 대고 호호 입바람도 불어댔다. 팝, 팝, 팝 하고 불꽃이 내는 소리를 흉내 내기도 했다. 방 안은 종이 타는 냄새로 진동했다.

그녀가 토분을 들고 일어났다. 아직 꺼지지 않은 잉걸불을 내려다보다가 문으로 향했다. 문간에 멈춰 선 그녀가 그를 돌아봤다.

"새해 복 많이 받아, 테우!"

그는 뒤통수를 한 대 얻어맞은 듯했다. 오늘이 새해 첫날이라면 내가 7일째 이러고 있다는 건가? 진정제 기운 때문인지 그는 이제 고작 사나흘 정도 지났을 거라고 짐작했다. 정말 새해 첫날이라면 앞으로 일주일 있으면 노파가 나타날 것이다. 무슨 일이 있어도 일주일 안에는 탈출해야 한다. 클라리시의 손에 목숨을 잃기 전에.

22장

냄새가 통증을 덮어줬다. 역겨운 냄새와 함께 미지근한 기운이 느껴졌다. 그의 엉덩이 밑에 물컹하고 끈적거리는 뭔가가 짓이겨져 있었다. 그는 수치심과 분노에 휩싸였다. 닫힌 문 밖에선 클라리시가 분주히 움직이고 있었다. 소리를 들어보니 주방에서 요리를 하고 있는 모양이었다. 그녀는 어젯밤부터 모습을 드러내지 않았다. 한밤중에 깨어난 테우는 제발 화장실 좀 가게 해달라고 애원했다. 한참 동안 고래고래 소리를 질러댔다. 하지만 결국은 너무 늦어버렸다. 그저 죽고만 싶었다.

클라리시가 문을 열고 나타나 아침인사를 했다. 비키니 차림이었고 오른손에는 흙 묻은 삽이 들려 있었다. 온몸은 땀으로 범벅이 돼 있었다.

"새해 첫날이야. 기분이 어때?" 그녀는 삽을 내려놓고 그의 이마에 살짝 입을 맞췄다.

테우는 눈을 감았다. 죽음의 냄새가 그의 콧속을 가득 채웠다.

"점심 차려놨어. 배 많이 고프겠다. 배 속을 시원하게 비워냈잖아."

　주방에서 요리를 챙겨온 클라리시가 의자를 끌어와 허리를 꼿꼿이 세우고 앉았다. 마치 선생님의 감시를 받고 있는 아이처럼. 그녀가 포크로 스파게티를 돌돌 말아 조심스레 태우의 입에 넣어줬다. 그의 입가에서 소스가 뚝뚝 떨어졌다. 그는 입에 들어온 음식을 뱉어버렸다.

　"먹어, 태우."

　"싫어."

　"지금은 고집부릴 때가 아니야."

　"어차피 죽을 운명인데 먹어서 뭐 해?"

　그녀의 눈썹이 살짝 씰룩거렸다. 입가에는 소심한 미소가 떠올랐다. "난 널 안 죽여. 넌 그런 평화를 선물받을 자격이 없다고."

　"정말이야?"

　"당연하지. 그러니까 어서 먹어."

　그제야 태우는 음식을 받아먹었다. 그녀의 말을 믿어야 할지 의심스러웠지만 며칠 전에 비해 분위기가 긍정적으로 바뀐 건 분명했다. 그의 마음속에서 적의가 조금씩 걷히면서 클라리시를 향한 연민이 스멀스멀 생겨났다. 그녀는 사과를 할 만큼 겸손해진 상태는 아니었다. 그래도 그를 죽이지 않겠다고 약속했고, 자기 손으로 스파게티까지 떠먹여주었다. 이게 사과의 제스처가 아니면 뭐겠어? 안 그래?

　"마음을 돌렸구나. 정말 다행이야." 태우가 말했다. 순간 희열에 젖은 그는 이렇게 묻고 싶었다. *누군가를 사랑해본 적 있어? 그를*

위해서라면 뭐든 다 할 수 있을 것 같다는 생각은?

클라리시는 소고기 두 조각을 포크로 찍어 테우에게 내밀었다.

"난 고기 안 먹어."

"몸에 좋은 거야. 이제부터 적응해보도록 해."

그는 입을 딱 다물었다.

"안 먹으면 내가 기분이 안 좋잖아. 사랑을 담아 만든 건데." 그녀가 비난조로 말했다.

"먹고 싶지 않아."

그녀는 고기를 접시에 내려놓고 포크로 그의 젖꼭지를 꾹 찔렀다. 피가 배어날 때까지. "먹으란 말이야. 내가 또 이래야 말을 듣겠어?"

"고기가 썩었어. 며칠째 냉장 보관도 안 했던 거잖아!"

"먹어!"

테우는 하는 수 없이 입을 벌렸다. 고약한 맛이 났다. 그는 클라리시를 위해 소고기를 구입했던 자신의 관용을 탓했다.

"맛있지? 그치?"

"맛있어."

"네가 좋아할 줄 알았어." 그녀는 접시가 깨끗이 비워질 때까지 손으로 고기를 집어 그의 입에 속속 넣어줬다.

음식을 다 받아먹은 테우가 말했다.

"제발 팔만 좀 내리게 해줘. 대신 침대에 묶어놓으면 되잖아. 더 이상 이 자세론 못 있겠어. 손가락까지 무감각해졌단 말이야."

클라리시가 문간에 멈춰 서서 고개를 한쪽으로 기울였다. 고민에 빠진 듯 잠시 서 있더니 그대로 방을 나가버렸다.

클라리시는 늦은 오후가 돼서야 다시 나타났다. 열린 창으로 서늘한 바람이 스며들었다. 태우는 더러운 시트로 몸을 감싸려 애썼다. 속옷 안에 갇힌 대변은 딱딱하게 굳어 있었다. 방 안을 가득 채운 지독한 악취 때문에 토하고 싶었다. 하지만 토사물이 상황을 더 악화시킬 거라는 생각에 애써 헛구역질을 참았다.

"이거 먹어." 클라리시가 알약 하나를 그의 목구멍으로 쑤셔 넣었다.

태우의 입술은 빳빳했고 바짝 마른 혀에서는 역한 맛이 느껴졌다. 그는 오랫동안 양치질을 못 했다.

"메스꺼움을 진정시켜줄 거야. 너랑 긴히 할 얘기가 있어."

"얘기?"

"반드시 백 퍼센트 진실만을 들려줘야 해. 어때?"

"지금까지 그래왔잖아, 클라리시."

그녀가 웃음을 터뜨리며 보그 멘톨 담배에 불을 붙였다. 그녀는 날씨에 어울리지 않게 짧고, 상황에 어울리지 않게 반짝거리는 드레스 차림이었다. 목에는 그가 시내에서 사온 목걸이가 걸려 있었다. 보석용 원석을 꿰어 만든 그 목걸이는 사다만 놓고 미처 그녀에게 전하지 못했던 것이다. 그걸 그녀가 직접 찾아 목에 걸었다는 사실이 태우는 뿌듯하기도 하면서 한편 쓸쓸하게 여겨졌다.

그녀는 다리를 꼰 채 편안한 자세를 찾아 연신 몸을 꼼지락거렸다. "그 우디 앨런 영화 알지? 〈알고 싶지만 차마 묻지 못했던 섹스에 대한 모든 것Everything You Always Wanted to Know About Sex But Were Afraid to Ask〉. 여기서 우리 버전으로 한번 해보는 건 어때? *당신이 늘 알고 싶어 했지만 차마 묻지 못했던 나에 대한 모든 것.*"

"뭐?"

"네가 먼저 묻고 내가 그다음에 묻고, 차례로 돌아가면서. 서로 그렇게 보상을 해주자는 얘기야, 테우."

"난 묻고 싶은 게 없어."

"백 퍼센트 진실만을 얘기하랬잖아."

"이게 진실이야."

"라우라와, 네가 목격한 키스. 우린 그 얘기를 해본 적이 없잖아."

"다 지난 일이야. 알고 싶지도 않고."

"말하는 게 꼭 우리 엄마 같네. 엄마도 듣고 싶은 것만 듣거든."

"알기엔 너무 고통스러운 것들이 있잖아."

"내가 여자랑 키스하는 걸 본 것처럼?" 클라리시가 테우의 얼굴을 향해 담배 연기를 뿜어냈다.

테우는 라우라를 용서할 수 없었다. 라우라의 모습이 떠오르자 그는 또다시 속이 울렁거렸다.

"그건 걔 잘못이 아니야. 내가 여자를 좋아하기 때문이라고."

충격적인 발언이 테우의 영혼을 갉아먹기 시작했다. 클라리시는 자신이 원할 때 그에게 상처를 주는 재주가 탁월했다.

"네 취향에 대해 어머니는 뭐라고 하셔?"

"굉장히 언짢아하셔. 나도 그 얘긴 별로 하고 싶지 않아." 그녀의 목소리에서 고뇌가 느껴졌다.

그들은 잠시 음울한 침묵에 빠졌다. 솔직히 테우도 그 문제를 계속 들쑤시고 싶지 않았다.

"끔찍이 사랑하는 딸이 동성 친구에게 빠져 있다는 걸 알고 엄청난 충격을 받으셨어. 크게 실망하셨지." 마침내 그녀가 말했다. "하지만 난 그런 나 자신을 숨길 줄 몰라."

한때 테우는 클라리시의 무책임한 자유에 큰 매력을 느꼈다. 지나치게 계산적인, 그래서 생각 없이는 절대 입을 열지 않는 그가 그런 여자에게 혹해버리다니. 상상도 할 수 없는 일이 벌어진 것이었다. 클라리시는 자신의 그런 면을 조금도 부끄러워하지 않았다. 테우는 그런 그녀가 부러웠고.

"이상한 짓 하다가 어머니한테 들키기라도 했어?"

"학교 친구랑 같이 있는 걸 보셨어. 그때 친구랑 같이 집에서 술 마시고 놀고 있었는데 엄마가 불쑥 들어온 거야. 침대 밑에 숨어 있던 그 친구를 발견하셨지."

"맙소사."

"그게 다가 아니야." 클라리시의 얼굴이 찌푸려졌다. "부모님이 날 어떤 심리학자한테 데리고 가셨어. 황당하지 않아? 21세기엔 못 고치는 병이 없다고 생각하셨나 봐."

"네가 레즈비언이 아니었으면 좋겠다, 클라리시. 난 아직도 네가 결국엔 날 좋아해줄 거라 믿어."

그녀가 머리를 하나로 모아 묶었다. 테우는 처음으로 그녀의 얼굴에 난 잔주름을 제대로 볼 수 있었다. 노화의 작은 신호.

"그런 방법을 쓰면 정말로 내가 널 좋아해줄 거라고 생각했어?"

클라리시가 물었다. 목소리가 왠지 긍정적이고 사색적이기까지 했다. 그녀는 아직도 테우의 마음을 잘 모르는 듯했다.

"다른 방법이 없었어."

"날 믿다니, 넌 너무 어리석었어."

"그래도 시도는 해봐야지. 널 영원히 붙잡아둘 수 없다는 거 알아. 네가 결국 자유를 찾아 떠나버릴 거라는 것도 알고. 난 네가 어떻게 반응할지 보려고 이 섬으로 온 거야."

"이런 반응을 예상하진 못했지?"

담배 연기가 그들 사이를 안개처럼 감돌았다. 클라리시가 자리에서 일어나 창문을 닫고 주방에서 수갑 열쇠를 가져왔다. 그녀가 테우의 오른쪽 수갑에 열쇠를 꽂아 돌리자 경쾌한 금속성 소리가 났다. 자유의 소리였다.

"허튼수작 부릴 생각일랑 마." 그녀는 테우의 두 팔을 천천히 내리고 침대 프레임 뒤로 묶어놓았다.

테우는 그녀에게 달려들 기운이 없었다. 바르르 떨리던 그의 근육에 경련이 일었다.

"미안하지만 난 네가 날 사랑하는 방식이 싫어." 클라리시가 열쇠를 침대 옆 탁자에 내려놓으며 말했다.

테우는 아무 말도 하지 못했다. 사랑한다는 말은 그도 이제 지겨웠다. 그는 색다르고 충격적인 접근을 원했지만 머릿속에 떠오르는 게 아무것도 없었다. 클라리시가 문밖에서 왕진가방을 들고 돌아왔다.

"이제는 내가 질문할 차례야. 이 가방 자물쇠 번호가 뭐지?"

태우의 가슴이 철렁 내려앉았다. 그는 브레누와 그의 빌어먹을 안경을 떠올렸다.

"제발 날 힘들게 하지 마." 그녀가 말했다.

"클라리시, 난……."

"네가 원하는 대로 팔을 내려줬잖아. 자물쇠 번호를 가르쳐줘."

태우는 당혹스러웠다. 그녀의 나긋나긋한 톤 때문에 강하게 받아칠 의욕이 나지 않았다.

"최대한 많은 경우의 수를 시도해봤지만 다 헛수고였어." 클라리시가 자신의 귀 옆으로 가방을 올려 살짝 흔들었다. 안에 무엇이 들었는지 무척 궁금한 모양이었다.

"모르는 게 약인 경우도 있어, 클라리시."

그녀는 왕진가방을 침대에 내려놓고 태우 앞으로 몸을 기울였다. 그리고 그의 손목을 꼭 움켜쥐었다. 담배를 피운 직후였지만 그녀의 입에선 향긋한 냄새가 풍겼다.

"가르쳐줘, 당장. 안 그러면 팔을 다시 위로 걸어놓을 거야."

태우는 눈을 감고 꿈을 꾸듯 자신의 모습을 떠올려봤다. 그는 빨간 카드로 끈기 있게 집을 만들어나가는 중이었다. 주변에는 나무들이 서 있고, 하늘에선 태양이 눈부신 빛을 발하고 있었다. 그는 갑자기 입으로 바람을 불어 카드로 만든 집을 무너뜨려 버렸다.

"영 칠 영 육." 그가 눈을 번쩍 뜨고 말했다. "제발 아무 짓도 하지 말아줘."

23장

클라리시가 미소를 흘리며 자물쇠를 풀었다. 왕진가방이 열리고 안에서 브레누의 안경이 나왔다. 그 순간 클라리시가 보인 반응을 테우는 영원히 잊지 못할 것이다. 혼란에 빠져 흔들리는 눈, 떡 벌어진 입. 그녀는 길고 가느다란 손가락으로 안경을 더듬어나갔다. 그러고 있으면 안경이 다른 무언가로 변하기라도 한다는 듯.

그녀는 거의 공황에 빠진 듯했다. 상심의 표정도 엿보였다. 얼굴이 창백해졌고, 성대는 빳빳해졌으며, 이마 위로 정맥이 불룩 튀어나왔다. 그녀는 안경을 으스러뜨릴 듯 주먹을 꼭 쥐고 허공에 휘둘렀다. 거만했던 표정은 압도적인 배신감에 눌려 싹 사라졌다. 테우는 이 상황을 은근히 즐기고 있었다.

"어떻게 된 거야?" 클라리시가 애원하듯 물었다.

완전한 정적. 테우는 이 평화로움이 최대한 오래 지속되기를 바랐다. 그는 딱히 해명하고 싶지 않았다. 두 팔이 양옆으로 내려지고 나니 더 이상 그녀에게 고분고분해야 할 필요도 못 느꼈다.

"이 안경이 왜 여기 들어 있지, 테우?"

"브레누는 죽었어." 그가 대수롭지 않다는 투로 말했다. 꼭 소설 속 대사를 읊는 듯했다.

클라리시가 눈을 몇 번 깜빡이다가 이내 울음을 터뜨렸다.

태우는 그녀에게 아직도 브레누를 향한 애정이 남아 있다는 사실이 못마땅했다. 그녀의 반응은 그들이 지금껏 공들여 쌓아온 관계를 처참히 무너뜨렸다. 태우는 그녀에게 위로의 말을 전하고 싶었다. 하지만 살다 보면 비탄의 순간을 묵묵히 받아들여야 할 때도 있었다.

그는 클라리시도 그걸 알고 있으리라 믿었다. 그녀가 우는 이유는 바로 이 순간이 속상한 모습을 보여야 할 때라는 걸 알기 때문이다. 이 모든 건 연극이다. 그들은 조명 켜진 무대에 서 있었다. 관객들은 그들의 인상적인 연기를 숨죽여 기다리는 중이었다.

"우리가 브레누를 죽였어." 태우가 말했다.

"우리가?" 예상과 달리 그녀는 크게 놀란 목소리가 아니었다.

"그래. 기억 안 나?"

"거짓말 마!"

"너랑 나랑 함께 죽였잖아, 클라리시. 브레누가 우릴 죽이려고 하니까."

태우는 그녀의 반응을 흥미롭게 관찰했다.

클라리시는 안경을 떨어뜨리고 바닥에 주저앉아 아기처럼 몸을 웅크렸다. 그러곤 두 손에 얼굴을 묻고 귀청을 찢을 듯 비명을 내질렀다. "난 기억이…… 아무것도 기억나지 않아……."

클라리시가 관자놀이를 꾹꾹 눌렀다. 온몸이 벌겋게 상기되어 당장이라도 실신해버릴 것 같았다. 테우는 자신에게 채워진 수갑이 야속했다. 수갑만 아니었으면 진작 달려가 그녀를 안아줬을 텐데. 하지만 침대 옆 탁자에 있는 수갑 열쇠를 향해 손을 뻗지도 못했다. 섣불리 그랬다가는 클라리시가 가만있을 리 없다.

"안타까운 일이지만 그나마 다행인 건 아직 그걸 아무도 모른다는 사실이야."

"거짓말! 사이코패스!" 클라리시는 논리와 동떨어진 말로 그를 모욕하고 있었다. 그녀가 입을 꼭 다문 채 몸을 떨었다. 우는 모습이 마치 짜증 내는 아이를 보는 듯했다.

"울지 마." 테우가 차분한 목소리로 말했다. 두 사람 중 하나라도 흔들림이 없어야 했다.

"난 브레누를 사랑해!" 그녀가 빽 소리쳤다.

테우가 웃음을 터뜨렸다. "녀석이 널 강간하려 했단 말이야."

거짓말이 그의 마음을 살짝 불편하게 했다. 하지만 완전한 거짓말은 아니었다. 어쨌든 불청객 브레누는 잔뜩 흥분한 상태로 테레조폴리스를 찾아왔었으니까. 테우가 저지하지 않았다면 클라리시는 분명 그에게 큰 봉변을 당했을 것이다.

"녀석을 매장하는 걸 너도 도왔잖아." 테우가 노련한 배우처럼 능글맞게 웃어 보였다. 이제 곧 조명이 꺼지고 관객들은 기립박수를 칠 것이다. 테우는 박수를 쳐보려 했지만 수갑 체인이 너무 짧아 어려웠다. 손가락이 간신히 닿기는 했지만 그것으로는 턱없이 부족했다.

클라리시는 힘겹게 몸을 일으켰다. 그녀의 자그마한 팔은 앙상한 나뭇가지 같았다. 그녀가 휘청거리며 그에게 다가왔다. 테우는 클라리시를 끌어안고 위로해주고 싶었다. 모든 게 잘 풀릴 거라고. 그는 두 손을 클라리시 쪽으로 뻗었다. 뜨겁게 달아올라 있을 그녀의 살을 만져보고 싶었다.

따귀를 얻어맞게 될 거라고는 미처 예상하지 못했다. 클라리시가 따귀를 올려붙인 순간 테우는 아찔한 기분을 느꼈다. 삐걱대는 마룻장 같은 소리가 방 안을 쩌렁쩌렁 울렸다. 이기적인 그녀는 모든 걸 그의 탓으로 돌리려는 모양이었다. 그 태도에 적잖은 충격을 받은 테우는 어떠한 저항도 하지 못했다.

그는 클라리시의 구타를 온몸으로 받아냈다. 많이 아팠지만 묵묵히 참았다. 피부가 찢기고 아물어가던 얼굴 딱지들이 뜯겨나갔다. 피가 스며들자 그는 왼쪽 눈을 질끈 감았다. 가장 곤란한 상황에 불쑥 나타나 모든 걸 망쳐놓으려 했던 그깟 바이올리니스트 때문에 이런 고초를 겪어야 하다니, 너무 억울했다.

클라리시는 브레누의 죽음 때문에 이러는 게 아니었다. 오히려 그녀는 후련해하고 있을 터였다. 단지 도저히 설명이 되지 않는 감정을 분출하고 있을 뿐이었다. 별로 친하지 않은 숙모가 죽었을 때 묘하게 감정적으로 변하듯이. 그녀에게는 화풀이 상대가 필요했고, 테우는 그 역할을 마다하지 않았다.

클라리시가 서랍장에서 권총을 꺼내왔다. 떨리는 손으로 테우를 향해 권총을 겨누고 공이치기를 당겼다. 장전되지 않은 총이라는 걸 깜빡한 듯했다.

그녀는 더 이상 테우가 바비큐 파티에서 처음 만났던 그 여자가 아니었다. 테레조폴리스에서 그와 오붓한 시간을 함께하고, 모텔에서 황홀한 밤을 함께 보냈으며, 복수를 한답시고 사진을 불태우고, 그의 얼굴에 담배 연기를 뿜어대던 여자도 아니었다. 그녀는 전혀 딴사람이 돼 있었다. 한껏 격앙된 모습, 촉촉하고 냉담한 눈, 영혼 잃은 클라리시.

여전히 벽에 몸을 기대고 선 그녀가 갑자기 총구를 자신의 머리에 갖다 붙였다. 그녀의 몸은 주체할 수 없이 떨리고 있었다. 진이 다 빠져서 묵직한 권총을 쥐고 있는 것조차 버거워 보였다. 그녀가 사악한 표정으로 테우를 쏘아봤다. 어리둥절한 그의 얼굴에 회한의 표정이 살짝 스쳐갔다. 그녀는 주저 없이 방아쇠를 당겼다.

탄약이 없음을 깨달은 그녀는 짜증스럽게 권총을 내팽개치고 발로 짓이기며 외쳤다. "사랑해, 브레누!" 그 비열한 놈의 영혼이 자신의 히스테리성 절규를 들어줄 거라 믿는 듯이. 그녀의 흉곽이 덜덜 떨리고 있었다. 당장이라도 폭발해버릴 것 같은 분위기였다. 이성을 잃은 그녀를 지켜보는 테우의 마음은 천근만근이었다.

클라리시가 주방 테이블을 거칠게 밀치고 밖으로 뛰쳐나갔다. 감정에 북받친 채 절뚝거리며 어디론가 가고 있었다. 대체 뭘 하려는 거지? 사실 이 순간 테우는 궁금증보다 안도감이 훨씬 컸다. 그는 이 순간이 최대한 지속되기를 바라며 눈을 감고 베개 위로 몸을 눕혔다. 당분간 아무 생각도 하고 싶지 않았다. 애석하게도 그는 더 이상 클라리시의 세상에 존재하지 않았다. 그녀의 자살기도는 너무나 큰 충격이었다. 영원히 잊지 못할 비극의 순간이었다.

그녀가 빠져나간 방은 한층 가볍고 평화로운 느낌이었다. 잠시 후 눈을 뜬 테우도 기분이 한결 나아졌다. 그 순간 밖에서 꿈틀대는 무언가가 옆눈으로 보였다. 창밖을 보니 클라리시가 수평선을 향해 헤엄치고 있었다. 그녀의 연약한 팔은 부질없는 도리깨질을 멈추지 않았다. 테우에게서 벗어나기 위해 필사적으로 몸을 놀리고 있었다. 잠시 후 거대한 파도가 그녀를 삼켜버렸다. 클라리시의 모습은 더 이상 물 밖으로 보이지 않았다.

24장

공포에 질린 테우는 몸을 비틀어댔다. 물속으로 사라져버린 클라리시의 모습이 머릿속에서 반복적으로 재생되었다. 폭발하는 파도의 새하얀 비말, 그 속에 파묻혀버린 그의 연인. *나의 사랑*. 테우는 열쇠가 놓인 탁자로 손을 뻗었지만 소용이 없었다. 필사적으로 몸을 틀어 침대 가장자리로 이동했다. 손끝이 탁자에 닿았지만 한쪽으로 미끄러져 내려간 열쇠는 아직도 멀리 떨어져 있었다. 그는 포기하지 않고 계속해서 움직였다. 수갑이 팔뚝을 깊숙이 파고든 후에야 간신히 열쇠를 끌어올 수 있었다.

황급히 수갑을 풀고 밖으로 달려나갔다. 허둥지둥 옷을 벗어젖히고 주저 없이 물속으로 뛰어들었다. 바닷물이 닿자 온몸이 쓰라렸다. 그는 클라리시의 흔적을 찾아 사방을 꼼꼼히 살폈다. 하지만 이내 무력감이 찾아들었다. 단서가 없는 상황에서 그런 노력은 다 부질없었다. 바다는 이미 만조에 접어들었다. 그의 발은 더 이상 모래 바닥에 닿지 않았다. 테우는 끈적끈적한 점액으로 뒤덮인 바위에 올라섰다. 그 순간 성게에 엄지발가락을 찔려 미끄러졌다.

그는 다시 바위로 기어 올라가 클라리시를 외쳐 불렀다.

청록색 물속에서 사람의 그림자가 보이는 듯했다. 그쪽으로 헤엄쳐 가봤지만 아무것도 없었다. 클라리시가 가라앉은 지 얼마나 됐지? 최소한 3분, 어쩌면 5분도 넘었을 것이다. 바닥으로 끌려내려 갔다면 큰일이다. 하지만 그녀가 익사했을 가능성은 조금도 고려하지 않았다. 그렇게 특별한 인물을 하늘이 아무 의식도 없이 데려갔을 리 없다. 그것은 부당한 일이고, 말 그대로 범죄다.

태양은 수평선에 걸쳐졌고, 선홍색으로 물든 바다는 하늘과 맞닿아 있었다. 태우는 계속해서 주변 물속을 살폈다. 거센 해류 때문에 수색이 쉽지 않았다. 그는 물속으로 들어가 눈을 떴다. 장려한 수중 풍경이 숨을 턱 막히게 했다. 다시 뭍으로 돌아가야만 했다. 찬바람이 뼈를 삐걱대게 만들었다. 묘한 기분이었다. 머릿속은 말짱했지만 몸은 무의식적인 반응에 계속 시달리고 있었다.

속이 울렁거렸다. 자꾸 불길한 생각이 들었다. 바로 그때 암석 해안 근처에서 클라리시의 모습이 보였다. 그녀는 두 개의 바위 사이에 부자연스러운 자세로 걸쳐져 있었다. 긴 머리에 뒤덮인 얼굴은 수면 위로 올라와 있었다. 파도가 밀려들 때마다 축 늘어진 두 팔이 괴기하게 움직일 뿐 그 밖에 다른 움직임은 없었다.

태우는 망설임 없이 그쪽으로 헤엄쳐가기 시작했다. 가슴과 오른팔에 날카로운 통증이 있었지만 온몸을 힘차게 뻗어나갔다. 쉴 새 없이 물살을 젓는 두 팔에도 힘이 잔뜩 들어갔다. 태우는 자신의 영웅적인 구조 행위를 클라리시가 똑똑히 보고 기억해주기를 바랐다. 바위에 도착한 그는 잠시 붙잡고 있을 만한 곳을 찾아봤다.

추위와 피로 때문에 시야는 많이 흐려진 상태였다. 테우는 클라리시의 팔뚝을 움켜잡은 채 그녀의 몸을 넘어갔다. 살펴보니 그녀가 입고 있던 드레스는 갈가리 찢겼고, 곳곳에 출혈의 흔적도 보였다.

클라리시의 하반신은 심하게 긁힌 상처로 뒤덮여 있었다. 특히 허리 부분이 심했다. 그녀는 의식이 남아 있었지만 무척 혼란스러워하는 모습이었다. 헉헉대고 있었는데 바닷물을 많이 마신 듯했다. 심장은 빠르게 뛰고 있었다.

"진정해. 내가 왔으니까." 테우가 말했다.

그는 클라리시의 드레스를 북북 찢었다. 그녀는 속옷을 입고 있지 않았다. 테우는 조심스레 클라리시의 몸을 뒤집어봤다. 거센 파도가 그들을 바위 쪽으로 계속 떠밀었다. 왼쪽 엉덩이에 난 깊은 상처에서 많은 피가 배어났다. 클라리시는 몸을 덜덜 떨며 알아들을 수 없는 말을 웅얼댔다. 브레누의 이름이 들리는 것 같았지만 테우는 애써 태연한 모습을 보였다.

테우는 머릿속에 각인된 클라리시의 이미지와 그녀를 향한 자신의 모든 회한을 해체해볼 필요가 있다고 느꼈다. 자신에게는 그녀를 살릴 능력이 있었고, 테우는 그 사실에 뿌듯했다. 그는 클라리시의 허리를 살짝 들고 너덜너덜해진 엉덩이를 드레스로 칭칭 감아 묶었다. 출혈이 어느 정도 멎자 그녀의 겨드랑이에 팔을 끼워 넣고 천천히 헤엄치기 시작했다. 클라리시는 그 어느 때보다 무거웠다. 초인적인 힘이 필요했다. 그는 자세를 바꿔보기로 했다. 그녀를 어깨로 받쳐 들자 목과 등에 엄청난 부담이 느껴졌다. 무게에 눌려 자꾸 물속으로 가라앉았고, 바닷물이 연신 목구멍을 타고 넘어왔다. 그는 순간적으로 모든 감각을 잃고 말았다.

클라리시가 그의 등에서 스르르 미끄러져 내려갔다. 더 이상 손을 쓸 수 없는 상황이었다. 혼자서 물에 떠 있기조차 버거웠다. 테우의 발은 여전히 모래 바닥에 닿지 않았다. 해안에서 너무 멀리 나온 탓이었다. 순간 그는 그녀와 함께 대서양의 유혹적인 품에 안긴 채 죽고 싶다는 충동에 사로잡혔다. *대서양의 유혹적인 품에 안겨……* 보나마나 누군가가 소설에 이미 그런 표현을 썼을 거야. 테우는 확신했다. 클라리시를 붙잡고 있던 손에서 힘이 살짝 빠졌다. 테우는 그녀를 먼저 보낼 생각이었다. 하지만 바로 그때 발끝에 모래가 스쳤다. 정신이 번쩍 든 그는 또다시 자신감이 치솟았다.

테우는 클라리시를 수면 위로 끌어올리고 모래 바닥을 힘껏 밟아나갔다. 되쓸려 나가는 거센 파도도 더 이상 그를 막지 못했다. 클라리시가 기침을 하기 시작하더니 멈출 줄을 몰랐다. 창백한 얼굴을 덮은 그녀의 긴 머리가 테우의 가슴에 달라붙었다. 테우는 마치 사랑하는 공주를 극적으로 구해낸 왕자가 된 기분이었다. 가까스로 민박집에 도착했다. 테우는 한껏 벅차오른 가슴을 진정시키기가 힘들었다.

저무는 태양이 하얀 벽에 환상적인 빛을 뿌려놓았다. 테우는 클라리시를 그녀의 침대에 눕혀놓았다. 그가 묶여 있던 침대는 오물로 뒤덮여 있었으니까. 그는 베개들을 가져와 클라리시의 몸에 받쳐놓았다. 그녀의 몸 구석구석을 신속히 살펴본 그는 안도했다. 부상이 예상만큼 심각하지 않았다. 상반신과 머리에는 상처 하나

보이지 않았다. 그런데도 그녀는 작고 아파 보였다. 피 흘리는 인어처럼. 등과 한쪽 종아리에는 심하게 찢긴 상처가 여럿 있었다. 가장 심각한 건 엉덩이의 찰과상이었다. 살점이 뜯겨나가 살짝 부풀어오른 부분도 있었다.

테우는 몸을 굽혀 클라리시의 얼굴을 내려다봤다. 잠시나마 그녀의 숨이 멎었으면 좋겠다는 생각이 들었다. 인공호흡을 핑계로 키스할 수 있으니까. 두 사람은 서로 바짝 붙어 있었다. 테우는 반쯤 열린 그녀의 눈을 빤히 들여다봤다. 눈을 보면 상대의 영혼을 볼 수 있다고 하지 않던가. 그녀의 눈에선 평온과 애정의 빛이 엿보였다. 진실한 사랑의 흔적을 확인한 그는 가슴이 벅차올랐다. 두 손으로 얼굴을 감싸고 울음을 터뜨렸다. 애쓰지 않아도 눈물이 펑펑 쏟아졌다. 감정을 드러내서 얻을 게 아무것도 없는 상황인데도.

테우는 이 모든 게 운 좋은 몇몇에게만 주어지는 신의 계시라고 생각했다. 삶의 본질이라 할 수 있는 날것 상태의 사랑. 모든 것은 재정리되었고, 나름의 의미를 갖게 되었다. 그가 지금껏 클라리시를 지배하기 위해 했던 행동들은 모두 충동적인 것이었다. 그런 방식이 얼마나 의미 없는 것인지 비로소 깨닫게 되었다. 퍼즐 조각이 결국에는 완벽히 들어맞는 것처럼 그들은 서로의 사랑을 확인하기 위해 무수한 우여곡절을 겪어왔다. 테우는 클라리시를 꼭 끌어안았다. 그는 클라리시 역시 감동했으리라 믿었다. 그녀도 바로 지금이 인생에서 가장 중요한 순간이라고 생각하리라 믿었다. 테우는 그녀의 어깨에 얼굴을 묻고 격하게 흐느꼈다.

클라리시는 기침과 쌕쌕거림을 멈추지 않았다. 그러면서도 "사랑해"라고 웅얼대는 그녀의 목소리를 태우는 똑똑히 들었다.

"나도 사랑해, 클라리시. 넌 나의 공주야."

그는 오랫동안 그녀에게 키스를 퍼부었다. 키스는 가벼운 입맞춤으로 시작해 점점 격렬해졌다. 키스 덕분인지 그녀가 기침을 멈췄다.

"진정제를 놔줄게. 아프지 않을 거야. 환자 다루는 건 내가 전문이거든. 금세 회복할 테니까 걱정 마."

태우는 수술용 장갑을 끼고 세면도구 가방에서 거즈를 꺼냈다. 그는 신뢰를 회복하기 위해 애써 진지한 표정을 지으며 클라리시에게 싸이욜락스를 주사했다. 그녀의 눈이 바르르 떨리더니 이내 감겼다. 태우는 주방에서 칼을 가져와 랜턴에 꽂았다. 불꽃에 칼날을 달구려는 것이었다. 클라리시가 그 광경을 본다면 보나마나 겁에 질려 까무러칠 것이다. 그래서 그는 계속해서 그녀를 안심시키는 말을 했다. 그녀가 아직 의식이 있어 듣고 있을지도 모르니까.

"아무 걱정 마."

지혈을 위해 묶었던 드레스를 풀자 또다시 피가 흘렀다. 태우는 뜯긴 작은 정맥에 거즈를 댔다. 그리고 클라리시의 몸을 꼼꼼히 닦았다. 상처 난 부위를 실수로 건드리는 일이 없도록 정신을 바짝 차렸다. 그녀의 허리는 잘록했다. 딱 태우의 스타일이었다. 왼쪽 엉덩이의 자상은 피하조직과 대둔근섬유*가 들여다보일 정도

---

* 엉덩이의 가장 큰 근육을 '대둔근'이라 하며, 근육을 구성하는 한 단위를 '근섬유'라 한다.

로 깊었다. 근육은 파열됐고 피부는 찢긴 상태였다. 테우는 뼈가 부러지지 않았기를 바라며 근육과 피부를 차례로 봉합해나갔다. 발과 허벅지의 상처들은 몇 바늘씩 꿰매는 것으로 손쉽게 수습되었다. 어쩜 사람이 이토록 무책임할 수 있는지. 그의 가슴속에서 추상적인 분노가 치밀어 올랐다.

상황이 반전되자 클라리시는 현실의 스위치를 내려버렸다. 테우는 그녀의 정신 상태에 대해 지난 몇 주간 깊이 생각해왔다. 그는 더 이상 클라리시를 수갑으로 구속해놓고 싶지 않았다. 그녀는 주저 없이 바다에 몸을 던져버리는 것으로 자신의 광기를 확인시켜줬다. 이제는 특단의 조치를 내려야 할 때였다.

더 이상의 고민은 필요 없었다. 그는 현명한 판단을 내릴 준비가 돼 있었다. 살짝 짜증이 일었지만 자신감이 넘쳤다. 그는 클라리시를 옆으로 돌려놓고 이마에 살짝 입을 맞췄다. 그런 다음 그녀의 다리와 어깨를 허리 쪽으로 접어 몸을 둥글게 만들었다. 척추가 최대한 굽어지도록. 그녀의 창백한 등은 찰과상으로 뒤덮여 있었다. 테우는 손가락으로 그녀의 등을 더듬어나갔다. 피부 아래로 척추가 만져졌다.

그는 뜨겁게 달궈진 칼을 뽑아 들고 클라리시의 등에 꽂아 넣었다. 첫 번째와 두 번째 척추골 사이에. 약간의 저항이 느껴지자 자세를 바꿔 압력을 높였다. 절개된 부분이 미소 짓는 입처럼 크게 벌어졌다. 칼날이 추간판을 파고들었다. 살 타는 냄새가 확 풍겨올라왔다. 등에서 계속해서 피가 배어나고 있었지만, 그걸 아는지 모르는지 클라리시는 깊은 잠에서 깨어날 줄 몰랐다. 테우는 조금도 긴장을 늦추지 않았다. 그녀의 목숨이 그의 손에 달려 있었다. 금세 진이 빠져버린 테우가 칼자루에서 손을 뗐다. 살에 깊이 박힌 칼이 바르르 진동했다. 클라리시의 몸은 경직 상태를 벗어났다. 테우는 침대 옆에 무릎을 꿇고 앉아 또 다른 최적의 위치를 찾아 봤다. 그리고 다시 칼자루를 쥐고 클라리시의 척추를 마저 끊어놓았다.

25장

밤은 비교적 평화로웠다. 클라리시는 5시가 다 돼서야 잠깐 깼다. 그녀는 고열에 신음하며 가쁜 숨을 몰아쉬었다. 테우는 해열제와 항생제와 싸이욜락스로 급한 불을 껐다. 그의 책략은 성공했다. 그는 클라리시가 완전히 깨어나기를 기다리는 중이었다. 그래야만 자신이 잠을 좀 잘 수 있을 것 같았다. 테우는 피로 얼룩진 침대 시트를 새것으로 갈고 오물로 더럽혀진 다른 방을 깨끗이 청소했다. 브레누의 안경을 왕진가방에 집어넣은 후 온몸에 밴 악취를 씻어내기 위해 샤워를 했다. 주방 조리대에는 재로 변한 사진이 담긴 토분이 놓여 있었다. 그는 토분을 쓰레기통에 넣어버렸다.

녹초가 된 그는 안락의자에서 축 늘어진 채 잠이 들었다. 꿈속에서 『소보타의 인체 해부학』을 남긴 해부학자 소보타와 클라리시의 사례에 대해 의견을 나눴다. 낯선 산악지역에서 소보타는 무표정한 얼굴로 그를 응시했고, 테우는 점점 불안감을 느꼈다. 요상한 꿈이었지만 한편으론 우습게 느껴졌다.

아침 7시가 넘어서도 클라리시는 깨어나지 못했다. 테우는 활력

징후*를 체크해봤다. 열은 완전히 내린 상태였다.

테우는 클라리시에게 입힐 옷을 골라봤다. 그녀가 브레누의 공연이 있던 날 걸쳤던 검은 드레스는 몸에 너무 컸다. 그는 두 개의 다른 옷을 놓고 고민하다가 들꽃 무늬 드레스를 선택했다. 마침내 되찾은 통제권이 그를 기쁘게 했다.

아침상을 그럴듯하게 차리고 싶은데 식재료가 별로 없었다. 대책 없이 물부터 끓여놓은 테우는 오트밀을 만들 수 없다는 사실에 절망했다. 그가 계피와 카르다몸**을 곁들인 오트밀을 만들어주면 파트리시아는 무척 좋아했다. 클라리시에게도 그 맛을 꼭 보여주고 싶었다.

커피와 함께 내갈 것이 필요했다. 비스킷과 토스트 사이에서 고민하고 있을 때 무언가 쿵 하고 떨어지는 소리가 들렸다. 테우는 황급히 클라리시의 방으로 달려갔다. 시트에 몸이 엉킨 클라리시가 바닥에 뻗어 있었다. 공포에 질린 모습이었다. 테우는 말없이 다가가 그녀의 겨드랑이를 붙잡아 몸을 일으켰다. 울부짖으며 몸부림치는 클라리시를 침대로 돌려놓는 것은 쉬운 일이 아니었다.

"진정해." 테우는 맥박을 잰 후 간신히 그녀를 침대에 눕혔다. 그리고 진통제를 꺼내와 먹였다. 아마도 극심할 그녀의 통증에 대해선 생각하고 싶지 않았다. 그는 침대 가장자리에 걸터앉아 클라리시의 입이 열리기를 기다렸다. 조금 전 잠에서 깬 클라리시는 그를

---

* 환자의 생명을 입증해주는 징후로 맥박, 호흡, 체온, 혈압 등의 수치를 말한다.
** 인도, 스리랑카 등에서 나는 관엽수인 카르다몸 나무 열매의 씨앗으로 만든 향신료.

부르는 대신 혼자서 몸을 일으키다 침대 밑으로 떨어진 것이었다. 그녀는 시체처럼 창백했고, 무언가 개인적인 이유로 무척 언짢아 하는 눈치였다. 시선은 햇빛을 차단하기 위해 테우가 쳐둔 커튼에 고정돼 있었다.

"왜 그래?" 테우가 물었다.

클라리시가 몸을 바르르 떨다가 갑자기 울음을 터뜨렸다. 아까와는 달리 격하고 발작적인 울음이었다. 다시 고개를 든 그녀의 눈은 흐리멍덩해 있었다. 그녀 안의 원초적인 무언가가 죽어버린 것이었다.

"다리에 감각이 없어, 테우."

"그게 무슨 소리야?" 그는 거울 앞에서 숱하게 연습한 대로 깜짝 놀란 표정을 능청스럽게 연기했다.

클라리시가 힘겹게 상체를 세웠다. 침대에 일어나 앉는 건 이제 그녀 혼자선 절대 할 수 없는 일이 돼버렸다.

"다리를 움직여보려 했거든. 다리에 온 신경을 집중해봤는데…… 도무지 말을 듣지 않아."

클라리시는 울음을 그칠 줄 몰랐다. 테우는 굳은 표정으로 일어나 침대 끝으로 갔다. 그녀의 발을 쥐고 살살 주무르기 시작했다. 물러진 살은 아주 뜨거웠다.

"아무 느낌도 없어?"

혼미한 정신 탓인지 클라리시는 오랫동안 반응하지 않았다. 한참 후 그녀가 절망에 찬 표정으로 고개를 내저었다. 클라리시의 하반신은 완전히 마비된 상태였고, 테우도 그 사실을 알고 있었다. 그는 또다시 무대에 올라 위치를 익히고 대사를 외는 자신의 모습을 상상했다. 얼굴엔 근심 가득한 표정을 떠올리고서. 꼭 다문 입, 추켜올린 눈썹.

"테스트를 좀 해봐야겠어." 테우가 말했다.

그는 클라리시의 다리를 천천히 구부려봤다. 발목을 돌려보고 허벅지와 발을 쿡쿡 찔러보기도 했다. 고개가 좌우로 돌아가는지, 스스로 상체를 틀 수 있는지도 확인했다. 그녀는 터져 나오려는 눈물을 애써 참으며 테우가 시키는 대로 했다. 그녀의 반응은 살짝 과장된 면이 있었다. 하지만 워낙 심각한 분위기라 테우는 차마 웃음을 흘릴 수 없었다.

"다리에 감각이 완전히 없어진 것 같아. 미안해." 테우가 말했다. 설득력 있게 들리도록 목소리의 톤과 억양에 신경 썼다.

클라리시는 감각 잃은 다리를 주무르기 시작했다. 달라진 건 아무것도 없었지만 그녀는 또다시 울음을 터뜨리고 말았다. 테우는 이 따분하고 반복적인 상황이 못마땅했다. 할 수만 있다면 시간이 빨리 가도록 하고 싶었다. 클라리시가 이 모든 걸 운명으로 받아들이고 자신의 보살핌 속에서 행복하게 살게 될 앞날로 뛰어넘고 싶었다. 하지만 현실적으로 불가능한 일이었다. 그에게는 그날이 아득하게만 느껴졌다.

"울지 마, 클라리시. 냉담하게 들렸다면 미안해. 난 단지 앞으로 우리가……."

"도와줘, 테우. 제발 도와줘! 난 불구가 되고 싶지 않아." 클라리시가 테우의 팔뚝을 꽉 움켜잡았다.

"그런 말 마."

"어떻게 좀 해봐! 이렇게 빌게! 너랑 영원히 함께해줄게! 네가 원하는 건 뭐든 해줄 테니까 나 좀 고쳐줘. 제발!"

"그렇게 바다에 뛰어들면 어떡해? 목숨을 건진 것만으로도 기적이라고."

공황에 빠진 클라리시와 대화하는 건 살얼음을 걷는 기분이었다. 그녀에게 진정제를 났으면 싶은데 그럴듯한 핑계가 떠오르지 않았다.

"더 이상 걸을 수가 없게 됐다고!" 그녀가 말했다.

"내가 걷지 못하는 어머니랑 같이 살아서 아는데, 물리치료로 회복되는 경우도 있어." 테우가 말했다. 물리치료로는 절대 나아질 수 없다는 걸 알면서도.

"지금 당장 걷고 싶다고!"

클라리시가 휘둥그레진 눈으로 자신의 다리를 빤히 쳐다봤다. 마치 무엇이라도 해보라고 명령을 내리는 듯했다. 그때 그녀의 상체가 앞으로 쏠리면서 구토가 쏟아져 나왔다. 그녀는 두 손으로 배를 움켜쥐고 울부짖었다.

테우는 갈아입을 옷과 새 시트를 챙기러 갔다. 안도감에 젖은 그는 빨랫줄 앞에서 가장 잘 마른 시트를 고르려는 듯 시간을 끌었다. 널려 있는 시트는 달랑 하나뿐인데도. 밖에서는 그녀의 절규가 들리지 않았다. 방 안에서 느꼈던 폐소공포증도 싹 가셨다. 그는 방으로 돌아가기 전에 주방 의자를 샤워기 밑에 옮겨놓았다.

"찬물로 샤워를 하면 좀 도움이 될 거야." 그가 말했다.

진통제를 고스란히 토해버린 클라리시는 땀으로 범벅이 돼 있었다. 그녀는 두 손으로 자신의 허리를 움켜쥐고 있었다. 기력이 거의 없어 보였다. 테우는 시트를 걷어내고 헝겊 인형처럼 축 늘어진 클라리시를 번쩍 들었다. 그녀를 샤워기 아래 의자에 앉혀놓고 붕대로 덮인 왼쪽 엉덩이에 무리가 가지 않도록 자세를 잡아줬다. 그런 다음 샤워기를 틀고 찬물로 이마를 씻겨줬다.

클라리시의 몸에서 드레스를 벗겨내는데 그녀의 알몸은 더 이상 그를 흥분시키지 못했다. 그걸 깨달은 테우는 풀이 죽었다. 그는 클라리시를 좋아했다. 아니, 사랑했다. 그녀가 병들고 지저분하더라도 그 마음에는 흔들림이 없어야 했다. 또다시 크리스마스이브 때 느꼈던 불편한 기분이 그를 엄습했다.

클라리시는 몸을 심하게 떨며 찬물을 그만 끼얹어달라고 애원했다. 간신히 양치질을 마친 그녀는 또다시 토하고 말았다. 그녀가 두 번째 양치질을 마치자 테우는 조심스레 물기를 닦아줬다. 그는 그녀의 의식을 붙들어놓기 위해 익살맞은 농담을 툭툭 던져봤다. 클라리시는 위태로운 상태였다. 하지만 그녀는 강인하고 거기다 운까지 좋은 사람이니 금세 회복하리라고 테우는 확신했다.

그는 클라리시에게 최고의 전동 휠체어를 선물할 생각이었다. 그것도 수입품으로. 테우는 이전에 파트리시아를 위해 인터넷으로 여러 모델을 살펴본 적이 있었다. 최고급 휠체어는 8천 달러가 넘었다. 화려한 색상의 사륜 휠체어가 명랑한 성격의 클라리시와 잘 어울릴 것 같았다.

클라리시가 또다시 구토를 시작했다. 테우는 이러다가 영영 욕실에 갇혀버리게 될 수도 있겠다는 생각이 들었다. 하지만 그녀의 자그마한 몸에는 더 이상 토해낼 게 있을 것 같지 않았다. 테우는 클라리시를 다시 씻기며 점심 메뉴를 고민했다. 샤워를 마친 그녀는 진이 빠진 모습이었다. 그는 클라리시를 욕실에 남겨둔 채 방으로 돌아가 시트를 갈았다. 역한 냄새를 지우기 위해 구석구석 향수도 뿌렸다.

"좀 어때?" 클라리시를 침대에 눕힌 후 테우가 물었다.

"혼자 있게 해줘." 그녀의 촉촉한 눈에 생기라곤 보이지 않았다.

테우는 어깨를 으쓱이며 몸을 일으켰다. 그는 잠시도 그녀 곁을 뜨고 싶지 않았다. 하지만 순순히 그녀의 부탁을 들어줬다.

클라리시가 모호한 제스처로 그를 불러 세웠다. "나을 수 있는 병이라고 말해줘." 그녀는 간절했다.

"글쎄, 솔직히 나도 잘 모르겠어."

"대체 내가 어떻게 된 거지?"

"네가 물속에 뛰어들었잖아. 아마 파도가 널 바위 쪽으로 떠밀었을 거야. 등과 엉덩이에 자상이 깊게 나 있거든. 하반신에 감각이 없다는 건 척추가 손상됐다는 뜻이야. 등에 난 상처가 척추 손상을 뜻해. 출혈이 심해서 신속히 봉합할 수밖에 없었어."

클라리시는 당시 상황을 머릿속에 그려보는 듯 고개를 끄덕였다.

"거기 아주 날카로운 바위가 있었던 모양이야." 테우가 덧붙였다.

"수갑은 어떻게 풀고 나왔어?"

"네가 내 팔을 내려줬잖아. 열쇠는 침대 옆 탁자에 있었고, 넌 운이 아주 좋았어, 클라리시. 내가 네 목숨을 구해낸 거야."

"구해냈다고?" 클라리시의 무표정한 얼굴이 태우를 거슬리게 했다. 그녀의 눈에는 더 이상 눈물이 고이지 않았다. "난 죽고 싶어. 너도 날 영원히 막지는 못할 거야."

태우는 방을 나서며 문을 거칠게 닫았다. 그는 샤워기 앞에서 차가운 물을 얼굴로 받았다. 클라리시에 대한 흠모가 조금씩 우려로 변해가고 있었다. 그는 몹시 화가 났다. 당장 방으로 돌아간다면 그녀에게 몹쓸 짓을 하게 될 것만 같았다. 그는 자신의 분노가 비단 클라리시만을 향한 건 아닐 거라고 생각했다. 자신이 그녀에게 내뱉은 말, 그리고 그녀가 자신에게 내뱉은 말들을 차분히 곱씹어봤다. 클라리시는 아직도 죽은 그 녀석에 대한 미련을 버리지 못했다. 클라리시의 마음속에서 브레누는 아직도 생생히 살아 있었다. 클라리시가 보인 행동들은 그녀의 정신이 온전치 못하다는 걸 확인시켜줬다. 그녀는 썩은 고기를 먹이고, 사진을 태우는 등 효과적으로 태우를 고문했다. 클라리시는 그녀의 온전치 못한 정신으로부터 보호받아야만 한다. 태우는 클라리시가 겪고 있을 고통을 십분 이해했다. 그런데도 자신이 그녀에게 저지른 짓에 대해서는 후회하지 않았다. 결국은 그녀를 위한 일이었으니까.

26장

테우는 샌드위치를 챙겨 클라리시의 방으로 갔다. 그녀는 잠들어 있었다. 자는 척하는 것일지도 모른다고 테우는 생각했다. 굳이 그녀를 자극할 마음은 없었다. 창밖으로 어둠에 묻힌 세상이 내다보였다. 하늘에는 달도 걸려 있지 않았다.

방문에 자물쇠를 걸어둘 필요는 없어 보였다. 그는 배가 찬 상태였지만 샌드위치를 꾸역꾸역 먹어치우고 자기 방에서 책을 조금 읽었다. 그리고 다음 날 9시 넘어서까지 깨어나지 않을 각오로 눈을 감았다. 매우 기이한 꿈을 꿨다. 짐승들을 거세하고 무생물과 수다를 떠는 사이키델릭한 형체들이 등장하는 꿈이었다. 흰색과 황금색으로 물든 사방에선 많은 피가 튀었다. 그는 클라리시가 죽었다는 불길한 예감을 느끼며 잠에서 깼다. 자신이 갈아준 시트로 목을 매 숨진 그녀의 모습이 떠올랐다. 침대 위에 대롱대롱 매달려 있는 섬뜩한 모습.

테우는 클라리시에게 달려가고 싶었지만 꾹 참았다. 꿈에 집착하는 건 어리석은 짓이었다. 그런 것에 휘둘리기 시작하면 그 역시 미쳐버리고 말 것이다. 그는 슬리퍼를 찾아 신고 이를 닦으러 나갔다. 거울을 보니 얼굴의 상처는 많이 아물었다. 노파가 돌아올 때쯤이면 완전히 회복될 것 같았다.

테우는 클라리시가 집 안 어딘가에서 용케 찾아낸 면도기와 손톱깎이를 멀리 치워놓았다. 칼이며 다른 날카로운 물건들도 혹시 몰라서 꼼꼼히 숨겨놓았다. 주방 한쪽 벽에는 구멍이 나 있고, 구멍 밖으로 커다란 파이프가 튀어나와 있었다. 파이프 앞에는 커다란 화분이 놓여 있었다. 그는 화분을 끌어내고 무기로 쓰일 수 있는 모든 것을 파이프 안에 쑤셔 넣었다.

클라리시는 여전히 깊은 잠에 빠져 있었다. 이제 겨우 아침 7시였지만 벌써부터 날이 후끈거렸다. 테우는 창가로 가서 커튼을 쳤다. 간밤엔 그녀가 자신과 말을 섞고 싶지 않아 일부러 자는 척했을 거라고 그는 확신했다. 그녀의 무례함과 시트에 목을 매 숨겨 있는 이미지가 그의 마음을 무겁게 했다. 식욕이 없는 그는 커피만 챙겨 클라리시의 방으로 갔다. 그녀의 몸에서 시트를 걷어내고 시트 위에 커피를 부었다. 나머지 시트 세 개는 아직도 세탁이 안 된 상태였다. 하나는 토사물로, 나머지 둘은 피로 얼룩져 있었다. 이제 클라리시가 목을 매는 데 쓸 만한 건 아무것도 없었다. 비록 하반신이 마비됐지만 그녀를 과소평가할 순 없었다.

시간이 좀 일렀지만 수영을 하러 해변으로 나갔다. 물 온도는 적당한 수준이었다. 물속에 머리를 담그고 오랫동안 버텨봤다. 햇살이 그의 몸에 생기를 불어넣었다. 그는 파도에 몸을 맡긴 채 해안에서 점점 멀어져갔다. 발목을 스치는 파도의 느낌이 좋았다. 한참 후 몸을 틀고 해안으로 돌아왔다. 머릿속이 서서히 맑아졌다. 어느새 테우의 입에서 별로 좋아하지도 않는 슬픈 노랫가락이 흘러나왔다.

테우는 기분이 좋다가 나빠지기를 반복했다. 그는 전쟁과 대학살, 교통체증, 부정부패, 유탄 따위를 속속 떠올렸다. 그런 비극이 없는 낙원에서 휴가를 보내고 있다는 사실에 감사했다. 잠시 후 고상한 예술가인 척하는 브레누의 모습이 뇌리를 스쳤다. 손에 든 바이올린, 동전 하나 없는 텅 빈 주머니. 순간 테우는 기운이 쫙 빠지는 걸 느꼈다. 테우와 마찬가지로 브레누 역시 온화한 인상을 풍기지 않았다. 다만 각진 안경 덕분에 성숙해 보이기는 했다. 그 정도 외모로 어떻게 클라리시를 홀렸는지 의아했다.

테우는 브레누의 안경을 진작 없애버리지 못한 자신을 질책했다. 일랴그란지에 도착했을 때도 그 생각을 미처 하지 못했다. 경찰은 안경을 똑똑히 봤고, 클라리시는 그 안경 때문에 테우를 죽이려 했다. 그는 발을 돌려 민박집으로 뛰어 들어갔다. 왕진가방에서 안경을 꺼내 들었다. 안경은 그가 겪은 모든 불행의 근원이었다. 이것만 없애버리면 마음의 평화를 되찾을 거라 확신했다. 그는 안경을 반으로 꺾고 렌즈가 산산조각 날 때까지 발로 짓이겼다. 렌즈는 무척 두꺼웠다. 브레누는 사실상 맹인이나 다름없었다. 박살난 안경이 천근만근이었던 테우의 어깨를 가볍게 해줬다. 마치 우주에 둥둥 떠 있는 듯한 기분이었다. 다시 물가로 나가 안경 조각들을 멀리 던져버렸다. 해변에 털썩 주저앉은 그는 실성한 사람처럼 웃기 시작했다. 그리고 몇 분 더 수영을 하다가 민박집으로 돌아왔다.

클라리시는 깨어 있었다. 반쯤 열린 방문 앞을 지나가던 그는 그녀를 들여다보며 고개를 끄덕였다. 하지만 멈춰 서지는 않았다. 그는 샤워를 하고 나와 옷을 갈아입었다. 클라리시는 여전히 침울해 있었고, 테우 역시 여전히 마음이 무거운 상태였다.

테우는 점심으로 감자 수프를 만들어 클라리시의 방으로 갔다. 그가 나타나자 클라리시는 고개를 푹 숙인 채 시선을 피했다. 테우는 침대 옆 탁자에 수프를 내려놓고 거실로 나왔다. 오후 내내 거실에 앉아 '수술 환자 안전수칙'을 읽었다. 그는 항상 생산적이고 지적인 삶을 살려고 애써왔다. 하지만 클라리시와 함께 무작정 집을 떠나온 뒤로는 단 한 순간도 그렇게 살지 못했다. 이제는 더 이상 그녀를 핑계로 자신의 삶을 희생시키고 싶지 않았다.

저녁이 되자 남아 있는 감자 수프를 챙겨 클라리시에게 갔다. 딱히 그녀와 말을 섞고 싶은 기분은 아니었다. 어색한 분위기가 그를 불편하게 했다.

"브레누를 죽인 밤이 기억나지 않아." 클라리시가 불쑥 말했다.

"그래?" 테우는 어깨를 으쓱했다.

"왜 기억나지 않지?"

"브레누가 널 덮쳤어. 넌 정신적으로 큰 충격을 받았고, 그런 엄청난 일을 겪고 나서 기억을 잃어버리는 건 흔한 일이야."

"자꾸 신경이 쓰여. 머릿속에 구멍이 난 것 같아. 백지 상태가 돼버렸다고."

"이곳 일랴그란지에서였어. 우리가 도착한 첫날 밤."

"브레누가 어떻게 우릴 찾아냈지?"

"내가 너희 어머니와 통화하면서 우리가 네버네버 비치에 있다고 알려드렸거든. 브레누가 너희 집으로 끈질기게 전화를 했대. 어머니가 응답하면 그냥 끊어버리거나 협박을 했대."

"절대 그럴 사람이 아닌데."

"사랑에 눈이 멀면 못 할 짓이 없지. 브레누는 결코 좋은 남자가 아니었어. 네가 더 이상 자기 것이 아니란 걸 깨달은 순간 이성을 잃어버렸을 거야. 너희 어머니도 같은 생각이라고 하셨어."

"엄마는 브레누를 탐탁잖아하셨어."

"브레누는 네게 짐만 됐을 뿐이야. 정말 그걸 몰랐어? 녀석에겐 재능도, 미래도 없었다고." 테우는 그녀에게 바짝 다가앉았다. "그날 밤 무슨 일이 있었는지 알고 싶은 게 당연해. 내가 속 시원히 다 알려줄게. 브레누는 한밤중에 불쑥 나타났어. 당장이라도 부서질 것 같은 낡은 보트를 빌려 타고 왔더라고. 우린 저녁을 먹고 주방에 앉아 대화를 나누고 있었어. 그날 밤 내가 크레이프를 만들었던 거 기억하지?"

"크레이프를 먹은 기억은 나."

"멋진 밤이었어. 난 정말 행복했지. 너도 그런 것 같았어. 크레이프와 샐러드 드레싱이 엄청 맛있다고 칭찬해줬고."

"타이 스타일 드레싱."

"녀석은 현관문을 박차고 들어왔어. 언뜻 봐도 무척 흥분한 상태였지." 테우는 회한이 묻어나는 톤으로 목소리를 바꿨다. "넌 화들짝 놀라서 의자에서 나동그라졌어. 녀석은 칼을 휘두르며 날 죽이고 너한테 본때를 보여주겠다고 으르렁거렸지. 아마 널 강간하려 했던 것 같아, 클라리시." 그는 자신이 즉석에서 만들어낸 상스럽고 극적인 시나리오를 곱씹어봤다. "녀석과 난 엉겨 붙어 격투를 벌였어. 너도 나를 도와 함께 녀석을 제압했지. 절대 의도했던 일이 아니었어. 어쨌든 정신을 차려보니 녀석이 죽어 있더라고. 넌 패닉에 빠졌고. 펑펑 울면서도 녀석의 시체를 묻는 걸 도와줬어. 우린 숲 한복판에 무덤을 만들었지. 정확히 어느 지점인지는 기억나지 않아. 그땐 나도 제정신이 아니었거든."

"그래도 브레누가 묻힌 곳을 찾아봤으면 좋겠어."

테우는 턱으로 그녀의 다리를 가리켰다. 클라리시는 무언의 메시지를 바로 알아차렸다.

"잊어버려."

"브레누가 타고 온 보트는 어떻게 됐지?"

"돌덩이를 실어 가라앉혔어. 네가 실신해버려서 나 혼자 처리했지. 다음 날 아침 네가 정신을 차렸을 때 그날 밤 일을 생생히 기억할 줄 알았는데, 넌 깨어난 후로 그 일에 대해 아무 말이 없었어. 그래서 나도 그냥 입을 닫고 지냈어. 그러다가 네가 그날의 기억을 완전히 잃어버렸다는 걸 알게 됐지."

"첫날 밤 잠옷으로 갈아입고 잠자리에 든 기억은 있어."

"그건 사실이 아니야. 다른 날 밤이랑 헷갈린 거라고. 네가 실신한 후 난 네게 진정제를 주사했어. 그럴 수밖에 없었어. 네 상태가 말이 아니었거든. 난 그 상태로 널 씻기고 잠옷으로 갈아입혔어."

"내가 브레누를 죽였을 리 없어." 그녀가 말했다. 하지만 그것은 혼잣말에 가까웠다. 믿고 싶지 않다는 듯한.

"며칠 후 해변에서 밤하늘을 올려다보던 중에 네가 이렇게 말했어. '브레누는 죽었어'라고. 기억나?"

순간 그녀의 눈이 흔들렸다. 클라리시는 분명 그렇게 말했다. 그녀는 그 직감의 근원지를 궁금해하고 있었다. 자신이 생각했던 진실과 태우가 들려준 이야기 사이에서 갈팡질팡하고 있었다.

"우리가 브레누를 죽였다는 걸 네가 기억하고 있는 줄 알았어. 그래서 걱정했다고."

"난 단지 내 감정을 드러냈을 뿐이야."

"네게서 기억이 지워졌다는 거 알아. 하지만 네 무의식은 그날 무슨 일이 있었는지 똑똑히 알고 있어. 단지 네 이성이 그것에 접근하지 못하고 있을 뿐이지. 넌 그날의 진실을 기억하지 못한 채 직감으로만 브레누가 죽었다고 느끼는 거야. 네 입에서 그런 말이 나온 건 우연이 아니었다고." 태우는 속으로 웃음을 터뜨렸다. "우리가 함께 브레누를 죽였어. 하지만 녀석은 무장한 상태였다고. 우린 정당방위를 한 거야. 네가 하루 빨리 그날의 기억을 되찾았으면 좋겠다."

태우는 계속해서 주절대고 싶었다. 하지만 클라리시는 더 이상 그의 말에 집중하지 않았다. 태우는 그녀의 손을 살며시 쥐었다. 순간 그녀는 벌레라도 본 듯 화들짝 놀라며 그의 손을 뿌리쳤다. 태우는 불쾌해하지 않았다. 무엇보다도 그녀가 자신의 주장을 믿게 만드는 일이 중요했다.

"너한테 이 얘길 몇 번 꺼내봤어. 브레누의 죽음과 매장에 대해 대화를 나눴었지. 지금 당장은 아니더라도 차차 기억이 돌아올 거야. 그게 정상이거든. 브레누의 안경을 숨겨놓았던 것도 바로 그런 이유 때문이었어. 나중에 네가 의심할 때 물증으로 보여주려고. 그건 우리 둘만의 비밀이야, 클라리시. 내가 널 믿는 것처럼 너도 날 믿어줬으면 좋겠어."

그녀는 어깨를 으쓱였다. 하지만 무관심의 제스처는 아니었다. 클라리시의 앙상한 몸은 마치 팽팽히 당겨진 철사를 보는 것 같았다. 그녀가 갑자기 고개를 들고 심연처럼 깊은 눈으로 그를 응시했다.

"뭔가가 자꾸 날 거슬리게 해, 태우. 그게 말이야⋯⋯."

"응?" 그녀가 화제를 바꾸자 태우는 불안해졌다.

"네가 날 바다에서 건져냈을 때⋯⋯ 그때 내가 아주 심각한 상태였잖아."

"넌 눈조차 제대로 뜨지 못했어."

"그래. 하지만 의식은 또렷이 있었어. 너한테 안겨 물에서 나왔던 게 기억나. 그땐 내 다리에 분명 감각이 있었거든."

"네 느낌이 그냥 그랬을 뿐이야."

"발에서 냉기가 느껴졌어. 너무 추워서 덜덜 떨었거든. 내가 무슨 얘길 하고 있는지 알겠어? 그땐 분명 내 발에 감각이 살아 있었다고, 태우."

클라리시는 그에게 시선을 고정한 채 흐느끼기 시작했다. 그녀의 불안감이 태우를 불안하게 했다.

"난 단지 상처를 봉합했을 뿐이야. 그 과정에서 내가 실수라도 했다는 얘기야?"

클라리시가 고개를 저었다. 그녀의 얼굴에 섬뜩한 표정이 떠올랐다. "네가 일부러 날 이렇게 만들어놨다는 얘기야, 테우."

"어떻게 그런 생각을 할 수 있어?"

테우는 벌떡 일어났다. 두 다리가 후들거렸다. 그는 잠시 방 안을 빙빙 맴돌았다. 클라리시는 아주 영악하게 도발하고 있었다. 테우는 서둘러 대화를 끝맺고 싶었다.

"테우, 넌 입만 열면 거짓말이야. 난 내가 브레누를 죽이지 않았다는 걸 알고 있어. 네가 어떤 사람인지도 난 알아. 넌 괴물이야!"

테우는 그녀에게 주먹을 날렸다. 목숨을 구해준 대가가 고작 이건가? 브레누가 이 자리에 있었으면 어땠을 것 같아? 드보르자크의 9번 교향곡을 연주하면 상처가 저절로 봉합되나? 하지만 이내 자신의 행동을 후회했다. 그녀의 눈에 악당으로 비쳐선 안 되었다. 그는 속으로 분을 삭이며 사과했다.

하지만 분노는 쉬이 가라앉지 않았다. 테우는 마치 강도를 당한 듯한 기분이었다. 그는 클라리시의 팔뚝을 움켜쥐고 거칠게 흔들며 항변했다. 자신은 브레누와 그녀에게 아무 짓도 하지 않았다고. 그는 모든 걸 부인했다. 자신을 괴물이라 부른 클라리시는 큰 실수를 한 것이었다. 클라리시는 그럴 자격이 없었다. 그는 괴물이 아니었다. 그는 어떻게든 그녀에게 신뢰를 회복해야만 했다.

27장

그 후로 두 사람은 이틀간 말을 섞지 않았다. 날은 더 뜨거워졌다. 보나마나 신문들은 올해 들어 가장 더운 날이라는 둥, 10년 만에 찾아온 최악의 여름이라는 둥 난리를 떨어대고 있을 터였다. 삼림 벌채와 오존층 파괴가 그 원인이라면서. 살인적인 열기가 식욕을 뚝 떨어뜨렸다. 테우는 살이 많이 빠졌다. 파트리시아가 봤다면 아들의 얼굴이 핼쑥해졌다는 걸 대번에 알아차렸을 것이다. 물론 그런 점에선 클라리시도 마찬가지였다. 하지만 테우는 계속해서 무덤덤하게 그녀를 대했다. 마치 그녀가 이상해졌다는 걸 눈치채지 못했다는 듯.

그녀가 선택한 '괴물'이라는 표현이 아직도 테우의 마음을 아프게 했다. 아무래도 그녀와 영원히 함께하는 건 불가능할 것 같았다. 클라리시는 어리석었다. 심각할 만큼 근시안적이었다. 네 주제에 감히 나를 욕해? 싸우고 난 후 테우는 그녀의 방 탁자에 책 몇 권과 비스킷, 생수 한 병만 놓아둔 채 필요한 게 있으면 부르라고 냉담하게 말했다.

그는 하루의 대부분을 주방이나 민박집 밖에서 보냈다. 갑자기 늘어난 혼자만의 시간을 공부에 쏟아붓기도 했다. 잠은 자신의 방에서 잤고, 클라리시와의 접촉을 피했다. 그녀는 단 한 번도 그를 호출하지 않았다. 금요일 아침(그가 요일을 착각한 게 아니라면), 테우가 주방에 있는데 닫힌 문 너머에서 울음소리가 흘러나왔다. 평소라면 모른 척했겠지만(하루 종일 그녀가 하는 일이라곤 우는 것뿐이었으니) 이번에는 목 안쪽에서 토해내는 듯 소리가 심상치 않았다. 테우는 그녀의 방으로 달려갔다. 몸을 웅크린 클라리시는 맨팔로 자신을 감싸 안고 있었다. 방 안이 역겨운 냄새로 진동했다.

"화장실 가고 싶으면 날 부르라고 했잖아."

그녀는 겁에 질린 채 굴 밖을 살피는 짐승 같았다. 테우는 그녀를 응시하며 상황을 이해해보려 애썼다.

"아무 감각이 없단 말이야."

클라리시가 젖은 매트리스 쪽으로 시선을 돌렸다. 테우는 그제야 이해가 됐다. 하지만 무거워진 마음에 아무 말도 할 수 없었다. 척추가 손상된 그녀는 화장실이 급하다는 것조차 느끼지 못한 것이었다. 테우는 그 부분을 생각지 못한 자신을 질책했다. 클라리시에게는 기저귀가 필요했다.

테우는 냄비 두 개로 물을 데워 클라리시의 머리를 감겼다. 머리카락을 깨끗이 헹군 후 관자놀이를 살살 마사지해줬다. 바짝 경직된 그녀의 목과 어깨, 발목도 차례로 주물러줬다. 그는 문득 자신이 얼마나 그녀를 사랑하고 있는지 깨달았다. 이제 침묵의 전쟁을 끝내고 싶었다. 자기 안에서 점점 커져가고 있는 비애를 잠재우기 위해서라도 그래야만 했다.

"이틀 후면 집주인이 올 거야."

테우는 여기를 떠나야 한다는 사실을 언급하고 싶지 않았다. 왠지 클라리시가 남은 날이 이틀이라는 데 관심을 보일 것만 같았다. 그녀는 묵묵히 테우의 마사지를 받았다. 클라리시의 호흡은 감지가 안 될 만큼 얕았다. 마치 전력이 다한 전자기기처럼 몸에서 서서히 기력이 빠져나가는 것 같았다.

테우는 그녀에게 밖에 나가 햇볕을 쬐고 싶은지 물었다. 날씨는 화창했고 상쾌한 바람까지 불었다. 클라리시는 됐다면서 방으로 데려다달라고 했다. 테우는 그 말이 진심이 아닐 거라 믿었다. 그녀의 방에는 묵직한 음전하가 감돌고 있었다. 하지만 머무는 동안 편하게 지내려면 그녀의 비위를 맞춰줄 수밖에 없었다. 테우는 매트리스를 뒤집어놓고 클라리시를 침대에 눕혔다. 그는 이 기회를 타 화해를 시도해보기로 했다.

"너랑 싸우고 싶지 않아." 테우가 말했다.

"혼자 있고 싶어."

"부탁이야. 모든 걸 내 탓으로만 돌리지 말아줘. 난 브레누를 해치려 한 적이 없어. 오히려 그 녀석이 날 해치려 들었다고. 브레누가……."

"당장 내 방에서 꺼져줘. 더 이상 네 말은 듣고 싶지 않아."

테우는 의자를 끌어와 앉았다. 그녀에게 바짝 붙지 않도록 주의하면서. "난 악당이 아니야, 클라리시. 네게 수갑을 채웠던 건 미안해. 한때 네가 날 좋아한다고 믿었던 적이 있었어. 나도 집으로 돌아가고 싶지만 그랬다간 널 영영 잃게 될까 봐 두려워. 우리 어머니한테 네 얘길 했더니 얼른 집에 초대해 같이 저녁 먹자고 성화였어. 너희 어머니도 내게 호감을 보이셨고. 모든 게 완벽하다고. 하지만 넌 아직도 날 거부하고 있어. 어떻게 해야 네 마음을 얻을 수 있을까? 내겐 너무 막막한 상황이야. 내가 아무리 노력해도 넌 내 모든 행동에 트집을 잡잖아.”

“그건 네 문제야! 그러게 왜 내 인생에 함부로 침범했어?”

“미안하다고 사과했잖아.”

“네가 날 위해 무슨 짓을 하든지 난 아무 관심 없어. 그래봤자 난 포로일 뿐이잖아. 넌 툭하면 요상한 약으로 날 재워버리지.” 그녀가 다시 훌쩍거리기 시작했다. “차라리 날 실컷 때려. 꽁꽁 묶어놓고 죽여도 돼. 이렇게 불구로 사느니 차라리 죽는 게 낫다고.”

“난 네 목숨을 구해줬어. 그것만큼은 인정해달라고.”

클라리시가 딱딱하게 굳은 표정으로 그를 노려봤다. 태우의 눈에 그 모습은 자신을 산 채로 잡아먹으려는 굶주린 살쾡이로 보였다.

“넌 제정신이 아니야. 어떻게 모든 걸 나한테 다 뒤집어씌우려 할 수 있지? 암담한 상황이라는 거 알아. 하지만…… 이건 내가 바랐던 바가 아니었다고. 브레누가 칼을 들고 들이닥친 것도 내 탓이 아니었고. 탓하려면 그 자식을 탓해야지!”

클라리시가 몸을 앞으로 숙인 채 자신의 다리를 후려치기 시작했다. 태우는 누구보다도 그녀의 상태를 잘 알고 있었다. 가망은 없었지만 그럼에도 그는 클라리시가 회복되기를 내심 바랐다.

"난 자멸적인 사람이 돼버렸어. 테우 너 때문이야. 이젠 나 자신이 두려워졌다고. 망나니처럼 살던 시절에도 이렇지는 않았는데."

"나 때문이라고?" 테우는 더 이상 참을 수 없었다. "네가 고주망태가 돼서 라파 길바닥에 쓰러져 있는 걸 발견해 집으로 데려다준 거 잊었어? 네가 그 역겨운 레즈비언과 입술을 비벼대고 나서 말이야. 수렁에서 허우적대는 널 꺼내준 게 바로 나였다고!"

"내가 언제 꺼내달라고 했어?"

"넌 환상 속에 살고 있었어, 클라리시. 브레누는 시샘만 많고 무식한 놈이었어. 땡전 한 푼 없는 바이올리니스트일 뿐이었다고! 너희 어머니가 왜 그 녀석을 탐탁잖아했는지 모르겠어?"

"난 브레누를 사랑했어."

"오, 제발 헛소리 집어치워! 녀석을 죽이는 데 너도 힘을 보탰잖아! 넌 모든 걸 내 탓으로 돌리고 있지만 그런다고 네가 살인에 동참한 사실이 바뀌진 않아! 우린 이제 한 배를 탄 운명이야, 클라리시." 두 사람의 대화에선 시종 격렬함이 묻어났다. "넌 날 괴물이라고 불렀지. 내가 널 위해 애썼던 걸 전부 무시한 셈이야. 「퍼펙트 데이즈」 초고가 쓰레기였다는 거 알아? 나랑 의논하고 난 후로 확 나아졌다는 거 못 느꼈어? 내 덕분에 그나마 봐줄 만한 작품이 된 거라고!"

"난 지금 시나리오 얘길 하는 게 아니야."

"난 지금 그 얘길 하고 있어. 난 늘 네 예술적 시도에 힘을 보태려고 노력했어. 네 건강도 극진히 챙겨줬고. 강제로 담배를 끊게 한 건 좀 심했지만 다 널 위해서였다고. 나 때문에 언제 정말로 해를 입은 적이 있었어, 클라리시? 난 결코 널 해칠 수 없는 사람이야. 그래서 권총에 넣을 탄약도 챙겨오지 않았던 거라고."

"넌 날 불구로 만들었잖아!"

"네가 그렇게 잘났어? 네가 그렇게 대단한 존재야? 원하는 건 뭐든 다 할 수 있는? 안됐지만 이젠 현실을 겸허히 받아들일 때야."

"난 널 믿을 수가……."

"내겐 불구가 된 어머니가 계셔. 그래서 네 심정을 누구보다 잘 알아. 어머니를 돌보는 건 많은 희생이 뒤따르는 일이야. 아무나 할 수 있는 일이 아니라고." 그는 클라리시의 팔에 살며시 손을 얹었다. 그녀의 피부는 시체처럼 차가웠다. "난 좋은 사람이 되려고 늘 노력하고 있어. 네가 담배를 피우든, 걷지 못하든, 그런 건 상관없어. 그냥 곁에서 성심껏 보살펴주고 싶을 뿐이야. 시나리오 작업도 계속 도와주고 싶고, 나중에 함께 시사회에도 참석하고 싶어. 네겐 재능이 충분해. 어쩌면 이런 몸 상태가 오히려 집필 활동에 장점이 될지도 몰라. 덕분에 독창적인 작품이 나올지도 모른다고."

"테우, 난……."

"더 이상 아무 말도 하지 마. 이틀 후면 우린 파라치로 갈 거야. 넌 자유의 몸이니까 누구랑 뭘 하며 살지는 알아서 결정하도록 해. 이런 널 극진히 돌봐줄 사람이 세상에 있을진 모르겠지만." 그가 냉정하게 말했다. "굉장히 고된 일이야. 엄청난 부담이고. 혹시 모르니 잘 찾아봐."

마음에 담아둔 말이 바닥나자 테우는 벌떡 일어나 방을 나왔다. 클라리시의 표정은 확인하지 못했지만 그는 자신이 그녀에게 깊은 인상을 남겼다고 자평했다. 그리고 그녀가 결국은 안정적인 관계를 선택하리라 확신했다. 그녀는 사실 별 재능이 없었고, 삶의 의욕도 바닥난 상태였다. 그녀에게는 곁에서 용기를 북돋워줄 사람이 절실했다. 브레누와 라우라 같은 훼방꾼이 아니라.

그날 오후 테우는 주방에서 모래를 쓸어내고 집 안을 말끔히 정리했다. 그는 사고 이후 어머니가 잠깐씩 만났던 남자들을 떠올렸다. 중년의 루저들. 만약 클라리시가 자신에게 기대지 않는다면 그녀 또한 같은 운명을 면치 못하리라 확신했다.

노파가 정확히 언제 도착할지는 알 수 없었다. 테우는 클라리시를 일단 진정제로 재워놓고 잘 아문 상처들에서 실밥을 뽑아냈다. 세면도구 가방과 왕진가방을 한쪽으로 치우고 바짝 마른 시트를 반듯하게 개어놓았다. 마지막 싸이욜락스 앰풀은 거의 바닥이 드러난 상태였다. 하지만 걱정하지 않았다. 대책은 파라치에 도착해서 세워도 늦지 않을 것이다. 나른한 날이었지만 들썩이는 가슴은 쉽게 진정되지 않았다. 그는 클라리시와의 불확실한 미래를 위해 의사의 길을 기꺼이 포기할 각오가 돼 있었다. 욕실로 들어가 거울에 비친 자신의 얼굴을 빤히 쳐다봤다. 햇볕에 적당히 그을린 얼굴은 예전과 달리 꽤 봐줄 만했다. 입술에 소금기가 남아 있었다. 길게 자란 머리는 자연스럽게 구불거려 온화한 인상을 줬다.

노파는 정오가 다 돼서야 나타났다. 잠든 클라리시와 그들의 옷은 여행가방에 담겨 있었다. 노파는 집 안을 대충 둘러보고 나와 문을 걸어 잠갔다. 보트에 오른 테우는 노파에게 본토까지 태워줄 수 있는지 물었다. 노파는 잠시 알아들을 수 없는 말을 웅얼거리다가 아브랑 비치로 갈 거라고 대답했다. 그녀의 얼굴은 딱딱하게 굳어 있었다. 테우는 신문에 자신의 얼굴이 대문짝만하게 실린 건 아닌지 걱정이 됐다. 그는 합당한 조치를 취했을 뿐이지만 세상은 그를 이해하지 못할 것이다. 법규와 규칙에 집착하는 사람들을 테우는 당해낼 재간이 없었다.

해안이 가까워지자 머릿속에 경찰로 득실대는 항구의 풍경이 그려졌다. 갑자기 엄습해온 욕지기에 테우는 바닷물에 대고 속을 비워냈다. 하지만 보트에서 내리자 자신이 불필요한 걱정을 했다는 걸 깨달았다. 그는 8분 후 출발하는 본토행 연락선 표를 끊었다. 연락선에 오르자마자 호기심을 누르지 못하고 클라리시의 휴대폰을 꺼내 들었다. 하지만 배터리가 바닥나 전원을 켤 수 없었다. 그는 자신의 휴대폰을 켰다. 과연 어머니와 엘레나는 몇 번이나 전화를 걸었을까? 서른 번은 족히 넘을 것이고 마흔 번까지는 안 될 것 같았다. 하지만 연락선에선 휴대폰 신호가 잡히지 않았다.

부두에 도착하자 휴대폰이 삐삐 울렸다. 부재중 전화 여든일곱 통, 그리고 헤아릴 수 없이 많은 메시지들. 당혹감에 사로잡힌 그는 가방을 들어주겠다는 주변의 제안을 거절하고 직접 짐을 내려 차로 옮겼다. 마음이 천근만근 무거웠다. 브라질 중산층 부인들의 가장 큰 문제는 주체하지 못할 만큼 시간이 남아돈다는 거였다. 그렇지 않고서야 어떻게 자식의 일거수일투족에 이토록 집착할 수 있겠는가.

테우는 쌤소나이트를 뒷좌석에 싣고 클라리시를 조수석에 앉혔다. 깊은 잠에 빠진 그녀의 상체가 글러브박스 위로 숙여졌다. 그녀에게 안전벨트를 채워주고 시동을 걸었다.

그는 클라리시의 숨소리에 귀를 기울인 채 차를 몰았다. 눈을 꼭 감은 그녀의 고개가 좌우로 살짝 움직였다. 이따금 바짝 얼어붙은 모습으로 억울해하는 표정을 짓기도 했다. 그녀는 악몽에 사로잡혀 허우적대는 듯했다. 테우는 차를 잠시 세우고 싶었지만 도로에 갓길이 없었다. 그는 백미러로 후방을 살피며 속도를 줄였다. 뒤따라오던 차는 그를 추월하는 대신 요란하게 경적을 울렸다. 그는 창밖으로 욕을 쏟아내고 싶었다. 클라리시는 점점 더 격렬하게 몸을 뒤척였다. 테우가 팔을 쿡쿡 찌르며 깨워보려 했지만 소용이 없었다.

그리고 순식간에 일이 터졌다. 축 늘어져 있던 클라리시가 갑자기 그를 와락 끌어안았고, 그 바람에 테우의 손이 핸들에서 떨어졌다. 도로는 커브에 접어들었지만 차는 직진으로 나아갔다. 축대 벽과 충돌하는 순간 테우의 몸이 앞으로 홱 쏠렸다. 그는 차에 갇힌 채 공중에 붕 떠버렸다. 그리고 이내 모든 감각을 잃고 말았다.

28장

시간이 얼마나 흘렀을까, 테우의 시야는 칠흑 같은 어둠에 묻혀 있었다. 사방에서 삐 소리가 요란하게 들렸다. 그는 쿵쾅대는 자신의 심장 소리를 똑똑히 들을 수 있었다. 오른쪽 귓속의 맥박이 그의 뇌를 쿡쿡 찔러댔다. 그는 어떻게든 그 느낌을 멈추고 싶었지만 방법이 없었다. 그의 손은 부드러운 무언가를 꼭 움켜쥐고 있었다. 머릿속의 아찔한 기분은 가실 줄 몰랐다. 문 밑에서 희미한 불빛이 새어 들어왔다. 병원의 알코올 냄새가 눈을 따끔거리게 만들었다. 문 뒤편에서 누군가의 발소리와 나지막한 말소리가 들렸다. 침대 반대편에선 계속해서 삐 소리가 들렸다. 두꺼운 베개에서 그의 고개가 살짝 들렸다. 다리 밑에는 두꺼운 담요 몇 겹이 쌓여 있었다. 그를 편하게 해주려는 부질없는 노력의 흔적이었다.

마침내 그의 눈이 어스름에 적응되었다. 그는 자신의 몸을 내려다봤다. 가슴에 붙은 전극들, 정맥 내 카테터,* 왼쪽 겨드랑이에 꽂

---

* 소화관, 방광 등 장기 속에 넣어 상태를 진단하거나 약제 등을 주입할 때 쓰는 가느다란 관.

흰 체온계, 산소포화도 측정기, 혈압계. 자신이 환자로 누워 있다는 사실이 실감나지 않았지만 뛰는 가슴은 살짝 진정이 됐다. 요도에 박힌 카테터가 연신 따끔거렸다. 발가락 끝과 발바닥은 감각이 없었다. 삐 소리는 점점 커져만 갔다.

문이 열리며 빛과 소음이 병실 안으로 쏟아져 들어왔다.

"내가 보입니까?"

테우는 고개를 저었다. 잠시 후 의사의 모습이 조금씩 선명하게 눈에 들어왔다. "이젠 보여요."

나이 든 백발 남자는 활력징후 모니터를 체크하고도 테우에게 결과를 알려주지 않았다. "이름이 어떻게 되죠?"

테우는 몇 초 만에 간신히 대답했다. "테오도루."

"어떻게 된 일인지 기억이 납니까?"

테우는 혼란의 도가니에 빠져 허우적대고 있는 기분이었다.

"교통사고였습니다. 출혈이 심했어요." 대답할 틈도 주지 않고 의사가 말했다.

기억의 조각들이 고통스럽게 되돌아왔다. 테우는 차를 몰고 도로를 달리던 당시 상황을 떠올렸다. 죽음, 비명, 바늘, 강철, 이곳저곳의 상처들, 그리고 클라리시. 그의 시선이 병실 안을 빠르게 훑었다. 꽃도, 카드도, 형형색색의 풍선도 보이지 않았다. 그를 감시하는 경찰도 없었고.

"제가 여기 들어온 지 얼마나 됐죠?"

"이틀 됐습니다. 당신 친구는 어디로 갔는지 모르겠군요." 의사가 턱으로 옅은 색 담요가 놓인 침대 옆 긴 의자를 가리켰다. 누군가가 그를 찾아왔던 모양이었다.

"클라리시는요?"

"누구요?"

"나랑 같이 차에 타고 있던 여자 말이에요."

"모르겠습니다. 당신만 이쪽으로 후송돼 왔거든요. 기다려보면 친구가 돌아올 겁니다." 그가 침대 옆에 놓인 파일에 무언가를 기록했다. "머리에 큰 충격이 가해졌어요. 하지만 곧 회복될 겁니다. 뭐 필요한 게 있으면 이 버튼을 누르세요." 테우의 팔 옆에 버튼이 하나 붙어 있었다.

순간 테우는 클라리시가 죽었음을 직감했다. 어색한 분위기, 의사의 냉정한 태도, 그리고 어디서도 경찰을 찾아볼 수 없다는 사실 때문이었다. 연약한 클라리시는 사고로 목숨을 잃고 만 거였다. 테우는 충돌의 순간 느꼈던 충격을 떠올렸다. 가슴으로 파고든 금속 덩어리. 마치 당시 상황을 다시 겪는 듯 통증이 몰려왔다. 입원 이틀째라면 클라리시는 이미 어딘가에 묻혔을 가능성이 높다. 그는 가슴이 뻥 뚫려버린 듯한 공허함을 느꼈다.

넋 나간 모습으로 누워 있는데 다시 병실 문이 열렸다.

"깨어났구나!"

파트리시아가 휠체어를 밀고 들어와 그의 손을 꼭 잡았다. 그녀의 눈에서 눈물이 터져 나왔다.

"정말 지옥 같은 시간이었어. 엄마가 얼마나 기도했는지 아니? 난……."

"클라리시는 어떻게 됐죠?"

테우는 벌게진 어머니의 눈을 쳐다봤다. 혀에서 약의 쓴맛이 점점 강해졌다.

"중환자실에 있단다." 파트리시아가 기운 빠진 목소리로 말했다.

얼떨떨해진 테우는 아무런 대꾸도 하지 못했다.

"나쁜 소식 전하게 돼서 미안하구나."

"클라리시를 봐야겠어요."

"이미 다른 병원으로 후송됐어. 넌 절대안정을 취해야 해. 내일이면 좀 움직여도 될 거야."

실로 오랜만의 재회였지만 테우는 어머니에게 할 말이 별로 없었다. 파트리시아는 그녀 자신만큼이나 쭈글쭈글한 드레스를 걸치고 있었다. 아들의 상태를 확인한 그녀는 무척 들떠 있었지만 피로에 젖은 모습은 조금도 걷히지 않았다. 파트리시아가 애써 미소를 지어 보였다. 슬픈 미소였다.

"하루 종일 병실을 지켰는데 잠깐 화장실 다녀온 사이에 깨어났구나! 마를리도 같이 왔어. 마를리가 널 얼마나 끔찍이 생각하는지 몰라."

테우는 마를리와 어머니가 내뿜는 부정적 열정에는 조금도 관심이 없었다. 그는 퀴퀴한 곰팡내가 진동하는 자신의 작고 썰렁한 방을 떠올렸다. 침대도, 가구도, 의학서적들도 그립지 않았다. 더이상은 별 볼일 없는 의대생의 삶으로 되돌아가고 싶지 않았다. 하지만 어쩌다 보니 운명에 이끌려 이렇게 되고 말았다.

"네가 깨어나서 너무 기쁘구나. 하느님께 얼마나 간절히 기도했는지 몰라. 심지어……." 파트리시아는 몇 분 동안 쉴 새 없이 주절거렸다. 구슬 목걸이를 만들었다며 가방에서 꺼내 보여주기도 했다. 마를리가 만드는 법을 가르쳐줬는데, 성당에 갖고 나가 세 개나 팔아치웠다며 자랑했다. 아울러 성당 근황과, 리우와 니테로이 다운타운에서 열린 마를리의 전시회 소식을 차례로 들려줬다. 어머니가 늘어놓는 하찮은 정보들이 테우에게 묘한 위안을 줬다.

"이젠 네 차례야. 어쩌다 사고가 났는지 들려줘."

테우는 당시 기억을 찾아 머리를 쥐어짜 봤다. 하지만 모호한 이미지들만 떠오를 뿐이었다. 당시의 냄새와 충동과 느낌들을 하나하나 더듬어보았다. 그러자 자신이 그때 어떤 정신 상태였는지 생생히 기억이 났다. 그는 상상을 초월하는 부재중 전화 건수에 놀란 채 운전대를 잡은 상태였다. 그래서 솔직히 눈앞 도로에 집중하지 못했다.

그리고 클라리시의 갑작스러운 포옹. 아직도 포옹의 의도가 무엇인지 헤아릴 수 없었다. 의식을 되찾은 클라리시가 사고를 유발하려고 일부러 내게 달려든 건가? 아니면 악몽에 대한 반응? 내가 그녀를 깨우려고 쿡쿡 찔러댄 것에 대한 반응? 그는 당시 악물려 있던 그녀의 이를 똑똑히 봤다. 섬뜩한 기운이 서려 있던 커다란 눈도. 클라리시는 그렇게 그를 꼭 끌어안고 있었다. 통제불능 상태에 빠진 벡트라가 축대 벽을 들이받도록. 하지만 그것은 어디까지나 그의 상상에 불과했다.

"그냥 사고였어요. 조수석에서 자고 있던 클라리시가 악몽을 꿨는지 갑자기 겁에 질려서 운전 중이던 저를 껴안았어요. 무의식적인 반응이었죠." 테우가 말했다.

"오, 맙소사!"

파트리시아는 목걸이를 도로 가방에 집어넣었다. 테우는 그제야 자신이 목걸이에 대해 아무런 반응도 해주지 않았다는 걸 깨달았다. 솔직히 목걸이는 형편없어 보였다.

"클라리시도 빨리 회복했으면 좋겠구나. 거기선 행복했니?"

"아주 많이요."

파트리시아가 촉촉해진 눈으로 테우의 머리 위를 올려다봤다. 벽에 걸린 시계는 새벽 3시가 임박했음을 알렸다.

"*사랑은 오직 우리를 최고로 만들어주는 누군가를 찾았을 때만 아름답다.* 마리우 킨타나*의 시야." 파트리시아가 말했다.

테우는 시에 관심이 없었지만 그 구절만큼은 마음에 쏙 들었다.

"클라리시가 널 더 나은 사람으로 만들어줬다고 생각하니?"

테우는 클라리시 덕분에 지금껏 믿어본 적 없는 것들을 처음으로 체감할 수 있었다. 연민, 절제, 죄책감, 회한, 사랑. 그녀가 그를 인간으로 만들어줬다.

"저는 클라리시를 사랑해요, 엄마."

"아무리 생각해도 그 앤 네 짝이 아닌 것 같아. 하지만 이 문제에 대해선 더 이상 언급하지 않으마."

파트리시아는 어깨를 으쓱이며 휠체어를 돌렸다. 그녀는 마치 신경을 바짝 곤두세운 채 방 안을 기어 다니는 바퀴벌레 같았다.

"그 아이한테 무슨 악감정이 있는 건 아니야. 내가 예전에 꿈 애

---

* Mário Quintana(1906~1994). 브라질 시인이자 번역가.

기 한 적 있지? 그 불길한 꿈을 꾸고 난 뒤로 흉흉한 일이 속속 벌어졌잖니. 삼손도 죽고, 너도 이렇게 큰 사고를 당했고. 클라리시가 전에 사귀던 남자친구도 실종됐대."

"들었어요."

테우는 그 일에 대해 별로 할 말이 없었다. 아니, 끝까지 모르쇠로 일관할 생각이었다.

"어제 아침에 그 사건 담당 형사가 집에 찾아왔었어. 널 만나보고 싶다고."

"저를요?"

"그래."

테우는 결국 브레누에 대해 입을 열어야 한다는 사실에 짜증이 났다. 마치 보이지 않는 실이 브레누와 자신의 삶을 하나로 봉합해놓은 것 같았다. 천박한 연속극의 줄거리처럼.

"제가 무슨 도움이 되겠어요?"

"이게 다 클라리시 때문에 벌어진 일이야. 아직도 모르겠니?"

"모르겠어요."

"난 아직도 삼손의 죽음에 많은 의문을 품고 있어. 내가 이러고 있는 동안 넌 그 애랑 도망치듯 사라져서 약혼까지 했고. 아무튼 너무 걱정이 돼."

테우는 자신의 손가락에 끼워진 약혼반지를 쳐다봤다. 불쾌한 마음에 버럭 화를 내고 싶었지만 꾹 참았다. 어머니가 눈앞에서 당장 사라져주기를 바랄 뿐이었다. 중상을 입고 병원에 누워 있는 아들을 이렇게 갈궈대다니. 지금 이 상황에 삼손이 죽은 게 뭐 그리 중요하다고.

파트리시아는 휠체어를 밀고 문 쪽으로 갔다.

"가서 주스라도 사와야겠어. 뭐 먹고 싶은 거 없니?"

"전 됐어요." 테우는 더 이상 대화를 이어가고 싶은 마음이 없었다. 어머니도 마찬가지일 것이었다.

"좀 쉬렴. 내일은 정신없는 하루가 될 거야."

테우는 쉽게 잠을 이루지 못했다. 벌떡 일어나 달아나고만 싶었다. 하지만 병실에 갇혀 있어 좋은 점도 있었다. 비록 파트리시아에게 시달리고는 있지만 세상으로 나가는 것보다 이렇게 격리돼 있는 게 훨씬 나았다. 엘레나의 바보 같은 표정이 떠올랐다. 그녀가 끊임없이 질문해댈 걸 생각하니 벌써 진이 빠졌다. 테우의 상념은 현실적인 것과 불가능한 것들 사이에서 연신 갈팡질팡하고 있었다. 별의별 생각이 뇌리를 스쳤다. 애초에 브레누가 태어나지 않았더라면 어땠을까? 상상만으로도 짜릿했다.

테우는 클라리시가 그때 자신에게 아무 소리도 외치지 않았다는 사실에 주목했다. 그날 벌어진 일은 말 그대로 사고였다. 그녀는 나쁜 꿈을 꾸고 있었다. 어쩌면 꿈에서 브레누를 맞닥뜨렸는지도 모른다. 패닉에 빠진 그녀는 위안을 찾아 테우의 품으로 달려들었던 것이다. 지금 그녀는 어딘가에 혼수상태로 누워 있다. 그의 도움을 절박하게 기다리면서. 그제야 테우는 묘한 만족감에 젖어 단잠에 빠져들 수 있었다. 마치 구름에 누워 있는 듯한 기분이었다.

환한 대낮이 돼서야 테우는 눈을 떴다. 병실은 햇살이 스며들어

환했고, 창밖으로 허물어져가는 건물들이 내다보였다. 그때 어머니의 목소리가 들렸다. 어떤 남자와 대화 중이었다.

"형사님이 널 만나러 오셨어." 파트리시아가 묘하게 쾌활한 톤으로 말했다. 남자를 돌아본 테우는 그 이유를 알아차렸다. 어머니는 형사에게 호감을 품고 있었다. 세상을 떠난 그의 아버지처럼 대머리에 마른 체격이었다. 다정함에 목말라 있던 파트리시아는 그 형사의 미소에 살살 녹아내리고 있었다.

"아드님과 단둘이 할 얘기가 있습니다. 말벗이 돼주셔서 감사합니다." 형사가 말했다. 솔직함과 예의가 묻어나는 목소리였다.

파트리시아는 곧 병실을 나갔다. 형사는 미소를 거두지 않은 채 침대로 다가왔다. 청바지에 셔츠 차림이었다. 에어컨이 돌고 있는 병원 밖 리우데자네이루는 열기로 끓고 있었다.

"난 이곳 코파카바나 12지구 경찰서의 아키누 형사예요. 그냥 편하게 아키누라고 부르세요."

테우는 이곳이 집 근처 병원이란 걸 파트리시아가 귀띔해주지 않았다는 사실에 놀랐다. 어쨌든 집과 가까우니 마음이 한결 편했다.

"간밤에 의식을 회복했다고 들었어요. 너무 꼬치꼬치 캐묻진 않을 테니까 걱정 마십시오. 그냥 몇 가지만 확인하고 갈게요. 괜찮겠죠?"

"네, 물론이죠."

"지금 브레누 산타나 카바우칸치 실종사건을 수사 중입니다. 누군지 알죠?"

"클라리시의 전 남자친구."

"맞습니다."

형사가 주머니에서 사진 한 장을 꺼냈다. 커다란 이미지에서 오려낸 듯한 사진 속에 환한 미소를 짓고 있는 브레누가 있었다. 모직 스카프에 재킷 차림인 그의 미소는 누군가가 그려 넣은 듯 완벽했다. 태우는 그의 부모가 왜 굳이 이 사진을 골라 경찰에 내줬는지 알 것 같았다. 사진 속 브레누는 꽤 잘생겨 보였다. 미남 미녀의 실종은 사람들에게 더 많은 연민을 자아내는 경향이 있었다.

태우는 묵묵히 형사의 질문을 기다렸다.

"브레누를 압니까?"

"클라리시가 몇 번 언급한 적 있어요. 직접 만나보진 못했고요. 사실 이 사진 보기 전까진 어떻게 생긴 친군지도 몰랐어요."

"브레누에 대해 어떻게 생각하죠?"

"여자친구의 전 남친, 그뿐입니다. 당연히 저한텐 좀 불편한 상대죠 뭐."

"브레누 때문에 불편한 감정이 있었나요?"

"클라리시는 이미 깨진 사이라고 했어요. 그럼 된 거 아닌가요?"

"두 사람이 왜 헤어졌는지 이유를 아나요?"

"글쎄요. 그 친구에 대해선 얘기 안 해봤지만, 제 생각엔 그 친구가 클라리시한테 위세를 좀 부렸던 것 같아요."

"위세를?"

"그 친구가 클라리시한테 보낸 문자를 몇 개 읽어봤거든요. 아주 영악한 녀석이던데요. 나중엔 클라리시한테 동정을 구걸하더라고요. 언제부턴가는 클라리시도 아예 답을 하지 않았어요."

"그게 언제였죠?"

"작년 11월이었어요. 정확히는 11월 말."

"브레누의 휴대폰도 사라졌습니다. 지금 브레누의 통화기록을 조사 중이죠." 죽은 물고기 같은 형사의 눈은 의외로 예리했다. "클라리시하곤 어떻게 처음 만났죠?"

"바비큐 파티에서요. 그 며칠 후 클라리시가 테레조폴리스로 갈 거라면서 같이 가자고 하더라고요."

"그래서 그냥 그렇게 훌쩍 떠나버린 건가요?"

"아뇨. 당연히 사전에 준비를 했죠. 클라리시는 시나리오 작가예요. 걔가 작업할 때 자주 찾는 호텔이 있다고 해서 거기로 간 거예요."

"드워프레이크팜 호텔."

테우가 먼저 언급하고 싶지 않았던 호텔 이름을 형사가 입에 올렸다. 불안하게도 형사는 이미 적잖은 정보를 입수해놓은 듯했다.

"그 후엔 어디로 갔죠?"

"모텔에서 하룻밤을 보내고 일랴그란지섬으로 갔어요."

"왜 갑자기 계획을 바꿨죠?"

"계획을 바꾼 건 아닙니다. 클라리시는 「퍼펙트 데이즈」라는 로드 무비 형식의 시나리오를 쓰고 있었어요. 거기 보면 테레조폴리스에서 일랴그란지로 갔다가 파라치로 떠나는 인물들이 나오거든요. 그 과정에 모텔에서 하룻밤 묵기도 하고요. 저희는 그 시나리오 속 여정을 현실에서 따라가 보기로 했던 거예요."

형사의 표정에는 아무런 변화가 없었다. 전부 사실인데도 테우의 이야기는 왠지 비현실적으로 들리는 것 같았다.

"브레누가 실종됐다는 건 알고 있었나요?"

"클라리시 어머님과 통화할 때 소식을 들었어요. 형사님이 찾아왔다고 하더군요."

"그 소식을 들었을 때 클라리시의 반응은 어땠죠?"

"클라리시에겐 비밀로 해뒀어요. 시나리오 작업에 지장을 줄 수 있어서요."

"단지 그 이유로 비밀로 했다고?"

테우는 형사의 말투가 거슬렸다. 그가 브레누 실종 소식을 클라리시에게 비밀로 한 이유는 브레누가 자신과 클라리시 사이에 끼어드는 게 싫었기 때문이었다. 또한 브레누의 실종을 오랫동안 심각하게 받아들일 사람도 없을 것 같았다.

"저는 브레누가 누군지도 몰랐습니다." 테우가 예민하게 받아쳤다. "그 친구가 사라졌다고 해서 제가 걱정할 건 없었다고요. 그냥 어디 가서 머리 좀 식히고 있나 보다 정도로만 생각했던 말입니다."

"당신 휴대폰에다 전화를 몇 번 걸었었는데."

"테레조폴리스와 일랴그란지에선 신호가 잡히지 않아요. 솔직히 전 브레누가 금세 나타날 거라고 생각했어요."

"아직도 나타나지 않았습니다." 형사의 태도가 계속해서 테우를 거슬리게 했다. "브레누는 12월 1일에 실종됐습니다. 그날 당신과 클라리시는 어디에 있었죠?"

"테레조폴리스 호텔에 있었을 겁니다."

"확실한가요?"

태우가 코웃음을 쳤다.

"휴가 중엔 날짜를 일일이 체크하며 지내지 않잖아요."

"이건 아주 중요한 문제입니다."

"저희가 용의자라도 된다는 겁니까?"

"아, 아니. 그건 절대 아니에요!" 형사가 두 손을 내저으며 말했다. "의식을 회복하는 대로 클라리시에게도 찾아가 얘기를 나눠봐야겠어요. 혹시 몰라 매일 그 병원도 들러보고 있습니다."

"상태가 어떤가요?"

"알다시피 아직도 혼수상태이긴 한데, 의사 말이 상태가 안정적이라니까 조만간 깨어나지 않겠어요?" 형사가 어색하게 웃어 보이자 태우도 애써 미소를 지었다. "담당의한테 들었는데 클라리시의 몸 군데군데 봉합된 상처들이 있다는군요. 생긴 지 얼마 안 된 상처라던데."

"일랴그란지에서 다쳤어요. 바다에서 헤엄치다가 바위에 부딪혔거든요." 태우는 미리 준비해둔 대답을 태연하게 늘어놓았다.

"심하게 다쳤나요?"

"아뇨. 제가 의대생이라 자상 봉합쯤은 거뜬히 할 수 있었어요. 그 섬엔 저희뿐이었거든요. 다른 조치는 취할 수 없었어요."

"섬엔 어떻게 갔죠?"

"그 지역 주민에게 민박집을 빌렸어요. 그분이 보트로 섬까지 태워줬고요."

"그분 성함은 어떻게 되나요? 어디로 연락하면 되죠?"

"게르트루드. 그분이 어디 사는지는 저도 몰라요." 태우가 대답했다. 갑자기 불안감이 엄습했다. 그는 자신의 친구 게르트루드를, 이런 곤란한 상황에서 그녀만이 안겨줄 수 있는 마음의 위안을 생각해봤다. 태우는 세상 그 누구에게도 그녀 이야기를 하지 않으리라 다짐했었다. 그들의 관계는 이미 과거가 됐고, 그는 그녀를 영원히 은밀하게 간직해두고 싶었다. 하지만 테레조폴리스에서 클라리시에게 그녀를 언급하고 말았다. 후회스러운 일이었다.

"알았습니다. 그런데 클라리시가 바위에 부딪혀 다쳤다는 데가 어느 부위죠?"

"등과 발, 그리고 왼쪽 엉덩이요. 엉덩이 자상이 특히 깊어요."

형사는 그 내용을 수첩에 받아 적었다. 불편한 침묵이 이어지자 태우는 형사가 또 무슨 생각을 하고 있을지 불안했다.

"단기간에 두 건의 사고가 터졌습니다. 아주 불운한 휴가였겠군요."

"운이 나빴다곤 생각하지 않아요." 태우가 천천히 말했다. 그는 자신이 옳다는 걸 알고 있었다. 그리고 누가 어떻게 생각하든 신경 쓰고 싶지 않았다. 하지만 형사의 의심이 어디까지 뻗쳐 있는지 알 수 없기에 불안하기는 했다.

"클라리시와 약혼했다면서요? 두 사람 모두 빨리 회복해서 결혼 준비를 해야겠네요."

"감사합니다."

"그나저나 반지를 또 하나 사야 할 것 같던데. 어제 보니 클라리시는 반지를 끼고 있지 않더군요."

"어떻게 된 거죠?" 형사가 묻기 전에 태우가 선수를 쳤다. 클라리시는 보나마나 일랴그란지에 반지를 버리고 왔을 것이다. 테우는 그동안 그걸 알아채지 못했고.

"그건 당신이 알고 있을 줄 알았는데."

"브레누와는 상관없는 일일 겁니다."

"글쎄. 그야 조사해보면 알겠죠."

그들은 몇 분간 대화를 더 이어갔다. 형사는 사고 당시 상황과 클라리시의 시나리오에 대해 상세히 알고 싶어 했다. 또한 그들이 묵었다는 모텔 이름도 물어봤다. 면담을 마친 형사는 내일 다시 오겠다면서 경찰서 연락처가 적힌 명함을 쥐어줬다.

테우는 온몸이 후끈 달아오르는 걸 느꼈다. 그런 신체적 반응이 그를 짜증 나게 했다. 그는 냉담하게 인사를 건넸다. 무례하게 굴고 싶지는 않았지만 저도 모르게 그런 반응이 튀어나왔다.

눈치 빠른 파트리시아는 아들에게 아무것도 묻지 않았다. 그녀는 오후 내내 침묵을 지키며 목걸이 만드는 데만 집중했다. 테우의 머릿속은 복잡했다. 하지만 형사와의 면담이 무난히 끝났다는 사실에 안도했다. 아키누 형사가 무슨 근거로 날 의심할 수 있겠어? 그가 차에서 발견했을 수갑과 팔다리 벌리기용 막대를 언급하지 않았다는 사실이 마음에 걸렸지만 크게 신경 쓸 문제는 아니었다. 테우는 눈을 질끈 감았다. 우울감은 여전히 남아 있었지만 마음만은 차분했다. 그는 그 누구도 자신을 건드릴 수 없을 거라 확신했다. 누가 어떻게 나서든지 간에.

29장

다음 날 아침 형사는 나타나지 않았다. 파트리시아는 살짝 실망한 듯했다. 테우는 점심시간이 지나서야 퇴원할 수 있었다. 다리와 몸통에 아직 통증이 남아 있었다. 마치 그라인더*를 막 통과한 기분이었다. 하지만 테우는 불평하지 않았다. 클라리시를 만나보고 싶었지만 파트리시아의 격렬한 반대에 부딪혀 그냥 집으로 향했다. 택시에 오른 그는 벡트라를 떠올렸다.

"완전히 망가져버렸어." 어머니가 말했다.

차창으로 스며든 햇살이 파트리시아의 얼굴 주름을 환히 비췄다. 테우는 이전과 조금도 다르지 않은 세상 풍경에 놀랐다.

집 안에 들어서자 그의 시선이 자동으로 가구들을 훑었다. 당장이라도 삼손이 달려와 다리에 코를 쿵쿵댈 것만 같았다. 갑자기 우울이 엄습했다.

그는 먼저 주방으로 갔다. 왠지 자신의 방에 발을 들였다가는

---

* 매우 빠르게 회전하는 숫돌을 사용해 공작물의 면을 깎는 기계.

이전의 따분한 삶으로 되돌아가게 될 것만 같았다. 창문 청소와 파트리시아를 성당으로 데려가는 일을 떠맡은 채. 상상만 해도 끔찍했다. 테우는 물을 한 잔 들이켜고 냉장고 안을 잠시 살폈다. 그리고 욕실로 갔다. 찬물로 샤워를 하며 자신의 이전 삶과 클라리시와 함께했던 나날을 차례로 떠올려봤다. 어딘가에서 온갖 튜브를 몸에 꽂은 채 누워 있을 그녀의 모습이 뇌리를 스쳤다. 어머니는 왜 그토록 클라리시의 면회를 반대한 걸까?

그는 어둠 속에 몸을 눕히고 클라리시와 한 침대를 썼던 나날을 떠올렸다. 이제는 상황이 완전히 달라졌다. 임박한 비극의 냄새가 방 안에 감돌았다. 느낌의 종류마다 특정한 냄새가 있다는 걸 테우는 가끔 감지할 수 있었다.

파트리시아가 피자를 주문했다. 테우는 TV를 보며 두 조각을 집어먹었다. 언제나 그랬듯 천박한 연속극이 그를 불편하게 했다.

"무슨 걱정거리라도 있니?" 파트리시아가 물었다.

"조금요."

"내일 같이 그 애 병원에 가보자."

테우는 고맙다고 한 후 몸 상태를 핑계로 자리에서 일어났다.

그는 엘레나에게 들려줄 말을 생각해봤다. 가급적이면 그녀를 피하고 싶었다. 딱 한 번 만나봤을 뿐이지만 여러 차례 통화하는 동안 엘레나에 대한 반감이 많이 쌓여버렸다. 그녀가 없는 시간에 클라리시를 찾아가고 싶었지만 계속 딸의 곁을 지키고 있을 가능성이 높았고, 설령 가끔 자리를 비우더라도 어느 시간에 비울지 알 수 없었다. 그는 침대에 누워 한동안 몸을 뒤척였다. 불길한 예감은 좀처럼 떨쳐지지 않았다.

장애인을 돌보는 데 있어 가장 불편한 건 뭘 하든 신속히 움직일 수 없다는 사실이었다. 바지를 입는 데 10분, 화장실 다녀오는 데 15분, 장애인 전용 택시를 불러 타기까지 30분. 클라리시의 면회 시간은 이미 한 시간 전에 시작됐다. 테우는 어머니의 휠체어를 밀고 병원 경사로를 올라갔다. 어머니는 TV를 통해 알게 된 고속도로 사고 소식을 들려줬다. 어머니에게 미소를 짓는 일이 전에처럼 쉽지 않았다. 테우는 자신이 불편해하는 기색을 적나라하게 드러내고 있다는 걸 깨달았다. 하지만 이제는 그런 것도 개의치 않기로 했다. 그의 기분은 여전히 최악이었다. 그는 손가락에 끼워진 반지를 만지작거리며 접수처에다 자신이 환자의 약혼자임을 밝혔다.

"딱 한 분만 더 들어가실 수 있습니다." 접수처 직원이 방문자 신분증을 건네며 말했다.

병원은 꽤 깔끔한 분위기였다. 지문식별 시스템이 갖춰진 것으로 보아 보안도 철저한 것 같았다. 클라리시는 사고 직후 이곳으로 후송된 모양이었다. 하긴 마나이스 가족이 딸을 공공의료원에 머물게 할 리 없었다. 테우는 파트리시아를 한쪽 구석으로 데려갔다. 그녀는 챙겨온 구슬 목걸이를 꺼냈다.

테우는 정신을 바짝 차리고 복도를 걸어갔다. 의술에 대한 그의 애정이 다시금 샘솟았다. 어떻게 그 기분을 잊고 오로지 클라리시에게만 집중할 수 있었지? 그는 초조한 마음을 안고 중환자실로 들어갔다. 그녀의 침대가 눈에 확 들어왔다.

시트 밑에 누운 클라리시의 모습은 잘 보이지 않았다. 그녀를 에워싼 온갖 모니터와 산소 패널 때문이었다. 하지만 엘레나는 대번에 알아보았다. 그녀는 진이 빠진 모양새로 딸의 침대 가에 엎드려 있었다. 테우는 두 눈이 휘둥그레지며 몸이 덜덜 떨리기 시작했다. 자신의 그런 반응이 이해되지 않았다. 엘레나는 다만 절망에 빠진 어머니의 모습을 하고 있을 뿐인데.

테우는 그냥 돌아서서 나올 생각이었다. 그런데 엘레나가 고개를 들고 돌아보며 쏘아붙였다.

"대체 내 딸에게 무슨 짓을 한 거지?"

순간 그는 머릿속이 아찔해졌다. 무의식적으로 세 걸음 물러났다. 병실에는 클라리시의 아버지로 보이는 남자도 있었다. 테우가 사랑하는 여자에게 생명을 준 또 한 사람. 둘 모두 기진맥진한 모습이었다. 남자가 뒤에서 엘레나를 끌어안고 어깨를 토닥여줬다.

"진정해, 여보."

"난 그럴 수가……" 엘레나는 말을 잇지 못했다. 그녀의 몸이 앞으로 더 숙여졌다. 테우는 엘레나의 야단스러운 반응에 화가 났다. 그는 격한 저항을 예상하며 침대로 다가갔다. 그는 약혼녀를 면회할 권리가 있었고, 자신에 대한 엘레나의 입장 따위엔 신경 쓰고 싶지 않았다.

클라리시는 땅에 떨어져 박살난 도자기 인형 같았다. 의사들은 깨진 조각들을 주워 모아 정성껏 붙여나가는 중이었다. 심장 모니터, 흡인기, 정맥 내 투여기. 테우는 침대 위로 몸을 숙이고 한때 날씬하고 매혹적이었던 몸의 윤곽을 응시했다. 클라리시의 육체적 퇴화가 그의 기분을 잡쳐놓았다. 그는 굳이 면회를 가겠다고 고집

부렸던 자신을 질책했다. 엘레나는 남편의 품에 안겨 나직이 흐느끼고 있었다. 태우는 속으로 사과의 말을 연습하기 시작했다. 하지만 생각은 금세 딴 데로 흘러가 버렸다.

클라리시의 몸 상처들은 태우에게 남겨진 성흔^{聖痕}이었다. 가볍게 떨리는 그녀의 눈꺼풀 아래 서린 분노, 그를 거부하듯 꼭 다물린 건조한 입술. 그녀는 깊은 잠에 빠져 있었지만 그는 두려웠다.

"썩 꺼져." 엘레나가 말했다.

인공호흡기 카트에 클라리시의 사진이 놓여 있었다. 사진 속 그녀는 열다섯 살쯤 되어 보였다. 생일 파티가 한창인 가운데 화려한 드레스 차림의 그녀는 부모님에게 덥석 안겨 있었다. 태우는 사진 속에 자신의 모습도 있었으면 얼마나 좋을까 생각했다. 어쩌면 엘레나는 그와 클라리시의 커플 사진도 저 카트에 놓아두고 싶어 할지 모른다. 그러려면 그가 먼저 굽히고 들어갈 수밖에 없었다.

"죄송합니다." 태우가 진심을 담아 말했다. 그는 실제로 이 모든 상황을 애통해하고 있었다.

"이건 다 자네 탓이야!"

"그건 사고였어요. 제가 할 수 있는 게 없었다고요."

"사고? 난 지난 몇 달간 내 딸과 통화 한 번을 못 해봤어! 그런데 이제 와서……."

태우는 불필요한 자극을 원치 않았다. 지난 24시간 동안 그의 어깨를 짓눌러온 피로는 여전히 가실 줄 몰랐다. "저는 아직도 혼란스러워요. 정말……."

"어떻게 된 건지 설명해봐. 더 이상 발뺌하지 말고." 엘레나의 두 손이 덜덜 떨렸다.

"어디 한번 들어나 보자고." 그녀의 남편이 말했다.

엘레나는 안색이 창백했고 초췌했다. 테우는 엘레나와 클라리시의 반응이 꽤 비슷하다는 걸 알아차렸다. 똑같은 원초적 공포와 위협적인 태도. 지금 엘레나의 표정은 브레누가 죽었다는 걸 알게 된 순간 클라리시가 보였던 표정과 똑같다.

"거짓으로 둘러댈 생각일랑 마!" 엘레나가 말했다.

테우는 그녀의 남편과 자신이 유사한 역할을 하고 있을 거라 짐작했다. 파트너의 멜로드라마적 감정을 진정시키는 이성적 상대. 테우는 그들의 눈에 둔감한 사람으로 비치고 싶지 않았다. 그는 최대한 실용적인 톤으로 그날 사고에 이르기까지의 과정을 설명해 나갔다. 새로운 세부 내용이 떠오르면 빼놓지 않고 덧붙였다.

클라리시가 일랴그란지섬에서 수영하던 중 바위에 부딪혀 중상을 입게 된 상황도 설명했다. 차분한 표정과 덤덤한 목소리로 거짓말을 늘어놓는 건 그리 어렵지 않았다.

마침내 냉정을 잃은 엘레나가 입을 열었다. "클라리시가 어떻게 될까 봐 너무 두려워." 목멘 소리로 간신히 뱉어낸 말이었다.

"곧 회복될 거예요." 테우가 말했다. 물론 그럴 거라고는 믿지 않았다.

엘레나가 한숨을 내쉬며 가까이 오라고 손짓했다. 그녀가 미소를 짓자 테우는 울컥했다. 파트리시아는 지금껏 단 한 번도 아들에게 그런 미소를 지은 적이 없었다. 엘레나의 손은 차가웠지만 묘한 위안을 줬다. 테우는 엘레나를 빤히 쳐다보지 않으려고 애썼다.

그랬다가는 그녀가 불편해할 수도 있으니.

"모든 걸 자네 탓으로만 돌린 거 미안해. 세상 최악의 엄마가 된 것 같은 기분이었거든." 엘레나가 다시 울음을 터뜨렸다.

테우는 그녀에게 공감을 느끼고 싶었다. 그녀의 고통에 감동받고 싶었다. 하지만 눈가가 촉촉해지는 것 말고는 어떠한 반응도 일지 않았다. 그는 순간 브레누의 죽음과 클라리시의 자살기도에 대한 모든 진실을 털어놓고 싶은 충동에 휩싸였다. 하지만 그 충동은 금세 증발해버렸다.

"미안한데, 커피 한 잔만 뽑아다 줘." 엘레나가 남편에게 말했다.

엘레나의 남편은 말없이 병실을 나갔다. 테우는 남겨진 엘레나와 포옹하고 기도하며 서로의 어깨에 기대 눈물을 쏟아내는 감동적인 장면을 예상했다. 하지만 젖은 눈을 훔치고 난 엘레나의 얼굴에는 확 달라진 표정이 떠올라 있었다.

"브레누에 대해 얘기해봐."

"브레누는 못 봤습니다. 클라리시도 그 친구에 대해 별 얘기 안 했고······."

"거짓말 마." 엘레나가 그를 매섭게 쏘아봤다. 눈빛은 초조해 보일 뿐 히스테리가 느껴지지는 않았다. 그녀는 어느새 고압적인 태도로 돌아와 있었다. 테우는 덜컥 겁이 났다. "우리 가족은 그 호텔의 오랜 단골이야. 난 그날 브레누가 그곳에 있었다는 걸 알아. 굴리베르가 다 얘기했다고."

테우는 클라리시의 침대에 몸을 기대선 채 눈을 내리깔았다. 머릿속이 핑핑 돌았다. 팩트들을 신속히 되짚어봤지만 그럴듯한 결론에 이르진 못했다. 그는 엘레나에게 주먹을 날리고 싶은 충동에 휩싸였다. 메스를 집어 들고 목정맥을 그어버리고 싶었다. 하지만 이곳은 개인병원이었다. 범행 후 소리 없이 사라지는 건 불가능했 다. 엘레나는 무언가를 알고 있는 게 틀림없었다. 모든 진실을 알 고 있을 가능성도 배제할 수 없었다.

"브레누는 우리 집에 잠깐 들른 후 곧장 테레조폴리스로 향했 어." 그녀의 미소와 덧니가 클라리시를 떠올리게 했다. "굴리베르는 그날 밤 어떤 남자가 너희가 묵는 오두막으로 들어가는 걸 봤다 고 했어. 처음엔 자넨 줄 알았대."

"아마 저였을 거예요."

그는 당장이라도 실신해버릴 것 같았다.

"다음 날 아침 굴리베르는 정문 자물쇠가 풀려 있는 걸 발견했 어. 누군가가 걸어서 들어왔다는 뜻이지."

"그게 대체 뭘 증명한다는 말씀이죠?"

"브레누는 죽었어. 자네가 죽인 거라고."

테우는 당장 병실을 뛰쳐나가고 싶었다. 황당하고 불쾌하고 모 욕적인 상황이었다.

"내가 그동안 뭘 했는지 들려줄까? 알다시피 난 변호사야. 그 형사는 자네랑 클라리시에게 병적으로 매달려 있고. 난 내 딸이 불 미스런 일에 휘말리는 걸 원치 않아. 솔직히 말하면 브레누의 죽음 따위엔 아무 관심 없어. 자네가 아무짝에도 쓸모없는 그 청년을 죽였다 해도 상관없다고."

"저는……."

"난 굴리베르에게 숙박부에 기록된 너희들 체크아웃 날짜를 11월 29일로 수정해달라고 요청했어. 브레누는 12월 1일에 실종됐잖아. 보다시피 난 자네 편이야. 그러니까 진실을 털어놔 줘."

태우는 한숨을 내쉬며 엘레나를 응시했다. 어느 순간부터 대화가 비현실적으로 느껴지기 시작했다. 그는 지금부터 자신이 내뱉는 모든 말이 치명적일 수 있다는 걸 알았다. 더 이상 실수는 용납되지 않았다.

"그날 밤 브레누가 테레조폴리스에 나타났습니다. 아주 불안정한 상태였죠. 그 친구가 칼을 휘두르며 클라리시를 내놓으라고 하더군요. 카샤사 냄새를 폴폴 풍기면서 말이죠. 저흰 엉겨 붙어 격투를 벌였습니다. 한참을 치고받다가…… 어느 순간 보니 그 친구가 바닥에 뻗어 있더군요. 죽어 있었죠. 그러려고 했던 게 아닌데. 그때 클라리시는 패닉에 빠져버렸습니다. 저도 물론 마찬가지고요. 저흰 살인자가 아닙니다."

묘한 짜릿함이 스며들었다. 태우는 희미하게 미소를 지었다.

"저희는 호텔 뒤편 숲 속에 브레누를 묻었습니다. 정말 신속히 해치웠어요. 마치 꿈을 꾸는 것 같더라고요. 그때부터 클라리시는 충격을 이기지 못하고 마음의 문을 꽁꽁 닫아버리더군요. 어머님께 솔직히 털어놔도 결코 믿어주지 않을 거라는 말도 했고요."

태우는 바짝 굳은 엘레나의 어깨에 주목했다.

"그때부터 클라리시는 이성을 잃고 모든 걸 제 탓으로 떠넘기기 시작하더군요. 누군가 미행하고 있다면서 불안해하기도 하고요. 물론 그건 망상일 뿐이었죠. 또 클라리시는 저를 테레조폴리스에 초대한 적 없다면서 당장 꺼지라고 하더군요. 힘들게 끊었던 담배도 그때부터 다시 피우기 시작했습니다. 또 언젠가부터는 라우라, 그 이름을 자꾸만 부르며 그 친구가 그립다고도 하더라고요."

테우는 굳이 라우라의 이름을 언급했다. 엘레나가 그 친구도 탐탁잖게 여기고 있기를 바라면서.

"며칠 전부터는……." 그가 언짢아하는 톤으로 말했다. "며칠 전부턴 제가 자기를 포로로 붙잡아두고 있다고까지 하더군요."

"포로?"

"네. 저는…… 네, 인정할게요. 딱 두 번 그랬습니다. 정말 두 번 뿐이었어요. 클라리시가 도무지 제정신이 아니었거든요. 일랴그란지에서 특히 더 우울해했죠. 제가 너무했다고 생각하세요? 그땐 어느 정도 한계점을 정해놓을 필요가 있었습니다. 클라리시는 일랴그란지에서 사고를 당한 게 아니에요. 자살하려고 바다에 뛰어들었던 거라고요."

엘레나가 앙상한 손을 입으로 가져갔다.

"저는 클라리시를 구해서 지혈을 하고 급한 대로 상처를 봉합했습니다. 근데 그 앤 계속 흥분하면서 경찰에 자수하겠다고 난리를 쳐댔죠. 마음이 너무 아팠어요. 제가 끔찍이 사랑하는 여자가, 제 청혼을 기꺼이 받아준 여자가 그렇게 나오다니." 테우는 눈물을 훔치는 척했다. "그건 저희만의 비밀로 간직해두고 싶었어요." 비록 빙산의 일각이지만 진실을 얼마간 털어놓고 나니 속이 후련했다.

"그럼 교통사고는?"

"모르겠습니다. 당시 상황을 여러 번 떠올려봤는데, 저는 정말로 단순 사고였다고 믿고 싶습니다. 그 사고가 나기 얼마 전 클라리시와 화해를 했거든요. 클라리시는 건강을 어느 정도 회복하고 담배도 다시 끊은 상태였어요. 그제야 브레누의 죽음이 어쩔 수 없는 일이었다는 걸 깨달은 모양이더군요."

"애가 의도적으로 사고를 일으킨 거라고 생각하나?"

"클라리시는 이미 자살기도를 한 번 했었잖아요. 일랴그란지에서요. 몸 상태는 분명 나아졌지만…… 언제 또 브레누와 라우라와 담배를, 인생에 득이 될 게 하나도 없는 그런 걸 떠올리며 발작할지 몰라 저는 늘 불안했습니다."

엘레나는 계속해서 그를 응시했다. 이제 곧 곤란한 질문 공세를 퍼부을 기세였다. 바로 그때 클라리시의 아버지가 커피를 챙겨 돌아왔다. 테우는 고맙다며 컵을 받아 들었다. 엘레나는 또다시 겁에 질린 얼굴로 남편의 품에 안겼다. 순간 테우는 세상의 모든 어머니들이 다 똑같다는 사실을 깨달았다. 그들은 자식을 보호하기 위해 한없이 기만적이고 이기적이고 교활해질 수 있었다.

테우는 병실을 나왔다. 병실에서 나눈 대화는 적어도 몇 시간 동안 그의 마음을 불편하게 할 것이다. 하지만 그는 엘레나가 자신의 편이 됐으며, 앞으로도 계속 자신을 옹호해줄 거라 믿었다. 비록 일시적이나마 승리를 거둔 셈이었다. 나중에 클라리시가 깨어나면 그에게는 거짓말쟁이나 비겁자라는 낙인이 찍힐 게 뻔했다. 테우는 생기발랄하고 즉흥적인, 빈정대기 좋아하는 클라리시를 되찾고 싶었다. 하지만 그는 알고 있었다. 그녀가 영영 깨어나지 않는 편이 자신에게 좋다는 걸.

30장

그렇게 엿새가 흘렀다. 테우는 아침마다 병원에 갔다가 면회시간이 끝나는 한밤중이 돼서야 귀가했다. 그는 하루 종일 클라리시의 곁을 지켰다. 파트리시아는 두 번쯤 동행하더니 아키누 형사가 다시 나타날 것 같지 않았는지 더 이상 같이 가지 않았다. 클라리시는 안정된 상태에 머물러 있을 뿐 조금도 회복되지 않았다.

클라리시의 아버지 구스타부는 딸과 다르게 외모가 추했다. 하지만 꽤 박식했다. 그는 휴스턴에 본사를 둔 회사 고용주의 석유 굴착용 플랫폼에 대해 얘기해주었다. 그 밖에도 정치, 경제, 의학에 대해 테우와 많은 대화를 나눴고 두 사람은 더욱 가까워졌다. 테우는 구스타부가 맘에 들었다. 테우의 아버지는 일찍 세상을 떠났고 생전에 구스타부처럼 좋은 사람이 아니었다.

엘레나는 눈에 띄게 말수가 줄었다. 그래도 테우를 보면 항상 다정하게 맞아줬으며 신뢰감과 호감을 보이기도 했다. 그런데 이따금 그를 탐탁잖아하는 것처럼 보일 때가 있었다. 그런 엘레나의 속내가 무엇인지 테우는 궁금했다. 그는 자신이 그간의 일에 대해 엘레나에게 들려준 설명이 아주 그럴듯하며, 자신이 해석한 지난 몇 달간의 클라리시의 행동과도 딱 들어맞는다고 생각했다. 미쳐 버린 그녀는 자살을 기도했었고, 브레누의 죽음은 불운한 사고일 뿐이었다. 거기까지는 진실이었다. 그는 팩트들을 좀 더 그럴듯하게 포장해 내놓고 싶었지만 유감스럽게도 그 과정에서 길을 잃고 말았다. 스토리에 설명이 불가능한 빈틈이 너무 많았다. 예를 들면 클라리시가 단지 브레누 때문에 바다에 몸을 던졌다는 주장. 테우는 오해와 다른 문제들로 인해 나약해진 성격이 치명적인 화학반응을 일으킨 거라고 분석했다.

금요일, 테우는 의학책 두 권을 챙겨 들고 병원으로 향했다. 구스타부는 중요한 모임이 있어 상파울루에 가 있었다. 클라리시의 침묵과 삐삐거리는 전자음이 독서에 최적의 리듬을 제공해줬다. 중환자실에서 수술 절차에 대해 공부하는 건 꽤 흥미로운 경험이었다. 정오 무렵 의사가 들어와 클라리시의 상태가 밤새 호전됐다고 알려줬다. 기쁜 소식에 엘레나는 조금이나마 생기를 되찾았다.

엘레나가 테우에게 근처 아랍 식당에서 점심을 먹고 오자고 했다. 그녀는 최대한 다정다감해 보이려고 애쓰는 중이었다. 구스타부도 그를 무척 맘에 들어 한다고 엘레나가 귀띔해줬고, 클라리시의 유년기 일화들도 들려줬다(클라리시가 자기를 토끼라고 부르는 학교 친구를 때린 적도 있었다).

그러더니 엘레나는 기다렸다는 듯 질문 공세를 퍼부었다. 특히 딸의 심리 상태에 지대한 관심을 보였다.

"딴 세상에 사는 사람 같았어요." 테우가 또다시 말했다. "정신

적 충격이 컸던 모양이에요. 브레누가 누군지 기억하지 못할 때도 있었고, 아침에 일어나자마자 제게 욕을 하며 달려들기도 했어요."

엘레나는 클라리시가 십 대 시절 7년간 심리 상담을 받았던 사실도 털어놓았다.

테우는 빵을 내려놓고 냅킨으로 손을 닦으며 엘레나를 빤히 응시했다. "저는 따님을 무척 걱정하고 있습니다."

그들은 렌즈콩과 치즈 스파이아*를 곁들인 밥을 주문했다. 엘레나는 양고기 카프타**를 권했지만 테우는 채식주의자라며 사양했다. 그는 마냐이스 가족에게 환영받고 있다는, 아니 아예 그들 가족의 일원이 된 것 같은 기분이 들었다. 마음이 편해진 그는 과감한 발언을 하나씩 쏟아내기 시작했다. "저는 아이를 두세 명 갖고 싶어요"라든지, "제가 클라리시의 예술적 커리어를 적극 지원해 줄 생각이지만, 그녀도 재정적 안정을 누릴 수 있는 일자리를 갖는 게 좋을 거예요"라든지, "흡연은 정말 고약한 중독이에요. 하긴 모든 중독이 고약하지만요" 따위의 능청스러운 발언들.

"약혼은 언제 한 거야?" 엘레나가 미소를 지으며 물었다.

"11월 24일에요. 그날을 영원히 잊지 못할 거예요. 그때 저희는 호텔 호숫가 벤치에 앉아 있었어요. 아이를 몇 명이나 낳을지도 의논했고, 성(姓)을 뭘로 할지도 함께 고민했죠. '마냐이스'는 클라리스의 외가 쪽 성이죠? 아닌가요?" 그가 어림짐작으로 물었다.

---

* 양고기를 갈아 넣어 만든 피자 같은 것으로 아랍의 전통요리다.
** 고기, 생선, 치즈 등을 으깨서 동그랗게 빚어 만든 남아시아 지역 음식.

"맞아. 우리 친정아버지 쪽 성이야."

"제 성은 아벨라르 기마라이스예요. 마냐이스 기마라이스는 좀 이상하죠?" 그가 웃음을 터뜨렸다.

엘레나가 그를 쳐다봤다. "아벨라르 기마라이스 판사님과는 어떻게 되는 관계지?"

"제 아버지예요." 테우가 얼굴을 살짝 붉히며 말했다. 엘레나는 테우의 아버지를 알고 있으며 그를 존경한다고까지 말했다. 그의 민사소송 관련 저서도 몇 권 읽어봤다는 그녀는 그가 연루됐던 스캔들에 대해선 별 관심이 없는 듯했다. 테우는 엘레나가 사회적 지위를 무척 중요시 여긴다는 걸 눈치채고 의사가 되겠다는 자신의 계획을 구체적으로 들려줬다.

화제는 다시 클라리시로 돌아왔다. 엘레나는 양탄자 세탁을 어디에 맡겼는지 물었다. 테우는 차 트렁크에 싣고 다니다가 브레누의 시체를 숲 속으로 옮길 때 썼다고 말했다. 그는 마치 범죄소설 속 주인공이 된 듯한 기분이었다.

테우는 엘레나가 아직 여행가방 속의 수갑과 막대들에 대해 모르고 있을 거라 짐작했다. 형사가 그런 '사소한' 것까지 군이 알리지 않았는지도 모르고. 테우는 그 부분에 대해선 조금도 신경 쓰이지 않았다. 전부 성인용품점에서 합법적으로 구입한 것이니까. 하지만 자신이 변태성욕자로 알려질까 봐 좀 걱정이긴 했다.

"다시 병원으로 돌아갈 거니?" 엘레나가 물었다.

"네." 테우는 손목시계를 봤다. 어느새 한 시간 반이 훌쩍 지났다. 엘레나는 오후에 다른 볼일이 있다면서 계산을 하고 일어났다.

"이 악몽이 빨리 끝났으면 좋겠구나. 아벨라르 기마라이스 판사의 아드님이 우리 집 사위가 된다니 이런 경사가 또 있겠어?" 헤어지면서 그녀가 말했다.

태우는 한결 가벼워진 마음으로 병원으로 향했다. 중환자실로 들어선 그는 화들짝 놀랐다. 클라리시의 침대 옆에 아키누 형사가 앉아 있었다. 수첩을 훑고 있던 형사는 지나다가 들렀는데 병실에 보호자가 없어서 깜짝 놀랐다고 말했다.

"클라리시 어머님과 점심을 먹고 왔습니다." 태우가 말했다.

형사의 온화한 눈빛에서 심상치 않은 기운이 묻어났다.

"게르트루드라는 여자를 찾아냈습니다."

태우는 자신의 게르트루드 얘기인 줄 알고 순간 흠칫했다.

"이분이 맞습니까?" 형사가 합죽이 노파의 사진을 꺼내 보였다.

태우는 들여다보기만 할 뿐 사진에 손을 대진 않았다. 노파의 이름이 자신의 친구 이름과 같다는 사실이 무척 불쾌했다. 그 사실에 익숙해지려면 시간이 꽤 걸릴 것 같았다.

"네, 맞습니다."

형사는 사진을 주머니에 집어넣고 한숨을 내쉬었다. "이치에 닿지 않는 부분이 있어요. 게르트루드와 얘길 나눠봤는데……."

"부탁인데, 그분을 게르트루드라고 부르지 말아주시겠어요?"

"왜죠?"

"그냥요." 태우는 '게르트루드'로부터 벗어나고 싶은 마음뿐이었다. 왜 다들 날 괴롭히지 못해 안달이지?

"당신 말고 다른 동행자는 없었다고 하더군요. 당신 혼자 그 섬에 들어갔다고 하던데?"

"제정신이 아닌가 보군요. 그 말을 믿으세요?" 테우가 미소를 흘리며 말했다.

"글쎄……."

"제가 거짓말할 이유가 없잖아요."

노파는 해변에서 '또 다른 누군가'를 목격한 사실을 언급했는지도 모른다. 어쩌면 테우의 당부를 기억하고 그 부분에 대해 함구했을 가능성도 있었다. 아무튼 노파는 백치였고, 테우는 절대 백치같이 굴어선 안 되었다.

"그러니까 이분이 당신과 클라리시를 섬까지 태워다줬다고요?"

"네. 그렇다고 말씀드렸잖습니까."

테우는 짜증이 났다. 무식한 미치광이 노파에게 집착하는 형사가 못마땅했다.

"그 노인네가 뭔가 착각을 한 모양이군요." 형사가 말했다.

"도움을 못 드려서 죄송합니다."

"이상한 점은 또 있습니다. 당신 차 트렁크에 빈 여행가방이 하나 있더군요."

"짐은 클라리시가 꾸렸습니다. 빈 가방을 실어놨다니 이상하군요."

"뭐 정신이 없으면 그럴 수도 있죠."

"긴급구조 요원들한테 물어보세요. 그들이 거기서 뭘 챙겨갔는지도 모르잖아요."

"그런 짓을 했다면 당신 휴대폰도 챙겨갔겠죠. 안 그래요?" 형사의 적의가 점점 뚜렷이 드러나고 있었고, 테우는 속으로 흡족스런 비웃음을 흘렸다.

"글쎄요."

"당신과 클라리시의 휴대폰 통화기록을 요청해놨습니다. 클라리시의 노트북도 확인 중이고. 사고로 손상되긴 했지만 전문가한테 넘겼으니 뭔가 찾아내겠죠."

"그게 브레누 실종사건과 무슨 상관이죠?"

"왜 그 가방이 비어 있었는지 당신은 알고 있을 것 같은데."

"알면 진작 말씀드렸겠죠."

조금의 진전도 없는 대화는 계속 이어졌다.

"브레누는 좋은 청년이었어요. 조사해보니 브레누에게 원한을 품을 만한 사람도 없었고요. 대체 누가 그런 짓을 했을까요? 당신 생각은 어떻습니까?"

"어쩌면 자살했는지도 모르죠."

"엘레나도 같은 말을 하더군요. 하지만 내 생각은 달라요." 형사가 어깨를 으쓱였다. "당신은 곧 경찰서로 소환될 겁니다."

테우는 무슨 말이라도 하고 싶었지만 그저 긴 한숨만 터져 나올 뿐이었다. 형사에게 당당히 맞받아치거나 휙 돌아서서 나가버릴 기운도 없었다. 꼭 복수를 당하고 있는 기분이었다. 악몽이 현실이 돼버린 듯한 기분.

"저는 더 이상 드릴 말씀 없습니다." 마침내 테우가 말했다.

"좋을 대로 하시죠." 형사가 미소를 흘리며 그의 어깨를 몇 번 토닥인 후 병실을 나갔다.

눈을 질끈 감은 태우의 두 손은 덜덜 떨리고 있었다. 그는 당장 형사를 뒤따라 나가고 싶었다. 하지만 아무리 머리를 굴려도 형사에게 쏟아낼 말이 떠오르지 않았다. 그는 다시 눈을 뜨고 창백한 클라리시를 쳐다봤다. 그가 쓸쓸함이 묻어나는 목소리로 나지막이 말했다. "난 절대 잡히지 않아. 누구도 날 잡을 수 없어……."

태우는 근처 술집에 들어가 얼음 뺀 위스키를 주문했다. 그는 자신이 아무것도 하지 않았을 때와 무언가 조치를 취했을 때의 결과를 예측해봤다. 경찰의 관점에서 보면 그에게는 미심쩍은 부분이 적지 않았다. 응답하지 않은 전화들, 교통사고, 클라리시의 부상. 그는 적대감으로 끓어오르는 한편 무력감에 빠져들었다. 일랴 그란지를 떠나온 후 클라리시의 노트북을 확인해보지 않은 건 큰 실수였다. 그가 침대에 묶여 있는 동안 그녀가 노트북에 뭐라고 써놓았는지 알 게 뭐람! 수갑과 싸이욜락스에 대해서? 분노와 거짓으로 가득 찬 메시지를 잔뜩 늘어놓진 않았을까?

태우는 테이블에 비친 자신의 얼굴을 물끄러미 내려다봤다. 입꼬리는 축 처지고 눈은 생기를 잃은 지 오래였다. 그가 멍청하게 군 거였다. 세상 그 무엇보다 우둔함을 경멸하는 그가. 태우는 자신이 범죄자라는 걸 부인하진 않는다. 하지만 그가 이 지경에 이른 것은 단지 클라리시를 차지하겠다는 일념 때문이었다. 처음 본 순간부터 태우는 그녀를 자신의 여자로 여겼다.

그는 자신이 처한 상황을 완벽히 이해하고 있었다. 클라리시는 자신에게 아무런 애정이 없지만, 그녀의 부모가 자신의 편이 됐다는 사실이 묘한 위안을 줬다. 문제는 그 정도로는 결코 만족할 수 없다는 것이었다. 클라리시는 어떤 식으로도 그와 엮이고 싶어 하지 않았다. 그건 부정할 수 없는 진실이었다. 두 사람이 함께한 시간, 테우의 헌신과 노력, 그 모든 것은 수포로 돌아갈 운명에 처했다. 클라리시가 몇 달, 아니 몇 년간 혼수상태에 빠져 있다 해도 그녀는 결코 그의 여자가 될 수 없었다. 만약 기적적으로 깨어난다면 그녀가 경찰에 모든 걸 알려버릴 게 뻔했다. 어쨌든 모두 테우의 패배로 끝을 맺을 터였다. 그녀의 죽음을 상상하는 것은 의외로 괴롭지 않았다.

테우는 살짝 취한 채로 술값을 계산했다. 중대한 거사를 앞두고 전에 없던 용기가 생겼다. 그는 곧장 병원으로 향했다. 마침 아까 병원을 나설 때 반환하지 않은 방문자 신분증을 지니고 있었다. 중환자실로 돌아온 그는 꿈속을 누비듯 들뜬 기분이었다. 마치 영화 속에 갇힌 듯한 기분이 들기도 했다. 하루 종일 화면 밖 관객들에게 일거수일투족을 감시당하는 듯한 기분.

병원은 평소와 달리 조용했다. 면회시간이 거의 끝나가고 있었고, 의사들은 근무 교대를 준비하느라 분주했다. 복도의 희뿌연 불빛이 클라리시의 병실로 스며들었다. 테우는 주위를 살핀 후 조용히 커튼을 둘렀다. 기계가 뿜어내는 삐 소리가 더 커져서 귀에 거슬렸다. 그는 알딸딸한 정신을 붙들고 클라리시의 목숨을 부지해주는 기계들에 집중했다. 그녀의 팔뚝과 코와 목에는 수십 개의 전선과 튜브들이 어지럽게 얽혀 있었다.

우선 활력징후 경보기와 인공호흡기부터 껐다. 그리고 클라리시의 얼굴을 살살 쓰다듬었다. 피부가 얼음장처럼 차가웠다. 갑작스레 엄습한 정적이 그를 불안하게 했다. 테우는 모니터에서 빠르게 올라가고 있는 심박동수를 확인했다.

클라리시의 몸이 씰룩이기 시작했다. 그녀는 괴로워하며 가쁜 호흡을 이어나갔다. 두 팔이 위로 휘둘러졌다. 지켜보기 힘들 만큼 끔찍한 광경이었다. 고행의 순간이었다.

형언할 수 없는 묘한 기분이 엄습했다. 순간 테우는 자신이 결코 이 엄청난 일을 완수할 수 없으리란 걸 깨달았다. 클라리시는 브레누와 달랐다. 테우는 다시 인공호흡기를 켜고 산소분율을 백 퍼센트로 높였다.

경보기가 요란하게 울려대자 의사들이 달려왔다. 그들은 테우를 한쪽으로 거칠게 떠밀었다. "호흡부전이야!" 한 명이 소리쳤다.

테우의 귀에는 아무 소리도 들리지 않았다. 그는 본능적으로 움직였다. 병원을 빠져나와 정처 없이 거리를 떠돌았다. 집으로 돌아와 방문을 걸어 잠그고 펑펑 울기 시작했다. 자신이 우는 이유를 알지도 못한 채. 파트리시아가 노크했다. 테우는 누구하고도 얘기하고 싶지 않았다. 구스타부, 엘레나, 아키누 형사, 그리고 브레누하고도. 만약 지금 장전된 총이 있었다면 주저 없이 자신의 머리에 대고 방아쇠를 당겼을 것이다.

한참 후 노크 소리가 멎었다. 테우는 욕실로 달려가 힙놀리드 한 알을 꺼내 삼켰다. 마치 영혼이 공중제비를 넘는 듯 몸이 경련을 일으켰다. 그는 어쩌다 이 지경이 돼버린 건지 자신의 인생을 한탄하며 스르르 잠에 빠져들었다.

31장

　테우는 골치가 아팠다. 이게 다 그 형사 때문이야. 곤란한 질문을 자꾸 해대니 내가 점점 무모해지는 거라고. 그는 속이 썩어 들어가는 기분이었다. 그깟 분위기에 휩쓸려 클라리시를 죽이려 하다니. 그때 테우는 술에 취한 상태였지만 그건 핑곗거리가 될 수 없었다. 병원 복도에는 보나마나 보안 카메라가 여럿 설치돼 있을 것이고, 지금쯤이면 모두가 그의 범행에 대해 알고 있을 터였다. 그는 엘레나의 막막한 표정과 유일한 생명줄을 잃게 된 파트리시아의 반응을 상상해봤다.

　과연 클라리시는 살아 있을까? 테우는 그녀의 생사 여부조차 모르고 있었다. 부디 살아 있기를 바랄 뿐이었다. 자신이 직접 병원이나 엘레나에게 연락해볼 수는 없었다. 지금의 정신 상태로는 제대로 된 상황 파악이 불가능했다. 이번엔 또 뭐라고 둘러대지? 그는 궁금한 게 많았다. 병원에 보안 카메라가 제대로 설치돼 있는지, 클라리시의 상태는 어떤지. 문득 목에 올가미가 씌워진 자신의 모습이 떠올랐다.

테우는 옷을 챙겨 입고 방을 나섰다. 파트리시아가 기다렸다는 듯 무수한 질문과 충고를 쏟아냈다. 그는 어머니의 휠체어를 한쪽 구석으로 밀어놓고 집을 빠져나왔다. 그는 자유와 제스처의 중요성을 새삼 깨닫게 됐다. 그에게 파트리시아는 부담스러운 짐 덩어리일 뿐이었다. 문제는 어머니가 그 사실을 모르고 있다는 거였다. 그는 어떻게든 어머니에게 그걸 깨닫게 해주고 싶었다. 그래야 아들을 대하는 태도가 달라질 테니까. 모자가 한 지붕 아래서 계속 살아가려면 다른 방법이 없었다.

날은 흐리고 서늘했다. 테우는 어제와 같은 경로를 따라 부주의한 걸음을 옮겼다. 20분 후 병원에 도착했다. 엘레나와 구스타부가 미소로 그를 맞았다. 어쩌면 그 순간은 그의 환상이었는지도 모른다. 그들은 담당의와 대화를 나누던 중이었다. 클라리시는 여전히 온갖 전선에 뒤덮인 채 누워 있었다.

"자네가 우리 딸을 살렸어." 엘레나가 테우의 볼에 입을 맞추며 말했다.

구스타부도 환히 웃는 낯으로 다가왔다. 테우는 뜻밖의 상황에 당황했다. 마치 미치광이들 틈에 끼여 있는 것 같았다. 의사는 클라리시가 호흡부전을 겪고 있을 때 그가 산소분율을 높여놓지 않았다면 그녀가 식물인간이 됐거나 목숨을 잃었을 거라고 설명했다. 구스타부와 엘레나는 연신 테우에게 고마워했고, 의사도 축하의 말을 건넸다. 알랑거리는 사람들에게 에워싸인 기분이 나쁘지 않았다.

클라리시가 영원히 혼수상태로 있더라도 테우는 기쁠 것 같았다. 매주 한두 차례 병원을 찾아 그녀와 함께하고 싶은 것들을 상상하는 것도 즐거운 일일 테니까.

"어제 큰일을 치르고 나서 부쩍 호전됐습니다. 며칠 더 기다리면 깨어날 수도 있을 것 같습니다." 의사가 말했다.

엘레나는 테우에게 함께 점심을 먹자고 제안했다. 이번에는 구스타부도 함께하기로 했다. 그녀는 오로지 먹는 것으로 행복을 표현하는 타입인 듯했다.

그들은 레브롱의 최고급 레스토랑에서 와인과 함께 식사를 했다. 테우는 어제 병실에서 있었던 일을 설명해줬다. 물론 즉석에서 지어낸 이야기였다. 그는 최대한 겸손한 척하려 애썼다. 어차피 그의 영웅적 행위에는 굳이 포장이 필요 없었으니. 테우는 많이 지쳐 있었다. 이제는 거짓말과 기만과 가식에서 벗어나고 싶었다. 며칠 후 클라리시가 기적적으로 깨어날 가능성도 있었지만 그건 더 이상 중요한 문제가 아니었다. 그는 언제까지 지속될지 모르는 마나이스 가족의 환대를 만끽하는 데만 집중하고 싶었다. 나중에 그들이 자신을 증오하게 되더라도, 자신이 법의 심판을 받아 철창에 갇히게 되더라도 상관없었다. 그는 자신의 과오를 후회하지 않았다. 모든 건 클라리시를 위해 한 일이었다. 그것을 어떻게 받아들일지는 전적으로 그녀 자신에게 달렸다. 만약 그녀의 신고로 체포된다 해도 상관없었다. 그건 적어도 클라리시가 온전한 상태로 돌아왔다는 뜻일 테니까. 하지만 그녀가 끝내 숨을 거둔다면 테우에게는 아무것도 남지 않을 것이다.

식사를 거의 마치고 엘레나가 굳이 후식을 주문하겠다고 나섰다. 테우는 자리를 빠져나와 전화를 받았다. 발신자는 파트리시아였다. 그녀는 너무 달라진 아들에게 적응이 안 된다면서 잔소리를 쏟아냈다. 그는 '새로운 테우'라는 어머니의 표현이 맘에 들었다. 새로 태어난 것 같아 기쁘다고 받아치고 싶었지만, 이내 마음을 바꿔 자신의 불손한 태도에 대해 사과했다. 그리고 병원 소식도 들려줬다. 파트리시아는 크게 놀라는 눈치였다. 그녀는 아들이 자랑스럽다면서도 여전히 언짢다는 자신의 입장을 분명히 못박았다. 테우는 집에 돌아가 근사한 식사를 차려드리겠다고 약속했다.

전화를 끊고 와보니 엘레나 혼자 자리를 지키고 있었다. 그녀는 이미 계산을 마친 후였다.

"차 빼려고 구스타부 먼저 나갔어."

"형사가 저랑 클라리시를 의심하고 있어요." 테우가 휴대폰을 주머니에 넣으며 말했다. 만약 구스타부가 함께 오지 않았다면 레스토랑에 오자마자 그 말을 꺼냈을 것이다. 마침 주위에는 아무도 없었고, 웨이터들은 카운터 앞에 모여 수다를 떨고 있었다.

"아무 일도 없을 거야. 걱정 마."

자신도 엘레나만큼 확신할 수 있었으면 좋겠다고 테우는 생각했다. 그녀는 얼마 남지 않은 작은 케이크를 마저 떠먹고 그를 쳐다봤다. "뭐가 걱정이지?"

"곧 저를 경찰서로 소환하겠대요."

"아무 증거도 없이 그럴 순 없어. 그냥 미끼를 던져보는 걸 거야. 네 눈에는 리우데자네이루가 그렇게 한가로워 보이니? 이보다 훨

썬 중대한 사건이 산처럼 쌓여 있을 텐데."

"그래도 저를 소환하면 어떡하죠?"

엘레나가 피식 웃었다.

"그럼 가서 있는 그대로 설명하면 되잖니."

"클라리시 아버님도 진상을 알고 계신가요?"

"넌 브레누를 보지 못했어. 브레누는 클라리시와 헤어지고 나서 호텔을 찾아간 적 없고. 그게 구스타부가 알고 있는 진상이야."

테우는 자신이 한심하게 여겨졌다. 그깟 형사에게 질질 끌려 다니는 이 상황이 우습기까지 했다. 클라리시의 회복 따위에는 신경도 쓰지 않으면서.

구스타부가 들어와 차를 밖에 세워놓았다고 알렸다. 13분 후 그들은 병원에 도착했다. 구스타부가 자애로운 눈빛으로 테우를 쳐다봤다.

테우는 구스타부에게 진실을 털어놓을 수 없다는 사실이 곤혹스러웠다. 그는 자신이 벌인 짓들이 윤리적 차원에서 따져보면 별 문제가 없다고 생각했다. 칼을 휘두르며 오두막으로 쳐들어온 브레누를 우발적으로 죽인 것. 물론 경찰이 볼 때 이는 비난받을 만한 일이며 명백한 범죄다. 물론 구스타부는 경찰이 아니지만, 그래도 테우는 주저했다. 자신이 저지른 일 때문이 아니라 브레누에 대해 거짓말을 한 것 때문이었다. 하지만 테우의 두려움과 브레누에 대한 그의 경멸에는 정당한 이유가 있었다. 진실을 알고 나면 구스타부는 큰 충격을 받겠지만, 어쨌든 결국은 테우를 이해하고 용서해줄 것이다.

테우는 침대 옆에 서서 어떻게 말을 꺼내야 할지 고민했다. 그때 복도를 걸어오는 라우라의 모습이 눈에 들어왔다. 순간 가슴이 철렁 내려앉았다. 그는 라우라를 대번에 알아보았다. 클라리시를 온갖 기행으로 끌어들였던 그녀의 역겨운 아몬드 모양 눈을 지금껏 한 순간도 잊어본 적이 없었다. 그녀의 손에는 화려한 종이로 포장한 흉측한 장미 네 송이가 들려 있었다. 라우라가 호기심에 찬 눈으로 테우를 쳐다봤다. 테우는 치밀어 오르는 분노를 주체할 수 없었다. 여기가 어디라고 저렇게 뻔뻔히 얼굴을 들이밀지?

그는 라우라에게 바짝 다가가 그녀의 팔뚝을 우악스럽게 움켜잡았다. "따라와."

대체 어떻게 면회를 허락받은 걸까? 병원이 정한 클라리시의 최대 면회자 수는 이미 다 찼다. 그런데 라우라는 용케도 방문자 신분증을 발부받았다. 그녀는 불법을 저질러서라도 원하는 것을 손에 넣고야 마는 타입인 듯했다.

"왜 이래요?" 복도 중간쯤에 왔을 때 라우라가 소리쳤다. 그녀는 클라리시처럼 체구는 작아도 성미가 괄괄한 편이었다. 인디언처럼 많은 검은 머리가 그녀를 더 한심해 보이게 했다. 테우는 그녀와 말을 섞고 싶지 않았지만 가까스로 입을 열고 경고했다. "당장 꺼져. 두 번 다시 나타나지 마."

"당신 누구……."

"난 클라리시의 약혼자야." 그가 반지를 낀 손가락을 살살 흔들어 보였다. "네 소개는 필요 없어. 네가 누군지 알고 있으니까. 네가 클라리시한테 무슨 짓을 했는지도 알고 있어. 클라리시는 이미 널 잊었으니까 너도 그만 잊어."

복도를 오가는 사람들이 그들을 쳐다봤다. 우려의 눈빛도 있었고, 호기심에 찬 눈빛도 보였다.

"네가 보낸 문자들 다 읽어봤어. 클라리시가 라파에서 무슨 일이 있었는지 다 들려줬거든. 가서 다른 짝이나 찾아봐." 테우는 다시 중환자실로 돌아갔다.

그 후로 라우라는 두 번 다시 병원을 찾지 않았다. 골칫거리가 사라지자 테우는 마음이 편했다. 그녀를 매몰차게 쫓아낸 것은 합당한 조치였다. 엘레나와 구스타부는 그 일에 대해 아무 말 없었지만 테우는 그들 또한 자신과 같은 입장이라고 굳게 믿었다.

파트리시아와의 저녁식사는 조용하고 묘하게 쾌적했다. 그는 화기애애한 대화를 원했지만 파트리시아는 '새로운 테우'에 대한 실망감을 적나라하게 드러내며 징징거릴 뿐이었다. 그녀는 여자 꽁무니만 쫓는 얼간이가 아닌 착하고 학구적인 아들을 되찾고 싶다고 했다.

테우는 자리를 박차고 일어났다. 정성껏 차려준 밥상 앞에서 꼭 이래야 돼?

몇 분 후 파트리시아가 그의 방으로 들어왔다.

"미안하다. 너도 많이 힘들 텐데."

그는 어머니의 사과를 받아들이고 낮에 병원에서 있었던 일을 들려줬다.

"꼭 그렇게 쫓아내야만 했니? 대체 그 애가 클라리시에게 뭘 어쨌길래." 파트리시아는 연신 웃음을 터뜨렸다.

"저도 모르겠어요. 클라리시는 그 애를 몹시 싫어했어요." 테우
는 클라리시가 동성애자이자 양성애자라는 사실을 어머니에게 알
리고 싶지 않았다.

"왜 싫어했는지 궁금하지 않니?"

"별로요."

"클라리시가 깨어나면 넌지시 한번 물어봐. 또 이 얘기 하면 네
가 싫어한다는 거 알지만 난 아직도 불길한 예감이 들어. 걔가 자
꾸 마음에 걸린단 말이야."

"클라리시가 깨어나면 바로 결혼해서 제 인생을 살 거예요." 테
우는 그렇게 되기를 진심으로 바랐다.

파트리시아는 팩 토라져서 방을 나가버렸다.

아버지가 세상을 뜬 후 어머니는 매사를 부정적으로만 봤다. 입
만 열면 기분이 어떻다느니, 예감이 어떻다느니 하는 말을 늘어놓
았고, 어떻게든 테우를 자신의 입맛에 맞게 조종하려 애썼다. 브레
누의 죽음, 클라리시의 자살기도, 그리고 교통사고까지. 그걸로도
모자라 아직 터질 일이 더 남았다고?

화요일 아침, 테우는 구스타부와 병원 구내식당에 앉아 축구에
대해 수다를 떨었다. 사실 그는 축구에 대해 아는 게 별로 없었다.
휴대폰이 울리자 구스타부가 황급히 응답했다. 엘레나였다.

"깨어났어. 우리 애가 깨어났다고!" 테우는 휴대폰에서 흘러나오
는 엘레나의 목소리를 똑똑히 들을 수 있었다.

그들은 복도를 내달려 중환자실로 향했다. 클라리시는 그 어느 때보다 아름다웠다. 반쯤 감긴 두 눈에 나른하게 풀린 창백한 얼굴. 엘레나는 딸의 손을 움켜쥔 채 흐느끼고 있었다. 구스타부가 그들에게로 달려갔다.

순간 테우는 운명의 시간이 다가왔음을 직감했다. 하지만 영원히 그녀를 사랑하리라는 걸 알기에 실망하지 않았다. 그는 초조하지 않았다. 그저 목 뒷부분에서 희미한 통증이 느껴질 뿐이었다.

하지만 클라리시가 그를 올려다본 순간 그 통증도 씻은 듯이 사라졌다. 그녀의 눈에서는 전에 없던 호기심의 빛이 엿보였다. 그녀가 엘레나와 구스타부를 번갈아 쳐다보다가 다시 테우에게로 시선을 돌렸다. 그녀는 혼란스러워하는 표정이었다.

"미안한데…… 누구시죠?"

32장

클라리시는 자신의 이름을 기억했지만 나이는 헷갈려했다. 엘레나가 교통사고에 대해 들려주자 그녀는 무척 언짢아했다. 그녀는 테우를 기억하지 못했고, 지난달과 지난해에 무슨 일이 있었는지도 모른다고 했다. 자신의 유년기와 부모와 가톨릭 고등학교 시절에 대해서는 생생히 기억했지만, 최근 기억들은 죄다 지워져버린 모양이었다. 「퍼펙트 데이즈」 시나리오, 자신의 전공인 미술사, 그리고 2년 전 세상을 뜬 할아버지에 대한 기억마저도. 자신이 약혼을 했다는 말을 듣고는 크게 당혹스러워했다.

그녀는 거의 모든 것에 대해 무수한 질문을 해댔다. 테우는 그녀가 모든 걸 기억하면서 능청스럽게 연기를 하는 건 아닌지 두려웠다. 하지만 그녀의 얼굴에 떠오른 당혹의 표정은 지워질 줄을 몰랐다. 정말로 기억을 잃었는지도 몰랐다. 테우는 그녀에게 입을 맞추고 어깨를 주물러주고 싶었지만 꾹 참았다. 엘레나는 아직도 펑펑 울고 있었다. 교통사고로 클라리시의 다리가 마비됐다는 말을 듣자 다들 충격에 휩싸였다.

클라리시를 찾는 방문자가 폭발적으로 늘었고 선물도 수없이 들어왔다. 선물에 딸려온 카드들이 테우의 신경을 거슬렀다. 전부 그가 들어본 적 없는 사람들이 보낸 것이었다. 그는 카드에 손도 대고 싶지 않았다. 어떻게 이 많은 사람을 다 알고 지낼 수 있었지? 테우는 누가 보기 전에 카드를 전부 찢어버렸다.

클라리시가 퇴원한 후 두 사람은 틀에 박힌 일상에 빠져 지냈다. 그들은 클라리시의 부모님 집에서 많은 시간을 함께 보냈다. 클라리시는 무척 수줍어했고, 테우는 그런 그녀에게 부담을 주지 않으려고 애썼다. 그들은 많은 대화를 통해 조금씩 친밀감을 쌓았다. 테우는 거의 매일 저녁 선물을 챙겨 그녀를 찾았다. 책, 선글라스, 향수. 그들은 영화와 연극에 대해 많은 이야기를 나눴고 함께 영화도 자주 봤다. 클라리시의 관심사는 예전과 거의 똑같았다. 하지만 담배나 여자에게는 전혀 관심이 없는 듯했다. 그녀는 〈미스 리틀 선샤인〉을 특히 좋아했고, 그건 금세 그녀가 가장 좋아하는 영화가 됐다.

테우와 클라리시의 관계는 조금씩 발전했다. 클라리시는 테우에게 정을 붙이려고 무던히 애썼다. 테우가 툭툭 던지는 말에 연신 웃음을 터뜨렸고, 그가 세워놓은 두 사람의 미래 계획에도 무척 관심을 보였다. 테우의 입술에 먼저 키스를 해주기도 했다. 그녀는 많은 걸 묻지 않았다. 다만 여자로서 궁금해 마땅한 몇 가지만 조심스레 물었다. 두 사람이 어떻게 만났는지, 테우가 어디서 청혼했는지, 테레조폴리스 휴가는 어땠는지, 뭐 그런 것들. 클라리시가 기억을 잃어 좋은 점은 테우가 아무 얘기나 늘어놓아도 믿어준다는 거였다. 테우는 적당히 과장을 섞어 자신의 이야기가 최대한 시적이고 운명적으로 와닿게끔 들려줬다. 그는 그들이 깊이 사랑했으며, 영원히 함께할 운명이라고 말해줬다.

금요일, 소환장을 받은 테우는 경찰서에서 심문을 받았다. 그는 전과 같은 진술을 술술 쏟아낸 후 의기양양하게 경찰서를 나왔다. 아키누 형사는 실망한 기색을 감추지 못했다. 경찰은 박살난 노트북을 끝내 복구하지 못했다. 그들의 휴대폰 통화기록도 쓸 만한 단서를 내주지 않았다. 게다가 빈 여행가방을 트렁크에 넣고 다니는 것도 범죄는 아니지 않은가. 클라리시도 소환장을 받았지만 엘레나는 딸의 온전치 않은 정신 상태를 사유로 출두하지 않아도 된다는 허락을 받아냈다. 테우의 예상과 달리 아키누 형사도 그녀의 증언에 그다지 집착하지 않는 모습이었다.

실종된 브레누는 몇 주 만에 모두의 기억에서 잊혔다. 경찰의 관심은 시체가 발견된 새로운 사건들로 자연스레 옮겨갔다. 여자친구에게 버림받은 비운의 바이올리니스트의 실종은 덧없이 흘러가는 세월 속에 완전히 묻혀버렸다. 사람들은 그가 세상 어딘가에 숨어 지내고 있을 거라 짐작할 것이다. 로마나 플로렌스의 광장을 무대로 쓸쓸히 공연을 펼치며 살고 있다고. 물론 개중에는 테우가 그를 죽였다고 믿는 사람도 있겠지만, 이를 입증할 증거는 어디에도 없었다. 더 이상 그 문제에 집착하는 사람도 없었고.

엘레나도 브레누를 입에 올리지 않았고, 형사가 불쑥 나타나는 일도 없었다. 그해 9월, 테우는 TV에서 우연히 아키누 형사를 보았다. 그는 청년들이 섬뜩한 방법으로 집단자살한 사건과 관련해 입장을 발표하고 있었다. 테우는 구체적인 내용도 듣지 않고 TV를 꺼버렸다. 그는 남들의 불행과 비극에 대해 알고 싶은 마음이 없었다. 클라리시도 브레누를 언급하지 않았다. 정말 다행스런 일이었다. 그는 그제야 브레누가 죽어 묻혔다는 사실이 실감 났다.

그 후 몇 달간 클라리시는 숱한 검사에 시달렸다. 다리의 감각을 되찾기 위해 신경과 전문의와 물리치료사들을 줄줄이 만나봤고, 수*치료법과 운동요법 프로그램에도 자주 참석했다. 테우는 늘 클라리시와 동행했고, 집에 돌아와서는 근육 위축을 막기 위한 마사지도 정성껏 해줬다. 저녁마다 그들은 식탁에 앉아 너무나도 더딘 회복 속도를 한탄했다. 하지만 테우는 그 모든 노력이 허사라는 걸 알고 있었다. 클라리시는 기동성을 조금씩 늘려나갔고, 오래지 않아 전동 휠체어도 혼자 몰고 다니게 됐다. 등 통증은 많이 나아졌지만 다리는 여전히 마비 상태였다. 이상하리만큼 깊은 척수외상 탓에 앞으로도 계속 그럴 터였다.

오래지 않아 그들은 클라리시의 회복을 위해 돈과 노력을 쏟아붓는 게 부질없는 짓임을 깨닫게 되었다. 좌절한 구스타부는 클라리시의 기억만이라도 되찾아주고 싶다며 기능적 신경영상법 전문가를 수소문해 고용하기에 이르렀다.

월요일 오후, 신경심리학자가 집으로 찾아와 여러 검사를 실시하더니 이렇게 말했다. "인간의 뇌는 아주 복잡합니다. 인간에게는 단기기억과 장기기억이 있는데 뇌의 각기 다른 부분에서 통제가 되지요. 클라리시의 경우 뇌에 가해진 충격으로 오래전 과거는 생생히 기억하지만 최근의 일은 기억할 수 없는 상태가 됐습니다. 이런 기억상실 증상은 사실 가장 흔한 케이스입니다. 사고의 순간은 물론이고 몇 달 전의 기억까지 깡그리 사라져버린 교통사고 피해자가 적지 않지요. 이럴 땐 지워진 기억을 아주 서서히 복구해나가는 방법으로 치료해야 합니다."

테우는 그 어떤 치료법도 반기지 않았다. 그는 이미 훨씬 나은 유형의 기억들을 그녀에게 심어줬다. 과거를 떠올리는 건 그에게 고역이었다. 엘레나도 테우와 뜻을 같이했지만 구스타부는 기억을 되찾지 못하면 영혼마저 마비될 거라면서 고집을 꺾지 않았다. 순간 구스타부에 대한 테우의 호감은 싹 사라져버렸다.

다행히 신경심리학자의 프로그램은 아무런 성과도 내지 못했다. 클라리시는 오직 테우가 들려준 내용만을 기억할 뿐이었다. 신경심리학자는 클라리시에게 남겨진 가장 최근의 기억이 고등학교 졸업식이라면서 조금 특별한 경우인 것 같다는 소견을 내놓았다. 일반적으로 기억상실증은 몇 주에서 몇 달에 이르는 짧은 기간에만 영향을 미친다는 것이 그의 설명이었다.

클라리시는 패션디자인을 공부하고 싶다면서 또다시 대학에 지원했다. 테우의 눈에 그녀가 새로 사귄 친구들은 그녀의 옛 친구들만큼이나 탐탁잖았다. 그나마 다행인 건 그녀가 더 이상 밤늦게 술집을 드나들거나 삼바 음악에 빠져 라파 거리를 어슬렁거리지 않는다는 사실이었다. 물론 다른 남자의 품에 안겨 춤을 추는 일도 없었다. 불구가 된 그녀에게 꼬이는 남자도 거의 없었지만. 테우는 그녀의 행복을 위해 비상한 노력을 했다. 클라리시의 얼굴은 늘 멍하고 따분한 표정이었지만 그는 개의치 않았다.

테우는 가끔 자신을 유심히 관찰하는 클라리시를 발견하곤 했다. 심상치 않은 그녀의 눈빛을 보며 그녀가 무슨 생각을 하고 있을지 궁금해했다. 클라리시와 시선이 마주칠 때면 테우는 자신이 한심하고 무력하게 느껴졌다.

클라리시는 매일 노트에 무언가를 적어 내려갔다. 테우는 그녀가 소설이나 새 시나리오를 쓰는 걸 거라고 짐작했다.

"의사가 이제부터 모든 걸 노트에 기록해두래. 내가 똑똑히 기억하는 거랑 엄마나 네가 들려준 얘기를 구분해서 정리해보고. 기억상실증 환자들 중에 이런 방법으로 효과를 본 경우가 좀 있나봐." 클라리시가 말했다.

그 후로 테우는 말과 행동에 특별히 신경 썼다. 해변과 모텔과 오케스트라 공연도 피해 다녔다. 나중에 만나보고 싶다고 할까 두려워 게르트루드에 대한 언급도 삼갔다. 바이올린 연주를 듣고 있는 것만으로도 소름이 돋았다. 어느새 섹스에 맛을 들인 클라리시는 나름 노력 끝에 남들과 다른 성감대를 찾아냈다. 그녀는 테우가 귀를 핥아줄 때 특히 흥분했다. 그들은 거의 매일 섹스를 했다. 하루는 그녀가 수갑으로 침대에 묶어달라고 요구하자 테우는 흠칫 놀라며 단호히 거절했다.

테우는 의대를 졸업하고 정신과에서 레지던트 생활을 시작했다. 그는 4학년 때 갑자기 정신의학에 흥미를 느껴 진로를 변경했다. 엘레나와 구스타부는 그들에게 카테치 지구地區에 자리한 아파트를 선물해줬다. 또 생활비도 지원해주고 클라리시의 대학 등록금도 전액 부담해줬다. 문간이 넓은 아파트는 쾌적했다. 침실은 휠체어가 무리 없이 드나들 수 있을 만큼 넓었다. 나중에 알게 된 사실이지만 이전 소유자는 사지마비 환자였다.

브레누의 시체는 끝내 발견되지 않았지만 태우는 매일 관련 소식을 찾아 신문을 훑었다. 그 과정에서 자연스레 국제 경제에 관심을 갖게 되었다. 마침내 대학을 졸업한 클라리시는 친구와 함께 사업을 시작했다. 그녀는 집에서 웹사이트를 관리하고 주문을 받아 아이템을 제작하는 일을 했다. 언제부터인가 과거 성격이 조금씩 드러나기 시작했지만 태우는 크게 신경 쓰지 않았다. 이미 익숙해졌기 때문이었다. 그는 클라리시가 불안정하고 지나치게 감정적이라는 걸 알고 있었다. 그들은 캐서롤 접시 색깔이나 거실 소파 위치 등 소소한 문제들을 놓고 이따금 다투었다.

신체기능 통제능력을 잃은 클라리시는 계속해서 많은 불편을 초래했다. 태우는 노인용 기저귀를 사와 그녀에게 채워줬다. 가끔 그녀는 악몽에 시달렸고, 깨어나서는 열네다섯 살 시절로 되돌아간 듯한 행동을 보이곤 했다. 그런 클라리시를 볼 때마다 태우는 침울해졌다. 자신의 무책임함 때문에 이제 와서 그 대가를 치르고 있는 그녀를 지켜보는 건 태우로서도 무척 고통스러웠다. 이런 모호하고 까다로운 유형의 클라리시는 늘 그를 당혹스럽게 했다.

파트리시아는 클라리시를 볼 때마다 삼손의 죽음을 언급하며 그녀를 곤란하게 만들었다. 두 사람이 함께하는 자리에서는 예외 없이 온갖 미묘한 모욕이 난무했다. 서로에 대한 비난이 도를 넘어서면 태우가 잽싸게 끼어들어 중재했다. 파트리시아는 클라리시가 자신의 개를 죽였다는 의심을 끝내 거두지 않았다.

클라리시는 아무것도 기억나지 않는다며 이렇게 덧붙였다. "저한테 딱 한 명 죽일 수 있는 권한이 생긴다면 그 대상은 바로 어머님일 거예요."

그해 12월, 파트리시아는 아들네 집에서 저녁을 먹던 중 심장마비로 쓰러졌다.

어머니가 세상을 떠난 후 태우는 본격적으로 가정을 이룰 준비에 들어갔다.

그들은 1월의 화창한 어느 날 아침, 상벤투 수도원에서 결혼식을 올렸다. 과나바라만*이 내려다보이는 성당은 숨 막힐 정도로 아름다웠다. 태우는 아들이 생기면 수도원 옆 베네딕트회 남학교에 보낼 계획이었다. 얼마 전 필립 피넬 정신병원에 취직한 그에게는 더 이상 학비 걱정이 없었다.

하얀 드레스 차림의 클라리시는 눈부시게 아름다웠다. 행복의 눈물을 흘리는 그녀의 휠체어를 구스타부가 제단 앞까지 밀어줬다. 마를리도 결혼식에 왔다. 그것이 태우가 본 마를리의 마지막 모습이었다. 어머니의 죽음으로 그는 과거와 완전히 결별하게 되었다. 이제 그에게는 오로지 미래만이 있을 뿐이었다. 약속과 희망으로 넘쳐나는 밝은 미래.

그 후로도 클라리시는 비록 빈도는 줄어들었지만 이따금 악몽에 시달렸다. 곤히 자다가 벌떡 일어나 요상한 행동을 보일 때도 있었다. 독이 들었다면서 고래고래 소리 지르며 음식 접시를 냅다 집어던진 적도 있었다. 그들의 결혼생활은 완벽과 거리가 멀었다. 하지만 세상에는 그들보다 못한 커플이 숱하게 널려 있었다. 배신,

거짓말, 폭력, 술, 그리고 질병에 시달리며 사는 사람들.

어느 날 태우는 클라리시의 임신 사실을 알고 크게 놀랐다. 논문에만 집중하고 있던 그는 그 징후를 진작 알아채지 못했다. 클라리시의 생리가 멎은 것도, 그녀가 자주 메스꺼움을 호소했던 것도, 그녀의 식욕이 평소와 달라졌다는 것도.

클라리시는 이미 몇 가지 검사를 받아놓은 상태였다. 태우는 휴가를 내고 그녀를 예약된 병원으로 데려갔다.

"축하드립니다. 임신 4개월이에요. 딸입니다. 이름은 지어놓으셨나요?"

아들일 거라 확신했던 그들은 여자 이름을 미처 생각해놓지 못했다. 어쨌든 태우는 뛸 듯이 기뻤다. 클라리시의 반응도 비슷했다. 그에게는 인생에서 가장 중요한 순간들 중 하나였다. 태우는 클라리시와 곧 태어날 아이를 끔찍이 사랑했다. 그가 생각해둔 이름이 없다고 대답하려는 순간 클라리시가 불쑥 끼어들었다. 어느새 침대에 일어나 앉은 그녀는 볼록해진 자신의 배를 살살 쓸어내리고 있었다. 입가에 미소를 띤 그녀가 태우를 쳐다보며 말했다.

"아주 예쁜 이름이 떠올랐어. 게르트루드. 어때, 자기야?"

작가의 일러두기

'힙놀리드Hypnolid'와 '싸이욜락스Thyolax'는 제가 만들어낸 단어입니다. 하지만 미다졸람이나 티오펜탈나트륨을 유효성분으로 한 유사한 약들이 묘사된 것과 똑같은 효과를 낸다는 사실을 밝혀둡니다. 안타깝게도 그런 약들을 손쉽게 구할 수 있는 게 현실입니다.

아울러 자그만 체구의 여성을 커다란 여행가방에 숨기는 게 충분히 가능한 일이라는 점도 일러둡니다. 제가 직접 넣어봤는데 되더군요.

감사의 말

개인적인 이유로 저의 첫 소설 『자살Suicides』에는 감사의 말을 넣지 않았습니다. 그 책과 이번 책이 나오기까지 많은 분들이 도움을 주셨습니다. 그분들 덕분에 저는 집필에 몰두할 수 있었고, 대체적으로 온전한 정신을 유지한 채 탈고할 수 있었습니다. 이 자리를 빌려 리우데자네이루와 상파울루에서 열린 『자살』 출판기념회에 참석해주신 400여 명의 여러분께 감사의 말씀을 전합니다.

시시, 늘 감사드립니다.

언제나 완벽을 넘어서는 할머니들, 이밀리아와 테레지냐.

웃통 벗은 현인, 나의 할아버지.

제가 쓴 글을 읽지는 않아도 늘 격려해주시는 아버지.

숙모들, 삼촌들, 그리고 사촌들.

첫 번째이자 최고의 독자, 페드루 테하.

이 이야기에 신뢰를 보여준 빅터 슐루드.

친애하는 벗이자 입양으로 맺어진 할아버지, 클리프 랜더스.

문단의 아이콘, 다니에우 히바스.

이 배의 닻을 올려준 탈리스 구아라키.

『퍼펙트 데이즈』 집필에 필요한 의학 정보를 제공해준 베르나르두 헤우바스, 나탈리아 코투 아제베두, 가브리에우 킨텔라, 베르나르두 아르보이, 파울루 페풀링. 오류가 있다면 물론 전적으로 제 책임입니다.

제 작품들을 읽고 소중한 의견을 주시는 투아니 바프치스타, 산치아구 나자리앙, 파비아니 기마라이스, 카시아 몬테이루, 루이자 게이슬러, 에리카 슐루드, 이고르 지아스, 아만다 리자이나, 엠마누엘 스타인, 루이스 비아조니, 루카스 호샤, 조주이 올리베이라, 제시카 세아브라, 레안드루 호드리게스, 하파에우 페헤이라, 펠리스 프라가, 페르난두 바헤투, 제오르지스 스피리지스, 알레산드루 토미, 비비앙 피징가, 지르세우 호세 페르난지스, 잔다 몬테네그루, 마테우스 피네이루, 그리고 가브리에우 레이타우.

제 작가 경력 초반부터 함께해준 BPGM 아드보가두스의 친구들, 늘 대구 튀김과 맥주와 좋은 책으로 저를 반겨준 바라투스 다히베이루 중고서점 독서클럽 친구들, 그리고 뜨거운 형제애를 보여준 상벤투 콜레히오 학생들.

친한 벗들인 니우다 엘레나, 소니아 캄푸스, 노르마 파수스.

여행가방 안에 기꺼이 들어가준 클라리시 쿠지스셰비트시.

언제나 다정한 데보라 구테르망.

저를 끝까지 믿어주신 시리스치나 바웅, 헤나타 메갈리, 그리고 AASP(상파울루 변호사 협회) 이사님들.

늘 꼼꼼히 읽어주고 친절하게 대해주는 카롤라 사베드라.

최고의 에이전트인 루시아나 빌라스-보아스와 그녀의 끝내주는 비서 아나 카르도주.

저를 반겨 맞아주신 새 출판사의 루이스 스시와르크스, 오타비우 코스타, 플라비우 모라.

이 작품을 정성껏 영어로 번역해준 앨리슨 엔트레킨.

저의 노력을 가치 있게 도와주는 세상의 모든 서점들.

저의 노력을 가치 있게 해주는 세상의 모든 독자들.

마지막으로 어머니에게 감사의 마음을 전합니다.『자살』을 읽고 큰 충격을 받으신 어머니가 제게 물으셨습니다. "왜 이렇게 끔찍한 이야기만 쓰는 거니? 다음엔 꼭 연애 이야기를 써보렴."

어머니의 요청으로 탄생한 소설이 바로『퍼펙트 데이즈』랍니다.

옮긴이의 말

"그건 사랑이 아니라 금세 지나갈 열병일 뿐이야. 병이라고. 집착. 사랑이 절대 아니야."

"난 감정을 분류학적으로 구분 짓지 않아, 클라리시."

『퍼펙트 데이즈』는 독창성과 통찰력이 돋보이는 아주 대담한 스릴러다. 사이코패스의 관점에 갇힌 채 그와 동행하는 어두운 여정은 베테랑 스릴러 독자마저도 몸서리치게 만든다. 창의적이고 기괴하며 노골적인 이야기는 한없이 유머러스하다가도 한순간에 혼란스럽고 불온하게 바뀌어버린다. 바로 그게 이 책을 한번 집어 들면 쉽게 놓을 수 없게 만드는 이유다.

주인공 테우 아벨라르는 자의로 외톨이 생활을 하는 의대생으로, 타인과 공감하지 못하는 사이코패스다. 해부용 시신인 게르트루드를 세상 유일한 벗으로 둔 그는 우연히 시나리오 작가 지망생인 클라리시를 만나면서 처음으로 타인이란 신세계로 발을 들인다. 클라리시를 향한 집착은 테우로 하여금 무시무시하고 엽기적인 계략을 꾸미게 하고, 결국 둘은 브라질을 가로지르는 악몽의 여정을 떠난다. 잘 만들어진 범죄 영화를 보듯 플롯을 따라 조금씩 나아가는 이야기는 점점 극단적으로 치닫는 한 청년의 병적인 집착을 섬뜩하게 그려낸다.

브라질이라는 생소하고 흥미로운 배경은 독자들에게 익숙한 영미권 소설들과는 확실히 다른 매혹적인 분위기를 선사한다. 『퍼펙트 데이즈』에는 어둡고 불온한 분위기와 섬뜩하리만치 적나라한 디테일, 너무나 차분하고 신중해서 오히려 소름 끼치는 묘사, 그리고 불쾌하지 않을 만큼의 음탕함이 있다. 수위 높은 폭력성과 성적 묘사도 브라질 삼바 축구 특유의 유연함처럼 뛰어난 완급 조절로 읽는 이에게 부담을 주지 않는다.

하지만 이 소설 최고의 매력은 내레이션이다. 사이코패스의 머릿속, 테우의 정신 상태에 대한 작가의 으스스하고 설득력 있는 묘사는 전성기 토머스 해리스(『양들의 침묵』, 한니발 렉터 시리즈 등으로 유명한 스릴러 작가)에 조금도 뒤지지 않는다. 테우는 우리가 지금껏 접해본 적 없는 매우 복잡하고 섬뜩한 안티히어로다. 무심하며 계산적인 냉혈한인 그는 감정이란 게 전혀 없는 듯 행동하다가도, 필요한 순간에는 인간적인 모습을 드러내곤 한다. 해박한 의학 지식으로 무장한 사이코패스 테우에게 살인은 정밀하게 해치워야 하는 수술에 불과할 뿐이다. 그래서인지 그가 바라보는 선혈낭자한 폭력은 거슬릴 정도로 깔끔하고 엄밀하게 느껴진다. 그런 테우의 눈을 통해 긴장감을 유지하며 피로 얼룩진 참혹한 상황들을 그려낸 작가의 노련함은 크게 칭찬받아 마땅하다.

반면에 클라리시를 대하는 테우의 모습은 꽤나 신사적으로 묘사되는데, 그가 언성 한번 높이지 않고 클라리시를 다루는 장면들이 무척 인상적이다. 타인에 대한 기대도 실망도 할 줄 몰랐던 테우는 클라리시를 만나 집착과 질투에 사로잡히면서 큰 변화를 보인다. 그 변화를 따라가는 과정은 자기합리화를 포함한 섬세한 심리 묘사 덕에 설득력을 얻고, 아울러 독자들에게 충격적인 현실감을 안겨준다.

한편, 로맨틱했다가 적대적이었다가를 넘나드는 테우-클라리시 커플(?)의 역동적인 관계를 지켜보는 것도 『퍼펙트 데이즈』의 관전 포인트 중 하나다. 여주인공 클라리시는 활화산 같은 열정을 감추지 않는 매력적인 인물이다. 그녀는 경악과 공포, 분노와 광기는 물론 비뚤어진 애정까지 포함한 복잡한 감정을 폭발시키며 소설의 마지막까지 짜릿한 서스펜스를 유지하는 데 결정적인 역할을 한다.

그리고 이 작품의 변칙적인, 그래서 더더욱 인상적인 결말을 언급하지 않을 수 없다. 모두가 예상한 유혈 사태가 없는 마무리는 독자의 등골을 오싹하게 만든다. 매우 불온하고 부당하게 느껴지기까지 하는 이야기의 끝은 스토리 자체만큼이나 '퍼펙트'하고, 독자에게 책을 덮고 나서도 오래도록 가시지 않는 여운을 남긴다.

아직 서른도 채 되지 않은 브라질 작가 라파엘 몬테스는 네 편의 스릴러 소설을 줄줄이 베스트셀러 대열에 올려놓으며 일약 스타로 발돋움했다. 변호사로도 활동 중인 그는 데뷔작 『자살』로 2013년 상파울루 문학상 최종 후보에 오르며 천재성을 입증했고,

2014년 두 번째 작품인 『퍼펙트 데이즈』를 전 세계에 히트시키며 특히 주목받았다. 현재 『퍼펙트 데이즈』는 범죄 스릴러의 본고장이라 할 수 있는 영미권은 물론 유럽권까지 포함해 22개국에서 번역 출간되었고, 영화로도 제작될 예정이다. 이 작품의 옮긴이로서, 아울러 제3세계 범죄문학에 관심이 많은 독자로서 '브라질의 토머스 해리스 혹은 스티븐 킹'으로 불리는 작가의 앞으로의 행보가 무척 기대된다.

2019년 여름

최필원

퍼펙트 데이즈

1판 1쇄 발행 | 2019년 8월 7일
1판 2쇄 발행 | 2019년 9월 2일

지은이 라파엘 몬테스
옮긴이 최필원
펴낸이 김기옥

문학팀 제갈은영 | 마케팅 김주현
경영지원 고광현, 김형식, 임민진

인쇄·제본 (주)민언프린텍

펴낸곳 한스미디어(한즈미디어(주))
주소 (04037) 서울시 마포구 양화로 11길 13(서교동, 강원빌딩 5층)
전화 02-707-0337 | 팩스 02-707-0198 | 홈페이지 www.hansmedia.com
출판신고번호 제313-2003-227호 | 신고일자 2003년 6월 25일

ISBN 979-11-6007-390-4 03870

한스미디어 소설 카페 http://cafe.naver.com/ragno | 트위터 @hans_media
페이스북 www.facebook.com/hansmediabooks | 인스타그램 @hansmystery